TOMI ADEYEMI

FILHOS DE VIRTUDE E VINGANÇA

TRADUÇÃO DE PETÊ RISSATTI

Título original
CHILDREN OF VIRTUE AND VENGEANCE

Copyright © 2019 by Tomi Adeyemi

Todos os direitos reservados.

PROIBIDA A VENDA EM PORTUGAL

Direitos para a língua portuguesa reservados
com exclusividade para o Brasil à
EDITORA ROCCO LTDA.
Rua Evaristo da Veiga, 65 – 11º andar
Passeio Corporate – Torre 1
20031-040 – Rio de Janeiro – RJ
Tel.: (21) 3525-2000 – Fax: (21) 3525-2001
rocco@rocco.com.br
www.rocco.com.br

Printed in Brazil/Impresso no Brasil

Preparação de originais
BEATRIZ D'OLIVEIRA

CIP-BRASIL. CATALOGAÇÃO NA PUBLICAÇÃO
SINDICATO NACIONAL DOS EDITORES DE LIVROS, RJ

A182f

    Adeyemi, Tomi
        Filhos de virtude e vingança / Tomi Adeyemi ; tradução Petê Rissatti. - 1. ed. - Rio de Janeiro : Rocco, 2025. (O legado de Orïsha ; 2)

        Tradução de: Children of virtue and vengeance
        ISBN 978-65-5532-535-5
        ISBN 978 -65-86965-01-8 (recurso eletrônico)

        1. Ficção americana. I. Rissatti, Petê. II. Título. III. Série.

25-96362   CDD: 813
                    CDU: 82-3(73)

Gabriela Faray Ferreira Lopes - Bibliotecária - CRB-7/6643

O texto deste livro obedece às normas do
Acordo Ortográfico da Língua Portuguesa.

Para Tobi e Toni,

Amo vocês mais do que poderia expressar em palavras.

OS CLÃS DOS MAJI

CLÃ DE IKÚ
MAJI DA VIDA E DA MORTE
título maji: CEIFADOR
divindade: OYA

....

CLÃ DE ÈMÍ
MAJI DA MENTE, DO ESPÍRITO E DOS SONHOS
título maji: CONECTOR
divindade: ORÍ

....

CLÃ DE OMI
MAJI DAS ÁGUAS
título maji: MAREADOR
divindade: YEMOJA

....

CLÃ DE INÁ
MAJI DO FOGO
título maji: QUEIMADOR
divindade: ṢÀNGÓ

....

CLÃ DE AFÉFÉ
MAJI DO AR
título maji: VENTANEIRO
divindade: AYAÓ

....

CLÃ DE ÁIYÉ
MAJI DO FERRO E DA TERRA
TÍTULO MAJI: TERRAL + SOLDADOR
DIVINDADE: ÒGÚN

....

CLÃ DE ÌMỌLẸ
MAJI DA ESCURIDÃO E DA LUZ
TÍTULO MAJI: ACENDEDOR
DIVINDADE: ÒSÙMÀRÈ

....

CLÃ DE ÌWÒSÀN
MAJI DA SAÚDE E DA DOENÇA
TÍTULO MAJI: CURANDEIRO + CÂNCER
DIVINDADE: BABALÚAYÉ

....

CLÃ DE ARÍRAN
MAJI DO TEMPO
TÍTULO MAJI: VIDENTE
DIVINDADE: ỌRÚNMÌLÀ

....

CLÃ DE ẸRANKO
MAJI DOS ANIMAIS
TÍTULO MAJI: DOMADOR
DIVINDADE: ỌṢỌ́ỌSÌ

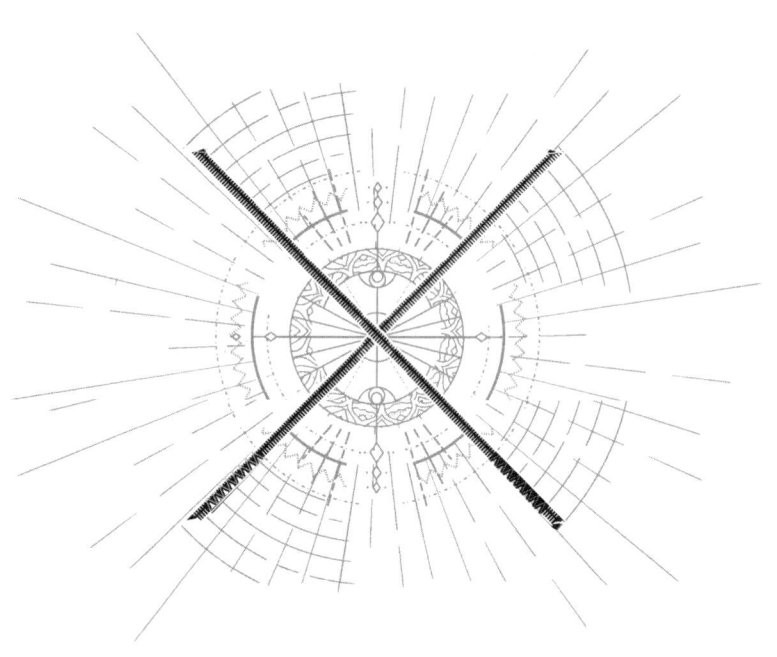

CAPÍTULO UM

ZÉLIE

Tento não pensar nele.

Mas quando penso, ouço as marés.

Baba estava comigo na primeira vez que as ouvi.

Na primeira vez que as senti.

Chamavam-me como se entoassem uma canção de ninar, levando-nos para longe do caminho da floresta e na direção do mar. A brisa do oceano bagunçava os cachos soltos dos meus cabelos. Raios de sol atravessavam as poucas folhas nas árvores.

Eu não sabia o que encontraríamos. Que estranho encanto aquela canção continha. Sabia apenas que precisava chegar até lá. Era como se as ondas guardassem um pedaço perdido da minha alma.

Quando finalmente vimos, minha mãozinha se soltou da de Baba. Fiquei boquiaberta de admiração. Havia magia naquela água.

Foi a primeira vez que senti magia desde que os homens do rei haviam assassinado Mama.

— *Zélie rọra o* — chamou Baba enquanto eu caminhava na direção das ondas.

Me retraí quando a espuma do mar lavou meus dedos dos pés. Os lagos em Ibadan sempre eram muito frios. Mas aquela água era morna como o cheiro do arroz de Mama. Tão morna quanto o brilho de seu sorriso. Baba me alcançou e olhou para o céu.

Era como se ele pudesse sentir o gosto do sol.

Naquele momento, ele segurou minha mão; entrelaçou seus dedos enfaixados nos meus e fitou meus olhos. Foi então que eu soube, mesmo Mama tendo partido, que tínhamos um ao outro.

Sobreviveríamos.

Mas agora...

Abro os olhos para o céu frio e cinza; o oceano uiva e arrebenta contra as escarpas de Jimeta. Não posso permanecer no passado.

Não posso manter meu pai vivo.

O ritual que custou a vida de Baba me assombra enquanto me preparo para deixá-lo descansar em paz. Meu coração pesa com toda a dor que ele sofreu; cada sacrifício que fez para que eu pudesse trazer a magia de volta.

— Está tudo bem — diz Tzain, meu irmão, parando ao meu lado e me estendendo a mão.

Uma sombra de barba cobre sua pele escura; os pelos curtos quase mascaram o quanto seus dentes estão cerrados com força. Ele aperta minha mão quando a bruma gentil se transforma em uma chuva torrencial. O aguaceiro nos gela até os ossos. É como se nem os deuses pudessem controlar o choro.

Sinto muito, penso para o espírito de Baba, desejando poder dizer isso a ele. Quando puxamos a corda que mantém seu caixão preso à costa rochosa de Jimeta, imagino por que pensei que, por ter enterrado minha mãe, estaria preparada para enterrar meu pai. Minhas mãos ainda tremem por todas as coisas que não foram ditas. Minha garganta queima dos gritos que reprimo e transformo em lágrimas silenciosas. Tento não expressar nada enquanto pego o jarro cheio com o restante de nosso óleo funerário.

— Cuidado — alerta Tzain quando o tremor em minhas mãos faz gotas de óleo pingarem da boca do jarro.

Depois de três semanas de negociação para conseguir o suficiente para encharcar o caixão de Baba, o líquido ondulante parece mais precioso que ouro. Seu cheiro acre queima minhas narinas quando derramo tudo em nossa tocha funerária. As lágrimas escorrem pelo rosto de Tzain quando ele bate a pederneira. Sem tempo a perder, preparo as palavras do *ìbùkún* — uma bênção especial que um ceifador deve entoar aos mortos.

— *Os deuses nos dão a vida de presente* — sussurro em iorubá. — *Aos deuses, esse presente deve ser devolvido.* — O encantamento parece estranho em meus lábios. Até poucas semanas atrás, fazia onze anos que nenhum ceifador tinha magia para realizar um *ìbùkún*. — *Bééni àáyé tàbí ikú kò le yà wá. Bééni ayè tàbí òrun kò le sin wá nítorí èyin lè ngbé inú ù mi. Èyin la ó máa rí...*

No momento em que a magia se aviva dentro de mim, não consigo falar. A luz púrpura de meu *àṣẹ* brilha ao redor das minhas mãos, o poder divino que alimenta nossos dons sagrados. Não sentia seu calor desde o ritual que trouxe de volta a magia a Orïsha. Desde que o espírito de Baba irrompeu pelas minhas veias.

Cambaleio para trás quando a magia borbulha dentro de mim. Minhas pernas ficam dormentes. A magia me acorrenta ao passado, me puxando por mais que eu resista...

— *Não!* — O grito ecoa contra as paredes rituais. Meu corpo despenca no chão de pedra. Um baque seco ressoa quando Baba também cai, rígido como uma tábua.

Avanço para protegê-lo, mas seus olhos estão congelados, abertos em um brilho vazio. Uma ponta de flecha atravessa seu peito.

O sangue encharca sua túnica rasgada...

— Zél, preste atenção!

Tzain avança, estendendo a mão para a tocha quando ela cai da minha. Ele é rápido, mas não o suficiente. A chama se apaga no momento em que a tocha cai nas ondas revoltas.

Ele se esforça para acendê-la novamente, mas o fogo não pega. Eu me encolho quando ele atira a madeira inútil na areia.

— O que a gente faz agora?

Abaixo a cabeça, querendo ter uma resposta. Com o caos no reino, conseguir mais óleo poderia levar semanas. Entre as insurreições e a falta de comida, é difícil conseguir um mísero saco de arroz.

A culpa me prende como em um caixão, encerrando-me no túmulo de meus próprios erros. Talvez seja um sinal de que não mereço enterrar Baba.

Não quando sou o motivo de sua morte.

— Desculpa — suspira Tzain e aperta a ponte do nariz com a ponta dos dedos.

— Não precisa se desculpar. — Minha garganta se aperta. — É tudo minha culpa.

— Zél...

— Se eu nunca tivesse tocado aquele pergaminho... se nunca tivesse descoberto nada sobre aquele ritual...

— A culpa não é sua — interrompe Tzain. — Baba deu sua vida para que você pudesse trazer a magia de volta.

Esse é o problema, penso, me abraçando. Quis trazer a magia de volta para manter Baba em segurança. Tudo o que fiz foi enviá-lo mais cedo para a cova. De que adiantam esses poderes se não consigo proteger as pessoas que amo?

De que adianta magia, se não posso trazer Baba de volta à vida?

— Se você não parar logo de se culpar, não vai parar nunca, e *preciso* que você pare. — Tzain me segura pelos ombros, e em seu olhar vejo os olhos castanhos de meu pai; olhos que perdoam mesmo quando não devem. — Somos você e eu agora. Somos tudo o que temos.

Suspiro e limpo as lágrimas quando Tzain me puxa para um abraço. Embora esteja encharcado, seu abraço ainda é quente. Ele faz carinho nas minhas costas do jeito que Baba costumava fazer quando me envolvia em seus braços.

Olho para o caixão de Baba flutuando no oceano, esperando por um fogo que nunca virá.

— Se não pudermos queimá-lo...

— Esperem! — chama Amari, lá de trás.

Ela corre pela rampa de ferro do navio de guerra que vem sendo nosso lar desde o ritual sagrado. Sua túnica encharcada e branca é muito diferente dos gèles e dos vestidos adornados que usava quando era a princesa de Orïsha. A túnica está colada em sua pele cor de carvalho quando nos encontra junto à rebentação.

— Aqui. — Amari entrega a Tzain um jarro novo de óleo tirado de seu escasso suprimento e uma tocha enferrujada dos aposentos do capitão.

— E o navio? — Tzain franze a testa.

— Vamos sobreviver.

Amari me entrega a tocha e meus olhos se demoram na nova mecha de cabelos brancos que a chuva grudou em seu rosto. Um sinal da nova magia que vive em seu sangue. Um lembrete desagradável das centenas de nobres em toda Orïsha que agora têm mechas e magia como as dela.

Viro as costas antes que ela perceba minha dor. Sinto um aperto no estômago, uma lembrança constante do ritual que deu o dom a Amari e ao rapaz que partiu meu coração.

— Pronta? — pergunta Tzain, e eu faço que sim, embora não seja verdade. Dessa vez, quando ele bate a pederneira, eu abaixo a tocha até a corda, que se incendeia em um instante.

Tento ficar firme enquanto o rastro de fogo corre pelas cordas encharcadas de óleo, silvando na direção do caixão de Baba. Minhas mãos vão ao peito no momento em que ele começa a queimar. Vermelho e laranja cintilam contra o horizonte cinza.

— *Títí di òdí kejì*. — Tzain abaixa a cabeça, sussurrando o sacramento. Cerro os dentes e faço o mesmo.

Títí di òdí kejì.

Até o outro lado.

Falar o sacramento em voz alta me relembra do enterro de Mama. De ver seu cadáver sendo incendiado. Quando a oração termina, penso em todos aqueles que descansam com ela em alafia. Todos que morreram para que pudéssemos trazer a magia de volta.

Lekan, o sêntaro que se sacrificou para despertar meu dom. Meus amigos, Zulaikha e Salim, assassinados quando a monarquia atacou nosso festival.

Mama Agba, a vidente que passou a vida cuidando de mim e dos outros divinais de Ilorin.

Inan, o príncipe que achei que amava.

Títí di òdí kejì, penso para seus espíritos. Um lembrete para continuar.

Nossa batalha não terminou.

Na verdade, acabou de começar.

CAPÍTULO DOIS

AMARI

Meu pai sempre dizia que Orïsha não espera por ninguém.

Por nenhum homem.

Por nenhum rei.

Eram as palavras que usava para justificar qualquer ação. Uma desculpa para desculpar tudo.

Enquanto vejo as chamas queimando o caixão de Baba, a espada com que atravessei o peito do meu pai pende pesada em meu cinto. O corpo de Saran não foi encontrado no terreno ritual.

Mesmo se eu quisesse queimá-lo, não poderia.

— Precisamos ir — diz Tzain. — A mensagem de sua mãe chegará em breve.

Sigo alguns passos atrás dele e de Zélie quando saímos da praia e entramos no navio de guerra que roubamos para chegar ao terreno ritual. O navio de ferro vinha sendo nosso lar desde que trouxemos a magia de volta, semanas atrás, mas ainda assim os leopanários-das-neves talhados em suas paredes me deixam nervosa. Toda vez que passo pelo velho selo de meu pai, não sei se choro ou se grito. Não sei se tenho o direito de sentir alguma coisa.

— Todos a bordo!

Olho para o chamado estridente do capitão. As famílias enfileiram-se na plataforma de embarque, entregando peças de ouro enquanto embarcam em um pequeno barco mercenário.

Corpos apinham-se embaixo do convés enferrujado, escapando das fronteiras de Orïsha em busca de paz em águas estrangeiras. Cada rosto encovado crava mais uma agulha de culpa no meu coração. Enquanto eu tento me recuperar, o reino inteiro ainda sofre com as cicatrizes de meu pai.

Não posso mais me esconder. Preciso tomar meu lugar no trono de Orïsha. Sou a única que pode conduzir o país para uma era de paz. A rainha que poderá consertar tudo que meu pai destruiu.

A convicção aquece meu peito quando me junto aos outros nos gélidos aposentos do capitão. É uma das poucas cabines no navio que não tem majacita: o minério especial que a monarquia usava para queimar os maji e neutralizar seus poderes. Cada móvel que antes preenchia o quarto foi arrancado e vendido para que pudéssemos sobreviver.

Tzain senta-se na cama sem lençóis, raspando os últimos grãos de arroz de uma lata. Zélie descansa no chão de metal, meio enterrada na pelagem dourada de sua leonária. A montaria imensa está deitada no colo de Zélie, erguendo a cabeça para lamber as lágrimas que caem dos olhos prateados dela. Me obrigo a desviar o olhar, estendendo a mão para pegar meu pequeno punhado de arroz.

— Aqui. — Entrego a lata a Tzain.

— Tem certeza?

— Estou nervosa demais para comer — respondo. — Provavelmente vou vomitar tudo.

Faz apenas meia lua desde que enviei notícias para minha mãe, em Lagos, mas parece que já estou esperando uma eternidade por sua resposta. Com seu apoio, poderei subir ao trono de Orïsha. Finalmente poderei acertar os erros de meu pai. Juntas poderemos criar um país onde os maji não precisarão viver com medo. Poderemos unir este reino e apagar as divisões que assolaram Orïsha por séculos.

— Não se preocupe. — Tzain aperta meu ombro. — Não importa o que ela diga, vamos dar um jeito.

Ele se inclina para Zélie e meu peito se aperta; odeio essa parte em mim que odeia o que eles ainda têm. Apenas três semanas se passaram desde que a lâmina de meu pai atravessou a barriga de meu irmão, e eu já estou começando a esquecer a rouquidão da voz de Inan. Cada vez que isso acontece, preciso ranger os dentes para segurar a angústia. Talvez quando minha mãe e eu nos reencontrarmos, o buraco em meu coração possa começar a se curar.

— Tem alguém vindo. — Zélie aponta para a silhueta movendo-se nos corredores escuros do navio de guerra.

Fico tensa quando a porta envernizada se abre com um rangido, revelando nosso mensageiro. Roën sacode os cabelos pretos para se livrar da chuva, os cachos sedosos se unindo em ondas que caem ao longo do rosto quadrado. Com sua pele da cor de areia do deserto e olhos no formato de lágrimas, o mercenário sempre parece deslocado em um cômodo cheio de orïshanos.

— Nailah?

As orelhas da leonária erguem-se quando Roën se ajoelha, retirando um pacote grosso de sua bolsa. Nailah quase o derruba quando ele desamarra o pacote, revelando uma fileira brilhante de peixes. Fico surpresa quando um sorrisinho se abre nos lábios de Zélie.

— Obrigada — sussurra ela.

Roën assente, devolvendo o olhar. Tenho que pigarrear para que ele se levante para me encarar.

— Vamos lá. — Suspiro. — O que ela disse?

Roën estufa a bochecha e abaixa a cabeça.

— Houve um ataque. Nenhuma mensagem entra ou sai da capital.

— Um ataque? — Sinto um aperto no peito quando penso na minha mãe, presa no palácio. — Como? — Fico de pé. — Quando? Por quê?

— Eles se denominam os *Iyika* — explica Roën. — A *revolução*. Os maji entraram com tudo em Lagos quando seus poderes voltaram. O boato é que o ataque chegou até o palácio.

Apoio-me na parede, deslizando até o chão gradeado. Os lábios de Roën continuam a se mexer, mas não entendo suas palavras. Não consigo ouvir mais nada.

— A rainha — me esforço para falar. — Eles… ela…

— Ninguém sabe dela desde então. — Roën desvia o olhar. — Com você escondida aqui, o povo acha que a linhagem real está morta.

Tzain se levanta, mas ergo a mão, forçando-o a recuar. Se ele sequer respirar perto de mim, vou desmoronar. Serei menos que a casca oca que já sou. Todos os planos que fiz, todas a esperança que tive… em segundos, tudo se foi. Se minha mãe estiver morta…

Pelos céus.

Estou realmente sozinha.

— Esses *Iyika* estão atrás de quê? — pergunta Tzain.

— É difícil definir — responde Roën. — Suas forças são pequenas, mas letais. Estão assassinando nobres em toda Orïsha.

— Então estão atrás de sangue nobre? — A testa de Zélie se franze, e nos entreolhamos. Mal nos falamos desde que o ritual não saiu como o esperado. É bom ver que ela ainda se preocupa comigo.

— É o que parece. — Roën dá de ombros. — Mas, por conta dos *Iyika*, os militares estão caçando maji como cães. Vilas inteiras estão sendo devastadas. O novo almirante, por pouco, não declarou guerra.

Fecho os olhos e corro as mãos pelos meus novos cabelos ondulados. Da última vez que Orïsha esteve em guerra, os queimadores quase desapareceram com a linhagem real. Anos depois, meu pai teve sua revanche com a Ofensiva. Se a guerra eclodir de novo, ninguém estará a salvo. O reino ficará despedaçado.

Orïsha não espera por ninguém, Amari.

O fantasma da voz de meu pai ecoa na minha cabeça. Enterrei minha espada em seu peito para libertar Orïsha de sua tirania, mas agora o reino está um caos. Não há tempo para sofrimento. Não há tempo para limpar minhas lágrimas. Jurei ser uma rainha melhor.

Se minha mãe não está mais aqui, o cumprimento dessa promessa cabe a mim.

— Vou falar com o público — decido. — Tomar o controle do reino. Trazer a estabilidade de volta e terminar com essa guerra. — Volto a me levantar, pondo meus planos acima da dor. — Roën, sei que estou em dívida com você, mas será que posso pedir um pouco mais de sua ajuda...

— Espero que você esteja brincando. — Toda a compaixão desaparece da voz do mercenário. — Como não conseguimos contato com sua mãe, você ainda me deve meu peso em ouro.

— Eu te dou este navio! — grito.

— O navio que você ainda está ocupando? — Roën arqueia as sobrancelhas. — O navio que meus homens e eu roubamos? Tenho famílias esperando para atravessar o mar. Este navio não é pagamento. Ele só aumenta o que você ainda me deve!

— Quando eu reclamar o trono, terei acesso aos tesouros reais — argumento. — Me ajude a me restabelecer, e pagarei em dobro o que te devo. Só mais alguns dias, e o ouro será seu!

— Você tem uma noite. — Roën puxa o capuz de sua capa de chuva. — Amanhã este navio estará de partida. Se não estiverem fora dele, vão para o oceano. Vocês não têm como pagar pelo transporte.

Eu me coloco no caminho dele, mas isso não impede que Roën irrompa porta afora. A dor que tento abafar ameaça explodir quando os passos dele desaparecem sob o tamborilar da chuva.

— Não precisamos dele. — Tzain se aproxima. — Você pode tomar o trono sozinha.

— Não tenho nenhuma moeda de ouro. Em que mundo alguém vai acreditar que tenho um direito legítimo ao trono?

Tzain para, cambaleando, quando Nailah passa entre nossos pés. Seu nariz úmido fareja o chão gradeado, buscando peixe. Penso na refeição que Roën lhe deu e olho para Zélie, mas ela faz que não com a cabeça.

— Ele já disse que não.

— Porque *eu* pedi! — Eu quase corro para atravessar o cômodo. — Você o convenceu a levar uma tripulação até uma ilha mítica no meio do oceano. Pode persuadi-lo a nos ajudar a fazer um reagrupamento.

— Já devemos ouro a ele — comenta ela. — Será muita sorte se conseguirmos sair de Jimeta com a cabeça no pescoço.

— Sem a ajuda dele, que outra chance temos? — pergunto. — Se Lagos caiu quando a magia voltou, Orïsha já está sem um governante há quase uma lua. Se eu não recuperar o controle agora, nunca mais vou conseguir tomar o trono!

Zélie esfrega a nuca, os dedos passando pelas novas marcas douradas de sua pele. Os símbolos ancestrais estão ali desde o ritual, cada linha curvada e cada ponto delicado brilhando como se tivesse sido tatuado pela menor das agulhas. Embora sejam lindas, Zélie as cobre da mesma forma que cobre suas cicatrizes. Com vergonha.

Como se lhe causasse dor simplesmente vê-las.

— Zélie, por favor. — Me ajoelho diante dela. — Temos que tentar. Os militares estão caçando os maji...

— Não se pode esperar que eu carregue os problemas do meu povo para sempre.

Sua frieza me pega desprevenida, mas não desisto.

— Então faça isso por Baba. Faça porque ele deu a vida por essa causa.

Os ombros de Zélie murcham, e ela fecha os olhos, respirando fundo. A pressão em meu peito aumenta quando ela se levanta.

— Não prometo nada.

— Só tente o melhor que puder. — Seguro a mão dela. — Nós nos sacrificamos demais para perder essa luta.

CAPÍTULO TRÊS

ZÉLIE

A chuva noturna de Jimeta está lavando o peso do dia quando Nailah e eu saímos do navio de guerra. Os ventos uivantes nos atingem com o aroma doce do mar e das algas; o único cheiro naqueles aposentos apertados era de madeira queimada e cinzas. As patas grandes de Nailah deixam pegadas na areia quando saímos da plataforma de madeira e entramos nas ruas serpenteantes de Jimeta. Sua língua grande pende da boca quando corremos. Não me lembro da última vez que galopamos ao ar livre sem nada sobre nós além da lua cheia.

— Isso, Nailah.

Seguro as rédeas com firmeza enquanto avançamos pelos recônditos e vales dos penhascos arenosos de Jimeta. As casas encrustadas nas escarpas altíssimas ficam escuras quando os aldeões apagam suas lamparinas, preservando o óleo precioso que têm. Viramos uma esquina enquanto marinheiros trancam os elevadores de madeira que os transportam para cima e para baixo nos penhascos. Meus olhos arregalam-se com um novo mural pintado de vermelho na parede de uma caverna. O pigmento carmesim brilha ao luar, formando um *I* criado com uma diversidade de pontos de tamanhos diversos.

Eles se denominam os Iyika, as palavras de Roën ecoam em minha cabeça. *A revolução. Os maji entraram com tudo em Lagos quando seus poderes voltaram. O boato é que o ataque chegou até o palácio.*

Puxo as rédeas de Nailah, imaginando os maji que pintaram aquele mural. Do jeito que Roën falou, os *Iyika* não parecem um bando de rebeldes.

Parecem um verdadeiro exército.

— Mama, olhe!

Uma garotinha sai para a rua quando me aproximo de um punhado de tendas surradas. Ela abraça junto ao peito uma boneca preta de porcelana, seu rosto pintado e o vestido de seda as únicas marcas da origem nobre da garota. A criança é apenas uma entre os novos residentes que enchem as ruas afuniladas de Jimeta, os caminhos de terra estreitados por fileiras de tendas erguidas uma após a outra às margens. Enquanto a menina sai para a chuva, imagino a vida nobre que teve antes. De que infortúnios precisou escapar para chegar aqui.

— Eu nunca tinha visto um leonário. — Ela estende a mãozinha na direção dos chifres imensos de Nailah. Sorrio com o brilho no olhar da garota, mas quando ela se aproxima, vejo a mecha branca em seus cabelos.

Outra tîtán.

O ressentimento se acumula dentro de mim com a visão. De acordo com os relatos de Roën, cerca de um oitavo da população tem magia agora. Desses, cerca de um terço tem a magia dos tîtán.

Marcados por mechas brancas, os tîtán apareceram entre a nobreza e os militares depois do ritual, exibindo magia semelhante àquela dos dez clãs maji. Mas, diferentemente de nós, seus poderes não exigem encantamento para vir à tona. Como Inan, suas capacidades puras são muito fortes.

Sei que a magia despertada neles deve ter vindo de algo que fiz errado no ritual, mas vê-los sempre me causa um aperto na garganta.

É difícil ver essas mechas brancas e não me lembrar *dele*.

— Likka! — A mãe da garota corre na chuva, puxando um grosso xale amarelo sobre a cabeça. Ela agarra o pulso da filha, os músculos tensionando-se quando avista meus cabelos brancos.

Estalo a língua e me afasto, apeando de Nailah quando chego ao fim do caminho diante do esconderijo de Roën. Sua filha pode ter magia agora, mas, mesmo assim, de alguma forma, ela ainda me odeia pela magia em mim.

— Olha só quem está por aqui. — Uma voz rouca me recebe quando me aproximo da entrada do esconderijo onde a gangue de Roën mora.

Reviro os olhos quando o mercenário puxa a máscara preta para baixo, revelando Harun — o capataz de Roën. Da última vez que me encontrei com o mercenário, eu o derrubei. Roën me disse que quebrei as costelas dele. Harun não se aproximava de mim desde aquele dia, mas agora a ameaça dança em seus olhos.

— Me conte. — Ele passa o braço pesado pelos meus ombros. — O que fez minha verme favorita rastejar para fora da terra?

Afasto o braço dele e puxo meu bastão.

— Não estou a fim dos seus joguinhos.

Ele sorri enquanto o avalio, revelando seus dentes amarelos.

— Essas ruas são perigosas à noite. Especialmente para uma verme como você.

— Me chame de verme de novo...

Minhas cicatrizes formigam, correndo o xingamento que o rei Saran marcou nas minhas costas. Aperto meu bastão quando mais mercenários se esgueiram para fora das sombras. Antes que eu perceba, cinco deles já me encurralaram contra a parede da caverna.

— Sua cabeça está a prêmio, *verme*. — Harun avança, os olhos cintilando, correndo pelas novas marcas douradas na minha pele. — Sempre pensei que você valeria um bom preço, mas nunca imaginei quão alto chegaria.

O sorriso desaparece de seu rosto, e percebo o brilho de uma lâmina.

— A garota que trouxe a magia de volta. Bem diante de nossos olhos.

A cada ameaça que Harun faz, a magia de que ele fala borbulha em meu sangue. Meu àṣẹ cintila como raios que se reúnem em uma nuvem de tempestade, apenas esperando para ser liberado com um encantamento.

No entanto, não importa quantos mercenários apareçam, não vou liberá-lo. Não posso. A magia é o motivo por que Baba se foi. É uma traição usá-la agora...

— O que temos aqui?

Roën inclina a cabeça, vindo tranquilo das ruas de Jimeta. Quando se aproxima da entrada da caverna, um raio de luar se reflete em uma mancha de sangue em seu queixo. Não consigo saber se o sangue é dele ou não.

A postura e o sorriso raposano de Roën exalam tranquilidade, mas seus olhos cinza-tempestade são afiados como facas.

— Espero que não estejam fazendo uma festa sem mim — diz ele. — Sabem como eu sou ciumento.

O círculo de mercenários se abre instintivamente para seu líder quando ele caminha até a frente da caverna. Os dentes de Harun estalam quando Roën puxa um canivete e revela sua lâmina, usando a ponta para tirar sujeira debaixo das unhas.

Harun me olha de cima a baixo antes de se afastar. Sua ameaça deixa um gosto amargo em minha língua quando os outros mercenários o imitam, afastando-se até Roën e eu ficarmos sozinhos.

— Obrigada — digo.

Roën enfia o canivete no bolso e olha para mim, os vincos se aprofundando na testa. Ele balança a cabeça e acena para que eu o siga.

— Não importa o que você diga, minha resposta ainda é não.

— Só me ouça — imploro.

Roën caminha de forma brusca, forçando-me a acompanhar seus passos largos. Espero que me leve até o esconderijo dos mercenários, mas em vez disso, ele me guia para uma plataforma curvada atrás da caverna. O caminho fica cada vez mais estreito enquanto subimos, mas Roën só aumenta a velocidade. Me pressiono na parede enquanto as ondas brancas se chocam contra os penhascos metros abaixo.

— Há um motivo para eu ter me esforçado tanto para conseguir aquele navio — diz Roën. — Você parece esquecer que minha gangue não adora seu rostinho raivoso tanto quanto eu.

— O que Harun estava falando? — pergunto. — Alguém botou minha cabeça a prêmio?

— *Zïtsōl*, você trouxe a magia de volta. Tem um bocado de gente querendo botar as mãos em você.

Chegamos à ponta da plataforma, e Roën sobe em uma grande caixa de madeira reforçada com placas de ferro. Acena para eu me juntar a ele e eu hesito, seguindo o emaranhado de cordas que prende seu instável sistema de polias até alguma coisa lá em cima.

— Sabe, no meu território, *Zïtsōl* é um termo carinhoso. Significa "aquela que teme aquilo que não pode feri-la".

Reviro os olhos e subo nas placas rangentes. Roën sorri ao puxar a corda. Um contrapeso cai, e o carrinho estremece quando subimos, sendo elevados como pássaros no céu.

Estendo as mãos para agarrar a lateral gasta do carrinho quando, lá de cima, consigo ver todas as novas tendas de Jimeta. Do navio de guerra, contei dezenas ao longo do cais norte, mas centenas mais sobem e descem pela costa rochosa.

À distância, uma fila longa de pessoas anda aos tropeços, maji de cabelos brancos e kosidán de cabelos escuros embarcam em um barco modesto. É difícil não me sentir responsável quando as famílias desaparecem no convés do barco. Não acredito que o caos de trazer a magia de volta já expulsou tantos orïshanos de sua terra natal.

— Não perca seu tempo olhando para baixo — diz Roën. — Olhe para cima.

Fico boquiaberta ao voltar meus olhos para cima, observando a vista trinta metros no ar. Desta posição elevada, os penhascos imensos de Jimeta são silhuetas escuras apontando para o céu. Estrelas brilhantes cobrem a atmosfera como diamantes costurados no tecido da noite. A visão me faz querer que Baba estivesse vivo; ele sempre amou olhar as estrelas.

Mas quando continuamos a subir, observo as pessoas lá embaixo. Quase desejo estar subindo no barco com elas. Como seria navegar rumo a uma promessa de paz? Viver em uma terra onde os maji não são inimigos? Se eu pudesse deixar tudo isso para trás, ainda doeria tanto para respirar?

— Acha que ficarão melhores do outro lado do oceano? — pergunto.

— Duvido — diz Roën. — Se você é fraca, não importa muito onde está.

O poço de culpa no meu estômago fica mais pesado, esmagando minha fantasia. Mas esse mesmo poço vira frio na barriga quando Roën desliza a mão ao redor da minha cintura.

— Além disso, que alma poderia ficar melhor tão longe assim de mim?

— Se não tirar esse braço em três segundos, eu vou cortá-lo fora.

— Três segundos inteiros? — Roën sorri enquanto o carrinho enfim para.

Ele nos leva à plataforma mais alta, abrindo-se para uma caverna modesta. Eu me abraço ao entrar, observando as formações rochosas esculpidas que formam uma mesa e uma cadeira. Peles de pantenário fazem as vezes de cama. Não achei que a casa dele seria tão vazia.

— É só isso?

— O que estava esperando, um palácio?

Roën caminha até o único móvel de verdade que ele tem, um guarda-roupa de mármore cheio de diferentes armas e lâminas. Tira um par de soqueiras de latão do bolso e as deixa em uma prateleira. O sangue ainda mancha os anéis polidos.

Tento não imaginar o rosto em que Roën as usou enquanto procuro as palavras certas para fazê-lo nos dar o que precisamos. Não quero ficar sozinha com ele por muito tempo. Apesar dos avanços de Roën, confio menos em mim do que nele.

— Somos gratos por tudo o que você fez — digo. — A paciência que teve conosco...

— Por favor, me diga que Amari lhe deu um texto melhor que esse.

Roën começa a se sentar em sua cadeira, mas se encolhe, pondo a mão atrás do pescoço. Ele puxa a camisa por cima da cabeça, e meu rosto esquenta ao ver seus músculos esculpidos, riscados com novas e velhas cicatrizes. E então vejo o corte abaixo de seu ombro.

Pego um pano manchado do chão, aproveitando a chance para me aproximar. Os olhos de Roën estreitam-se quando o encharco e torço em um balde de água da chuva antes de limpar sua ferida.

— Você é um doce, *Zitsōl*. Mas não trabalho com favores.

— Não é um favor. Se nos ajudar, vai ganhar o dobro do que já tem.

— Me explique uma coisa. — Roën inclina a cabeça. — O que é o dobro de nada?

— Se o ritual tivesse acontecido como planejado, Amari estaria sentada no trono. Você já teria seu ouro.

Baba estaria vivo.

Afasto o pensamento antes que ele possa me assombrar de novo. Pensar no que poderia ter sido não me ajudará a convencer Roën a dizer sim.

— *Zitsōl*, por mais encantador que eu possa ser, você não quer homens como eu ou Harun ao seu lado. Definitivamente, não quer estar em dívida conosco.

— Se Amari não reivindicar o trono, alguém vai assumir o controle.

— Parece que é problema dela. — Roën dá de ombros. — Por que você se importa?

— Porque... — As palavras certas deslizam até a ponta da minha língua. *Porque ela é o melhor para este reino. É a única pessoa que pode interromper a caça dos militares aos maji.*

Mas, olhando para Roën, não quero mentir.

De alguma forma, parece que é mentir para mim mesma.

— Eu pensei que as coisas seriam melhores. — Balanço a cabeça. — A magia deveria melhorar as coisas.

Falar a verdade em voz alta faz com que eu me sinta muito frágil. A verdade faz meu coração doer.

— A morte de Baba, os tîtán, os maji caçados. — Suspiro. — Todas essas pessoas fugindo de casa. Não faz nem uma lua desde o ritual e parece que a magia destruiu todo o reino. Tudo está pior do que antes. — Torço o pano, desejando poder voltar no tempo. — Agora que ela está aqui, não a quero. Gostaria de nunca ter desejado magia.

Eu solto um suspiro trêmulo e me movo para limpar mais sangue, mas Roën agarra meu pulso, forçando-me a olhar para ele. Seu toque faz minha pele fervilhar. É a primeira vez desde aquela noite no navio de guerra em que ficamos realmente sozinhos. Naquele momento, estávamos sob a lua amarela, compartilhando pesadelos e cicatrizes.

A maneira como Roën me olha agora faz minha pele arrepiar, mas também faz com que eu queira me aproximar. É como se seus olhos tempestuosos perfurassem minha carapaça, enxergando a confusão que realmente sou.

— Se não quer mais a magia, o que você quer?

Sua pergunta me faz hesitar. Tudo o que quero são as pessoas que perdi. Mas quanto mais penso, mais me lembro do abraço de Mama. Do calor da fuga da morte.

— Eu quero ser livre — sussurro. — Quero acabar com isso.

— Então acabe. — Ele me puxa para perto, me observando como se eu fosse um nó a ser desatado. — Por que pedir minha ajuda quando você pode interromper essa história e dar um fim a tudo?

— Porque se Amari não estiver sentada naquele trono, tudo foi em vão. Meu pai terá morrido *em vão*. E se isso acontecer... — Meu estômago se aperta com o pensamento. — Se isso acontecer, nunca vou estar livre. Não com esse tipo de culpa.

Roën me encara, e consigo ver as objeções surgindo na ponta de sua língua. Mas ele parece segurá-las entre os dentes enquanto aninho seu queixo em minhas mãos, limpando mais sangue.

Ele olha para baixo, e vejo as marcas que sobem pelo braço, as piores de todas as suas cicatrizes. Uma vez ele me disse que seus torturadores rasgavam um talho novo toda vez que matavam um membro de sua equipe diante de seus olhos; vinte e três marcas abertas por vinte e três vidas. No fundo, acho que essas cicatrizes são a razão pela qual Roën deixou sua terra natal. O motivo pelo qual ele me entende melhor do que qualquer outra pessoa.

— Eu não dou segundas chances, *Zitsōl*. Esta seria sua terceira.

— Você pode confiar em mim. — Estendo a mão. — Prometo pela vida de Baba. Nos ajude a acabar com isso, e você vai receber seu ouro.

Roën balança a cabeça, mas o alívio me percorre quando ele pousa a mão na minha.

— Tudo bem — diz ele. — Vamos sair hoje à noite.

CAPÍTULO QUATRO

AMARI

Na manhã seguinte, minha voz ecoa nos aposentos apertados do capitão. À medida que o navio de guerra se aproxima da costa de Zaria, me esforço para escrever o discurso que convencerá o povo de Orïsha a apoiar minha reivindicação ao trono.

— Meu nome é Amari Olúborí — declaro. — Filha do rei Saran. Irmã do falecido príncipe herdeiro.

Estou diante do espelho rachado, tentando sentir o poder incorporado nessas palavras. Não importa quantas vezes eu as fale, não parecem corretas.

Nada parece.

Puxo o dashiki preto sobre a cabeça e o jogo sobre a pilha crescente de roupas na minha cama. Depois de semanas vivendo só com o que podia carregar, o excesso reunido pelos homens de Roën parece estranho.

Isso me relembra das manhãs no palácio; morder a língua enquanto servos me obrigavam a provar um vestido após o outro sob as ordens da minha mãe. Ela nunca ficava satisfeita com nada que eu usasse. Em seus olhos cor de âmbar, eu sempre parecia escura demais. Grande demais.

Pego um gèle tingido de dourado no chão. Minha mãe sempre gostou da cor. Encaixo-o nas minhas têmporas, e a voz dela ressoa em meus ouvidos.

Isso não serve nem para limpar a bunda de um leopanário.

Minha garganta seca, e eu coloco o tecido no chão. Por muito tempo, eu quis mandá-la calar a boca. Agora não tenho essa opção.

Foco, Amari.

Pego uma túnica azul-marinho, apertando a seda para segurar as lágrimas. Que direito tenho eu de lamentar quando os pecados da minha família causaram tanta dor a este reino?

Deslizo a túnica sobre a minha pele e volto para o espelho. Não há tempo para chorar.

Preciso reparar esses pecados hoje.

— Venho até vocês para declarar que as divisões do passado terminaram — grito. — A hora de unificar é agora. Juntos, estaremos…

Minha voz arrasta-se enquanto mudo de postura, inspecionando meu reflexo fragmentado. Uma nova cicatriz corre pelo meu ombro, se espalhando como um raio contra a minha pele cor de carvalho. Ao longo dos anos, me acostumei a esconder a cicatriz que meu irmão havia deixado em minhas costas. Esta é a primeira vez que precisei esconder a de meu pai.

Algo nessa marca parece vivo. É como se o ódio dele ainda corresse pela minha pele. Gostaria de poder apagá-la. Quase gostaria de poder apagá-lo…

— Pelos céus! — Meus dedos cintilam com a luz azul de meu àṣẹ e estremeço com a queimadura. Tento abafar o brilho azul-escuro que reluz ao redor da minha mão, mas a sala gira enquanto minha nova magia aumenta.

Tentáculos azul-escuros disparam da ponta de meus dedos como faíscas de uma pederneira. Minhas mãos ardem enquanto minha pele se parte. Minhas cicatrizes abrem-se. Arfo com a dor.

— Socorro! — grito enquanto tropeço de encontro ao espelho.

Algo vermelho mancha meu reflexo. A agonia é tão grande que não consigo respirar. O sangue escorre pelo meu peito enquanto caio de joelhos. Ofego, embora eu queira gritar…

— Amari!

A voz de Tzain é como vidro estilhaçado. Sua presença me liberta da minha jaula mental. A agonia vai sumindo aos poucos.

Quando pisco, me vejo no chão manchado, seminua com minha túnica de seda apertada na mão. O sangue que manchava o espelho não está em lugar algum.

Minhas cicatrizes continuam fechadas.

Tzain me cobre com um xale antes de me abraçar. Apoio-me contra seu peito enquanto meus músculos pesam, exauridos pela explosão de magia.

— É a segunda vez nesta semana — comenta ele.

Na verdade, é a quarta. Mas engulo a verdade quando vejo a preocupação no olhar dele. Tzain não precisa saber que está piorando. Ninguém precisa.

Ainda não sei o que pensar desses novos dons. O que significa ser uma conectora; ser uma tîtán. Os maji tiveram seus poderes restaurados após o ritual, mas os tîtán como eu nunca tiveram magia antes.

Pelo que sei, os tîtán vêm da nobreza: a realeza que desconhecia sua ascendência maji. O que o pai diria se soubesse que seus filhos carregam o sangue daqueles que mais odiava? As mesmas pessoas que ele considerava vermes?

— Pelos deuses — prageja Tzain ao inspecionar a palma da minha mão. A pele está vermelha e macia ao toque, cheia de bolhas amarelas. — Magia não deveria machucar. Se você falasse com Zél...

— Zélie nem está usando a magia dela. A última coisa que ela precisa é ver a minha.

Afasto minha mecha branca, desejando poder cortá-la. Talvez Tzain não perceba o jeito como Zélie olha para ela, mas eu sempre vejo a careta que ela faz. Por muito tempo, ela sofreu por causa de seu dom. Agora aqueles que mais a feriram também carregam essa magia.

Posso entender por que ela odeia isso, mas às vezes parece que me odeia. E Zélie deveria ser minha melhor amiga. Como o restante dos maji se sentirá quando souberem que me tornei uma tîtán?

— Vou dar um jeito — suspiro. — Depois que estiver no trono.

Afundo de novo no pescoço de Tzain, passando os dedos pela barba por fazer ao longo de seu queixo.

— Você está me dando alguma dica?

Um sorriso malicioso surge em meus lábios.

— Acho que combina com você. Gosto assim.

Ele corre o polegar pelo meu rosto, acendendo uma onda quase tão poderosa quanto a minha magia. Prendo a respiração enquanto ele ergue meu rosto para encará-lo. Mas antes que nossos lábios possam se encontrar, o navio geme ao fazer uma curva brusca, separando-nos.

— Pelos céus, o que é isso? — Eu me levanto, apertando o rosto contra o vidro manchado da portinhola. Nas últimas três semanas, tudo o que ela mostrava eram mares cinzentos. Agora, os recifes de coral vibrantes brilham através das águas azul-turquesa.

O litoral de Zaria preenche o horizonte enquanto o navio de guerra navega pelos penhascos cobertos de hera que se projetam sobre o oceano. Um nó se forma na minha garganta com o número de aldeões reunidos nas areias brancas. São centenas de pessoas.

Talvez até milhares.

— Você está pronta. — Tzain para atrás de mim, deslizando os braços em volta da minha cintura.

— Não sei nem o que vestir.

— Posso te ajudar — diz Tzain.

— Vai me ajudar a escolher roupas? — Arqueio as sobrancelhas, e Tzain ri.

— Passei muito tempo olhando para você, Amari. Você fica linda vestindo qualquer coisa.

O calor sobe pelo meu rosto quando ele olha para a pilha de roupas rejeitadas na minha cama.

— Mas sem túnicas hoje. Você está prestes a se tornar a rainha de Orïsha.

Ele me vira na direção da armadura que usei no terreno ritual, quando trouxemos a magia de volta. Ainda está coberta com o sangue de todos os oponentes que ataquei com minha espada. O sangue de meu pai mancha a frente, mais escuro, passando pelo selo real.

— Eu não posso usar isso. Vai aterrorizar as pessoas!

— Esse é o objetivo. Eu costumava ver esse selo e sentir um aperto no peito. Mas quando você o usa... — Tzain faz uma pausa e um sorriso doce aparece em seu rosto. — Com você por trás do selo, não tenho medo. Na verdade, me sinto seguro.

Ele descansa o queixo no topo da minha cabeça, pegando minha mão de novo.

— Você é a rainha, Amari. Dê a todos um novo rosto para representar este selo.

CAPÍTULO CINCO

ZÉLIE

Quando a rampa do navio de guerra afunda na areia molhada, o povo de Zaria não comemora. Não se mexe. Nem pisca.

As pessoas apenas encaram.

Os nobres alinham-se pelo caminho até o local da reunião, cabelos pretos ocasionalmente marcados pelas mechas brancas dos tîtán. Os kosidán sem magia reúnem-se atrás deles, soldados e oficiais militares circulando pelas massas. Vejo meu povo parado à margem, cabelos brancos mal escondidos sob grandes capuzes.

A quietude da multidão sustenta o peso deste momento, deste capítulo da história que criamos. Não acredito que, depois de tudo o que se passou, finalmente chegamos até aqui. *Meus deuses,* penso comigo mesma.

Estamos realmente fazendo isso.

— Não consigo sentir minhas pernas. — Amari para ao meu lado, imponente em seu traje de armadura. Manchas de sangue ainda cobrem o selo real. Um elmo cobre seus cabelos escuros, perfeitamente posicionado para esconder sua mecha branca.

Coloco meu próprio peitoral roubado, deslizando meu cajado aonde teria ido a espada de seu antigo dono. Sinto que estou prestes a vomitar, mas ela não precisa ouvir isso.

— Você enfrentou coisas piores. — Dou um tapinha em seu ombro. — Pode enfrentar isso aqui.

Amari faz que sim, mas suas mãos ainda tremem. Não a vejo apavorada assim desde o mercado de Lagos, quando ainda não nos conhecíamos. Naquela época, ela era apenas uma princesa fugitiva. Eu, apenas a filha de um pobre pescador. Ela trombou na minha vida, e agora todo o reino nunca mais será o mesmo.

— Você consegue. — Ignoro a dor que me causa fitar os olhos dela. Mas, com sua mecha escondida, é mais fácil ver seu rosto e não o do irmão que partiu meu coração.

— Meu pai e Inan prepararam-se a vida inteira para este papel — diz Amari. — Eu mal tive uma lua.

— Mas você já deu mais a este reino do que qualquer homem ou mulher antes. Eu não teria sido capaz de trazer de volta a magia se não fosse por você. — Seguro suas mãos e enlaço nossos dedos, apertando-os de novo. — Os deuses escolheram você. Estão escolhendo você da mesma maneira que a escolheram para roubar aquele pergaminho.

Embora eu sorria, dói falar essas palavras. Se os deuses a escolheram para isso, me escolheram para sofrer.

Escolheram que eu perdesse Baba.

— Você realmente acredita nisso? — Amari desvia o olhar. — Mesmo que eu seja uma tîtán?

Sua pergunta faz meus lábios ficarem tensos, mas não importa como eu me sinto sobre sua estirpe. O custo das minhas cicatrizes, o preço do sangue de Baba... assim que Amari for rainha, tudo isso terá algum significado. Quando ela for rainha, não precisarei carregar esse peso. Finalmente estarei livre de toda essa dor.

— Eu tenho certeza — respondo. — É o destino. Os deuses não cometem erros.

Amari me abraça com tanta força que cambaleio para trás. Rio e passo os braços por sua cintura. Tinha me esquecido de como é bom abraçá-la assim.

— Obrigada — sussurra ela contra minhas tranças, a voz tensa com a ameaça das lágrimas.

— Você está pronta — sussurro de volta. — Você será a melhor rainha que Orïsha já viu...

— Não esqueça a parte mais importante. — Roën interrompe nosso abraço, caminhando com um cigarro preso entre os dentes. — Quando você for rainha, estará no comando total de seus tesouros reais.

— Como se você me deixasse esquecer. — Amari revira os olhos. — Seus homens estão posicionados?

— Limpamos o caminho. — Roën gesticula descendo a rampa antes de me dar uma piscadela. — Quando estiver pronta, minha rainha.

Amari solta o ar e sacode as mãos, murmurando baixinho seu discurso.

— Meu nome é Amari Olúborí. Meu *nome* é Amari Olúborí.

Enquanto ela anda para lá e para cá, coloco dois dedos na boca e assobio. Em segundos, o som de garras arranhando o chão de metal do navio avança em nossa direção. Nailah sai dos meus aposentos galopando, derrapando até parar diante de mim.

— O que está fazendo? — As sobrancelhas de Amari se erguem quando eu solto a cinta que mantém a sela e as rédeas de Nailah no lugar.

— Dando a você uma entrada digna de uma rainha. — Junto as mãos para ajudá-la a subir. — Você é a Leonária. O mínimo que pode fazer é chegar cavalgando uma.

· · · · · ◆ ◇ ◆ · · · · ·

UM SUSPIRO COLETIVO se espalha pela multidão quando Amari desce a rampa de ferro nas costas de Nailah. Até eu fico maravilhada com a visão. Atrás de mim, Tzain pisca para afastar a lágrima que brota em seu olho.

Raios brilhantes refletem na armadura de Amari, cintilando toda vez que Nailah se move. Com as mãos em volta dos chifres de minha leonária, ela parece mais que uma rainha.

Parece mágica.

— Fique atenta — sussurra Roën no meu ouvido. — Isso não é uma coroação.

Sigo seu olhar para um soldado magro na multidão, sua mão apertada ao redor do punho da espada. Ele empurra os nobres e os kosidán ao longo do caminho de Amari, a luz do sol refletindo no selo real de seu peitoral. Com um aceno de Roën, Harun intercepta o guarda, arrastando-o para longe antes que ele possa se aproximar.

— Eu não entendo — digo. — Pensei que só precisássemos nos preocupar com o *Iyika*.

— Nem todo mundo ficou feliz em descobrir que sua rainha está viva — explica Roën. — Os militares sabem que ela é uma simpatizante dos maji. A maioria preferia ela morta.

Meu corpo fica tenso, e ergo os olhos, esperando que Amari não tenha visto. Embora os outros soldados não agarrem suas espadas, não dá para dizer que se curvam diante da nova rainha. Duplas patrulham a multidão dos dois lados do caminho de areia branca, acenando para cada nobre tîtán que encontram, mas observando os maji com olhos faiscantes, mãos pairando sobre as lâminas de majacita em suas espadas.

Os militares estão caçando maji como cães. O novo almirante por pouco não declarou guerra.

As palavras de Roën me voltam quando olho para meu povo à margem da multidão, com medo demais para se aproximar. Ainda que o sol caia quente, a maioria se esconde sob mantos estampados. Nossos dons voltaram, mas meu povo ainda se encolhe amedrontado.

— Quase lá. — Roën acena para uma grande cúpula de areia a algumas dezenas de metros adiante na costa. A estrutura fica ao longo da orla do mar. As ondas ficam brancas ao bater contra o padrão retangular esculpido nas laterais. A cúpula imponente é tão grande que quase bloqueia o sol.

— É perfeito — sussurra Amari, de cima.

Um lampejo de alegria a ilumina por dentro, mas enfraquece quando chegamos perto das manchas borradas de vermelho ao longo da lateral da cúpula, a tinta manchada ainda mostrando a sombra de um *I*. Amari percebe meu olhar, e eu aperto seu tornozelo para apoiá-la.

— Não se preocupe. Nenhum membro dos *Iyika* vai passar por mim.

— *Jagunjagun!*

Olho para baixo e encontro um jovem maji com orelhas grandes e uma pinta no queixo. Ao contrário dos outros, ele se põe à frente da multidão, o capuz obscurecendo os pequenos cachos brancos. Embora sussurre a palavra iorubá para "soldado", não parece se referir ao selo real em meu peitoral. Sorrio para ele, e seus olhos se arregalam tanto que temo que caiam das órbitas.

Baba queria essa vida para ele, a percepção surge à medida que passamos. *Para ele e para todos como ele.* Chega de se esconder. É hora de meu povo ficar ao sol.

Amari para Nailah no portal rachado da entrada da cúpula e desce para a areia. Ela respira fundo antes de avançar.

Eu a protejo de perto quando entramos na reunião.

CAPÍTULO SEIS

AMARI

Quando entramos na cúpula, o que vejo é tão brilhante que rouba minhas palavras. Há muitas pessoas, e nunca falei com tantas de uma vez só.

Um mural esculpido preenche as paredes de areia da cúpula, corpos entalhados entrelaçados em dança e música. Uma grande abertura na lateral da cúpula permite uma visão do mar. As ondas beijam a areia a nossos pés.

— Uau — murmura Tzain, caminhando ao meu lado. Levanto a cabeça para a luz do sol que se derrama da grande fenda no teto. Ela banha a multidão abaixo com seus raios quentes, iluminando um palco de madeira erguido pelos homens de Roën.

O mar de pessoas abre-se enquanto marcho em direção à plataforma no centro da cúpula. Ele se abre diante de mim do jeito que se abria para meu pai.

Golpeie, Amari.

Ouço a voz dele enquanto subo os degraus do palco. Aos olhos de meu pai, este nunca foi o meu destino, mas é quase como se tivesse me treinado para este dia. Foi ele quem me ensinou que devo superar todos os oponentes no meu caminho, mesmo que esse oponente seja alguém que eu ame.

Lute, Amari.

Respiro fundo, empertigando os ombros e estufando o peito. Fiz uma promessa a meu pai quando enfiei a espada em seu peito. Agora é hora de garantir meu trono ou perdê-lo.

— Meu nome é Amari Olúborí. — A declaração retumba contra as paredes curvas. — Filha de seu rei caído. Irmã do falecido príncipe herdeiro.

Alguém se move na minha direção na multidão, e meu pulso dispara; me preparo para seu ataque. Mas quando o jovem kosidán se ajoelha, fico boquiaberta.

Não estou preparada para vê-lo se curvar.

— Vossa Majestade. — Ele se curva tanto que a cabeça toca a areia. Sua reverência inicia uma onda em toda a cúpula à medida que mais pessoas caem de joelhos. Uma onda quente irradia pela minha pele enquanto outras se curvam ao longo da costa de Zaria.

Há algo de sagrado na maneira como se curvam. Algo que quero desesperadamente merecer. Deixei o palácio como uma princesa assustada, fugindo.

Agora estou a um discurso de distância de assumir o trono.

— Duas luas atrás, eu estava sentada em um almoço no palácio enquanto meu pai assassinava minha melhor amiga. O nome dela era Binta, e ela era uma divinal cujo único crime era a magia que corria sob sua pele. — Pigarreio, forçando-me a continuar, embora a dor daquele dia volte a cada palavra. — Meu pai forçou Binta a despertar seu dom contra a vontade dela. Então, quando seus poderes se revelaram, ele a matou imediatamente.

Murmúrios de discórdia correm pela multidão. Algumas lágrimas, algumas cabeças balançando. Ao fundo da cúpula, um grupo de maji abre caminho para entrar. Do outro lado da sala, dois soldados corpulentos trocam olhares.

Nossa paz parece tão frágil quanto vidro, mas não posso mais me esquivar da verdade. Os maji foram silenciados por muito tempo. Se eu não falar por eles, quem falará?

— Talvez vocês não tenham ouvido o nome de Binta antes deste momento, mas sei que conhecem a história dela. É a história que inúmeros orïshanos enfrentaram, uma perseguição injusta que atormentou nossos divinais e maji por décadas. Por gerações, a história de Orïsha tem sido de divisão. Uma história de violência e perseguição que precisa terminar *hoje*.

O timbre da minha voz me surpreende; quase consigo vê-la ondular através da cúpula. Alguém grita em concordância, e outros se juntam. Pisco quando mais aplausos irrompem.

A pequena demonstração de fé me encoraja enquanto ando ao longo da plataforma. A Orïsha dos meus sonhos está ao meu alcance.

Então, vejo um membro dos *Iyika*.

A rebelde para no meio do salão, uma cicatriz grossa correndo sobre o olho esquerdo. Ao contrário de outros maji na cúpula, seus cachos brancos estão à mostra, caindo sobre os ombros morenos. Tinta vermelha mancha suas mãos, da mesma cor que a tinta do lado de fora da cúpula. Embora esteja parada, seu rosto crispado me diz tudo que preciso saber.

Ela não quer que eu assuma o trono.

O suor acumula-se sob meu elmo enquanto examino a multidão, procurando mais rebeldes como ela. Ergo a mão até o elmo para garantir que o metal ainda esconde minha mecha, mas olhar para a maji me força a fazer uma pausa.

Ela não se esconde de mim. Não esconde quem ela é. Por que eu deveria?

Golpeie, Amari.

Meus dedos ficam tensos quando agarro meu elmo, preparando-me para a reação que posso causar. Revelar minha transformação está longe de ser uma jogada inteligente. Mas se eu me acovardar e esconder a verdade, não serei melhor que Inan.

Coragem, Amari.

Dou um último suspiro. Minha mecha branca cai livre quando meu elmo bate no chão.

— *Ela é uma deles!*

— *A rainha é uma tîtán!*

Suspiros percorrem a multidão. Um punhado de maji avança à frente. A agitação aumenta na cúpula enquanto soldados correm atrás deles.

Minha voz enfraquece quando os mercenários de Roën formam um círculo ao redor do palco, mas o sangue seco no meu peitoral me lembra de minha força. Sou a única que pode reunir Orïsha. Sou a rainha que conseguirá manter todas essas pessoas em segurança.

— Eu quis esconder a minha verdade — grito. — Minha apreensão sobre o que me tornei. Mas o retorno da magia e o nascimento dos tîtán são a prova viva de que finalmente estamos voltando à Orïsha que os deuses sempre desejaram para nós! Estamos tão cheios de ódio e medo que esquecemos como essas habilidades são bênçãos. Durante séculos, esses poderes foram a fonte de nossos conflitos, mas os deuses nos dotaram com magia para que o povo de Orïsha pudesse prosperar!

A comoção na cúpula arrefece quando as pessoas ficam enredadas com as minhas palavras. Nossa paz pode ser frágil, mas, enquanto eles estiverem ouvindo, tenho uma chance.

— Pense em como os terrais poderiam cultivar nossa terra. Como as equipes de mareadores podem reduzir pela metade o trabalho dos pescadores — digo. — Os soldadores poderiam erguer novas cidades em dias. Os curandeiros podem garantir que aqueles que amamos não pereçam com ferimentos ou doenças!

Falo olhando a maji rebelde com a cicatriz no olho. O jovem soldado carrancudo. Crio para cada dissidente uma imagem com minhas palavras, vendo meus sonhos de forma quase tão clara quanto o mural esculpido no teto acima.

— Sob meu governo, esta será uma terra em que até os aldeões mais pobres terão alimento, casa e roupas. Um reino onde todos estarão protegidos, onde todos serão aceitos! As divisões do passado acabaram! — Estendo minhas mãos e ergo a voz. — Uma nova Orïsha está no horizonte!

Desta vez, quando os aplausos surgem, são ensurdecedores. Sorrio enquanto o som ecoa ao redor da cúpula; os gritos se unem, poderosos e altos.

— *Kí èmí olá ó gùn Ayaba!* — alguém grita, um cântico que viaja por toda a multidão.

— *Kí èmí olá ó gùn Ayaba* — traduz Zélie. — *Vida longa à rainha.*

Meu corpo parece tão leve que tenho certeza de que poderia flutuar acima do palco. O cântico da multidão reverbera dentro de mim, despertando partes que eu não sabia que tinha. Isso me relembra daquele momento mágico em Candomblé, a maravilha da arte que Lekan trouxe à vida. Agora vejo a mesma paz e prosperidade. Essa mesma magia está ao nosso alcance...

— *Mentiras!*

A voz ribomba acima das massas, seu gelo aquietando a multidão em um instante. Cabeças se voltam para a entrada da cúpula. Agarro o punho da espada enquanto botas de metal esmagam a areia.

Olho para Zélie, e ela meneia a cabeça, pronta para lutar. Mas quando o mar de pessoas se abre e o desafiante aparece, minha lâmina cai da minha mão.

Mesmo com o capuz puxado sobre a cabeça, reconheço o claudicar em seu passo. O ferro em suas veias.

— Mãe?

Minhas mãos vão ao meu peito. Uma risada escapa de meus lábios.

Avanço na direção dela, incapaz de acreditar em meus olhos. Mas quando ela ergue a cabeça, o ódio que queima naquele olhar âmbar me paralisa.

CAPÍTULO SETE

ZÉLIE

Não preciso observar Amari para reconhecer de onde vieram seus olhos âmbar. A rainha Nehanda compartilha a beleza da filha, mas onde Amari tem curvas suaves, essa mulher tem ângulos pontudos e linhas severas. Como a filha, Nehanda usa uma armadura, mas a dela brilha em ouro. As placas polidas se curvam sobre o peito, acentuadas com ombreiras dentadas e manoplas esculpidas.

— O que vamos fazer? — sussurra Tzain, apertando com mais força o cabo do machado.

Apesar do que o pessoal de Roën disse, a rainha Nehanda ainda está viva. A monarca desliza sobre a areia, uma capa de um roxo profundo fluindo atrás dela com a brisa do oceano. Sua precisão é mortalmente familiar.

Faz as cicatrizes nas minhas costas formigarem.

— Você sobreviveu! — Amari sorri, mas Nehanda sequer olha a filha.

Enquanto olha ao redor, parece ter consciência de como a cúpula inteira presta atenção em cada gesto seu. Consciência de como uma única palavra era tudo o que precisava para conseguir um discurso cheio de aplausos em um piscar de olhos.

— Promessas ousadas — fala finalmente a rainha Nehanda. — Mentiras elegantes. Mas essas não são as palavras de uma líder dedicada. Apenas o vitupério de um tirano faminto por poder.

Sua acusação aterrissa como um tapa na cara. Amari chega a cambalear para trás. Uma onda de burburinhos começa entre a multidão, a dissidência escorrendo como a água de uma represa rachada.

— Mãe, o que é isso? — Amari dá um passo à frente. — Pensei que você estivesse morta...

— Você desejou que eu estivesse! — interrompe a rainha. — Você mandou maji e mercenários para caçar minha cabeça!

— Eu não...

— Você diz a essas pessoas que seu rei caiu, mas você não menciona o crime de regicídio pelas suas mãos? Fala de seu falecido irmão sem admitir que foram você e os maji que mataram o legítimo herdeiro do trono?

Arfadas horrorizadas pulsam ao nosso redor, ecoando pela cúpula. O ar que antes continha esperança e promessa definha sob uma nova nuvem de suspeita e repulsa.

— Isso não é verdade! — grita Amari.

— Está negando que matou seu pai?

— Não, eu... — As bochechas de Amari coram, e ela respira fundo. — O rei morreu pela minha mão, sim, mas eu não matei Ina...

Ela não tem oportunidade de terminar. O domínio que Amari estava tendo sobre seu povo evapora.

— *Traidora!* — grita alguém.

— *Mentirosa!* — outro se junta.

A fúria deles aumenta e cresce como uma onda com a intenção de derrubar Amari. Minhas mãos tremem quando a raiva se propaga, fluindo para os maji espalhados por toda a cúpula.

Amari ergue as mãos, uma tentativa débil de conter a fúria deles. A postura faz com que ela pareça um filhote indefeso diante de um covil de leopanários-das-neves.

— Diante de vocês está uma traidora. — Nehanda avança. — Uma rebelde que se alia a mentirosos e ladrões. Uma criança insolente que nos pôs a todos em perigo com magia apenas para que ela possa ser rainha!

— Mãe, por favor — implora Amari. — Deixe-me explicar! — Mas sua voz quebra como madeira enquanto a de sua mãe bate como ferro.

A voz de Amari diminui ainda mais quando os guardas da rainha entram na cúpula, distinguindo-se pela armadura dourada e pelas espadas afiadas. No brilho de seus selos dourados, vejo o cadáver de Mama.

Sinto o calor das chamas que envolveram o caixão de Baba.

— Não permitirei que você e seus maji insurgentes destruam este reino — grita Nehanda. — Você está presa por seus crimes contra a coroa! Quem ajudar você será derrubado!

O pânico se inflama quando os guardas avançam, armando-se com esferas de vidro cheias de um líquido preto como a noite.

— O que eles estão carregando? — pergunto com um grito a Tzain.

— Eu não sei, mas temos que tirar Amari daqui!

Tzain corre em direção ao palco, mas não é rápido o bastante.

Nehanda prende uma máscara dourada sobre o rosto enquanto seus soldados estouram as esferas na areia.

CAPÍTULO OITO

ZÉLIE

O QUE É ISSO, em nome dos deuses?

Dou um passo para trás, me pressionando contra o palco de madeira. O líquido preto se espalha pela areia como uma onda, espumando e borbulhando até tomar o ar como um gás.

Nuvens escuras dominam a multidão, mas nada acontece com os kosidán que elas atingem. Os tîtán apanhados em seu caminho apenas tossem.

São os maji que gritam como se suas unhas estivessem sendo arrancadas.

— *Socorro!*

Um jovem maji arranha a própria garganta. Sua pele morena clara sibila e queima. Ele luta para gritar enquanto se engasga com a fumaça preta.

Nesse instante, me ocorre a verdadeira natureza desse ataque. O veneno da majacita, mas não em correntes ou espadas.

No ar.

Como um *gás*.

— Corram! — grito para Tzain e Amari, agarrando-me à plataforma de madeira. O medo me atinge como um aríete. Meus pés ficam dormentes enquanto subo.

A nuvem de majacita se move pela cúpula, sua massa espessa se expandindo como uma tempestade. Gritos e pânico enchem o ar quando os maji se dispersam, pisoteando-se na corrida até as saídas distantes.

— Não deixem nenhum rebelde escapar! — troveja Nehanda acima das massas. — Orïsha deve ser protegida da loucura deles!

— Mãe, por favor! — berra Amari, mas Tzain a puxa para fora do palco. Ele agarra meu braço enquanto avança pelas pessoas que se colocam em nosso caminho, puxando-nos em meio à histeria.

A guarda pessoal da rainha se aproxima de todos os lados, a armadura dourada brilhando enquanto eles correm. Como Nehanda, seus antebraços brilham com manoplas combinando. Máscaras douradas sobre o nariz.

— Ataquem! — ordena Nehanda, e espero ver mais lâminas de majacita ou esferas de vidro. Mas quando as mãos dos guardas brilham em verde, cheias de àṣẹ, percebo o motivo por trás da posição especial deles.

Não são apenas sua guarda pessoal.

São sua legião de tîtán.

O horror me consome quando os poderes dos tîtán se libertam, e eles apontam para um grupo de maji em fuga. Círculos de areia endurecem ao redor dos pés dos maji como cimento. Colunas de areia elevam-se do chão, atingindo meu povo pelas costas.

Grito de raiva quando os tîtán de Nehanda profanam a magia dos terrais diante de meus olhos. Como se atrevem a usar nossos dons contra nós? Mas quando um soldado tîtán arreganha os dentes de dor, percebo que eles não entendem a magia frágil que têm agora.

— Socorro! — grita o soldado.

As pessoas fogem enquanto o tîtán grita. A areia ao seu redor estremece com uma força incrível. Sua pele se corrói quando a magia se agita além de seu controle.

Em um piscar de olhos, a luz verde explode de seu peito. A vida desaparece de seus olhos castanhos.

O tîtán cai na areia, seu cadáver pisoteado na confusão.

— Zél, venha! — Tzain me puxa, mas já é difícil ficar de pé. O jeito que o tîtán gritou, o jeito como perdeu o controle; eu mesma já senti tudo isso.

É o poder que os maji estão proibidos de usar. Um poder tão grande que consome todos que o carregam.

É o poder da magia do sangue.

E, de alguma forma, os tîtán o têm.

— Assassina!

Amari grita quando um nobre agarra sua trança e a puxa para trás. Tzain os segue, acertando o punho no queixo do nobre.

— Tzain! — Tento ficar próxima, mas em instantes eles se perdem na multidão. Sem meu irmão, os corpos à minha frente viram uma parede inquebrável. — Tzain, preciso de você!

Arranho quem está no meu caminho, o coração batendo forte no peito. Os soldados tîtán atacam pela frente. A nuvem preta se aproxima por trás.

Tento avançar, mas quando o gás de majacita atinge meu pescoço, só consigo gritar.

CAPÍTULO NOVE

ZÉLIE

Pelo amor de Oya.

A majacita gasosa ataca de todos os lados. Meus olhos ardem dentro da nuvem de gás tóxico. A fumaça queima minha pele como ferro em brasa.

O veneno queima minha panturrilha. Outra nuvem atinge as cicatrizes nas minhas costas. Enquanto a majacita arde em meus pulmões, quase consigo sentir a faca de Saran cravada na minha carne.

— Não deixem a traidora escapar!

Os gritos de Nehanda continuam a encher a cúpula. Minha visão entra e sai de foco enquanto ela marcha adiante, sacudindo os cachos que se soltaram do elmo dourado. Não acredito nos meus olhos quando uma única mecha branca cai ao longo da bochecha de Nehanda. *Não pode ser...*

A rainha de Orïsha é uma tîtán.

O ar muda quando Nehanda invoca sua magia recém-despertada. A luz verde de seu àṣẹ se espalha ao redor de suas mãos, mas não para por aí. Sua magia brilha dentro do peito, tanto que exibe as silhuetas pretas de suas costelas.

A luz esmeralda crepita ao redor do corpo da rainha como um raio enquanto ela invoca um poder que não entendo. Ela estende as mãos, e sua legião de tîtán congela onde está. Meu corpo estremece quando Nehanda suga o àṣẹ das veias de seus soldados.

Como isso é possível? Tento entender o que vejo. Fios verdes de àṣẹ atravessam a pele dos títán como fumaça, viajando para dentro das palmas de Nehanda. A façanha deixa os homens de joelhos. Ela suga a vida daqueles corpos trêmulos. Um soldado agarra-se à areia antes de ficar completamente imóvel.

— Você pagará pelos seus crimes! — Nehanda avança apesar da dor que causa a seu povo. Levanta a palma das mãos, e seus olhos brilham com a luz esmeralda. Com outro grito, Nehanda soca o chão com os dois punhos.

A terra se abre ao seu toque.

— Voltem!

Gritos enchem a cúpula quando a rachadura provocada por Nehanda se abre pela areia. As pessoas caem de joelhos, incapazes de ficar de pé sobre a terra tremendo.

O ataque de Nehanda retarda a fuga dos maji, mas seus olhos se arregalam quando ela perde o controle. O tremor aumenta com uma força incrível.

Então, ouço o estalo.

Não.

Meu estômago se aperta quando olho para cima. A rachadura se abre nas paredes da cúpula, espalhando-se pelo arenito como uma teia de aranha.

Levante-se, grito comigo mesma quando a luz do sol vaza através de fendas cada vez maiores. Mas o desespero congela minhas pernas. Não consigo acreditar aonde as coisas chegaram.

Tudo o que fizemos. Tudo o que perdemos.

Não mudou nada.

Não haverá vitória na morte de Baba. Nunca ficarei livre dessa culpa...

— Zélie, *vamos*!

Roën vem pela lateral, seu corpo atingindo o meu. Rolamos pela areia, e ele pragueja quando um pedaço quebrado da parede da cúpula aterrissa em sua mão.

— Roën!

Engatinho até ele, sufocando na nuvem de majacita. Quando o encontro, ele aperta um metal ensanguentado contra o meu nariz. Suspiro quando uma explosão de ar limpo passa através da máscara dourada.

— Aguente firme! — diz Roën, me puxando para perto enquanto nos protegemos embaixo de uma laje caída. A cúpula chove como granizo. Estremeço com cada pedaço de entulho que bate contra nosso escudo.

Alguém grita meu nome, e eu levanto a cabeça; Tzain e Amari galopam em nossa direção nas costas nuas de Nailah. Quando nos vê, Amari estica as mãos.

— Segura minha mão! — grita ela.

Roën e eu agarramos os braços deles enquanto passam. Amari range os dentes, apoiando-se contra Tzain enquanto escalamos as costas de Nailah.

Nailah solta um rugido feroz, esquivando-se das lajes gigantes que caem nas ondas.

A cúpula se desintegra em nosso rastro enquanto nos afastamos da praia.

CAPÍTULO DEZ

AMARI

Milhares de perguntas correm pela minha mente enquanto atravessamos a encosta rochosa nas costas de Nailah. Atrás de nós, Zaria desaparece na noite, um ponto cada vez menor no horizonte distante. Incêndios queimam à distância, cicatrizes tremeluzentes do ódio de minha mãe. Nesse momento, seus guardas já reviraram a cidade inteira. Não demorará muito para que as forças dela avancem atrás de nós.

Como isso aconteceu?

Enterro a cabeça entre as mãos, tentando processar os fatos. Minha mãe ainda está viva. Ontem à noite, essa teria sido a realização do meu maior desejo.

Deveríamos estar nos braços uma da outra. Deveríamos estar de luto por Inan. Minha mãe deveria estar apoiando minha reivindicação ao trono.

Em vez disso, pede minha cabeça.

Pense, Amari.

Meus lábios tremem enquanto me abraço. Se fechar os olhos, consigo ver o evento mentalmente. *Sinto* na minha pele as vibrações da multidão aplaudindo.

Naquele momento, eu tive tudo o que queria para esta terra. Vi a paz e a unificação. O sol de Orïsha estava finalmente nascendo.

E, em segundos, minha mãe criou seu ocaso.

— Por aqui.

Abro os olhos quando Tzain faz uma curva acentuada, guiando Nailah pelo caminho rochoso. Com as instruções de Roën, chegamos a uma clareira na floresta, uma zona segura de que pensei que nunca precisaríamos. Árvores cobertas de musgo nos envolvem, seus galhos grossos nos protegendo do mundo. Passos pesados e patas trovejantes ecoam enquanto mais maji fogem do evento, escapando dos soldados de minha mãe.

— Droga — Roën pragueja baixinho quando paramos.

Ele salta das costas de Nailah, murmurando em sutōrīano enquanto vasculha os bolsos. Roën pega um cigarro e o prende entre os dentes, mas quando me pega observando, desvio o olhar. Sem os tesouros reais, ainda não tenho uma moeda de ouro no bolso.

Como vou pagá-lo por isso?

— Zél, o que aconteceu? — Tzain passa por mim, deslizando das costas de Nailah para chegar à irmã.

Ele segura o queixo de Zélie, inspecionando as queimaduras graves em sua pele escura.

— Foi a majacita. — Ela olha para a máscara de ouro em suas mãos. — A monarquia criou um gás com ela.

Majacita?

Toco meu rosto, salpicado de cortes e contusões, mas sem queimaduras. Se a majacita fez isso com ela, por que não fez o mesmo comigo?

Tzain continua a fazer perguntas, mas para quando Zélie aperta a mão trêmula sobre a boca. Nunca a vi parecendo tão derrotada. Tão vazia. Tão *triste*.

— Sinto muito. — Estendo a mão para ajudá-la, mas Zélie se afasta do meu toque. Baixo a mão, inerte, enquanto ela treme, lutando para segurar os soluços.

— Dê um tempo para ela — sussurra Tzain.

Um nó sobe pela minha garganta quando ele se volta para a irmã. Desço das costas de Nailah, deixando-os a sós. Meu corpo parece que vai estilhaçar quando paro junto a um toco de árvore do outro lado da clareira.

Bem quando tenho a chance de reparar os pecados de minha família, eles voltam a ferir as pessoas que amo.

— Vão ser seiscentas peças de ouro.

Olho para trás: Roën está tentando fazer uma pederneira faiscar com uma das mãos. A outra continua enrolada em um pedaço de tecido rasgado, as ataduras ensanguentadas mal contendo a carne mutilada.

— Como?

— Era o quanto você me devia antes de sua pequena coroação ter sido interrompida — diz ele. — Quando Harun chegar aqui com o resto da minha gangue, o preço daquele salvamento vai custar o dobro.

Mil e duzentas peças de ouro? Tento esconder o choque.

— Você acha mesmo que agora é a hora certa de reclamar do seu pagamento?

— Isso aqui não é caridade, princesa. — Cerro os dentes quando Roën zomba de mim com uma mesura. — Ah, onde estão meus modos? Rainha.

Ele sopra fumaça na minha cara, e eu me afasto antes de revidar. Não posso entrar nos joguinhos de Roën enquanto minha mãe está por aí, calculando seu próximo passo. Imagino a expressão fria em seu rosto, a máscara de ouro que ampliava sua beleza cruel. Ainda não sei dizer se ela realmente pensa que matei Inan ou se só quer me pintar como uma vilã.

Tem de haver alguma coisa a mais, algo além de sua raiva ofuscante. O espetáculo apenas pelo espetáculo simplesmente não é do seu feitio.

Ela não teria feito uma jogada tão ousada se não fizesse parte de um plano maior.

— Vou conseguir suas moedas. — Viro-me de novo para Roën. — Só preciso de tempo.

O mercenário balança a cabeça e exala um longo fio de fumaça.

— Tempo é a única coisa que você não tem mais.

— Ouça...

— Não, ouça *você*. — Ele arreganha os dentes, e eu me encolho, cambaleando para trás. Em apenas um segundo, Roën vira uma pessoa diferente. Nunca foi tão fácil enxergar o assassino escondido embaixo de sua pele. — Sua mãe será o menor de seus problemas se você não pagar a mim e a meus homens. Eu me controlo — rosna ele. — Eles, não.

— Isso é uma ameaça? — Dou um passo à frente, e o olhar de Roën desce para a minha mão. Fios azuis de magia caem de meus dedos como chuva. O àṣẹ queima minha pele ao faiscar.

Eu nunca havia invocado minha magia antes; dói manejá-la agora. Mas uma emoção estranha corre pelo meu corpo quando Roën recua.

— Não é uma ameaça. — Ele balança a cabeça. — É uma promessa.

O som de patas se aproximando rompe o impasse entre nós. Olhamos para trás, e espero ver mais maji fugindo, mas é Harun e os outros mercenários cavalgando guepardanários roubados. Roën vira-se para mim, apontando dois dedos para o meu peito.

— O que quer que aconteça daqui para a frente é por sua conta. Lembre-se disso.

Antes que eu possa responder, ele dá um assobio agudo que faz seus homens se animarem como suricatos.

— Vamos dar o fora.

— Sem nosso ouro? — pergunta Harun.

— Nossa preciosa princesa está sem nada.

— Que surpresa. — A notícia faz surgir um sorriso sinistro no rosto de Harun. — Mas depois daquela reunião caótica, tenho certeza de que podemos encontrar pessoas que vão pagar o dobro pelas dívidas dela.

As palavras de Harun atingem-me como um oceano de gelo. Com a declaração de minha mãe, não serão poucas as pessoas que colocarão um preço na minha cabeça. Pessoas com ouro para pagar.

— Podemos pensar em uma solução. — Sigo pisando duro atrás de Roën, meu peito palpitando. A armadura, que antes fez com que eu me sentisse tão poderosa, agora me pesa a cada passo.

Roën joga o cigarro de lado enquanto caminha até o guepardanário mais próximo. Mas quando Zélie o chama, os músculos de suas costas ficam tensos. Seus passos ficam rígidos ao ouvi-la dizer seu nome.

— Roën, espere!

Zélie desce das costas de Nailah, mas o impacto é demais para seus pulmões cheios de majacita. Assim que aterrissa, ela vai ao chão.

Roën diminui o passo e suspira, pressionando os dedos na testa. Assisto perplexa quando ele se vira para ajudá-la, como metal sendo atraído a um ímã.

— Sinto muito — sussurra ela, lágrimas transbordando de seus olhos prateados. Uma escorre, e Roën seca com o polegar, a mão não enfaixada no rosto dela.

Eles se encaram, e é como se todos nós desaparecêssemos. Palavras não ditas são trocadas nos olhares. Os ombros de Roën encurvam-se quando ele se levanta.

— Eu também.

Com isso, ele se afasta, montando seu guepardanário. Meu estômago se aperta quando Roën e seus mercenários cavalgam para dentro da escuridão, desaparecendo na floresta densa.

Quando não consigo mais ouvir o bater das patas de suas montarias, não sei de quem devo ter mais medo. De minha mãe e sua legião de títán.

Ou dele.

CAPÍTULO ONZE

AMARI

Por um tempo, tudo fica em silêncio. Ninguém fala na ausência de Roën. No fundo, sei que precisamos nos distanciar o máximo possível de minha mãe, mas não consigo me mexer. A ameaça de Roën paira sobre minha cabeça, acompanhada da declaração de minha mãe.

Se Orïsha toda está nos caçando, aonde poderemos ir?

— Vou dar um jeito — me forço a falar, embora não saiba se as palavras são verdadeiras. — Vou encontrar uma maneira de impedir minha mãe. Vou conseguir pagar Roën…

— Para um minuto. — Tzain se aproxima, pousando a mão nas minhas costas. — Você passou por muita coisa. Não precisa encontrar as respostas hoje.

Quero acreditar nele. Esconder-me na segurança de seus braços. Mas o conforto de seu toque não apaga o som das lágrimas de Zélie. Apesar da dor que rasga meu coração, tudo que quero fazer é tirar a dor dela. Saio do abraço de Tzain e me ajoelho na terra ao lado de Zélie.

— Vou consertar isso — sussurro. — Prometo. Conheço minha mãe melhor que ninguém. Se conseguir descobrir sua estratégia, vou saber como contra-atacar.

— Contra-atacar? — Zélie inclina a cabeça como se eu estivesse falando uma língua estrangeira. — Ela derrubou uma *cúpula* na nossa cabeça. Como, em nome de Oya, vamos conseguir vencê-la?

A voz de Zélie treme com um terror que eu gostaria de aliviar, mas não sei o que dizer. Nunca ouvi falar de um poder como o que minha mãe demonstrou hoje. Mesmo como tîtán, não deveria ser possível arrancar a magia das veias dos outros.

— Talvez a magia da minha mãe seja forte — falo devagar. — Talvez mais forte do que qualquer magia anterior a ela. Mas todo grande poder tem uma fraqueza. Com o tempo, poderemos encontrar a dela. — Penso nos tîtán que ela drenou, imaginando se é aí que está nossa resposta. — Se aumentarmos nossas forças e aprendermos como a habilidade dela funciona, poderemos neutralizar sua vantagem. Poderemos fazê-la entregar o trono.

— E se ela não entregar? — pergunta Tzain.

E quando ela não entregar?

Enterro as unhas no meu couro cabeludo; não quero falar essas palavras. Poucas horas atrás, eu tinha os aplausos de kosidán, maji e tîtán prontos para me tornar rainha. Em segundos, minha mãe transformou a união em caos.

Se ela permanecer em cena, todos os maji serão mortos. Incontáveis orïshanos sofrerão. Com ela no trono, tudo o que esse reino conhecerá será a guerra. Tenho que impedi-la.

Mesmo que seja minha mãe.

Fico de pé e estendo a espada, as mãos tremendo enquanto a enterro no chão.

— Se minha mãe se recusar a entregar, eu acabo com ela — declaro. — Vou dar um fim em sua guerra e subir ao trono.

Um silêncio inquieto vem no rastro de minha promessa.

— E a nobreza? — pergunta Tzain. — Todos aqueles soldados e tîtán do lado dela?

Meu estômago revira-se ao pensar em acabar com todas aquelas vidas. Não quero brigar com meu povo, muito menos com uma tîtán como eu. Deve haver centenas de homens alinhados à guerra dela contra os maji.

Talvez até milhares. Se eu tentar acabar com todos eles, não serei melhor que meu pai. Serei apenas outro monstro.

— Antes de minha mãe aparecer no comício, eu tinha o reino do meu lado. Quando eu a derrubar, eles vão me apoiar.

— Não, não vão. — A voz de Zélie traz um novo frio à noite ventosa. — Já perdemos essa luta. A monarquia agora tem magia, e eles ainda nos odeiam. Nunca teve nada a ver com a magia!

— Zél...

— Matar sua mãe não é a solução — Zélie interrompe o irmão. — Se matá-la, outro monarca que odeia os maji simplesmente vai surgir em seu lugar. É hora de deixarmos isso para lá. Sermos livres. Deixarmos Orïsha enquanto ainda estamos respirando!

O anseio em sua voz me pega desprevenida. Não entendo. Fugir não é do feitio de Zélie.

— Sei que a maré não está favorável — respondo. — Mas não podemos abandonar essas pessoas ao reinado de minha mãe. Precisamos salvar o reino. Não temos escolha...

— Sim, temos. — Zélie se levanta. — Nós *temos*. Tentamos salvar o reino. Duas vezes. Agora é hora de nos salvarmos!

— Eu sou a rainha de Orïsha. A rainha deles, mesmo que não me desejem. Não importa o quanto seja difícil, não vou fugir. É meu dever servir e proteger todas as pessoas neste reino!

Zélie olha para Tzain em busca de ajuda, mas ele cruza os braços.

— Zél, ela tem razão. Baba morreu para que pudéssemos lutar...

— Baba morreu por uma mentira! — Zélie bate com o punho em uma árvore. — Deu a vida pela magia, e veja quem está com ela. Nehanda era mais forte do que qualquer maji que já vi!

Sua voz ecoa pelas árvores enquanto ela se força a respirar fundo. Sua raiva vacila por um momento, permitindo-me ver a dor que se expande por dentro.

— Estou cansada de escolher o reino, a magia, os maji... tudo e todos, menos eu. É nossa chance de sermos livres! Pode ser a única chance que teremos.

Ela olha para mim, e é como se eu tivesse seu coração em minhas mãos. Tudo o que quero fazer é curá-lo. Arrancar sua dor. Mas não é só a dor dela que preciso apagar.

Fecho os olhos, preparando-me para a ira que vou provocar. Orïsha não espera por ninguém.

Nem mesmo por essa garota, que eu amo.

— Zélie...

— Pelo amor dos deuses! — Ela ergue as mãos, cambaleando enquanto se afasta.

— Só dê um tempo. — Tzain tenta acalmá-la. — Estamos cansados e feridos demais para resolver isso agora.

— Não, não estamos. — O gelo na voz de Zélie extingue o calor no olhar de seu irmão. — Esse gás não feriu vocês. Não feriu eles. — Ela meneia a cabeça na minha direção, e eu cerro o punho.

Eles.

A palavra dói mais que qualquer uma de minha mãe.

— O que aconteceu com o plano dos deuses? — pergunto. — O que aconteceu com ficar sempre do meu lado?

— Como posso ficar do seu lado quando Baba morreu para que a miserável da sua mãe e seus tîtán pudessem surgir?

— Isso não é justo. — Minha bochecha queima com o tapa que são suas palavras. Ela olha para mim como se eu fosse o monstro. Como se eu tivesse atirado a flecha que matou o pai dela. — Eu também perdi pessoas nessa luta.

— Eu tenho que chorar pelo desgraçado do seu pai? — pergunta Zélie. — Sentir pena daquele fraco que você chamava de irmão? Não consigo olhar para minhas costas por causa do que seu pai fez! Por causa de você e da sua família, minha mãe e meu pai estão mortos!

Zélie manca até ficar ao lado de Nailah, embora seus músculos tremam de exaustão.

— Não compare suas cicatrizes com as minhas, princesa. Você vai perder sempre.

— Eu vou perder? — Avanço. — Eu vou *perder*? Você teve dois pais que te amaram até o último suspiro. Um irmão que está ao seu lado. Meus pais tentaram me matar com as próprias mãos! Tirei a vida do meu próprio *pai* para proteger você e os maji!

Minha voz treme com as lágrimas que querem se libertar, mas não deixo que caiam. Não vou deixá-la vencer. Não vou permitir que ela arranque isso de mim.

— Sinto muito por tudo que minha família fez — continuo —, mas não ouse agir como se minha dor não fosse real. Você não é a única com cicatrizes, Zélie! Minha família me machucou tanto quanto machucou você!

O rosto de Zélie fica frio, e eu paro. Quero eliminar o abismo que se abriu entre nós, mas cada palavra que falamos nos afasta ainda mais. Ela me encara por um bom tempo, aquele olhar horrível e vazio em seus olhos prateados. Então se vira e faz sua montaria se abaixar o suficiente para poder subir nela.

— Zél, pare. — Tzain caminha atrás dela. — Isso já foi longe demais. Todos nós estamos chateados. *Todos nós* estamos sofrendo. A última coisa que precisamos é nos voltarmos uns contra os outros!

Zélie passa a língua pelo lábio inferior enquanto se acomoda nas costas de Nailah.

— Como "você e eu" rapidamente se transformou em "você e Amari"...

— Pelos deuses, Zél...

— Você me ouviu? — ela o interrompe. — Quando minha pele estava queimando, e eu não conseguia respirar? Você me ouviu gritar seu nome ou estava muito ocupado cuidando de Amari?

Tzain fica boquiaberto. Sua testa crispa-se de vergonha.

— Não é justo — diz ele. — Você sabe que não é justo!

— Vocês se merecem. — Zélie pressiona os joelhos, ordenando que Nailah se levante. — Diga olá para a mãe dela por mim. Tenho certeza de que ela ama os filhos de pobres pescadores tanto quanto ama os maji.

— Eu juro pelos deuses...

— Iá! — Nailah dispara sob o comando de Zélie, correndo por entre as árvores.

— *Zélie!* — Tzain corre atrás da irmã, mas em instantes ela some de vista. Ele enterra as mãos nos cabelos antes de bater com os punhos na árvore mais próxima.

— Ela vai voltar — murmura ele, olhando para o tronco da árvore. — Só precisa respirar.

Assinto, mas enquanto afundo no chão, não sei quem ele está tentando convencer.

CAPÍTULO DOZE

ZÉLIE

Lágrimas embaçam minha visão enquanto corremos por entre as árvores da floresta Adichie. Minhas mãos escorregam dos chifres de Nailah. Sem uma sela, mal consigo me segurar.

Aperto as pernas enquanto o mundo passa, um turbilhão de encostas e folhas se agitando. Tento fingir que a velocidade de Nailah é a única razão pela qual não consigo respirar.

Deuses, me ajudem.

Cerro os dentes, lutando para abafar tudo. É como se tudo o que eu fiz de errado viesse à tona de uma vez, um mar me afogando em sua corrente.

Não, penso comigo mesma. *Eles, não.* Acreditar nos deuses foi o que me trouxe tanta confusão.

Por causa deles, Baba está morto.

O desespero cresce dentro de mim quando o terreno começa a se inclinar. A terra sob nossos pés se volta ladeira abaixo. As árvores da floresta começam a diminuir. Agarro os pelos de Nailah, lutando para ficar firme quando suas patas escorregam. Mas o pensamento de como os deuses me usaram me faz querer soltar e cair no chão.

Todo esse tempo acreditei no plano maior dos deuses. No caminho deles, quando eu não conseguia enxergar. Mas tudo o que me trouxeram foram as cicatrizes nas minhas costas. As feridas abertas no meu coração.

Os deuses me usaram como um peão e me jogaram fora quando a magia voltou. Não posso confiar neles para me trazer nada além de dor.

Mama, me leve embora.

A nova oração toma forma, meu coração se partindo pela única coisa em que ainda posso acreditar. Penso em estar em alafia com ela e Baba. A paz da morte e do retorno a seus braços.

Ela me disse que Orïsha precisava de mim, que meu trabalho não havia terminado. Mas trazer a magia de volta apenas piorou as coisas. Os maji estão em uma situação pior do que antes.

Fecho os olhos, tensionando os músculos com a lembrança da rainha Nehanda arrancando o àṣẹ das veias de seus tîtán. Magia era tudo o que tínhamos para nos defender, e agora a nossa não é nem tão forte quanto a dela.

Não importa o que eu faça. Não importa o quanto eu lute. Os maji nunca estarão livres.

Tudo o que nos espera neste mundo é sofrimento.

— Mama, me leve embora! — grito, erguendo a cabeça na direção do céu.

Os ventos fortes fazem arder as queimaduras no meu rosto. O sangue se mistura com minhas lágrimas.

— Me leve de volta — sussurro, enterrando-me na pelagem de Nailah.

Chega de lutar contra a monarquia. Chega de lutar apenas para *existir*. Chega de lágrimas. Chega de conflitos. Chega de dor.

Chega de Tzain.

O pensamento abre um desfiladeiro no meu coração. É quase o suficiente para me fazer virar Nailah e correr de volta para os braços dele.

E Amari...

Respiro fundo, desejando poder engolir cada palavra que gritei. Não sei como lhe dizer que não é culpa dela. Que gritei com ela porque não posso gritar com Inan...

— Uau! — Ofego quando saímos da floresta.

A lua prateada paira no céu, brilhando sobre as silhuetas negras da Cordilheira de Olasimbo. O terreno muda sem aviso quando as árvores desaparecem, levando-nos a um penhasco íngreme que se projeta sobre a escuridão profunda.

Nailah ruge e enterra as unhas no chão para reduzir nossa velocidade. Cascalho e terra voam enquanto deslizamos pela encosta da montanha.

— Aguente firme! — Puxo os chifres dela para trás com toda força que tenho. Com um gemido, minha leonária tomba de lado. Grito quando a colisão me derruba de suas costas.

Sacudo os braços para o céu enquanto voo em direção à floresta. Meu corpo esmaga galhos finos antes de se chocar em uma árvore. Suspiro quando meu peito colide contra uma casca rígida. Minhas costelas se quebram com um estalo alto.

O sangue voa de meus lábios enquanto minha visão escurece, e caio no chão. Eu me encolho, deitada ali, até voltar a enxergar.

Depois de alguns instantes, minha bochecha fica melada com as lambidas de Nailah. Seu nariz molhado pressiona meu rosto enquanto o mundo desaparece. Desta vez, não tento me manter firme.

Me leve de volta, repito a oração. Mama errou em me manter na terra. Estou arrasada demais para ajudar.

Mama, por favor...

Deixo tudo fluir, a escuridão entrar. Mas quando abro os olhos, enxergo branco.

Vejo a terra.

Vejo os juncos.

CAPÍTULO TREZE

ZÉLIE

Não sei se estou presa em um sonho ou em um pesadelo.

Nenhuma corrente me prende, mas não consigo me mexer.

O ar fresco enche meus pulmões, mas não consigo respirar.

Estou cercada de juncos cinza e murchos, uma névoa branca espreita como uma manta de nuvens. Sinto a terra quebradiça contra minha pele nua, afastando-se quando me forço a levantar.

Como?

A pergunta pulsa em minha mente enquanto olho ao redor da terra do sonho. Na última vez que fui trazida a este espaço etéreo, a faca de Saran tinha acabado de rasgar minhas costas. Beijei Inan entre lágrimas.

Agora não há floresta exuberante. Não há o gotejar de água corrente.

Só eu.

E *ele*.

Inan está deitado nos juncos moribundos, muito mais perto do que eu desejaria. Não sei se estou só imaginando coisas.

Se ele ainda está vivo ou morto.

Mas vê-lo agora é como ter uma mão apertando minha garganta. Outra envolvendo meu coração com força. Montanhas despencam dentro de mim quando ele se mexe e se levanta.

Dou um passo para trás quando ele geme, murmurando em um estupor. Seu peito está nu, a pele opaca, o corpo moreno agora magro. A mecha branca brilha em seus cabelos rebeldes, um cacho caindo entre os olhos cor de âmbar. Ele pisca lentamente enquanto se firma, ganhando vida quando me vê.

— Zélie?

Minhas mãos tremem com o som de meu nome em seus lábios. É um tipo diferente de faca. Uma que se enterra nos cantos mais profundos de meu coração e começa a girar.

Isso não está acontecendo. Balanço a cabeça. *Não é real.*

Mas Inan está aqui. Pressiona a mão contra a cicatriz no abdômen, como se ainda vazasse sangue. Seus olhos se arregalam, e quase consigo ver as lembranças lhe voltando. A dor da espada de seu pai penetrando suas entranhas.

Estendo a mão para minhas costas e meus dedos roçam o VERME gravado na pele. A que ponto chegamos. A terra do sonho costumava ser o único lugar no mundo em que ficávamos livres de nossas cicatrizes.

— Eles não deviam ter atirado! — exclama Inan, as palavras se atropelando. — Você precisa acreditar em mim. Eu pedi para não atirarem!

Cubro minha boca com a mão. Um soluço que eu não consigo segurar irrompe.

Cada palavra que ele profere faz com que a magia que suprimo transpire pela minha pele. Embora eu a suprima, não consigo contê-la. Não consigo manter as lembranças enterradas...

— Não!

O grito ecoa na minha cabeça. Ecoa contra as paredes sagradas do templo. Dessa vez, vejo sua fonte. Não é meu irmão, mas Inan.

Meu corpo despenca no chão de pedra. Baba cai em seguida, com um baque pesado.

A flecha atravessa seu peito.

Seu sangue quente se acumula na ponta dos meus dedos...

— Por favor — implora Inan. — Pensei que estava fazendo a coisa certa.

É difícil ouvi-lo acima do latejar na minha cabeça. Minha magia uiva, urrando para atacá-lo.

— Eu confiei em você. — Minhas palavras são tão baixas que não sei se ele consegue ouvi-las. Sinto os pedaços do meu coração como vidro estilhaçado. Peças que se quebraram por causa dele.

— Sinto muito. — Ele balança a cabeça. — Eu sinto muito…

Inan estende a mão, e tudo volta: o principezinho assustado. Lábios que me prometeram o mundo. Mãos que acariciaram minha pele.

— Vou consertar tudo isso — diz ele. — Prometo. Mesmo que me custe a vida.

Mas ele já me fez promessas antes.

Depois causou a morte de Baba.

— Zélie…

Solto um rugido como o de uma leonária quando minha magia se liberta.

Um fogo que não sentia desde o ritual sagrado se acende dentro de mim.

Árvores gigantescas brotam da terra, bloqueando a luz, embora não haja sol algum. Minha magia penetra a terra. A terra do sonho muda, um espelho de toda a minha dor.

— Zélie, por favor!

Raízes pretas das árvores explodem do chão, envolvendo a panturrilha de Inan. Elas se enrolam no corpo dele como cobras, arrastando-o para trás. Não sei como controlo a terra do sonho de Inan, mas não me importo. Avanço enquanto as raízes o prendem contra uma árvore, envolvendo sua cintura, seu peito, seu pescoço.

— Espere! — grita ele enquanto fecho a mão.

Videiras pretas apertam sua garganta, interrompendo suas palavras quando ele se engasga. O sangue escorre por suas costas onde a casca irregular arranhou sua pele. Meus ombros ardem com um eco de sua dor, mas não me importo com isso.

Contanto que doa *nele*.

— *Zélie*. — Os olhos de Inan queimam vermelhos quando cerro meu punho. Aperto as raízes com tanta força que ele mal consegue arfar. Aperto tão forte que sua clavícula *estala*.

— Corra — sussurro entredentes. — *Reze*. — Aproximo meu rosto do dele, apertando meus dedos com tanta força que minhas unhas arrancam sangue da pele. — Eu ainda vou te fazer desejar ter morrido naquele dia.

Com um aperto final, os olhos dele se fecham.

A terra do sonho se despedaça quando Inan desmaia.

CAPÍTULO CATORZE

INAN

Zélie, não!

Meus olhos se abrem. Minhas mãos sobem à garganta. Meu corpo convulsiona com tosse seca, engasgando, lutando contra mim.

Agarro a superfície mais próxima, tentando me firmar em meio à dor. Não há nada além da escuridão.

Apenas a guerra no meu cérebro.

Corra. A voz de Zélie ressoa pelo meu crânio. *Reze.* Seu ódio ancora-me neste momento. A vingança que ela jurou cobrar. Embora meus pulmões ainda busquem ar, começo a enxergar através da dor.

Não funcionou...

A magia está viva de novo.

Essa percepção é como um sedativo que se espalha pelo meu crânio. Embora minha cabeça lateje, essa ideia entorpece toda a dor. Por um instante, todos os outros pensamentos se dissolvem.

Renunciei a tudo para impedir o retorno da magia. Traí minha irmã e a garota que amo. A espada de meu pai enterrada em minha barriga.

No entanto, o veneno ainda corre pelo meu sangue.

Conte até dez. Fecho os dedos, soltando o ar lentamente. Afundo de volta no travesseiro encharcado de suor quando a dor em meu estômago retorna. Minhas mãos tremem enquanto tateio e encontro a cicatriz grossa deixada pela espada do meu pai. A marca horrível ainda está sensível ao toque.

Enquanto corro os dedos sobre a pele intumescida, vejo os lábios crispados de meu pai. Ouço o rosnado em sua garganta. A raiva queimava em seus olhos castanhos quando cravou a lâmina de majacita na minha barriga.

Como isso aconteceu? Procuro respostas na névoa de minha mente. Quando caí em uma poça de meu próprio sangue, não pensei que me levantaria de novo. A última coisa de que me lembro é Amari correndo para me defender, escolhendo enfrentar nosso pai por si mesma.

Não sei como acabei naquela agonizante terra do sonho. Quanto tempo se passou desde aquele dia fatídico. O que aconteceu com meu pai e minha irmã. Onde estou deitado agora...

Ha-woooooooo!

Levanto a cabeça com o uivo profundo e estrondoso. O alarme começa como um ressoar constante, mas, em segundos, toca com a força de mil trombetas. A cama treme com suas vibrações. A sirene faz meu sangue gelar. Tem som de terror, derramamento de sangue e morte.

Tem som de guerra.

Pelos céus, o que é isso? Livro-me dos lençóis de seda, meus membros movendo-se como se estivessem dentro d'água. Tento me levantar, mas minhas pernas cedem. Com um solavanco, vou ao chão.

Enquanto a sirene toca, levanto minha cabeça latejante de um tapete de veludo. Meu corpo enrijece quando fico cara a cara com o penetrante brilho verde de um leopanário-das-neves bordado.

— O que está acontecendo? — sussurro, as perguntas aumentando a cada segundo.

Meus olhos começam a se ajustar à luz fraca das velas, e eu observo as paredes vermelhas; as arcadas de mármore e os estofados luxuosos dos aposentos reais de meu pai. Viro-me para as janelas com vidros dourados quando o alarme fica mais alto. Gritos agudos ecoam pelas cortinas grossas. Os pelos de minha nuca arrepiam-se quando a faixa de céu noturno que espreita pelas dobras da cortina de veludo começa a se avermelhar...

— Vossa Majestade, por favor!

A porta abre-se de repente. A luz das velas invade o quarto. Cambaleio até a parede, ofuscado, quando um general e tropas de armadura invadem o quarto de meu pai.

— Rápido! — O general corre até a cama. — Precisamos levá-lo aos porões! — Mas enquanto a mulher tropeça pelos lençóis de seda, percebo que ela não é uma general.

É minha mãe.

Mal reconheço seu corpo pequeno na armadura dourada. Seus cabelos muito lisos agora caem em ondas crespas sobre os ombros. Porém o mais estranho de tudo é a mecha branca atrás da orelha.

— Onde ele está? — grita ela, avançando para a cama vazia. — Cadê meu filho?

Os soldados arrastam-na em direção à porta.

Então ela me vê recostado à parede.

— Inan?

A cor desparece de seu rosto. Uma das mãos sobe à boca aberta. Lágrimas brotam de seus olhos cor de âmbar, e ela cambaleia para trás, curvando-se como se tivesse levado um soco no estômago.

— Você acordou!

Não sei dizer quanto tempo se passou desde a última vez que nos vimos. Sinto que são vidas de distância. Ela ainda tem a pele bronzeada, o queixo pontudo. Mas a luz em seus olhos diminuiu.

— Mãe...

Antes que eu possa perguntar o que está acontecendo, dois guardas a erguem pelos braços.

— Ponham-me no chão! — ordena ela, mas suas palavras caem em ouvidos moucos.

— Levem-nos para os porões! — grita um tenente.

Em segundos, os soldados me levantam também. Minha mãe grita por mim quando a puxam para trás, carregando-a e descendo as escadas às pressas.

— O que está acontecendo? — grito. — Quem está nos atacando?

Fora das muralhas do palácio, a trombeta toca mais alto. O céu noturno continua a arder em vermelho. O mundo passa em um borrão enquanto os soldados me arrastam dos aposentos do meu pai e me carregam pelas escadas de marfim abaixo. Mas quanto mais vejo o palácio, de mais respostas preciso.

O piso de mármore impecável se foi. Os vasos esguios que ladeavam todos os corredores sumiram. Servos e soldados passam correndo pelos azulejos rachados. Vidro quebrado e molduras tortas mancham as paredes vazias.

Quando chegamos ao pé da escada, não consigo acreditar em meus olhos. Toda a ala leste do palácio está em ruínas.

Nada além de montes de entulho e colunas quebradas.

Isto é um sonho. Fecho meus olhos. *Um pesadelo. Nada mais.*

Mas não importa quantas vezes eu pisque, não consigo acordar.

— O que está acontecendo? — grito, mas ninguém me dá atenção. Não posso simplesmente correr e me esconder.

Preciso conseguir respostas.

Firmo os pés no chão e golpeio com os cotovelos; os guardas arfam quando atinjo suas gargantas. Eles relaxam o aperto e eu me liberto, ignorando o jeito como gritam quando corro para a varanda.

Um espasmo doloroso irrompe do meu abdômen, mas forço minhas pernas trêmulas a correr. Afasto os sacos de areia da porta da varanda, agarrando a maçaneta.

Como isso pôde acontecer?

Mesmo enquanto vivencio esta situação, ela parece impossível. Na última vez que essas paredes foram quebradas eu nem era nascido. Queimadores destruíram os corredores do palácio, matando todos os membros da família de meu pai. Por causa desse ataque, meu pai acabou com a magia. Prometeu que o palácio nunca mais seria atacado.

As antigas histórias de meu pai enchem minha mente enquanto afasto o último saco de areia e abro a porta. Minhas mãos caem fracas com a visão.

Lagos desapareceu.

— Não...

Caio de joelhos. Me sinto perdendo o chão. Não reconheço a carnificina diante de mim. É como se minha cidade tivesse sido devastada pela guerra.

Os edifícios em tons pastel do bairro dos mercadores desapareceram. As tendas e carrinhos coloridos do movimentado mercado que ficava às margens. Janelas quebradas e edifícios destruídos estão em seu rastro. Cadáveres indefesos estão enfileirados nas ruas.

Metade das habitações dos divinais está em chamas, enchendo a noite com o cheiro de cinzas. As paredes de madeira que costumavam cercá-las não são mais do que míseros tocos. Montes gigantescos de escombros as substituem, uma barreira de destruição cercando minha cidade.

Levo a mão à barriga, cambaleando enquanto ela reverbera com a dor. Não acredito que isso esteja acontecendo.

Não consigo acreditar que este é meu lar.

Ha-woooooooo!

O alarme cresce até o mais alto trombetear, e entendo finalmente sua causa. Uma esfera de fogo ergue-se acima das paredes de entulho de Lagos, o sol vermelho aumentando a cada segundo.

Mesmo a quilômetros de distância, minha pele esquenta com o calor abrasador de suas chamas. O crepitar do fogo enche o ar.

Então, o sol vermelho explode.

— Pelos céus...

Meu corpo fica petrificado enquanto incontáveis bolas de fogo atravessam o ar. Elas explodem quando atingem o chão e é como se chovesse chamas.

Gritos ressoam pela noite enquanto as bombas de fogo arrasam Lagos de uma vez. Duas delas erguem-se sobre os portões destruídos do palácio. Tento recuar, mas minhas pernas não se movem rápido o suficiente.

— Abaixe-se! — grita alguém.

Braços fortes agarram meus ombros, puxando-me na direção das portas da varanda. A rouquidão na voz do guarda me faz hesitar. Avisto as cicatrizes de queimadura ao longo do pescoço do soldado enquanto nosso entorno se avermelha.

— Ojore? — Não confio nos meus olhos. Não vejo meu primo desde que deixou a academia naval.

Ele me arrasta para dentro, jogando-me contra os sacos de areia que cobrem a parede. Seu corpo com armadura cobre o meu enquanto o mundo se afoga em um clarão ofuscante de branco.

BUM!

O impacto me sacode até os ossos. As janelas estilhaçam-se com a força da explosão. Cacos de vidro caem sobre nossas cabeças.

O palácio treme com a força, se aquietando enquanto colunas pretas de fumaça adentram. Tampo os ouvidos que zumbem enquanto meu primo cobre meu nariz, levantando-me.

— Você está bem?

Faço que sim, embora minha cabeça lateje mais do que antes. Todas as partes de mim que ainda não haviam doído, agora, gritam de dor.

— Pelos céus, o que foi isso? — pergunto.

Ojore protege o nariz, tossindo enquanto me arrasta em direção ao porão.

— Os *Iyika* — responde ele. — Bem-vindo à guerra.

CAPÍTULO QUINZE

ZÉLIE

A luz atravessa a escuridão da minha mente, me despertando. Resmungo ao retomar a consciência, meu corpo gemendo de dor.

Minha cabeça lateja como se houvesse um rebanho de rinoceromes lutando dentro do meu crânio. Imagens velozes da terra do sonho devastada enchem minha mente a cada pulsar.

— Segure ela deitada — ordena uma voz rouca quando me mexo.

Abro os olhos devagar, e rostos embaçados entram em foco. Tzain se aproxima, bloqueando os raios do sol da manhã. Vê-lo traz de volta a lembrança de fugir com Nailah, de colidir com a árvore antes de cair na terra do sonho.

— Tzain… — Tento me sentar, mas ele me força a ficar deitada.

Amari aparece ao seu lado, pondo pressão nas minhas pernas, embora não me olhe nos olhos. Uma jovem maji com maçãs do rosto salientes e olhos arregalados está ajoelhada entre eles, seus dedos finos pressionados contra o meu peito. Tranças brancas grossas caem por suas costas enquanto sua voz rouca continua a cantar.

— *Babalúayé, ṣiṣé nípasè mi. Babalúayé, ṣiṣé nípasè mi.*

Atrás dela, mais dois maji vigiam o entorno da floresta, olhando as crescentes nuvens de terra ao longe.

— Estão se aproximando, Safiyah — diz um dos maji. — Rápido.

— A rainha? — resmungo, e a maji faz que não com a cabeça.

— Os tîtán dela.

A luz alaranjada em torno das mãos de Safiyah escurece quando ela libera mais do àṣẹ em seu sangue. A energia espiritual aquece a ponta de seus dedos, aumentando a força de sua magia.

Sinto meu próprio àṣẹ sendo drenado quando um calor abrasador se infiltra no meu peito. Uma agulha com fios de fogo passa pelas minhas costelas. Meus músculos sofrem espasmos com o aumento repentino...

Crack!

Me retraio quando minhas costelas se colam como ímãs. Meus ossos se raspam enquanto se curam. Tenho que cerrar os dentes para suportar a ardência. Embora a dor seja forte, a pressão no meu peito se alivia; gosto da maneira como meus pulmões se expandem. Mas quando o ar frio entra, minha mente volta a Inan.

Ele ainda está vivo.

Levo a mão ao pescoço, imaginando as videiras que enrolei em sua garganta. Não sei como ele sobreviveu, mas sinto sua força vital nas minhas entranhas. Meus olhos pousam em Amari, e eu me debato com o que fazer a seguir.

Como posso dizer a ela que seu irmão está vivo, depois de eu ter causado tanta dor?

— Safiyah, *vamos.*

O suor escorre pela pele marrom da curandeira quando ela afasta as mãos. Safiyah deixa a cabeça pender para trás devido à exaustão, respirando devagar e com dificuldade.

— Sinto muito — diz ela. — Mas temos que seguir em frente. Os tîtán de Nehanda estão prendendo todos os maji a leste de Zaria. Aldeias inteiras estão sendo encarceradas na fortaleza de Gusau.

Gusau? Penso na aldeia alguns dias a leste. Imagino se os maji lá estão acorrentados. Se estão rasgando a pele deles do jeito que fizeram comigo.

— Obrigada. — Pouso a mão no joelho de Safiyah, e ela sorri.

— Eu que agradeço, *Jagunjagun*. É uma honra curar a Soldada da Morte.

Minhas sobrancelhas se franzem com o título enquanto ela e os maji voltam para a floresta Adichie. Ninguém se encara quando ficamos sozinhos. Eu me forço a romper aquele silêncio tenso.

— Como me encontraram?

Tzain balança a cabeça para Nailah, enrodilhada nas minhas costas.

— Ela veio correndo até nós, frenética. Encontramos Safiyah depois que Nailah nos trouxe até aqui.

Franzo a testa vendo os cortes superficiais na pele da minha leonária, marcas onde cascalho e galhos cortaram sua pelagem dourada. A pata da frente está envolta em bandagens, inchada por uma torção. Embora doa, estendo a mão e acarício seu focinho. Ela me acaricia de volta, a língua áspera deslizando pela minha testa.

Aponto Tzain para ela, e ele fecha os olhos, estremecendo quando Nailah lambe seu rosto.

— É seu jeito de pedir desculpas?

— É, se estiver funcionando.

Entendendo a dica, Nailah fica agressiva, cobrindo Tzain com beijos molhados. Ele a afasta, mas não consegue segurar o sorriso que ela traz ao seu rosto.

— Sinto muito. — Pego a mão dele. — Sei que passei dos limites.

— Eu juro por Baba. — Ele balança a cabeça. — Se você aprontar uma dessas de novo...

— Não vou. — Entrelaço meus dedos nos dele e aperto. — Você e eu?

— Você e eu. — Ele meneia a cabeça. — Mesmo quando você for idiota.

Abro um sorriso, mas ele desaparece quando Tzain olha para Amari. As bolsas sob os olhos dela me dizem que não dormiu a noite toda. Seu rosto ainda está avermelhado de tanto chorar.

Ela desvia o olhar, passando os dedos pelas novas ondas dos cabelos. Ficam mais ondulados a cada dia. Imagino se é culpa da magia despertada.

— Sinto muito. — Eu abaixo a cabeça. A vergonha de todas as coisas horríveis que gritei me invade. Não quis dizer o que disse. Estava apenas triste.

Amari faz que sim, mas seus lábios ainda tremem. Eu exponho minhas costelas doloridas.

— Pode me chutar aqui, se quiser.

— Isso vai nos deixar quites? — pergunta ela.

— Não. Mas já é um começo.

Embora Amari ainda não me olhe, um sorrisinho se abre em seus lábios. Estendo a mão e seguro a dela, o que faz seus olhos se encherem de lágrimas.

Quase consigo ver meu pedido de desculpas aliviar o peso em seus ombros, mas isso não muda a guerra em que estamos. Os incontáveis soldados e tîtán que agora estão contra nós. A mãe poderosa que ela talvez precise matar.

— Você ainda planeja derrubar Nehanda? — pergunto.

— Não vejo outra maneira. — Os ombros de Amari murcham. — Mas esta é a minha luta. Não vou pedir para você se envolver de novo.

— Conversamos sobre isso — me informa Tzain. — Se você realmente sair de Orïsha, nós vamos te ajudar a fugir. Posso não concordar, mas você já sofreu o suficiente. Entendo por que quer ser livre.

Livre.

A palavra já parece uma lembrança distante. Mesmo do túmulo, Inan mantinha correntes de ferro em volta do meu coração. Com ele vivo, essas mesmas correntes queimam como majacita.

A liberdade não está além das fronteiras de Orïsha. Não enquanto o principezinho ainda viver. Enquanto ainda estiver vencendo.

Se eu quiser ser livre, não posso fugir.

Preciso matá-lo.

— Não vou mais fugir — digo. — Se é guerra o que eles querem, então é guerra o que terão.

Amari segura minha coxa. Ela e Tzain trocam um olhar.

— Não entendo — diz ela. — O que foi que mudou?

Meus músculos ficam tensos, e respiro fundo. Não quero magoá-la de novo, mas ela precisa saber a verdade. Saber do outro membro de sua família contra quem vai lutar.

— Acho que seu irmão está vivo. — Suspiro. — E sou eu quem irá matá-lo.

CAPÍTULO DEZESSEIS

AMARI

Acho que seu irmão está vivo.

Os dias passam, mas as palavras de Zélie não saem da minha cabeça. Assombram-me enquanto percorremos a Cordilheira de Olasimbo, avançando sob as sombras da noite. Camadas de neblina varrem nossos pés enquanto caminhamos por uma trilha de terra que nos dará uma vista da fortaleza de Gusau, metros abaixo. Preciso me concentrar em libertar os maji lá presos para montar meu exército e enfrentar minha mãe, mas tudo em que consigo pensar é Inan.

Não sei o que fazer, se ele ainda respira. Sei que não posso permitir que minha mãe se sente no trono de Orïsha, mas preciso libertar os maji presos na fortaleza de Gusau se Inan assumir o trono em vez dela? Se Inan for o novo rei, ele ainda vai travar esta guerra?

Ver meu pai enterrar uma espada na barriga de meu irmão arrasou meu coração. Se Inan realmente estiver vivo, não quero mais lutar contra ele.

Quero correr para seus braços.

— Você está pensando nele de novo.

Pisco quando Tzain surge ao meu lado, sua expressão gentil. Ele ajeita uma mecha de cabelo atrás da minha orelha antes de correr os dedos pelas minhas costas.

— Como não pensar? — Baixo a voz, olhando para Zélie, que caminha à frente. — Se o que ela diz for verdade... se Inan realmente estiver vivo...

Só pronunciar seu nome me relembra de todas as noites passadas sozinha depois que o ritual fracassou. Meus soluços ricocheteavam nas paredes frias de ferro do navio de guerra. Chorei tanto que meus lençóis estavam sempre úmidos.

Apesar de toda a dor que ele causou, eu não sabia como respirar sem meu irmão neste mundo. Pelos céus, o que devo fazer se ele realmente estiver de volta?

— Esperem. — Zélie ergue a mão, forçando-nos a parar. Os galhos agitam-se adiante. Zélie segura seu cajado.

Meu pulso dispara quando passos se aproximam. Sombras aumentam quando chegam mais perto. Mas quando os três corpos entram no campo de visão, meu coração se parte.

São crianças.

— *Arábìnrin,* vocês têm comida? — Uma jovem maji dá um passo à frente, a mais alta do trio. Suas roupas estão esfarrapadas. Não sei se são parentes ou se só têm em comum seus cabelos brancos.

Zélie estende a mão para sua bolsa de couro, mas eu sou mais rápida. Pego uma tira de carne seca de hienária da minha mochila. Sempre posso caçar mais.

— Obrigada, *Ìyáawa.* — A garota sorri enquanto divide a carne entre os três.

Imagino se foi o governo de meu pai ou de minha mãe que os pôs sozinhos neste caminho. Observá-los se afastar me obriga a voltar à guerra, ao nosso exército esperando para ser libertado, metros abaixo. A cada dia que não encerro esta luta, meu povo sofre.

Com ou sem Inan, preciso derrubar minha mãe e assumir o trono.

— Lá está. — Zélie agacha-se na beira do penhasco, o vale a sessenta metros abaixo, revelando nosso alvo.

A fortaleza de Gusau é do tamanho de Gombe, uma prisão de ferro ao longo das fronteiras da cidade agrícola. Cercada por plantações de mandioca, a fortaleza lança uma sombra sobre seus guardas. Os soldados patrulham todos os metros da torre iluminada por tochas, chamas tremeluzentes iluminando seus rostos sérios.

— Abra os portões! — grita um guarda.

Minha garganta fica seca quando as chamas da tocha refletem em sua armadura dourada. Não preciso ver embaixo do capacete para saber que uma mecha branca percorre seus cabelos. Escondo a minha enquanto conto os outros dois tîtán na patrulha. Imagino se algum deles é tão poderoso quanto minha mãe.

— Vejam. — Zélie aponta para uma caravana puxada por pantenários, que passa embaixo do penhasco. Quando para, os maji acorrentados são forçados a sair. Estão de cabeça baixa quando passam pelas portas gradeadas.

Meu estômago revira quando vejo as queimaduras e contusões ao longo da pele dos maji. Cada rosto ferido me atinge com outra onda de culpa. Se eu fosse rainha, essas pessoas estariam livres. Trabalharíamos juntos para construir a Orïsha de meus sonhos.

— A magia voltou faz cinco minutos, e sua família já está nos prendendo. — Zélie solta um muxoxo. O ressentimento em sua voz faz meu estômago ficar apertado.

— Minha mãe trabalha rápido — digo. — Por isso, precisamos trabalhar mais rápido.

Sei que ela ouve o nome que não falo, mas não ligo para o que ela acredita. Conheço meu irmão; se estiver vivo, não há como ele permitir isso. Já passou por coisa demais para lutar como meu pai.

Nós dois passamos.

— Vamos vigiá-los — decido. — Descobrir os horários deles e encontrar o momento ideal para atacar. Com todos os ataques a maji, devem ter aprendido mais do que conseguem administrar. Se conseguirmos libertar os maji, teremos o início de nosso exército.

— Tem certeza de que somos fortes o bastante? — pergunta Tzain. — Quando invadimos Gombe, tínhamos Kenyon e meus amigos do agbön nos ajudando.

— Você também não estava em guerra. — Uma voz ressoa por trás. — Desta vez, os militares estão preparados.

Minha lâmina corta o ar, e Zélie ergue o cajado. Mas quando a pessoa sai dos arbustos, ela baixa as mãos de novo.

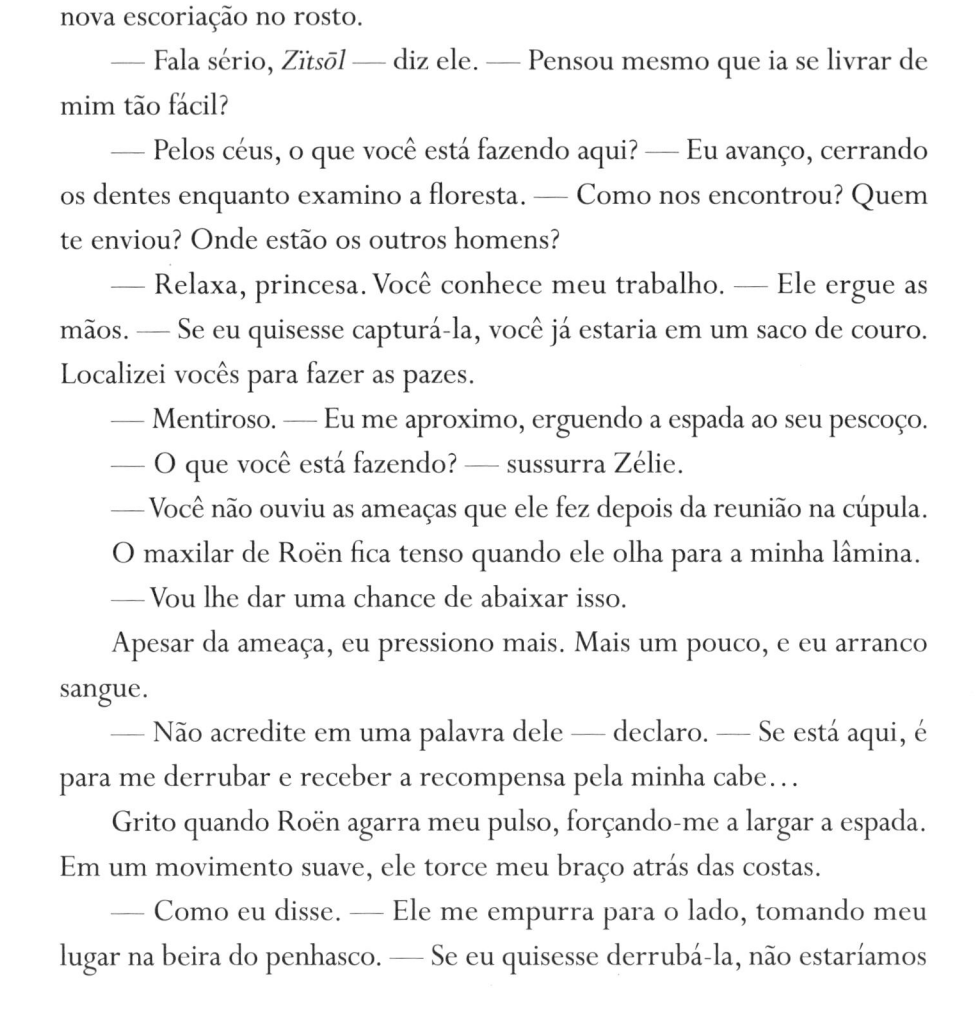

— Roën? — Zélie recua quando o mercenário termina a subida pela trilha de terra. Ele se recosta contra uma árvore, o luar passando por uma nova escoriação no rosto.

— Fala sério, *Zitsōl* — diz ele. — Pensou mesmo que ia se livrar de mim tão fácil?

— Pelos céus, o que você está fazendo aqui? — Eu avanço, cerrando os dentes enquanto examino a floresta. — Como nos encontrou? Quem te enviou? Onde estão os outros homens?

— Relaxa, princesa. Você conhece meu trabalho. — Ele ergue as mãos. — Se eu quisesse capturá-la, você já estaria em um saco de couro. Localizei vocês para fazer as pazes.

— Mentiroso. — Eu me aproximo, erguendo a espada ao seu pescoço.

— O que você está fazendo? — sussurra Zélie.

— Você não ouviu as ameaças que ele fez depois da reunião na cúpula.

O maxilar de Roën fica tenso quando ele olha para a minha lâmina.

— Vou lhe dar uma chance de abaixar isso.

Apesar da ameaça, eu pressiono mais. Mais um pouco, e eu arranco sangue.

— Não acredite em uma palavra dele — declaro. — Se está aqui, é para me derrubar e receber a recompensa pela minha cabe...

Grito quando Roën agarra meu pulso, forçando-me a largar a espada. Em um movimento suave, ele torce meu braço atrás das costas.

— Como eu disse. — Ele me empurra para o lado, tomando meu lugar na beira do penhasco. — Se eu quisesse derrubá-la, não estaríamos tendo esta conversa. — Ele gesticula para as fronteiras da fortaleza, acenando para Zélie. — Os *Iyika* já tentaram invadir a prisão. Agora, todas as instalações em Orïsha estão armadas.

— Gás de majacita? — pergunta Zélie.

— O entorno está cheio de minas. — Roën meneia a cabeça. — Três vezes a força do que usaram no encontro. Qualquer maji morreria sufocado antes que elas estourassem.

— Então vamos conseguir máscaras — digo. — Podemos passar pelo gás.

— Mesmo que pudesse, os guardas matariam todo mundo lá dentro antes de deixarem um maji escapar.

A cor esvai-se de minhas bochechas quando compreendo suas palavras.

— É impossível. — Balanço a cabeça. Sei que estamos em guerra, mas nem minha mãe poderia ser tão cruel.

— Com Lagos tomada, os militares não podem se dar ao luxo de perder outra cidade para os *Iyika* — explica Roën. — Certamente, não podem se dar ao luxo de deixar que os inimigos reúnam mais soldados.

Encaro os galhos no chão enquanto meu plano desmorona como areia. Após nosso sucesso em libertar Zélie da fortaleza de Gombe, eu tinha certeza de que essa estratégia funcionaria. Liberar prisioneiros para nosso exército era a base de meu ataque, o começo de meu caminho de volta ao trono. Mas se minha mãe vai matar todos os maji que tentarmos libertar...

Pelos céus.

Nem sequer atacamos e, de alguma forma, ela já venceu.

— Isso ainda não explica por que você está aqui — diz Tzain, se colocando entre Roën e Zélie. — Espera que a gente acredite que você veio apenas para nos avisar?

— Peraí, irmão. — Roën sorri. — O que eu ganharia com isso? Vim buscar uma recompensa da única pessoa em Orïsha que não quer vocês mortos.

— Eu sabia. — Dou um passo atrás. — Não vou a lugar nenhum com você.

— Ótimo. Fique aqui. Eles só estão atrás de Zélie.

Roën tira um bilhete do bolso e vejo o *I* vermelho com que já nos deparamos tantas vezes.

— Os *Iyika*? — Zélie pega o pergaminho. — Estão me procurando?

— Eles me contrataram para acompanhar vocês até Ibadan e pagaram antecipadamente. Então, você pode vir de bom grado, ou posso arrumar aquele saco de couro.

Pego o pergaminho das mãos de Zélie, estudando a variedade de pontos vermelhos. Penso na rebelde que me encarou no encontro, no ódio em seu olho marcado.

— Os *Iyika* querem matar a mim e ao restante da monarquia — digo. — Não podemos ir até eles.

— Todo mundo quer você morta. — Roën revira os olhos. — Não os culpo. Mas por que desperdiçar seu tempo tentando libertar da prisão soldados que você não pode ter quando pode se juntar aos maji do lado vencedor?

Lanço um olhar sério para Zélie, mas ela responde dando de ombros.

— Que outra escolha temos? — pergunta ela.

Roën sorri com a minha derrota, acenando para seguirmos quando ele assume a liderança.

— Venha, princesa. Vamos ver se os *Iyika* querem te matar tanto quanto sua mãe e meus mercenários.

CAPÍTULO DEZESSETE

INAN

Encarando meu reflexo, não sei nem o que pensar. Não reconheço o estranho que me encara de volta.

O garoto arrasado que deveria ser o rei de Orïsha.

Com todo o peso que perdi enquanto estava inconsciente, estou engolfado no agbádá carmesim de meu pai. A seda real ainda exala sua colônia de sândalo. Se respirar fundo demais, consigo sentir suas mãos ao redor da minha garganta.

Você não é meu filho.

Fecho os olhos, os músculos do estômago contraindo. A dor aguda faz meus dentes rangerem. É como se a espada dele ainda estivesse enterrada ali. Enquanto me preparo para a minha primeira assembleia real, meus dedos tateiam pelo fantasma de sua peça de sênet. Eu me odeio por ainda sentir falta dela.

Odeio meu pai ainda mais por tê-la dado a mim.

— Está vestido, Vossa Alteza? — A porta de carvalho se abre um pouco, e o queixo barbado de Ojore aparece. — Ouvi as lendas sobre a grandeza que existe sob suas vestes, mas temo que eu seja puro demais para vê-la com meus próprios olhos.

Apesar da dor na lateral do meu corpo, meu primo sempre consegue me fazer sorrir. Ele ri quando eu aceno para que se aproxime, o sorriso brilhante contra sua pele marrom-escura.

— Você está bonito. — Ele dá um tapa no meu ombro. — Como um rei. E olha isso! — Ele aperta minha bochecha. — Ainda tem um pouco de cor na cara!

— Não é de verdade. — Eu o empurro para se afastar. — Minha mãe fez os criados usarem os pós e tintas dela.

— Qualquer coisa para esconder essa cara feia.

O calor que ele traz para os aposentos frios de meu pai desperta algo em meu peito. Alto, magro e bonito, Ojore parece uma pintura, em sua nova armadura de almirante, mas ela não cobre as cicatrizes de queimadura em seu pescoço.

Não nos víamos desde que ele era meu capitão na academia naval, mas ainda o considero o irmão que nunca tive. Parece adivinhar meus pensamentos quando passa um braço sobre meus ombros, juntando-se ao meu reflexo no espelho.

— O almirante e o rei. — Ele balança a cabeça, e eu sorrio.

— Bem como planejamos.

— Bem, não exatamente como planejamos. — Ojore bagunça meus cabelos, chamando a atenção para minha mecha branca. Embora mantenha a voz brincalhona, não consegue reprimir seu desdém.

—Você odeia isso.

— Isso. — Ele desvia o olhar. — Não você.

Olho para o reflexo da linha branca irregular, a marca da minha maldição. Desde que acordei, toda vez que tento usar minha magia, parece que alguém está enfiando um machado em meu crânio. Não sei se é por causa da maneira como Zélie me feriu na terra do sonho ou se minhas habilidades mudaram depois do ritual sagrado.

Mas depois de tudo o que aconteceu, nem sei se quero usar minha magia. Como poderia, quando ela é o motivo pelo qual meu pai tentou acabar comigo?

— E os tîtán em suas fileiras? — pergunto. — Minha mãe não era a única usando uma armadura dourada.

— Estamos em guerra. Podemos atacar o fogo deles com nossas espadas? — Ojore esfrega o polegar contra as cicatrizes das queimaduras, ainda escamosas depois de todos esses anos. — Talvez precisemos dos titán para enterrar aqueles vermes, mas a magia ainda é uma maldição.

Quase tenho vontade de rir; luas atrás, eu teria dito a mesma coisa. Mas, mesmo depois de tudo que aprendi, sei que nada poderia fazer Ojore ver a magia de outra maneira. Sua opinião foi forjada no dia em que queimadores irromperam pelo palácio e torraram seus pais vivos. Ele teve sorte de escapar apenas com essas cicatrizes.

— Pensei que eles haviam te pegado também. — Ele baixa a voz e olha para o chão. — Quando te encontrei no terreno do ritual, havia muito sangue. Mesmo depois de estabilizarem você, nunca pensei que fosse acordar.

Penso de novo na terra do sonho. Os juncos moribundos. A névoa cinza. Se Zélie não tivesse me encontrado, talvez eu tivesse ficado congelado lá para sempre.

— Eu te devo minha vida.

— Ora, você me deve muito mais que isso. Quando esta guerra acabar, quero um título. Eu quero ouro. Terras!

Eu rio e balanço a cabeça.

— Você fala como se o fim estivesse à vista.

— Você voltou, meu rei. Agora o fim está à vista.

— Inan?

Eu me viro, sem ter percebido a porta se abrindo novamente. Minha mãe está parada na soleira, a luz do sol refletindo em seu vestido vermelho. O tecido de contas cai sobre os ombros, formando uma capa que flui por suas costas e esvoaça quando ela entra nos aposentos de meu pai.

Ojore solta um assobio baixo.

— Mesmo em uma zona de guerra, minha tia ainda está com tudo.

— Quieto, garoto.

Minha mãe estreita os olhos, mas sorri ao segurar o queixo de Ojore. Embora não sejam parentes de sangue, Ojore é praticamente o primeiro filho de minha mãe. Ela o adotou depois que sua família foi morta, cuidando dele até que pudesse se inscrever no exército.

— A assembleia está reunida na sala do trono. — Minha mãe volta sua atenção para mim. — Estamos só esperando por você.

— Mas o porão é o lugar mais seguro...

Minha mãe me interrompe com um aceno de mão.

— Seu povo vai encontrar seu novo rei como dita a tradição. Não se acovardando na escuridão.

Ojore meneia a cabeça em aprovação.

— A senhora não deixa passar nada.

— Não podemos nos dar ao luxo — diz ela. — O conselho inteiro estará alerta, principalmente o general Jokôye. Você precisa se mostrar seguro se quiser comandar o exército que precisa para vencer esta guerra.

Engulo em seco, desejando ter mais tempo para me preparar. Sei que cabe a mim libertar Lagos e Orïsha da ira dos *Iyika*, mas os problemas parecem grandes demais para serem resolvidos. Com as estradas bloqueadas, o suprimento de alimentos cada vez menor, os segundos de incerteza até que as bombas de fogo arrasem tudo de novo, como devo impedi-los se nem consegui impedir que a magia voltasse?

— Agora, o toque final. — As unhas pintadas de minha mãe brilham quando ela estala os dedos, fazendo um criado entrar no quarto. Ele carrega uma almofada de veludo com a coroa de meu pai. A visão do ouro polido faz um espasmo doloroso correr meu abdômen.

— Vou esperar lá fora. — Ojore dá um tapinha nas minhas costas antes de sair. — Mas você está pronto. Seu pai ficaria orgulhoso.

Apesar da forma como minhas entranhas se apertam, abro um sorriso forçado. Mas ele desaparece no momento em que minha mãe pega a coroa, acenando para eu me abaixar. O metal brilhante ergue-se como um bolo de dois andares, cada grama da herança real forjada em ouro. Padrões de diamantes cravejados rodopiam em torno de um elefantário — a insígnia real original. Um rubi vermelho brilhante vem no topo, tão escuro que parece sangue.

— Eu sei. — Os olhos de minha mãe ficam distantes enquanto ela olha para a coroa. — Se eu pudesse queimá-la, eu queimaria.

— Pelo menos você não precisa vestir as roupas dele.

— Vou encomendar roupas novas quando puder. — Ela pousa a coroa de metal na minha cabeça. A fachada dura de minha mãe começa a ruir com a visão. Ela aperta os dedos sobre os lábios e suspira.

— Pelos céus, mãe! Não chore, por favor.

Ela me dá um tapinha antes de endireitar meu colarinho. Embora eu odeie como mexe em tudo, amo o jeito como sorri.

— Seu pai estava longe de ser um bom homem — diz ela. — Mas era um bom rei. Protegeu este trono a todo custo. Como sucessor dele, você deve fazer a mesma coisa.

Minha mãe pousa as mãos nos meus ombros e me vira na direção do espelho. Com a cabeça junto à minha, a pessoa que olha de volta começa a parecer mais familiar.

— Não quero ser como ele, mãe. Não posso.

— Não seja seu pai, Inan. — Ela pega meu braço. — Seja o rei que ele não pôde ser.

CAPÍTULO DEZOITO

ZÉLIE

— Espere! — comanda Roën, e eu sufoco um grunhido de frustração e me recosto contra uma árvore frondosa.

Nailah boceja e se alonga ao meu lado, sua pata machucada ainda muito frágil para que possamos montá-la. Fazemos uma pausa no meio do estreito trecho de floresta tropical que ladeia a montanha perto do centro da Cordilheira de Olasimbo. Embora estejamos a mais de meia-lua de nos encontrarmos com os *Iyika* em Ibadan, cada parada parece durar uma vida.

— Não me olhe assim, *Zitsōl*. — Roën balança o dedo antes de seguir em frente. — Estamos prestes a perder nossa cobertura. Preciso parar e fazer uma verificação.

Eu bato o pé enquanto ele assume a liderança, abrindo caminho através das árvores cada vez menos frondosas. Estamos cercados de verde-escuro, que cobre cada galho inclinado e trepadeira emaranhada. Quando a floresta tropical se abre, as encostas cobertas de grama se expandem, estendendo-se sob os picos das montanhas. O sol quente brilha sobre eles, raios claros no céu limpo.

—Tudo certo? — grito para Roën. — Ou devemos esperar enquanto você revista as ovelhas?

— Tenho certeza de que esses maji não teriam se incomodado de viajar com alguém como eu.

Ele se afasta de um trecho mais baixo de grama selvagem, e meu peito se aperta.

Dois maji estão a seus pés, nenhum deles muito mais velho que eu. O sangue seco mancha suas túnicas rasgadas, mais escuro ao redor das punhaladas em seu peito. As queimaduras ao longo da pele indicam a majacita que os soldados de Nehanda devem ter usado para pará-los.

— Não olhe. — Tzain cutuca meu braço, seguindo adiante. Amari o segue, me dando algum alívio ao pegar as novas rédeas de Nailah.

— *Os deuses nos dão a vida de presente.* — Eu me abaixo. — *Aos deuses, esse presente deve ser devolvido.*

Embora eu não queira sentir a adrenalina da magia, sussurro as palavras do *ibùkún,* pondo as pobres almas para descansar. Meus olhos ardem quando as lembranças da morte de Baba ressurgem, mas eu as sufoco. Roën cruza os braços quando me levanto.

— É a primeira vez que vejo você usando magia desde o ritual.

Passo por ele sem dizer nada, cobrindo os maji com folhas de palmeira antes de seguir em frente.

— Sério? Isso de novo? — Ele acelera para me alcançar. — Vamos simplesmente fingir que você não me chamou quando fui embora?

— Vamos simplesmente fingir que você não foi embora?

Roën estufa a bochecha, um sorriso tímido dançando em seus lábios.

— Pelo menos me diga o que mudou — pede ele. — Pensei que você quisesse ser livre.

Volto meu foco para o caminho da montanha, passando por cima das pedras grandes espalhadas pela grama selvagem. Às vezes, meus pensamentos ainda flutuam até o mar. Para as terras que podiam estar esperando, longe de toda essa dor. Mas todas as vezes o rosto de Inan volta, me mantendo ancorada ao solo de Orïsha.

— Meus planos não mudaram — digo. — Só preciso cuidar de uma coisa antes.

— Entendo. — Roën sorri. — Espero que essa coisa esteja aproveitando seu último suspiro.

Ele pisca, e eu o encaro com raiva. Odeio o jeito como disseca minhas palavras. É como quando Inan lia minha mente, mas com Roën não há magia.

— De verdade, por que você voltou? — pergunto. — Seria mais fácil para você nos entregar por dinheiro.

— Sinceramente? — Roën segura meu queixo, me parando de vez.

Embora não queira sentir nada, seu toque faz uma brasa faiscar na minha barriga. É como o momento em que ele acarinhou minha bochecha, após a reunião. Ainda me lembro do arranhar de seus dedos calejados. Tanta coisa foi dita naquela simples carícia. Não sei o que fazer com isso agora que ele voltou.

— Quando ouvi o que aconteceu, não me aguentei. — Ele balança a cabeça. — Eu sabia que você gostava de mim, mas se atirar em uma árvore só de pensar em viver mais um dia sem mim?

Roën gargalha quando eu o empurro, a travessura brilhando em seus olhos tempestuosos.

— Você é impossível.

— Não fique envergonhada, meu amor. Você está longe de ser a primeira mulher ou homem a perder a vontade de viver com a minha ausência…

— Zélie!

Nos viramos de repente para olhar à esquerda quando o grito de Tzain ecoa pelas montanhas. O estalo de pedras rachando enche o ar. Os pelos da minha nuca se arrepiam. Roën agarra meu braço, mas saio correndo antes que ele possa me impedir. Mais gritos ressoam quando meus pés pisam a grama selvagem.

— Lá em cima! — Amari aponta quando faço uma curva, escorregando.

Quase um quilômetro adiante, uma tropa de guardas olha para nós da beira de um penhasco. O sol cintila em suas armaduras douradas. Por um momento, todos ficamos parados.

Recuo quando três dos guardas pulam, derrapando pela imponente plataforma da montanha. Os tîtán terrais se movem como um raio, avançando pelo cascalho como se fosse neve.

Meu pulso dispara à medida que percebo a habilidade deles; eles têm muito mais controle do que os tîtán que nos atacaram na reunião. Seguem em nossa direção rapidamente enquanto o restante dos soldados de Nehanda prende cordas na encosta do penhasco, segurando-se firme enquanto deslizam até o chão.

— Eu cuido disso! — Amari corre à frente, a luz azul brilhando na ponta de seus dedos.

— Amari, pare! — Penso no tîtán que pereceu diante dos meus olhos. — Você não sabe usar sua magia!

Sua pele crepita quando a luz azul envolve sua mão. Ela estende a palma da mão para a frente, mas em vez de liberar o ataque, a magia explode em seu rosto. Amari grita de dor, caindo no chão.

Não há saída.

Se eu não usar minha magia para atacar, morreremos.

— *Ẹmí àwọn tí ó ti sùn...*

O tempo parece desacelerar quando o àṣẹ entra em erupção no meu sangue. Os espíritos se condensam no ar como grãos de areia preta. Meus braços tremem com a magia que luta para sair.

Os espíritos correm através dos meus ossos, erguendo-se da terra em massa. Mas, à medida que meus reanimados tomam forma, percebo que não são os únicos.

— *Ẹmi àwọn tí ó ti sùn...*

Franzo a testa quando um soldado alto e magro de armadura dourada repete meu encantamento. Sinto os espíritos que ele invoca como reanimados, mas eles não se erguem como soldados individuais. As almas se entrelaçam, dando vida a um monstro gigante. Meu queixo cai quando a criatura tumular se ergue da terra. É tão grande que sua silhueta bloqueia o sol.

Imóveis e confusos, nenhum de nós se move enquanto nossos reanimados param. O soldado avança e tira o capacete dourado, revelando uma cabeça cheia de cabelos brancos.

— Pela graça de Oya, é *você*! — O garoto fica boquiaberto ao me ver. Não deve ter mais de quinze anos. Como seu enorme reanimado, ele tem orelhas grandes demais para a cabeça.

— A forma poderia ser um pouco melhor. — Outra voz ressoa, e quem falou vem mancando na minha direção. — Mas estou impressionada. Foi um encantamento e tanto.

Quando a soldada tira o capacete, perco o fôlego. A vidente inspeciona o trabalho dos meus reanimados como costumava inspecionar minha postura com o bastão.

— Mama Agba? — sussurro.

Um sorriso se espalha por seus lábios castanhos. Lágrimas brotam dos olhos de mogno quando ela abre os braços.

— Eu disse que voltaríamos a nos encontrar.

CAPÍTULO DEZENOVE

ZÉLIE

Não sei se já chorei tanto quanto choro nos braços de Mama Agba. O cheiro de tecido limpo passa através da sua armadura, me envolvendo em lembranças de casa. Seu abraço traz o marulhar das ondas de Ilorin, o forte encontro de dois cajados de carvalho. Outro soluço escapa enquanto me agarro a ela, pensando, apavorada, que se eu soltar, esse sonho vai terminar.

— *Pèlé* — sussurra Mama Agba entre meus cachos, descansando o queixo na minha cabeça. Ela acaricia minhas costas e solta uma risadinha. — Está tudo bem, minha filha. Estou aqui.

Faço que sim, mas aperto mais; enquanto a seguro, a sensação de abraçar o espírito de minha mãe em alafia me atinge como uma onda. Mal tive tempo de tocá-la antes que ela escapasse dos meus braços. Não vou sobreviver à perda de alguém assim de novo.

— Olha os seus cabelos! — Rio entre lágrimas e toco os cachinhos brancos que agora brotam de seu couro cabeludo.

— Uma guerrerinha trouxe a magia de volta. — Ela sorri. — Não quis mais me esconder.

Enquanto ela fala, observo a pinta em seu queixo, as novas marquinhas e rugas na pele marrom-escura. Ela está mancando de um jeito mais pronunciado do que me lembro, mas é real. Está aqui de verdade.

— Venha comigo. — Mama Agba beija minha testa antes de se levantar para abraçar Amari e Tzain.

Limpo o resto das lágrimas e observo os soldados atrás dela. Todos os maji têm cachos brancos como os meus. A pele deles cobre um belo espectro de tons escuros e claros de castanho.

O jovem ceifador, com orelhas grandes e olhos brilhantes, dá um passo à frente, um sorriso incrédulo no rosto.

— Que encantamento foi aquele? — pergunto. — Nunca vi um reanimado gigante.

— Todos os ceifadores da minha família conseguiam fazer isso! — Ele sorri com orgulho. — Em vez de criar uma porção de reanimados, nós os juntamos para formar um só.

— É incrível.

— Você é incrível! — Ele cerra os dentes, e eu dou um pulo para trás. Ele cai de joelhos e faz uma reverência. — *Jagunjagun Ikú*, eu imploro, me leve como seu braço direito!

— Pelos deuses, Mâzeli. — Um maji com contas presas nas tranças brancas ri. — Ela acabou de chegar. Dê um minuto para ela descansar.

— Ignore esses daí. — Mâzeli pega minha mão, os olhos arregalados. — Vou servi-la fielmente até que eu possa tomar seu lugar como ancião do clã dos ceifadores. Mas até lá, já vamos ter nos apaixonado. — Seu aperto fica mais firme quando tento me afastar. O tom de voz aumenta. — Você vai ser a mãe dos meus filhos. Servirei nossa família até meu último suspiro...

— Muito bem — interrompe Mama Agba, dando um tapinha na cabeça de Mâzeli. — As patrulhas militares vão passar em breve. Por que não continuamos essa conversa em um lugar fechado?

— Ele é sempre assim? — sussurro para Mama Agba quando começamos a andar.

— Como todos os grandes ceifadores em treinamento, Mâzeli é bem determinado.

Sorrio, mas paro quando vejo que Roën fica para trás. Um maji entrega a ele um saco de ouro, e algo no meu peito murcha quando Roën não segue os outros para dentro da floresta tropical.

— É isso? — Fico para trás. — Você vai embora de novo?

— O trabalho está feito. Preciso me encontrar com minha gangue em Lagos.

— Lagos? — pergunto. — Você está trabalhando para o outro lado?

— Dá para ganhar muito dinheiro em uma guerra, *Zïtsōl*. Se você parar de se meter em qualquer confusão, também pode conseguir um pouco.

Balanço a cabeça; não sei por que esperava mais.

— Você acredita em alguma outra coisa que não seja ouro?

— Acreditei em vocês, não foi? — Roën se inclina, tão perto que consigo enxergar as sardas clarinhas em sua bochecha. — Não se preocupe. — Seus lábios roçam meu ouvido enquanto ele fala. — Algo me diz que nossos caminhos vão se cruzar de novo.

· · · · · ◆ ◇ ◆ · · · · ·

Os MAJI NOS guiam para fora da trilha principal da selva, caminhando ao longo de um rio agitado. A água corrente corta a floresta ao meio, dividindo a paisagem verdejante. Abaixo de nós, o terreno montanhoso se inclina em altos e baixos à medida que o aroma de terra fresca e flores silvestres aumenta. As árvores gigantescas preenchem nosso caminho, criando ricos dosséis cor de esmeralda no alto.

Seguro a mão de Mama Agba com força enquanto nos embrenhamos nas raízes das árvores. Tzain, Amari e eu permanecemos próximos, ouvindo atentamente, enquanto ela nos explica as origens dos *Iyika*.

— Eu ainda não entendi — diz Tzain. — A senhora fundou a rebelião?

— De certa forma, sim. — Mama Agba assente. — Mas começou como uma defesa. Seu pai e eu estávamos no meio do caminho para Oron quando tive uma visão de vocês três no acampamento dos divinais. Não chegamos a tempo de impedir o ataque da realeza, mas conseguimos encontrar os sobreviventes. — Mama Agba se apoia em mim quando passamos por cima de um tronco caído. — Nós estávamos trazendo todos para cá quando mais soldados atacaram.

A voz dela enfraquece, e penso nas mortes de Zulaikha e Salim. Tzain e eu trocamos um olhar quando as peças se encaixam. Por isso, Baba acabou nas mãos de Inan. Por isso, Baba morreu.

— Juro, lutamos o melhor que pudemos. — Mama Agba suspira. — Mas seu pai não queria que nos machucássemos. Ele se ofereceu aos guardas, e eles concordaram em poupar nossa vida.

As chamas do caixão de Baba queimam em minha mente enquanto ela fala. Embora estejamos passando por entre flores-do-poente, o cheiro de cinzas preenche meu nariz.

— Eu sinto muito. — Mama Agba balança a cabeça. — Mais do que você pode imaginar.

— Não fique assim. — Aperto a mão dela. — Não é sua culpa.

A lembrança de Inan levando Baba para a morte me recorda de por que estou aqui. Com a ajuda dos *Iyika*, podemos derrubar Inan e Nehanda. E eu poderei botar as mãos no pescoço dele.

— Depois que o acampamento foi arrasado, percebemos que tínhamos uma oportunidade. — Mâzeli se pronuncia no silêncio de Mama Agba. — Ninguém mais sabia que a magia estava voltando. Usamos esse conhecimento para planejar um ataque.

— Na noite do solstício do centenário, nos unimos a outros maji e lotamos as fronteiras de Lagos — um pequeno maji se intromete. — No momento em que nossos dons voltaram, invadimos a cidade. O pessoal da realeza nem soube o que os atingiu.

Amari abaixa a cabeça, mas eu não consigo esconder a admiração em meus olhos. Não acredito que confiaram em mim para trazer a magia de volta; que meu sacrifício realmente permitiu que meu povo lutasse.

— Como foi? — pergunto.

— *Incrível* — murmura Mâzeli. — Teríamos tomado o palácio se não fosse por Nehanda. Mas, agora que você está aqui, romperemos as defesas deles. Com a Soldada da Morte, esta guerra é nossa!

Suas palavras acendem uma alegria entre os maji que dura enquanto nos deparamos com um penhasco impressionante. Um terral alto dá um passo adiante quando nos aproximamos.

— Ancião Kâmarū — gesticula Mama Agba, apresentando todos nós.

Uma argola prateada reluz contra a pele escura do nariz do terral. Seus cabelos brancos grossos se erguem em pequenos cachos soltos. Uma de suas pernas é esculpida em ferro, presa no meio da coxa direita. Dou um passo atrás quando ele passa, mas ele para e se curva, tocando o joelho de ferro no chão.

— As histórias não fazem justiça a você — diz ele, fazendo minhas bochechas corarem. Mâzeli se põe entre nós.

— Kâmarū, não estou nem aí que você tem o dobro do meu tamanho. Sai fora.

O terral sorri ao se afastar, a argola em seu nariz brilhando enquanto toma posição. Kâmarū pousa as grandes mãos contra a encosta da montanha, pressionando a rocha com força.

— Lembre-se de respirar. — Mama Agba assente, um tom familiar de instrução em sua voz. Ele fecha os olhos e solta uma respiração profunda. Então começa a cantar.

— *Se ìfé inú mi...*

Não me movo enquanto o encantamento ressoa. Faz anos desde que ouvi os ritmos constantes que marcam todos os encantamentos dos terrais.

Um brilho esmeralda envolve os pés de Kâmarū, subindo até as mãos. Rachaduras angulosas estalam enquanto seus dedos se enterram na rocha robusta como mãos cavando areia.

— Firme sua postura — diz Mama Agba, e Kâmarū afasta mais as pernas.

As plantas que cobrem a encosta da montanha caem à medida que a tapeçaria espessa se desemaranha, cipó por cipó. Kâmarū recua quando pedrinhas e poeira caem. Com um gemido, o rochedo desliza como uma série de azulejos. Prendo a respiração quando a luz do sol entra na nova fenda estreita, revelando a entrada de uma escadaria infinita. A esperança cintila como brasa no meu peito.

Os *Iyika* são muito mais poderosos do que imaginávamos.

— Excelente trabalho. — Mama Agba dá um tapinha nas costas dele. Os olhos castanhos dela brilham de emoção, um sentimento que não via nela há anos. Ela se afasta, acenando para entrarmos primeiro.

— Vão em frente. — Ela me empurra para o primeiro degrau. — Bem-vinda à rebelião.

CAPÍTULO VINTE

AMARI

— Pelos céus...

Fico boquiaberta quando saímos do longo túnel. Três montanhas formam um triângulo, seus topos achatados em planaltos largos. Elas se erguem tão alto no céu que parece que estamos flutuando sobre uma manta de nuvens. Cada montanha tem uma variedade de impressionantes templos e torres feitas de pedras pretas reluzentes.

— Vocês construíram isso em uma lua? — Tzain dá uma olhada, e Mama Agba dá uma risada calorosa.

— O *Ìle Ìjọ́sìn* foi criado pelos anciões originais, séculos atrás, os primeiros líderes dos dez clãs maji. Estive aqui pela primeira vez quando servi como anciã dos videntes. Este santuário é quase tão antigo quanto a própria Orïsha.

Respiro fundo em meio à vegetação exuberante, as flores-do-poente perfumando o ar. Uma cachoeira bravia desce pelo centro das três montanhas, criando uma piscina natural onde jovens divinais mergulham. Ao longe, penhascos íngremes erguem-se como espinhos de pedra, cutucando a tapeçaria das nuvens. A visão me tira o fôlego. É como se a guerra não pudesse nos alcançar, lá debaixo.

— Por aqui. — Mama Agba aponta para a iminente torre de obsidiana à nossa esquerda. Seus dez andares empilham-se como gigantescos enfeites soldados. — Fizemos uma nova enfermaria, mas ela ainda abriga os antigos centros de meditação e os jardins. E, na segunda montanha, estamos convertendo velhas torres em dormitórios.

Ela aponta para a ponte de pedra que liga o cume das duas montanhas. A segunda montanha é maior que a primeira, salpicada com estruturas semiacabadas. Enquanto nos movemos na direção dos dormitórios, sou tomada pela lembrança de Zulaikha nos guiando pelo acampamento dos divinais. Com suas tendas coloridas e carrinhos velhos, era fácil ver a mão dos homens nas coisas. Este lugar parece um reino criado pelos deuses.

— Imagine santuários como este em toda Orïsha — sussurro para Tzain. — Imagine cidades construídas dessa forma.

— Quando você estiver no trono, não precisaremos mais imaginar nada.

Suas palavras aquecem meu coração, mas também lembram por que estou aqui. Com as forças dos *Iyika*, poderei derrubar minha mãe. Juntos, podemos construir uma nova Orïsha.

— Antes que eu me esqueça. — Mama Agba segura o braço de Tzain, virando-o para a terceira montanha. A mais alta das três, a montanha que forma a base da cachoeira. Dez templos estão encarapitados ao longo dos penhascos, em espiral, cada um dedicado a um clã. — Me pediram para te mandar ao Templo dos Queimadores, caso você chegasse aqui. Pelo que entendi, você jogou agbön contra o ancião deles?

— Kenyon? — O rosto de Tzain se ilumina. — Ele está aqui?

Não víamos seus velhos amigos de agbön desde que seguimos por caminhos separados, depois do ritual. Se não fosse por eles, não teríamos conseguido resgatar Zélie quando ela foi capturada por meu pai.

— E as gêmeas? — pergunta Zélie. — Khani e Imani estão aqui?

— Khani é a anciã dos curandeiros. — Mama Agba assente. — Imani serve como seu braço direito. Foram elas que montaram a enfermaria na primeira montanha.

— Vamos lá. — Tzain guia Mama Agba em direção à terceira montanha antes que ela possa mudar de ideia. Ele nos dá tchau. — Encontro vocês mais tarde!

Sorrio com o entusiasmo dele enquanto Mâzeli assume nossa visita guiada. Mas à medida que avançamos, começo a contar os soldados *Iyika* por quem passamos, meus pensamentos voltando a Nehanda e à guerra. Os soldados destacam-se dos divinais em suas armaduras elegantes de latão, o metal esculpido lembrando os cortes feitos sob medida por Mama Agba. Tons metálicos cintilam através de suas manoplas e ombreiras finas, dez cores mostrando o clã de cada maji.

Doze, vinte e oito, quarenta e dois... cinquenta e sete... setenta e nove. Sempre imaginei um bando de rebeldes desorganizados por trás da marca vermelha dos *Iyika,* mas os oitenta soldados estão organizados e prontos para um banho de sangue. É muito melhor do que eu esperava. Se conseguir trazê-los para o meu lado, poderei acabar com essa guerra muito mais rápido do que previ.

— *Jagunjagun!*

Paramos quando uma bela maji de pele escura se aproxima. Ela chama atenção por sua cabeça raspada. Três argolas de prata sobem pela orelha direita.

— Kâmarū não estava mentindo — diz ela. — Você é mesmo uma visão e tanto.

Seu sorriso fica atrevido, acentuando o nariz largo e os lábios carnudos. Ela se inclina e toca o joelho no chão, permitindo-nos ver as tatuagens que cobrem seu braço direito.

— Nâomi — ela se apresenta. — Mas meus amigos me chamam de Nâo, então podemos começar por aí. — Ela passa o braço tatuado pelos ombros de Zélie, tirando-a das mãos de Mâzeli.

— O que você está fazendo? — pergunta Mâzeli. — Mama Agba me pediu para levá-las para conhecer o lugar.

— Pode fazer isso mais tarde. Ela precisa conhecer Ramaya e os outros anciões!

Nâo arrasta Zélie, e eu começo a segui-las, mas Mâzeli agarra meu braço, forçando-me a ficar para trás.

— Tem certeza de que quer ir? — pergunta ele. — Os anciões não são exatamente fãs...

O olhar dele desliza para a minha mecha branca, e o rubor sobe pelas minhas bochechas. O suor acumula-se em minhas têmporas quando penso em encarar os maji que invadiram Lagos.

— Os anciões comandam o santuário? — pergunto.

— E os *Iyika*. — Mâzeli assente.

— Então, não tenho escolha. Leve-me até eles.

CAPÍTULO VINTE E UM

INAN

Tambores soam pelos corredores, altos como trovões. Suas vibrações estremecem meu crânio enquanto minha mãe, Ojore e eu esperamos do lado de fora das portas da sala do trono. Enquanto me preparo para fazer minha primeira aparição pública como rei, os grandes monarcas do passado observam de seus retratos acima de nós.

Tento não pensar no fato de que, se não fosse por esta guerra, o retrato do meu pai também estaria ali.

— Você será brilhante. — Minha mãe alisa os vincos ao longo de meus ombros e endireita minha coroa.

— Não sei se brilhante — brinca Ojore. — Provavelmente medíocre, na melhor das hipóteses.

Sorrimos um para o outro, mas paramos quando minha mãe olha feio.

— Não é hora para brincadeiras. Já será bastante difícil provar-se digno ao povo, mas, acima de tudo, você deve se provar digno aos conselheiros.

Concordo com a cabeça, lembrando-me das palavras de antes. Sem o apoio do conselho real, não terei o controle do exército de que preciso para vencer os *Iyika* e esta guerra.

Minha mãe faz um gesto para os soldados tîtán de guarda do lado de fora da sala do trono, e eles a saúdam antes de deixá-la entrar. Quando as portas de carvalho se fecham de novo, minhas pernas ficam dormentes.

Sempre pensei que seria Amari quem me prepararia em meus aposentos. Meu pai que entregaria a coroa, quando seu tempo terminasse. Foi isso que desejei para ele.

Queria deixá-lo orgulhoso.

— Algo me diz que talvez você precise disso aqui. — Ojore tateia atrás do cinto, enfiando a mão no bolso da calça. Não sei o que poderia ter ali, mas meus olhos se arregalam quando ele tira uma peça de bronze. Ver a moeda me relembra do acampamento dos divinais, antes do retorno da magia, quando Zélie me ensinou um único encantamento.

— *O que é isso?* — perguntei quando ela me entregou a moeda.

— *Algo com que você pode brincar sem se envenenar. Mexa nela e se acalme.*

— Encontrei com você após o ritual — explica Ojore. — Quase joguei fora, mas nunca tinha visto você tocar em uma moeda na vida. Imaginei que, se havia carregado isso para a batalha, era importante. Você ficava mexendo as mãos feito um idiota.

Ele pousa a moeda na palma da minha mão, e meus dedos se fecham em torno do metal manchado. Passo o polegar sobre o guepardanário gravado no centro. Fico surpreso com a rapidez com que minha garganta se aperta.

— Você não sabe o quanto isso significa para mim. Obrigado.

— É só uma moeda. — Ojore dá um tapinha nas minhas costas. — Não precisa chorar. Agora vamos. O povo está pronto para conhecer seu novo rei.

Com um aceno de cabeça, os soldados abrem as grandes portas. A luz do sol se derrama através da fresta cada vez maior. A tagarelice no interior para quando atravesso o batente.

Fileiras e mais fileiras de pessoas enchem o vasto salão. A sala do trono está tão cheia que não consigo enxergar as lajotas do chão. Parece que metade de Lagos está à minha frente. Dezenas mais esperam diante das portas do palácio.

Pelos céus...

O peso do olhar deles é como um elefantário sobre meu peito. Não acredito que todos estão aqui por mim. Não acredito que o bem-estar deles recai sobre meus ombros.

— Deem as boas-vindas ao rei Inan Olúborí — grita um tenente. — O vigésimo terceiro governante de Orïsha!

É difícil respirar quando a sala inteira se curva, uma onda se movendo pela multidão. Mas antes que eu me perca neste momento, o olhar dos ex-conselheiros de meu pai me mantém atento. Estão à frente da multidão, formando uma linha rígida diante do trono. Diminuo o ritmo quando olho para eles.

—Vossa Majestade. — A general Jokôye faz uma reverência.

É uma mulher pequena de pele castanho-avermelhada. Embora não seja mais alta que uma vassoura, ela inspira respeito como líder de nosso exército e é a mais antiga do conselho real de meu pai. A desconfiança atravessa seus óculos de metal enquanto ela me examina. Não consigo deixar de notar a mecha branca correndo pelo centro de sua costumeira trança quando ela se levanta.

— A general é uma tîtán? — sussurro para Ojore, e ele assente.

— Jokôye agora é uma ventaneira. Está trabalhando com sua mãe para trazer mais tîtán para nossas forças. Até os treina para trabalharem em conjunto.

Inclino levemente o queixo para Jokôye, inspecionando os outros conselheiros atrás dela. Normalmente, seria um conselho de sete, mas apenas cinco membros ainda permanecem após o ataque a Lagos. Os trinta nobres que costumavam sentar-se na primeira fila agora são apenas onze. Todos esperam diante das janelas que vão do chão ao teto, a paisagem em ruínas de Lagos pairando atrás deles.

Vou ganhar sua aprovação. Pressiono o polegar na moeda de Zélie enquanto subo os degraus de mármore da plataforma sobre a qual está o trono. Ojore toma posição à minha esquerda, oferecendo proteção.

Minha mãe fica ao meu lado enquanto me sento no trono dourado. Não sou mais um príncipe.

Tenho que ser o rei que meu pai não pôde ser.

— Sei que são tempos terríveis — eu me dirijo à multidão. — Peço desculpas por tudo que vocês sofreram. Por tudo que perderam. Os ferimentos que sofri ao tentar impedir o retorno da magia me deixaram inconsciente, mas agora estou aqui. — Aperto o braço do trono, examinando a massa de kosidán e tîtán, misturados diante de meus olhos. — Tenho um plano para libertar Lagos e vencer os *Iyika*. Prometo trazer a paz de volta a Orïsha!

Os aplausos ressoam, e meus ombros relaxam enquanto espero a multidão se acalmar. Preciso apertar a moeda de bronze para impedir que a emoção tome meu rosto. Ao meu lado, minha mãe sorri.

— Com os eventos da lua passada, os problemas são incontáveis — continuo. — Mas peço que vocês me apresentem esses problemas agora. Vou ajudá-los da maneira que eu puder.

— Com licença. — Uma voz suave ressoa do fundo da sala.

As pessoas se afastam quando uma jovem avança; uma mãe com dois filhos. Ela passa pelos nobres e conselheiros diante da multidão com uma criança chorando apertada contra o peito. Seu outro filho, um garoto de bochechas encovadas, vem agarrado em sua saia estampada.

— Vossa Majestade. — A mulher se curva quando chega ao trono. A essa distância, posso ver como a pele deles está flácida, e a barriga, horrivelmente protuberante. — Sei que não tenho direito de pedir, mas estamos vivendo de restos. Se Vossa Majestade tivesse um pouco de comida…

Minha mãe se inclina, sussurrando baixinho para mim:

— As estradas bloqueadas impediram a entrada de alimentos, e o mercado ficou fechado por semanas. Foi destruído no primeiro ataque dos *Iyika*.

Meneio a cabeça, lembrando-me do bazar, antigamente cheio de especiarias e carnes vermelhas. Examino a multidão.

— Quem mais está necessitado? — pergunto.

Mãos levantam-se por todo o salão, e meu peito se aperta. Era para sermos a capital próspera do meu reino e, ainda assim, nesta guerra, meu povo passa fome.

— Capitão Kunle. — Viro-me para o cobrador de impostos de meu pai, um homem careca com sobrancelhas espessas e bochechas coradas. — Quanto alimento temos em nossas reservas?

— Cerca de duas luas, Vossa Majestade. Mas isso é apenas para abastecer o palácio. Os alimentos restantes são distribuídos aos nobres e oficiais militares.

— Divida os alimentos — decido. — Quero que haja comida para todos os civis.

Nobres levantam-se com a minha declaração. Sussurros chocados correm pela multidão.

—Vossa Majestade, sua generosidade é admirável. — A general Jokôye dá um passo à frente. — Mas como você planeja sustentar o palácio? As forças armadas? A si mesmo?

— Quando eu derrotar os *Iyika,* as estradas serão reabertas. Estou ciente dos riscos.

— Pelos céus, vamos morrer de fome! — grita Jokôye.

— Todo mundo vai morrer de fome se não acabarmos com esta guerra. — Eu a encaro, forçando-a a ficar quieta. — Quero um centro de distribuição móvel instalado no mercado até o final do dia. Isso é uma ordem.

Todo mundo se agita quando minhas palavras ecoam pela sala do trono, mas aperto a moeda de bronze, permanecendo firme. Embora o descontentamento dos nobres aumente, não consegue subjugar as lágrimas que enchem os olhos da jovem.

Minha mãe aperta meu ombro, e eu sinto o calor de seu orgulho. Um sorriso surge em meu rosto quando uma fila se forma diante do meu trono.

— Tudo bem. — Aceno para o próximo cidadão. — De que você precisa?

Um a um, meu povo avança, apresentando seus problemas ao longo de horas: os corpos nas ruas, as crianças órfãs, as centenas de pessoas desalojadas pela infraestrutura destruída. Com suprimento como incentivo, surgem novas forças de trabalho. Organizamos grupos para coletar os mortos. Sob minha pressão, nobres abrem suas casas para cidadãos desalojados e crianças sem pais.

É isso. Sorrio enquanto alguns jovens se voluntariam para as forças de minha mãe. A cada ordem, sinto minha nova posição. A força que exerço como rei. Uma lua atrás, declarações como essas eram fruto da minha imaginação. Agora, com uma palavra, elas se tornam lei. Mesmo aqueles que se opõem a mim não podem se opor ao meu comando.

— Vossa Majestade, posso lhe falar? — A general Jokôye avança, as mãos cruzadas atrás das costas. Embora pequena, sua presença é poderosa. Os guardas empertigam-se quando ela passa. — Admiro sua benevolência, mas são paliativos, não soluções. Os *Iyika* estão nos mantendo reféns com seus ataques. É apenas uma questão de tempo até voltarem para terminar o que começaram.

As palavras da general são como nuvens espessas bloqueando os raios do sol. A centelha de esperança que brilhava na sala do trono se extingue sob as realidades da guerra.

— Podemos explorar a localização deles...

— Impossível. — Jokôye faz um movimento brusco com a mão. — Toda vez que enviamos um soldado para a floresta, eles retaliam. E nossos batedores nunca voltam vivos.

Puxo minha gola enquanto o suor se acumula no meu pescoço.

— Então lançaremos um ataque em grande escala. Esmagá-los antes que eles possam atacar...

— Tirar nosso exército de Lagos significaria destruir as ruínas que fornecem nossa única defesa. — Jokôye ajusta seus óculos. — Você realmente pretende correr esse risco quando não identificamos a localização dos *Iyika*?

Suas palavras são como navalhas cortando minhas soluções. Ela não se incomoda em esconder seu desdém. O cheiro de desaprovação acumula-se na sala.

— Estas são questões importantes — minha mãe vem em minha defesa. — É melhor discutir a portas fechadas.

— O sigilo não servirá para nada quando estivermos todos mortos. Até eliminarmos os *Iyika*, todos esses esforços serão em vão.

Viro a moeda de bronze entre os dedos e olho pelas janelas compridas. Meu pai sempre respeitou Jokôye por sua sinceridade. Todas as conversas param enquanto as pessoas esperam minha resposta. Respiro fundo antes de me levantar do trono.

— Me deem mais tempo, vou traçar um plano...

Gritos ressoam vindos do salão principal. Estremeço quando eles são seguidos por som de vidro quebrando.

Embora não possamos ver o que está acontecendo, a comoção parece o alarme dos *Iyika*.

Os guardas formam uma barreira em torno de minha mãe e de mim, enquanto os cidadãos correm para se esconder. Ojore avança em direção ao barulho no salão principal. Os soldados nos conduzem na direção dos porões do palácio, mas antes de me esconder, ouço a agressora gritar.

— Me soltem!

Dou meia-volta, abrindo caminho através dos guardas. Um vaso quebrado está caído no chão de lajotas. Pedaços de pão duro estão espalhados pelo salão principal. A jovem ladra se debate para se soltar dos braços de

Ojore enquanto ele a força a ficar de joelhos. Quando remove o capuz, uma cabeça cheia de brilhantes cachos brancos se solta.

— Vossa Majestade, mantenha distância. — Jokôye desembainha a espada, segurando a maji pelo pescoço. Ele aponta a insígnia vermelha no peito da garota, que a marca como membro dos *Iyika*. — É uma deles.

— Descansar, general. — Ergo a mão. — É apenas uma criança procurando comida.

— Vossa Majestade não estava aqui quando Lagos caiu — rosna Jokôye. — Quando se trata dos maji, as crianças também podem ser soldados totalmente treinados.

Olhando para a garota, não vejo a mesma ameaça. Seus olhos castanhos estão semicerrados de raiva, mas sua respiração fica irregular enquanto ela hiperventila. Minha mãe tenta me manter ao seu lado, mas a moeda de bronze queima na minha mão. Afasto Jokôye e me aproximo da jovem maji, ajoelhando até ficarmos cara a cara.

— Não ligo se você é o rei — fala a menina. — Vou queimar você!

— Qual é o seu nome? — pergunto.

Ela pisca, surpresa, antes de estreitar os olhos puxados.

— Meu nome é Raifa e vou viver para ver um maji sentado naquele trono.

Jokôye avança com a ameaça, mas eu a forço a recuar. Pego os pães no chão, colocando-os de volta na bolsa de algodão de Raifa.

— Você não precisa roubar — digo para ela. — Estamos oferecendo comida fresca de graça.

— Inan! — sibila minha mãe, olhos cintilando de preocupação.

Atrás de mim, Jokôye move o maxilar. Soldados olham com raiva às minhas costas. A aprovação de que preciso diminui a cada segundo, mas, olhando para a garota, me lembro das promessas que fiz a Zélie. Não quero apenas ser rei.

Quero ser o rei que meu pai não pôde ser.

— Leve isso de volta para o seu povo e espalhe a notícia. — Entrego a bolsa para Raifa. — Avise que qualquer desertor que se voluntariar para os esforços de reconstrução receberá o dobro do suprimento de alimento.

Minha mãe fica pálida. Suas pernas cedem quando ela encontra seu assento. O salão lotado irrompe de raiva quando entrego Raifa a Ojore. Ele é o único em quem posso confiar.

— Leve-a de volta à floresta, ilesa.

Ojore cerra os dentes com força, e eu temo que ele quebre um, mas se obriga a fazer uma reverência. A raiva aumenta quando as pessoas assistem a seu almirante atravessar as portas do palácio com a rebelde.

— Vossa Majestade está cuspindo em nossa cara! — ruge Jokôye, incitando o apoio de seus soldados. — Esses vermes destruíram nosso lar. Mataram pessoas que amamos...

— Nós também! — interrompo-a. — Por décadas. Nós os atacamos. Eles nos atacam. O ciclo nunca termina!

As bochechas de minha mãe estão tão empalidecidas que ela parece a ponto de desmaiar. Mas ela não entende as coisas que vi. Ninguém sabe as coisas que senti.

— Se vocês fossem maji e seus poderes retornassem, o que teriam feito? — Dirijo-me à multidão. — As famílias deles foram massacradas sob o reinado do meu pai. Enviamos metade do seu povo para as colônias! Até esse momento, os maji tinham duas opções: lutar contra nós ou enfrentar perseguição. Com este decreto, terão mais uma. Uma oportunidade de paz duradoura que nunca tiveram.

Embora eu busque apoio na multidão, ninguém vem em minha defesa. Os conselheiros me mantêm sob olhares frios. Qualquer boa vontade que construí com os militares se esvai.

— Talvez não concordem com meus métodos, mas esta é uma oportunidade de paz. — Encaro Jokôye de novo. — Só sobreviveremos se os dois lados baixarem as armas.

Jokôye balança a cabeça, mas não reage contra minha ordem. Meu pai sempre valorizou sua lealdade. Se eu pudesse ganhar a confiança dela, sei que também a valorizaria.

— E aqueles que não se juntarem a nós? — pergunta Jokôye. — Aqueles que cuspirem em sua oferta?

— Qualquer maji que fizer essa escolha enfrentará minha ira. Prometo, não vou me refrear.

CAPÍTULO VINTE E DOIS

AMARI

Eu me preparo enquanto Nâo e Mâzeli nos conduzem pelos dormitórios estreitos do santuário e pelas torres semiconstruídas. Pessoas amontoam-se ao longo da segunda montanha da base dos *Iyika* quando a notícia de nossa chegada se espalha como fogo.

— Saiam da frente! — Mâzeli se deleita com a atenção. — A Soldada da Morte está passando!

O título ecoa em torno de Zélie enquanto nos movemos, provocando sussurros pela multidão. As pessoas olham para ela como se fosse uma deusa. Olham para mim como se eu fosse um inseto.

Não sei se me olham com raiva porque sabem quem sou ou por causa da mecha branca nos meus cabelos. Tento escondê-la quando passamos sob o arco coberto de videiras da maior torre da montanha.

— Os quartos dos anciões ocupam todos os andares acima — explica Nâo. — Mas usamos o térreo como refeitório.

— Graças aos céus. — Minha boca fica cheia de água com o cheiro de frango com especiarias e banana frita. Bandejas de arroz *jollof* alinham-se na parede oposta. É mais comida do que já vi em luas. Mas meu apetite diminui quando Nâo nos leva em direção à mesa dos anciões aos fundos. Embora usem as mesmas armaduras que seus colegas, os cinco líderes dos clãs presentes ali irradiam um poder natural.

— Conselho, permita-me apresentar o futuro do clã dos ceifadores. — Mâzeli avança. — A lenda das terras. A mãe dos meus futuros três filhos...

— Mâzeli, cale a boca. — Nâo dá um tapa na cabeça do garoto antes de tomar seu lugar em um banquinho vazio. — Anciões, a Soldada da Morte finalmente se junta a nós.

Zélie fica tensa quando os anciões param de falar. Todos os olhos recaem nela.

— *Jagunjagun Ikú* — ecoa pelo refeitório.

Pigarreio, esperando minha apresentação a seguir, mas é como se eu nem estivesse ali. Nenhum ancião parece se importar.

— *Jagunjagun.* — Uma garota com uma cicatriz no olho esquerdo fala primeiro.

Alguns anos mais velha que nós, ela está sentada com as costas apoiadas na parede, um braço escorado sobre o joelho. Fico boquiaberta ao observar a floresta de cachos brancos que emolduram sua pele marrom-clara e as sardas espalhadas pelo nariz achatado. Já vi essa garota antes.

A rebelde da reunião!

Ela me encarou com raiva lá da multidão, a tinta vermelha manchando suas mãos. Pela maneira como os outros esperam sua palavra, posso dizer que ela é a líder tácita deles.

— Ramaya. — Ela se põe de joelhos. — A anciã do clã dos conectores. É uma honra conhecer a soldada que trouxe nossa magia de volta.

— Não fiz nada sozinha. — Zélie aponta para mim. — Tive muita ajuda.

Os olhos de Ramaya voejam na minha direção, mas ela olha através de mim como se eu fosse transparente. Minhas entranhas queimam quando ela se aproxima de Zélie, estendendo a mão.

— Estamos ansiosos para tê-la no conselho.

— Ah, não entendo nada disso — diz Zélie. — Só estou aqui para vencer esta guerra.

—Vencer é apenas o começo — argumenta Ramaya. — Com sua força, podemos aniquilar Nehanda e seus tîtán. Depois que a monarquia estiver fora do caminho, podemos colocar você no trono.

— Espere aí, o quê? — Zélie olha para trás, e nós nos entreolhamos. Nem sei o que dizer. Não consigo falar.

— Quem melhor para nos liderar do que a Soldada da Morte? — pergunta Ramaya.

Minha garganta fica seca quando dou um passo à frente, uma fraca tentativa de me inserir na conversa. Mas antes que eu possa falar, outra anciã passa por nós.

— Chegaram notícias de Lagos. — A domadora se senta, uma garota forte com ombros largos e muitas curvas. Girassóis descansam em sua cabeça cheia de cachos fartos. Pequenos beija-flores tremulam ao redor de suas pétalas.

A armadura pintada de rosa da domadora brilha quando ela entrega a Ramaya um pequeno pergaminho, pegando-o do beija-flor amarelo em seu ombro.

— Está brincando. — O rosto de Ramaya fica transtornado quando ela lê a nota. — O príncipe está vivo?

Inan? Inclino-me para a frente, tentando ver a tinta preta.

— É. — A domadora revira os olhos. — Matar esses membros da realeza é como matar baratas. — Ela fita os olhos de Zélie e meneia a cabeça, balançando os cachos brancos. — Na'imah — ela se apresenta. — Eu me curvaria, mas não me curvo para ninguém.

— Não faz sentido. — Ramaya balança a cabeça. — Por que o rei ofereceria comida e ouro a qualquer maji que desertar?

Zélie pega a nota, mas sou mais rápida que ela. Ramaya se irrita enquanto eu passo os olhos pelo relatório, mas mesmo ela não consegue turvar o brilho do decreto de Inan. Levo a mão ao peito enquanto leio suas promessas, suas tentativas ousadas de paz. É mais do que eu já vi de qualquer monarca.

Eu sabia que ele podia ser esse tipo de rei.

— Zélie, olhe. — Boto o pergaminho nas mãos dela, lutando contra o nó na garganta. — Ele está mantendo a palavra!

Minha mente começa a girar quando considero tudo o que esse decreto pode significar. Pensei que eu precisasse de poder para tirar minha mãe do trono de Orïsha e construir um reino seguro para os maji, mas se Inan estiver disposto a anistiar os *Iyika,* talvez não precisemos lutar.

Se eu falasse com ele, poderíamos chegar a um acordo que satisfizesse os dois lados. Com os termos certos, poderíamos levar a monarquia e os maji a baixarem as armas!

— Você enfrentou o rei. — Ramaya olha para Zélie. — O que você acha?

O rosto de Zélie se endurece quando ela encara a nota. Meu estômago pesa quando ela a joga no chão.

— Se o principezinho está oferecendo comida para os maji, tem veneno nela.

— Zélie, não! — sussurro entredentes, mas as palavras dela incitam os outros anciões.

— Ele é bom com as palavras, mas é idiotice acreditar nelas.

— O que você sugere? — Na'imah inclina-se para frente. — Como revidar?

— Essa comida é tudo o que eles têm — diz Zélie. —Vamos queimá-la e deixar que morram de fome.

— Não! — Abro caminho até conseguir pousar as mãos na mesa deles. — Se queimarem essa comida, vocês não irão somente colocar em perigo o povo de Lagos. Irão incitar ainda mais a guerra que o rei está tentando encerrar!

O refeitório inteiro silencia depois da minha explosão. Ramaya me encara, como se estivesse surpresa que eu saiba falar.

— Desculpas. — Pigarreio. — Não me apresentei.

—Ah, eu sei quem você é. — A frieza em seu tom me congela até os ossos. — Sua mãe é o motivo pelo qual perdemos Lagos. Seu pai é a razão por que eu tenho esta cicatriz. — Ela se levanta, e os outros saem do seu caminho. — O que eu não sei é por que você acha que tem o direito de respirar na minha presença.

Meu rosto esquenta quando todos os olhos se voltam para mim. Não há um rosto caloroso na multidão. Apenas Mâzeli me presenteia com um simpático franzir de testa.

— Eu ajudei a trazer magia de volta. — Estufo o peito. — Eu também tenho magia.

— A abominação que você chama de magia não te garante um lugar nesta mesa. Muito menos lhe dá o direito de ter uma opinião. — Ramaya me olha de cima a baixo antes de se voltar para Zélie. — Estou ansiosa pela oportunidade de trabalhar com você no conselho. Vamos realizar um desafio de ceifadores e oficializar sua ascensão amanhã.

— E o decreto do rei? — pergunta Nâo.

— Concordo com Zélie. Dê a ordem aos nossos soldados nos postos avançados. Quero aqueles suprimentos queimados ao nascer do sol.

— Ramaya, espere. — Tento segurar seu braço, mas ela me impede com um olhar.

— Fale novamente à minha mesa, e eu arranco sua língua com minhas próprias mãos.

Respiro fundo, trêmula, enquanto ela se afasta, fazendo com que os outros anciões a sigam. Meus lábios tremem com tudo o que quero gritar. Não consigo acreditar como rejeitam com tanta facilidade a tentativa de Inan de estabelecer a paz.

— O que está fazendo? — Eu me viro para Zélie. — Você poderia tê-las convencido a dar uma chance à paz!

— Não foi uma oferta de paz. — Zélie balança a cabeça. — Foi uma isca. Inan está usando comida da mesma forma que usou Baba. Vai matar qualquer maji que tente buscá-la.

Abro a boca para contestar, mas sei que não há nada que eu possa dizer. Não há como convencê-la a dar a meu irmão outra chance depois de tudo que esses dois passaram juntos.

— Só mantenha o plano — diz Zélie. — Podemos usar os *Iyika* para derrubar sua família. Os anciões vão ficar mais afáveis quando souberem que podem confiar em você.

— Nunca confiarão em mim. — Encaro o banquinho onde Ramaya estava sentada. Ainda consigo sentir o calor de seu desprezo, seu ódio pelo que sou. — Mas talvez eles possam me respeitar...

Fico em silêncio ao olhar minha mão cheia de cicatrizes.

— Em que você está pensando? — pergunta Zélie.

— Preciso que me ajude com a minha magia.

CAPÍTULO VINTE E TRÊS

INAN

Meu coração palpita na garganta enquanto minha mãe e eu seguimos para o bairro dos mercadores para receber os desertores *Iyika*. Nossos soldados não perderam tempo nos reparos desde o último ataque dos rebeldes. Em apenas alguns dias, todos os corpos no bairro foram removidos.

Passamos pelos escombros que foram varridos para as laterais das ruas de Lagos para abrir espaço às novas carroças de alimentos. As tendas estão abertas desde o amanhecer e, ainda assim, a fila de cidadãos esperando comida se estende até os casebres dos divinais.

— Inan, você tem certeza? — Minha mãe agarra as rédeas de meu leopanário-das-neves, puxando-me para perto. Atrás de nós, soldados guiam os cidadãos para abrigos subterrâneos criados por minha mãe e seus tîtán. — Jokôye colocou você em uma situação difícil. A verme daquela garota baixou sua guarda. Você está fazendo um trabalho excelente, mas não tem problema se quiser mudar de ideia.

Ela dá voz aos pensamentos que ricochetearam em meu crânio a noite toda. Não faço ideia se vai funcionar. Se realmente é o melhor para Orïsha.

Passamos pelo que restou das favelas dos divinais, e não sei se a destruição me diz para avançar ou dar meia-volta. Havia algo de bonito nas telhas com as cores do arco-íris que cercavam minha cidade. Agora, são apenas montes de escombros e cinzas.

Eu paro na frente de uma grande colina que costumava abrigar uns cinquenta barracos; agora apenas placas de metal pintado se retorcem para fora da terra.

— Os *Iyika* fizeram isto?

— Não. — Minha mãe balança a cabeça. — Eu fiz.

Uma ferocidade brilha em seu olhar âmbar, algo que eu ainda não havia visto. Todas as tentativas que fiz para invocar minha magia quase me deixaram em coma, mas minha mãe parece dominar o poder dos deuses.

— Eu não sabia que eu não era como os outros até que aqueles vermes atacaram — diz ela. — Os novos tîtán se machucaram com suas habilidades, mas eu consegui absorver o poder deles. Eu o dominei com uma força que nenhum maji pôde superar. — Sua voz aumenta à medida que a sua convicção cresce. — Por muito tempo, ficamos indefesos frente ao caos que os maji causaram, mas agora os deuses também nos abençoaram. Somos poderosos o suficiente para aniquilá-los, Inan. A única forma de alcançar uma paz duradoura é varrer esses vermes desta terra.

Suas palavras deixam minhas mãos geladas. Varrer os maji de Orïsha seria terminar o trabalho do meu pai. Seria outra Ofensiva.

À medida que nos aproximamos das muralhas de ruína que separam Lagos da floresta, o peso do mundo recai nos meus ombros. Não tenho tempo. Preciso fazer uma escolha.

— Posso abrir estas ruínas — diz minha mãe. — Mas não posso movê-las de volta. Você realmente quer arriscar nossa única defesa em troca de alguns vermes rebeldes?

A general Jokôye e outros conselheiros observam a uma distância segura, mas sua desaprovação paira sobre mim como fumaça no ar. Se eu estiver errado, todos nós podemos sofrer. *Mas se eu estiver certo…*

Os olhos castanhos e fundos de Raifa abrem caminho pelo ruído da minha cabeça. A jovem queimadora pode ter cuspido em meu rosto, mas, como o restante de meus cidadãos, seus ossos pontudos se sobressaíam na pele flácida.

— Temos que tentar. — Solto um suspiro profundo. — Eu tenho que *tentar*.

Esta é a minha oportunidade de trazer a paz que meu pai não conseguiu.

Minha mãe aperta os lábios, mas meneia a cabeça quando desmonta diante das muralhas de ruína. A um aceno ríspido de mão, seus tîtán formam um círculo em torno dela, imponentes em suas armaduras douradas.

— Vossa Majestade, isto é um erro. — Jokôye balança a cabeça enquanto me junto a ela e aos outros membros do conselho real.

— General, sei o que pensa, mas os maji precisam de paz tanto quanto nós.

— Eles não se importam com a paz — murmura Ojore. — Querem a vitória, não importa o quanto custe.

A mão dele percorre as cicatrizes de queimadura em seu pescoço, e eu olho para o céu. *Por favor*, envio a oração a todos os deuses lá em cima. *Provem que estou certo. Que eles estejam errados.*

Toda a conversa para quando minha mãe convoca sua magia. O ar rodopia ao seu redor quando ela abre as mãos, acendendo um brilho esmeralda dentro do peito. Os tons de um verde profundo vazam pela armadura dourada como raios, e as veias saltam em seu pescoço. Minha mãe estica os dedos, fazendo o círculo de tîtán ao seu redor ficar imóvel.

— Pelos céus — praguejo, retraindo-me com a visão. Os tîtán ao redor dela estremecem, grunhindo quando ela arranca o àṣẹ de suas veias.

Os soldados caem de joelhos quando os olhos de minha mãe cintilam em verde. Com um grunhido, ela lança as mãos para a frente e seu poder é liberado. A luz esmeralda rompe os montes de escombros como uma faca, despedaçando a muralha de terra.

Protegemos nossos olhos quando a parede de ruínas explode, um emaranhado de metal torcido e detritos voando pelos ares. Meu peito aperta-se quando a fumaça começa a desaparecer. Sete membros dos *Iyika* estão no topo da colina mais alta que se abre para Lagos.

Lá vamos nós.

O silêncio decresce à medida que recebemos os rebeldes. Seus rostos e cachos brancos estão sujos de terra. Cafetãs esfarrapados pendem de seus membros. Não parecem amistosos, mas sua presença é suficiente. É o primeiro sinal de esperança.

O primeiro sinal de que esta paz pode funcionar.

— Raifa. — Ergo a mão para a jovem queimadora que está à frente. Ela dá o primeiro passo adiante. Imito sua aproximação. — Fico feliz que tenha vindo.

Minha mãe tenta evitar que eu ultrapasse os portões quebrados, mas a afasto. Precisam ver que confio neles para os planos funcionarem. Precisam ver que não estou com medo.

— Tudo bem. — Aceno para os outros avançarem. — Vocês estão protegidos sob minhas ordens.

Raifa não diz nada. Apesar de nossa distância, posso ouvir sua respiração pesada. Mas, quando ela se aproxima, estende a mão. Sorrio pela sua determinação e estendo a minha também.

Então vejo as faíscas se acendendo na ponta de seus dedos.

— Protejam o rei! — A voz da minha mãe fica estridente.

Em um segundo, o caos se instaura. Os soldados arrastam-me para trás enquanto os tîtán da minha mãe avançam, usando todas as bombas de majacita que têm.

O som de vidro quebrando ecoa à medida que as esferas explodem. Alguém cobre meu rosto com uma máscara dourada. Minha cabeça gira quando o gás venenoso cobre o campo de batalha, e fica impossível ver a ação.

— Mãe! — Minha cicatriz queima enquanto espero a escuridão se dissolver. Quando a fumaça se desmancha, eu me liberto, rezando para que os corpos no chão não sejam de nenhum dos meus soldados.

— Todos estão bem? — Minha voz vacila enquanto me aproximo dos maji caídos na terra devastada.

Os rebeldes estão tão queimados que é impossível reconhecê-los. A pele deles chia com a majacita pairando sobre seus cadáveres.

Embora alguns de meus soldados tenham novos arranhões e contusões, todos os meus homens e mulheres ainda estão de pé. Minha mãe limpa um risco de sangue de seus lábios e cospe.

— Vermes imundos.

— Desculpe. — Cambaleio para trás, me esforçando para ficar de pé. Meu corpo começa a tremer quando tudo o que aconteceu me atinge. Pensei que estava dando o primeiro passo na direção da paz. Arrisquei tudo para ser um tipo diferente de rei. Mas os *Iyika* nem sequer entraram na cidade antes de lançarem seu ataque.

Ojore tinha razão. Os maji não querem paz.

Querem a vitória, não importa o quanto custe.

O rosto de minha mãe suaviza-se quando ela vê meu desespero. Ela suspira e me toma pela mão.

— Você estava liderando com o coração, mas precisa entender que nem toda pessoa em Orïsha merece.

Eu me forço a assentir, apertando a moeda de bronze para acalmar o tremor na mão.

— Não vou cometer esse erro de novo.

— Espere. — Erguemos a cabeça enquanto Ojore caminha entre os cadáveres no chão. — Há apenas seis corpos aqui. Eu contei sete no topo da colina.

Corro até ele, e meu estômago pesa quando percebo qual rosto está faltando.

— Onde está a garota? — grito. — Onde está Raifa?

A confusão se espalha enquanto as pessoas buscam na floresta, mas noto sua silhueta magra por trás das muralhas arruinadas. Ela se vira quando ouve seu nome, uma máscara dourada presa ao rosto.

O pânico invade seus olhos castanhos, e ela se volta para o caminho que leva ao mercado. É então que descubro seu verdadeiro alvo.

Os outros eram apenas uma distração.

— Parem-na! — ordeno.

Raifa arranca a máscara, correndo tão rápido quanto suas pernas finas permitem. Seus cabelos brancos balançam às costas enquanto ela passa a toda velocidade pelos casebres dos divinais, alcançando as ruínas do bairro dos mercadores.

Os soldados que defendem as carroças de alimentos entram no seu caminho, mas Raifa estica a mão. Faíscas voam de seus dedos enquanto ela grita.

— *Iná òrìsà, gbó ìpè mi!*

Um tîtán a derruba, mas as brasas dela ainda tomam o ar, ficando cada vez mais brilhantes ao voar pelo céu. O terror me invade quando as chamas chegam ao seu ápice.

Cinco cometas correm na direção das carroças de alimento. As pessoas saltam para sair do caminho. Meu coração se aperta quando o fogo acerta o alvo.

Em um estalo, a comida se incendeia.

— Não! — Caio de joelhos e agarro meu peito, lutando para respirar enquanto nossos alimentos queimam. Uma raiva inédita toma meu íntimo.

Metade do nosso suprimento de comida.

Destruída em segundos.

— É só o começo! — grita Raifa, debatendo-se enquanto mais soldados a seguram no chão. Ela treme quando Ojore avança pisando duro em sua direção, mas continua a gritar. — Seu tempo acabou! Todos em Lagos vão queimar! A Soldada da Morte está chegando...

Encolho-me quando Ojore a silencia com sua espada.

A Soldada da Morte está chegando.

Não preciso de um rosto para saber quem o título descreve. Zélie jurou que scria o meu fim. Só não esperava que ela atacasse tão rápido. Subestimei os recursos e os soldados que ela comanda.

— Está satisfeito, Vossa Majestade? — Jokôye sibila atrás de mim. — Tudo pelos seus belos ideais!

O sangue de Raifa forma uma poça enquanto os soldados tentam apagar as chamas no mercado, mas não há como salvar o alimento que queima. Mesmo que meu corpo se agite de raiva, a tristeza preenche meu coração.

Percebo o desespero de meus conselheiros, a fúria de meus soldados. De longe, os cidadãos começam a sair dos túneis subterrâneos. O que farão quando virem que os condenei a serem invadidos pelo *Iyika* ou a morrerem de fome?

— Eu vou consertar isso — grito. — Prometo.

Desejo apenas saber como.

CAPÍTULO VINTE E QUATRO

AMARI

Minha garganta queima enquanto a bile amarela se espalha pela grama selvagem. De alguma forma, ele carrega o aroma doce da banana frita. O cheiro me deixa nauseada de novo.

Enquanto Zélie e eu treinamos no terreno montanhoso fora do santuário *Iyika,* me pergunto o que estou fazendo de errado. Não importa o que eu tente, é uma tortura usar a minha magia tîtán. Meus poderes vão muito além do meu controle.

— Talvez isto seja má ideia. — Zélie se retrai, virando as costas quando eu começo a vomitar. — Neste ritmo, sua magia vai feri-la mais que qualquer outra pessoa.

Ergo a mão para limpar a bile do meu queixo, mas levantar a mão dói. Zélie balança a cabeça para as queimaduras ao longo da minha palma. A pele cheia de bolhas fica vermelha.

— Estou bem — digo. — Tenho que continuar tentando.

— Se continuar assim, você vai se matar. É isso mesmo o que você quer?

Meus braços tremem quando me viro, deitando-me na relva. Depois de horas de um treino fracassado, meus pulmões queimam a cada inspiração. Mas toda vez que estou a ponto de desistir, imagino a cicatriz de Ramaya.

Fale novamente à minha mesa, e eu arranco sua língua com minhas próprias mãos.

Os *Iyika* nunca me respeitarão, a menos que eu possa provar meu poder. Preciso controlar minha magia se quiser trazê-los para o meu lado.

Deixo minha dor de lado e me levanto. Mas antes que eu consiga invocar de novo a magia, Zélie me impede.

— Não tem a ver com o quanto você força. — Ela suspira. — Vem comigo. Vou te explicar.

Sigo atrás dela enquanto descemos os vales da selva, esquivando-nos de cipós e dando a volta em árvores gigantescas. Cigarras cantantes formam o coro da noite. Acima de nós, os babunemos saltam dos cipós.

Embora meus músculos doam, aprecio a serenidade do local quando chegamos ao rio que flui ao longo da trilha de terra do santuário. Zélie se ajoelha e indica um ponto onde a água passa por uma pilha de grandes rochas.

— Pense nessa água como nosso àṣẹ — explica ela. — A energia espiritual em nosso sangue. Quando os maji usam os encantamentos, é como levantar uma dessas rochas. A magia flui livremente, permitindo-nos lançá-los com segurança.

Ela pega uma rocha, e eu acompanho o novo caminho de água que se move através da barragem natural. Imagino a magia lavanda que flui através do corpo de Zélie, enchendo suas veias como uma teia de aranha brilhante.

— É como passar uma agulha?

— Mais ou menos isso. — Zélie assente. — A energia que flui livremente não é tão poderosa quanto a sua, mas é precisa. Pode ser controlada para fazer mais.

Zélie faz uma pausa, olhando a pilha de rochas até encontrar a maior.

— Como tîtán, você está sempre usando a magia do sangue, ou seja, não tem precisão. Nem controle. — Ela levanta a pedra pesada, e a água explode, jorrando pelo novo caminho. — É o equivalente a liberar todo o àṣẹ do seu sangue de uma vez só. Uma magia como essa é um resultado.

Olho para minhas mãos cheias de cicatrizes, começando a entender a fonte da minha dor. A noite toda foi como se um fogo me queimasse por dentro a cada tentativa.

— Se minha magia é uma agulha, então a sua é um martelo — diz Zélie. — Sem controle, você e as pessoas ao seu redor ficarão feridas. Libere àṣẹ demais e não vai apenas sentir dor. Vai se afogar.

Aperto os lábios enquanto rumino as palavras dela. Se o que Zélie diz é verdade, todos os tîtán são um perigo para si mesmos. Quantos já pereceram por levar sua magia longe demais?

— Mas e minha mãe? — pergunto. — Ela canalizou mais àṣẹ do que qualquer tîtán. Por que isso não a matou?

— Não sei. — Zélie dá um suspiro trêmulo com o pensamento. — Nunca vi um poder como o dela. É como se ela fosse diferente.

Respiro fundo, levantando-me de novo. Tento examinar a fundo a explicação de Zélie, buscando uma solução em vez de uma condenação.

— Se estou sempre usando a magia do sangue, preciso apenas de controle — digo. — Podemos corrigir isso se você me ensinar um encantamento!

As narinas de Zélie se inflam, e ela dá um passo atrás. Os ombros ficam tensos.

— O iorubá é sagrado para o nosso povo. Não é uma coisa que se pode aprender.

— Mas é importante. — Agito a mão. — Pelo amor dos céus, estamos em guerra...

— Nossa magia não tem a ver com a guerra! — grita Zélie. — Nossos encantamentos são a história de nosso povo. Exatamente aquilo que seu pai tentou destruir! — O peito dela sobe e desce, e Zélie balança a cabeça. — Os tîtán já roubaram a nossa magia. Vocês não podem roubar isso também.

— Roubar? — Inclino a cabeça. — Zélie, do que você está falando? Como mais posso aprender a controlar?

— Você não precisa de controle. Não precisa usar a sua magia!

— Se eu não tiver meu poder, com quem devo contar? — Estendo os braços. — Bastaram cinco minutos com os *Iyika* para você me apunhalar pelas costas!

— Apunhalar pelas cos... — Zélie para, bufando. — Então por isso essa loucura toda. Depois de tudo o que ele fez, você ainda quer confiar em Inan.

Minhas bochechas esquentam, e eu me afasto, me abraçando. Sei que não há maneira de explicar para ela, mas conheço meu irmão. Se estava oferecendo aquela comida, era de verdade. Houve uma oportunidade para terminarmos esta guerra, mas ela a destruiu sem pensar duas vezes.

— Meus planos não mudaram — diz Zélie. — Ainda quero ver você no trono de Orïsha. Mas não vou pedir desculpas por não ser mais estúpida a ponto de acreditar nas mentiras do seu irmão.

Um silêncio pesado instala-se entre nós, fazendo o ar da selva esfriar. Quero confiar em Zélie, mas sei que nossos interesses não estão alinhados. Afinal, Inan é sangue do meu sangue. Para ela, ele é apenas o desgraçado que partiu seu coração.

Não posso deixar esta luta nas mãos de Zélie, assim como não posso deixá-la por conta de Ramaya. Preciso do meu poder se quiser vencer esta guerra.

— Eu não pediria se houvesse outra maneira. — Eu suspiro. — Mas minha mãe está derrubando prédios na nossa cabeça. Não posso continuar dependendo da minha espada. É seu dever lutar pelos maji, mas, como rainha, sou responsável por todo mundo. Tenho que cuidar dos kosidán que estão fugindo, amedrontados. Dos soldados tîtán, dos quais minha mãe está sugando a vida. Sou responsável pelos maji que me odeiam com todas as forças e não posso ajudar ninguém até que eu tenha meu próprio poder.

— Amari, não. — Zélie avança, suavizando seu tom. — Nem tudo é sua responsabilidade. Não é seu trabalho salvar Orïsha.

— Se eu não salvar, quem vai? — pergunto. — Você mesma disse que não confia que Inan manterá sua palavra.

Esfrego meus olhos cansados, tentando conter a angústia. Penso em cada vida que as minhas ações arruinaram. Cada pessoa que morreu porque não estou sentada no trono de Orïsha.

— Sou a única pessoa lutando por todos os lados. Não posso fazer isso sem a minha magia. Se você não quiser me ajudar... tudo bem. Vou encontrar alguém que ajude.

Começo a me afastar, mas Zélie segura meu braço. Meus olhos arregalam-se quando os ombros dela murcham e Zélie solta um suspiro longo.

— Vai me ajudar? — pergunto.

— Com uma condição — responde ela. — Se vou te ensinar um encantamento, vai ter que usá-lo contra os tîtán. Não contra os maji.

Eu faço que sim, compreendendo o peso de suas palavras.

— Prometo. Só vou usar isto contra minha mãe e suas forças.

Zélie arrasta os pés enquanto nos posicionamos, mas ela ergue os braços.

— Tudo bem. — Ela posiciona as minhas mãos. — Firme as pernas e repita comigo.

CAPÍTULO VINTE E CINCO

ZÉLIE

Na manhã seguinte, é difícil manter os olhos abertos. Amari quis treinar a noite toda. Só voltamos ao santuário ao nascer do sol. Mas enquanto outras duas ceifadoras do meu clã me preparam para a ascensão como anciã, luto com o impulso de escapar da segurança do santuário. Queria apenas encontrar uma forma de vencer esta guerra.

Não estou pronta para ser uma anciã.

— Pegue a água limpa — diz Bimpe, a mais velha das duas garotas.

As jovens ceifadoras me rodeiam em suas túnicas de sêntaro mal ajustadas. Bimpe é tão alta que a bainha da túnica bate nos joelhos. Manchas de descoloração circulam seus olhos e boca, criando um belo padrão em sua pele marrom.

Ao lado dela, Mári quase some em sua grossa túnica preta, ainda pequena aos treze anos de idade. Sempre que ela sorri para mim, vejo a adorável falha entre seus dentes da frente.

A presença delas aquece as paredes desgastadas do Templo dos Ceifadores, um local sagrado. Azulejos pintados criam um mosaico sobre a nossa cabeça, espirais roxas e vermelhas representando os ceifadores anciões do passado. Lanternas em forma de lágrima pendem do teto abobadado, e a luz lavanda vaza através dos vitrais coloridos. Olho para eles enquanto Bimpe me lava da cabeça aos pés, tirando a terra da minha pele e substituindo por óleos com aroma de limão.

— Já pensou em seu braço direito? — sussurra Mári, ignorando o olhar reprovador de Bimpe. Ela tira seu capuz, revelando dois coques grandes. — Porque se não tiver pensado...

Mári faz uma careta quando Bimpe dá um tapa em sua cabeça.

— *Jagunjagun*, por favor, ignore essa menina — diz Bimpe. — Ela sabe que não é para incomodar você antes da sua ascensão.

Escondo o riso quando Mári mostra a língua para a outra. Quando Bimpe se afasta para pegar um pente, Mári se inclina para mais perto.

— Consigo fazer *quatro* reanimados.

— Quatro? — Ergo as sobrancelhas. — Isso é impressionante.

— Com o seu treinamento, vou aprender a fazer mais — sussurra ela. — Talvez uns ainda maiores que os de Mâzeli!

Ela se cala quando Bimpe volta, mas trocamos sorrisos cúmplices. Fico quieta enquanto Bimpe passa o pente de ferro pelos meus cabelos. Mári desliza anéis dourados e espessos pelos meus dedos. Quando estou limpa, elas me ajudam a vestir uma saia vermelha ondulada, sua cauda tão longa que desliza pelo chão de pedra. Bimpe pega um pedaço de seda de um vermelho profundo.

— Quase pronta — diz ela.

Tento ignorar a forma como minhas cicatrizes ficam expostas enquanto elas envolvem o tecido pelo meu peito. Elas fazem um grande laço na parte de trás para esconder as marcas horríveis.

— Estes símbolos. — Mári suspira, as mãos pairando sobre as tatuagens douradas que começam na base do meu pescoço. — Devemos cobri-los?

— Não completamente — diz Bimpe. — Fazem parte dela.

Inclino a cabeça enquanto Bimpe tira a gola tradicional e prende uma faixa dourada em volta do meu pescoço. Fios de contas brilhantes escapam da gola, caindo sobre meu peito e descendo pelas costas até roçarem as sandálias de couro amarradas aos meus pés. Com a tiara de contas que elas encaixam nos meus cachos, fico parecida com Mama.

Como Oya renascida.

— Nosso trabalho está concluído. — Bimpe se curva, um gesto que Mári imita.

— Você está incrível! — Seus olhos castanhos brilham. — Muito mais bonita que Mâzeli!

— Obrigada. — Sorrio enquanto elas se curvam novamente. Mas quando saem pela porta, todo o aperto retorna ao meu peito.

O Templo dos Ceifadores fica no topo da terceira montanha, mas consigo ouvir a vibração de todos os maji esperando no sopé. Não sei como devo proteger um clã inteiro quando eu não pude nem proteger Baba. Mal consigo me proteger.

Os navios que observei da casa de Roën velejam pela minha mente quando volto a me sentar. Sei que ser uma anciã vai me ajudar a acabar com Inan, mas, a cada dia que passa, a liberdade que eu anseio parece ficar mais distante.

— Uau!

Me viro e encontro Tzain à porta. Ele solta um assobio baixo, um sorriso surpreso no rosto.

— Parece que você vai se casar.

— É mais ou menos isso. — Eu afundo em seu abraço. — Mas, em vez de amarrar minha vida a uma pessoa, estou me algemando a um clã inteiro.

— Ora, para com isso. Antes da Ofensiva você não parava de falar sobre se juntar a outros ceifadores.

— Eu era uma criança. Mas agora... — Minha voz falha e eu fecho os olhos, sem saber o que dizer.

— Muita coisa aconteceu? — pergunta ele.

— Muita coisa me foi tirada.

Ficamos em silêncio enquanto eu me sento, pensando em tudo e em todas as pessoas que perdemos. A magia me fazia sentir mais viva que qualquer outra coisa, mas agora é impossível utilizá-la sem pensar em todos os que morreram.

Sei que não tenho escolha; não poderei derrotar Inan sem a ajuda dos *Iyika*. No entanto, me tornar uma anciã e assumir este papel sagrado? Simplesmente parece errado.

— Você está com medo. — Tzain ajoelha-se na minha frente. — Mas não há ninguém melhor para este trabalho. Pode falar o que quiser, mas eu me lembro de como seus olhos brilhavam enquanto você e Mama assistiam àquela ascensão de anciões ceifadores.

A lembrança de que ele fala chega inundando minha mente. Vejo a bela pele escura de Mama, sua coroa de cabelos brancos espessos.

Da última vez que um novo ancião ceifador foi escolhido, viajamos até a distante Lokoja para presenciar sua ascensão. Mama apertou minha mão quando o ritual começou. Suas mãos sempre cheiravam a óleo de coco.

Me lembro de segurar o fôlego quando o local de ascensão se iluminou com uma profunda luz púrpura, o sinal da presença de Oya. A fumaça preta preencheu o campo ritual, escondendo o novo ancião da nossa visão.

— *O que está acontecendo?* — perguntei em um sussurro.

— *É a ìsìpayá dele* — ela sussurrou em resposta. — *Cada ancião do clã recebe uma parte da sabedoria de seu deus quando ascende. A profecia serve para ajudá-lo a liderar seus clãs.*

— *Quero uma ìsìpayá!* — falei, e Mama riu.

— *Eu também.* — Ela me apertou com força. — *Um dia, talvez, a gente consiga uma.*

Na época, eu não sabia o que significava ser um ancião. Só sabia que o que Mama queria, eu precisava ter.

— Você consegue. — Tzain me ajuda a me levantar. — Eu sei disso. Você só precisa provar a si mesma.

Concordo com a cabeça e respiro fundo, olhando para a porta do templo.

— Tudo bem — digo. — Vamos lá.

· · · · · ◆ ◇ ◆ · · · · ·

Um silêncio recai sobre a multidão de maji quando Mama Agba entra no círculo de pedra no sopé da terceira montanha. Quase oitenta membros dos *Iyika* assistem das margens de pedra, acompanhados pelos divinais do seu clã. Mama Agba parece uma deusa com turbante alto e prateado e uma capa com padrões combinando. A seda brilhante voeja atrás dela enquanto caminha até o centro do círculo, tinta branca em sua testa e maçãs do rosto.

— Os deuses estão sorrindo hoje — ela se dirige à multidão. — Seus ancestrais sorriem também. A cada vez que um novo ancião ascende para liderar seu clã, sopramos vida naquilo que nossos inimigos tentaram destruir!

Os aplausos ecoam por toda a multidão, e tenho que respirar fundo. É uma visão que queria poder levar até a sepultura de Baba. Pela primeira vez, sua morte parece ter algum significado.

— Antes da Ofensiva, o papel do ancião era reservado aos maji mais poderosos de um clã — continua Mama Agba. — Se alguém acreditasse que devia ter o título, tinha o direito de reclamar a oportunidade de prová-lo. Por outro lado, um ancião podia reconhecer um novo poder e abdicar. Disseram-me que é isso que um de vocês gostaria de fazer agora.

Mama Agba bate palma e se vira para os três ceifadores reunidos no canto mais distante. Embora seja o menor clã do santuário, ver tantos ceifadores juntos me traz um nó à garganta. Há algumas luas, não havia nem um ceifador em toda Orïsha.

— Mâzeli Adesanya — chama Mama Agba. — Ancião do clã dos ceifadores. Você foi desafiado. Deseja ceder ou aceitar o desafio?

Mâzeli estufa o peito enquanto caminha até a pedra de sangue. Uma túnica preta pende dos seus ombros, seu fundo escuro acentuado com a cor púrpura dos ceifadores.

— Cedo com alegria. — Ele faz uma reverência na minha direção. — Quem mais poderia liderar os ceifadores além da própria Soldada da Morte?

Sua fala faz com que urros irrompam por toda a montanha. Os gritos deveriam me impulsionar, mas, em vez disso, o suor se acumula nas minhas têmporas. Parece que o mundo pesa sobre meus ombros quando me levanto. Cada passo que dou pela pedra de sangue estende-se por uma eternidade.

Penso na minha fantasia de fugir pelos mares. Sinto o calor das minhas cicatrizes. Mas quando encontro Mama Agba no centro, não consigo negar a fome no meu coração.

— Zélie Adebola. — A voz de Mama Agba fica grave de emoção enquanto me ajoelho diante dela. Seus olhos cor de mogno cintilam com lágrimas. Preciso cravar as unhas na palma da mão para me segurar. — *Ṣé o gba àwọn ènìyàn wọ̀nyí gégé bí ara rẹ? Ṣé ìwọ yóò lo gbogbo agbára rẹ láti dábòbò wón ni gbogbo ònà?*

Você aceita este povo como seu?

Você usará sua força para protegê-lo a todo o custo?

O fardo das perguntas se expande em meu peito enquanto olho para os ceifadores reunidos em torno de Mâzeli. Bimpe observa com dedos apertados contra os lábios. Mári acena freneticamente, quase imune à solenidade do momento. Embora eu só os conheça há algumas horas, já parecem ser sangue do meu sangue. Como estar em casa. Estar perto deles parece mais certo do que qualquer coisa que senti em anos.

— O que me diz? — pergunta Mama Agba.

Endireito meus ombros e confirmo com a cabeça. Pela primeira vez desde a Ofensiva, vejo o nosso potencial. A beleza daquilo em que podemos nos transformar.

— *Mo gbà. Mà á se é.* — Minha garganta se aperta com o peso do juramento. — Vou proteger estes ceifadores com tudo o que tenho.

Mama Agba enxuga uma única lágrima em seu olho antes de mergulhar o polegar em um recipiente de pigmento roxo-cintilante. Ela pinta uma lua crescente na minha testa e uma linha fina ao longo da minha mandíbula. Toda a montanha fica em silêncio enquanto ela termina sua bênção com um desenho intrincado sobre meu olho esquerdo. Fico parada enquanto ela circunda meus pés com oferendas de canela e erva-doce.

— Sei que seus pais estão orgulhosos. — Ela beija minha testa. — Assim como eu.

Sorrio, pensando no que eles diriam se estivessem aqui, agora. Mama foi a anciã ceifadora mais jovem da história. Agora, essa honra é minha.

— Sua mão, minha filha.

Estendo a palma da mão, e ela pega uma adaga preta.

— Vamos registrar sua promessa com sangue — declara ela. — Diante do seu povo. Diante dos seus deuses!

Mama Agba faz um corte perfeito na palma da minha mão e a bate no centro do círculo. Eu cambaleio para frente quando a pedra se ilumina. A magia aquece o ar à minha volta quando mais que sangue é extraído de mim.

Suspiros ecoam por toda a multidão à medida que a minha mão se conecta à superfície da pedra. A luz roxa espalha-se como os fios de uma teia de aranha gigante. As brasas estalam ao redor da minha cabeça. Veias saltam na minha pele.

Com um clarão, a luz embaixo de mim explode em nuvens de fumaça púrpura. O nevoeiro é tão espesso que até a Mama Agba desaparece. A fumaça abafa todo o som.

O restante da montanha se dissipa enquanto a minha visão escurece. As tatuagens do meu pescoço zumbem.

Em seguida, Oya se acende na escuridão.

Meus deuses...

Não importa quantas vezes eu testemunhe seu poder, sempre fico sem fôlego. Não consigo respirar enquanto Oya rodopia diante de mim, maior que a vida. Suas saias giram em um furacão brilhante de vermelho. Uma luz púrpura profunda reluz ao redor de sua pele de obsidiana. Uma gota de àṣẹ se solta da sua mão, cintilando mais forte à medida que cai pela escuridão.

Cada músculo do meu corpo fica tenso enquanto me preparo para o seu dom, a sabedoria sagrada que apenas uma *ìsípayá* pode trazer. Foi a *ìsípayá* de um domador que levou às enormes montarias que usamos hoje. A *ìsípayá* de um ceifador que deu à luz os primeiros reanimados. A mesma fome que eu tinha quando criança me consome agora, enquanto abro as mãos, esperando a minha *ìsípayá*.

A gota de àṣẹ flutua na palma das minhas mãos, e meus olhos se iluminam com seu brilho púrpura. Minha pele se aquece à medida que a *ìsípayá* se apodera de mim.

Começa com uma faixa de luz púrpura, que sai girando do meu peito como um fio. Uma faixa dourada aparece em seguida, saindo da escuridão. Luzes cor de tangerina e esmeralda juntam-se ao feixe, unindo-se às outras. Elas se entrelaçam como raízes de uma árvore gigantesca, criando uma força tão grande que ruge como um leonário.

Perguntas enchem minha mente enquanto eu estendo a mão para tocar o arco-íris giratório de magia. Mas, quando meus dedos se aproximam do seu calor ardente, as faixas da luz desaparecem.

Volto de uma vez ao presente.

— *Ai!* — eu arfo, caindo de joelhos. Mantenho a palma da minha mão trêmula erguida, mas os sinais do corte de Mama Agba desapareceram.

Quando a fumaça se dissipa, Mama Agba estende a mão. O orgulho brilha em seus olhos castanhos enquanto ela me ajuda a levantar.

O arco-íris da minha *ìsípayá* preenche minha mente quando Mama Agba me vira para encarar a multidão. Quando ela ergue meu braço, meu coração se aquece enquanto a montanha inteira urra.

CAPÍTULO VINTE E SEIS

INAN

Quando o sol se põe em Lagos, finalmente decido como reagir ao ataque dos *Iyika* a nossos alimentos. Neste momento, somos presas fáceis, mas se eu pudesse localizar o acampamento deles, poderíamos lançar nossa ofensiva.

Se eu não libertar Lagos, não teremos chance de vencer esta guerra. A este ritmo, vão irromper por nossas muralhas caídas ou nos deixar morrer à míngua.

Tenho que agir agora antes que seja tarde demais.

Espero até que a noite caia. Até o fio da luz das velas se transformar em escuridão diante da porta de meu pai. Quando tudo se acalma no palácio, uma meia-lua pende no céu cheio de fumaça.

Saio da cama, trocando meu roupão bordado por um cafetã esfarrapado. Um recipiente roubado de pigmento preto está embaixo do meu travesseiro. Pego-o e cubro a faixa branca do meu cabelo.

Espero que seja suficiente. Viro-me, inspecionando meu reflexo no espelho de meu pai. Na última vez que vesti algo tão simples, eu estava com minha irmã e Zélie no acampamento dos divinais. Tudo parece tão distante, parece que nunca aconteceu. Naquela época, eu era apenas um príncipe. Zélie não era a Soldada da Morte.

É só o começo! As palavras de Raifa aterrorizam meus pensamentos. *Todos em Lagos vão queimar!*

Se eu não encontrar uma maneira de impedir os *Iyika*, a queda de Orïsha será minha culpa.

Abro uma fresta da minha janela, examinando a altura até o chão. Os aposentos de meu pai ficam no quinto andar do palácio, mas por baixo deles há uma série de sacadas e grades. Subo no parapeito, segurando o caixilho para me apoiar. Se eu acertar o tempo...

— É melhor estar fugindo para encontrar uma garota.

Tenho um sobressalto com a voz grave e quase caio do parapeito. Ojore está à minha porta, os braços cruzados, com um sorriso malicioso no rosto.

— Se estiver, vou fingir que não estou vendo — diz ele. —Você está precisando de uma boa companhia.

— Então é isso mesmo. — Olho de novo para a altura. —Você não viu nada.

— Ora, me conte mais. — Ojore fecha a porta. —Você está prestes a arriscar a vida. Ao menos, me diga o nome dela.

Embora ele esteja fazendo piada, o rosto de Zélie preenche minha cabeça. Penso na sua cabeleira branca. Em seu olhar prateado. Em sua pele escura.

Por um instante, estou sozinho com ela na cachoeira da terra do sonho, ignorante demais para compreender o que está por vir. Mas não consigo acalentar a lembrança sem rememorar a dor dos cipós pretos me enforcando até a morte.

— O que aconteceu ontem foi minha culpa. — Eu suspiro. — Minha e dessa garota. Se ela está liderando os *Iyika* agora, é apenas uma questão de tempo antes de eles atacarem Lagos de novo.

— Então, o que você pretende fazer? — Ojore cruza os braços. — Apaziguar tudo com um beijo?

— Os *Iyika* estão naquela floresta. Se eu descobrir a localização deles, poderemos atacar. Realmente acredito que a magia de minha mãe é poderosa o bastante.

Tento saltar, mas Ojore agarra meu braço, forçando-me a parar.

— Você não pode ir atrás deles sozinho.

— Não posso pedir a ninguém que arrisque novamente a vida por mim. — Balanço a cabeça. — Não depois do que causei. Os *Iyika* conseguiram uma grande vitória ontem, mas também sofreram uma grande perda. Não importa seus números, sua guarda estará baixa. É a melhor oportunidade que tenho de localizá-los.

Ojore me encara antes de suspirar pesadamente. Franzo a testa quando ele tira o peitoral de latão, deixando-o ao lado do meu frasco de tinta preta.

— O que está fazendo? — pergunto.

— O que acha que estou fazendo? — Ele pega uma calça velha do chão. — Como eu disse, você não vai sozinho.

· · · · · ◆ ◈ ◆ · · · · ·

Ojore e eu partimos, avançando sob o manto da escuridão. Desviamos dos soldados de vigia em torno do palácio, dos guardas diante da porta de minha mãe.

Quando chegamos ao mercado, levamos uma hora inteira para passarmos a pé pelos portões derrubados de Lagos. Aumentamos a velocidade quando finalmente chegamos à floresta queimada que circunda a capital, para além da vigilância militar.

— Só precisamos encontrá-los — repito o meu plano. — Nós os encontramos, e minha mãe pode cuidar do resto.

Olho para minhas mãos, imaginando se meu poder poderia fazer frente ao dela. Por curiosidade, invoco minha magia, mas minha pele queima com os fios azuis diáfanos que caem da ponta dos meus dedos. Levo a mão à têmpora, pois a mísera tentativa causa uma dor de cabeça lancinante.

— Ainda dói? — Ojore me observa, e eu faço que sim. Quanto mais tempo passa, mais temo que minha magia seja assim para sempre. Antes do ritual, eu conseguia atordoar meus oponentes. Agora, parece que só consigo atordoar a mim mesmo.

— Nunca foi fácil — digo. — Mas costumava responder quando eu precisava. Quase me acostumei a ter o poder à mão. Era como outra parte de mim.

Ojore franze o nariz, e me pergunto se falei demais. No entanto, antes que eu possa me explicar, ruídos ecoam dos galhos à esquerda.

Meu coração sobe à garganta, e agarro minha espada, esperando os maji atacarem. Mas quando uma hienária manchada passa correndo, o alívio quase faz com que eu caia de joelhos.

— Pelos céus. — Levo a mão ao peito, tentando acalmar meu pulso acelerado. Olho para Ojore, mas ele ainda não se moveu. Uma expressão distante domina seus olhos. — Tudo bem? — pergunto. A mão livre de Ojore treme na lateral do corpo. Leva alguns momentos até ele cair em si. Quando finalmente se recupera, ele se afasta de mim.

Sinto o calor de sua vergonha.

— Precisa de um minuto?

— Estou bem. — Ele começa a avançar, mas eu agarro seu braço, forçando-o a ficar quieto. Momentos passam em silêncio enquanto eu espero que ele se recupere. É estranho vê-lo assim.

O Ojore que conheço sempre corre para a luta.

Nunca parece ter medo.

— Não sei por que tinham que ser queimadores. — Ele fecha os olhos. —Tenho certeza de que os *Iyika* têm ceifadores. Cânceres. Podiam ter atacado com qualquer coisa, menos com fogo.

Ele toca as queimaduras no pescoço, e seu rosto se contorce de dor. Quase consigo ver as chamas queimando em sua mente. Encarando Ojore, imagino se isso foi parte do plano de Zélie. Luas atrás, eu levei o fogo às suas praias. Queimei seu povo. Destruí sua casa.

Talvez seja a maneira de ela retaliar.

— Se você não quiser fazer isso...

Ojore ergue a mão, interrompendo-me.

— Eles já nos torturaram por tempo demais. Está na hora de os vermes voltarem para o chão.

O ódio que se instala em seu rosto parece deslocado, muito diferente do sorriso que conheço. Abro a boca para continuar a falar, mas Ojore segue adiante. Não tenho escolha senão segui-lo.

Outra hora passa à medida que a distância entre nós e Lagos aumenta. Parece que estamos a meio caminho de Ilorin antes de finalmente ouvirmos conversas. Quando as vozes ecoam, estacamos. Meus músculos ficam tensos quando nos agachamos atrás de uma árvore, buscando o acampamento dos *Iyika*.

— Ali está — sussurro, inclinando-me para a frente para conseguir enxergar melhor.

Algumas dezenas de metros à frente, os rebeldes cozinham uma hienária sobre fogo aberto. Todos envergam armaduras pintadas de vermelho enquanto passam adiante pratos de madeira.

Pela força de seus ataques em Lagos, eu esperava encontrar dezenas de maji, mas apenas nove estão sentados ao redor das chamas cintilantes. A mesma fúria que Raifa inflamou em meu íntimo retorna quando vejo o rosto dos rebeldes que fizeram minha cidade queimar.

— Onde está o restante? — sussurra Ojore. — Me disseram que dezenas invadiram Lagos quando a magia voltou.

— Talvez só tenham podido enviar esses. Afinal, só precisavam de soldados suficientes para nos manter presos na capital.

— Vamos voltar. — Ojore me cutuca. — Sua mãe e os tîtán dela devem ser mais que suficientes para acabar com eles.

Nós nos erguemos, mas, quando nos viramos na direção de Lagos, dois rebeldes estão parados em nosso caminho.

— Larguem as armas! — a mais velha dos dois grita, as chamas em sua mão iluminando seu rosto contorcido. Meus lábios tremem quando Ojore e eu trocamos um olhar. Sem escolha, largamos nossas espadas e erguemos as mãos.

— Informe os anciões — ordena a garota. — Diga que estamos com o rei.

— Por que esperar? — O outro queimador avança. — Vamos enviar para eles a cabeça...

Ojore avança sem aviso, agarrando a espada no chão. Eu me encolho quando ele atravessa o pescoço do rebelde com a lâmina. O sangue espirra quando o queimador cai na terra.

— Daran! — O grito da menina me traz de volta à vida. Eu a derrubo no chão, batendo com o cotovelo em sua têmpora.

— Posição de ataque! — grita um maji do acampamento, incitando o restante dos *Iyika* a agir. Minhas pernas viram chumbo quando eles formam um círculo, entoando um encantamento em uníssono.

— *Òòrùn pupa lókè, tú àwọn iná rẹ sórí ilẹ̀ ayé...*

Os maji erguem as mãos para o céu, criando um sol vermelho. Ele queima com violência, tão brilhante que cobre a floresta em sua luz carmesim. O ar flameja ao nosso redor, quase quente demais para se respirar.

— Temos que impedi-los! — Ojore irrompe pela floresta, correndo na direção das chamas.

Ele avança como um homem possuído enquanto pega as facas presas ao seu cinto. Sem temer pela própria vida. Sem medo da morte.

— Ojore, espere! — Corro atrás dele. Em Lagos, alguém aciona o alarme dos *Iyika*.

Ha-wooooooo!

As sirenes soam, ensurdecedoras, apesar da distância que estamos da cidade. As árvores incendeiam ao nosso redor à medida que o sol vermelho cresce. As chamas queimam minha pele enquanto corro.

Ojore grunhe enquanto corre, atirando duas facas no peito de uma queimadora. Um rugido gutural escapa da garganta da líder dos *Iyika* quando sua soldada cai. Ao avistar Ojore, seus lábios se apertam.

— *Odi iná, jó gbogbo rẹ̀ ni àlà rẹ!*

Ojore para quando uma parede de fogo surge do nada. Sua força aumenta cada vez mais, as chamas iluminando o horror no rosto dele.

— Ojore! — grito quando o tempo para. A maji recua as mãos, preparando um ataque. Minha mente fica vazia.

A magia infla dentro de mim, uma onda além do meu controle.

Ergo a mão, e minha magia explode com tamanha força que ouço os ossos estilhaçarem em meu braço.

CAPÍTULO VINTE E SETE

INAN

Demora uma hora para que as forças da monarquia nos encontrem. Os soldados me seguram deitado enquanto o médico faz ataduras no meu braço. Outros erguem uma tenda de lona sobre a minha cabeça, bloqueando a celebração pelo acampamento destruído dos *Iyika*.

Cerro os dentes para conter meus gritos. A dor é tão grande que mal consigo respirar. Meu braço dói como se cada osso tivesse sido esmigalhado com um martelo.

— Inan, fique parado! — Minha mãe se aproxima às pressas, com uma série de frascos coloridos na mão. Ela pega um cheio de um líquido azul-escuro e me obriga a tomar o sedativo amargo. — Ainda estamos procurando curandeiros nas fileiras deles, mas isso deve ajudar.

Eu me agarro à minha mãe quando ela me ergue, mantendo meu braço imóvel na atadura. O sedativo é como dar de cara com uma parede. Exalo quando ele nubla minha mente e amortece a dor.

Afundo no catre, o tecido áspero encharcado de suor. Ainda não entendo o que aconteceu. Minha magia nunca me causou tanta dor.

Nem sabia o que eu estava fazendo quando ergui a mão. Só queria que tudo parasse.

Não achava que eu pudesse atordoar todos os *Iyika* de uma vez.

— Deem espaço ao rei. — Ela manda todos saírem antes de se ajoelhar ao meu lado e balança a cabeça enquanto passa os dedos pelos meus cachos banhados de suor. — Minha vontade é matar você.

— Desculpe — murmuro. — Não era para sermos apanhados.

— Você é *o rei*, pelo amor dos deuses! Quando tiver um plano, você vai à luta com soldados. Vai à luta *comigo*!

Ela encosta a testa na minha, abraçando-me com força. As mãos dela tremem na base do meu pescoço e sinto sua tensão enquanto segura as lágrimas.

— Por favor, da próxima vez, me leve com você — sussurra minha mãe. — Você acabou de voltar. Não vou aguentar perdê-lo novamente.

Meneio a cabeça e fecho os olhos. Minha mente ainda queima com a lembrança das chamas iluminando o rosto de Ojore. Mas, à medida que começo a divagar, relembro o momento em que descobri meu poder, usando-o na almirante Kaea, lá em Candomblé.

— Você já tinha feito isso antes? — pergunta minha mãe.

— Sim. Mas nunca com tantas pessoas de uma só vez.

— Bem, não faça de novo — pede ela. — Deixe seus súditos aguentarem essa dor.

— Vossa Majestade! — A general Jokôye entra em nossa tenda com uma espécie de sorriso no rosto. Ela empurra os óculos sobre o nariz e se curva. — Fico aliviada que Vossa Majestade esteja bem.

Ojore entra em seguida com curativos sobre suas novas queimaduras.

— Te devo uma. — Ele dá um tapinha no meu pé.

— Você vive salvando minha pele. Já era hora de eu salvar a sua.

— Tive minhas dúvidas — diz Jokôye. — Mas admito quando estou errada. Vossa Majestade fez um trabalho incrível ao subjugar aqueles rebeldes. Com a libertação de Lagos, podemos reverter a maré nesta guerra!

Afasto o tecido da tenda e espio lá fora. Nossos soldados celebram aos gritos, dando goles generosos em seus cantis.

No centro de tudo, os *Iyika* capturados estão ajoelhados na terra. Cada rebelde está preso em correntes de majacita e com a cabeça coberta por um saco.

Eu os observo, querendo sentir minha vitória, mas meu peito parece vazio. Da última vez que vi maji com sacos sobre a cabeça, meu pai estava liderando o ataque.

— Agora, quanto às retaliações. — Jokôye endireita-se e pousa a mão sobre sua espada. — Está na hora de localizar e exterminar o restante desses vermes.

Ela marcha para o acampamento deles, a trança até a cintura balançando sobre as costas. Com um aceno, interrompe a celebração. A determinação em seu olhar faz uma nova camada de suor brotar em minha pele.

— Retirem os sacos — ordena ela, e os soldados avançam, arrancando o saco da cabeça de cada maji.

As chamas crepitantes preenchem o silêncio enquanto Jokôye caminha diante deles, inspecionando cada rebelde.

— Vocês têm sido eficientes em sua destruição — grita ela. — Agora é hora de pagarem o preço. Digam onde se esconde o resto de vocês, vermes, e eu prometo... que sua morte será rápida.

Alguns rebeldes baixam a cabeça. Outros tentam esconder as lágrimas. Mas uma queimadora olha para a lua, seus cabelos brancos agitados pelo vento noturno.

Jokôye para diante dela com os dentes cerrados pelo desafio da menina. Eu me retraio quando Jokôye avança na garganta da queimadora.

— Eu fiz uma pergunta.

A menina se debate, sufocando com o aperto cada vez mais forte de Jokôye. Minha general a ergue no ar. A visão faz meu estômago se retorcer.

— Responda! — grita Jokôye.

A queimadora busca ar, mas mantém os olhos fixos no céu escuro.

— Se eu tiver que morrer aqui — ela fala, engasgada —, então prefiro admirar a lua a olhar para sua cara feia.

Jokôye joga a queimadora na terra incendiada. A maji tosse quando consegue respirar de novo. Mas, pelo jeito que Jokôye olha para ela, sei que sua respiração vai durar pouco.

Minha cicatriz lateja quando Ojore entrega à general um frasco com um líquido preto e uma agulha oca.

É como assistir de novo a meu pai torturando Zélie.

Faço menção de me levantar, mas minha mãe me segura. Ela aperta minha coxa para me manter sentado.

— Seja lá o que estiver pensando, pare — sibila. — Você já lhes deu uma chance. Não pode salvar todo mundo.

Sei que ela está certa, mas a náusea ainda sobe pela minha garganta. Isso não me parece ser um rei melhor.

Não parece que isso é ser rei.

— Você sabe como é ter majacita em suas veias? — A voz de Jokôye aumenta enquanto ela enche a agulha até a borda. O metal brilha diante da fogueira. — Primeiro, ela bloqueia a doença que você chama de dom. Em seguida, queima você por dentro.

A pressão cresce como uma bomba esperando para explodir no meu peito. Observando a garota, vejo Zélie acorrentada.

Sinto o mesmo cheiro de carne queimando de quando os soldados de meu pai marcaram as costas dela.

— Você tem um coração bom, Inan — sussurra minha mãe. — Isso fará de você um bom rei. Mas vai se destruir caso não diferencie aqueles que precisa proteger daqueles que precisa eliminar.

— Mas, mãe...

— Estes rebeldes incendiaram sua cidade. Queriam que você e seu povo morressem de fome. São o veneno de Orïsha! Se não cortar a mão agora, por fim será forçado a decepar o braço inteiro.

Fecho a boca, digerindo suas palavras. Sei que enquanto estes rebeldes nos aterrorizarem, todo maji de Orïsha será visto como criminoso. Os *Iyika* precisam desaparecer.

Mas, apesar de saber disso, minhas entranhas se reviram quando Ojore agarra a queimadora pelos cabelos. Ele puxa a cabeça da garota para o lado, expondo seu pescoço para o ataque de Jokôye.

— Última chance de falar — oferece Jokôye, mas a queimadora cospe. A menina grita quando a agulha perfura sua pele.

Ela cai da mão de Ojore como um tijolo, o corpo estremecendo na terra enquanto a majacita a mata por dentro. Minha mãe puxa meu queixo, forçando-me a desviar os olhos.

— Você fez mais em poucos dias do que outros monarcas fizeram em um reinado inteiro — ela tenta me tranquilizar. — Continue assim. Termine esta guerra para que possa continuar a fazer o bem para todo o reino.

Meneio a cabeça, mas meus olhos se voltam para o cadáver da garota. Jokôye estende a mão para pegar outra agulha.

— Quem é o próximo?

CAPÍTULO VINTE E OITO

AMARI

Fico surpresa com o anseio em meu coração depois da ascensão de Zélie à anciã dos ceifadores. A celebração segue por horas, até tarde da noite.

Assisto com Tzain enquanto ela é celebrada em toda a montanha do santuário, cada maji e divinal tentando chamar sua atenção. Enquanto isso, seus três ceifadores se amontoam ao redor dela como patinhos, sempre a um braço de distância.

Mesmo antes de minha mãe ter interrompido meu discurso, o apoio dos orïshanos nem chegava perto da alegria sem limites destes maji. Imagino como seria sentir-se abraçada desse jeito. Realmente pertencer a algum lugar.

— Gostaria que Baba pudesse ver isto. — Tzain sorri. — Mama também. Não vejo Zél rir desse jeito desde antes da Ofensiva. Quando era criança, ela sempre adorava ficar em meio ao clã de Mama.

Faço que sim, começando a entender o que significa ser uma anciã. Todo esse tempo, pensei que era como ocupar o trono, mas agora percebo que é muito mais. Não é simplesmente uma posição de poder. Uma anciã é a fundação do lar de seu clã.

Do outro lado da pedra de sangue, Ramaya está sentada no meio do seu círculo de conectores, mais como uma mãe do que como uma general cruel. Uma jovem divinal encaixa um lírio em seus cachos. A cicatriz de Ramaya se contrai quando ela sorri.

Olho para minhas mãos cheias de cicatrizes, querendo saber se algum dia poderei me sentar com eles. Tenho a impressão de que eu poderia ser tão forte quanto minha mãe, e eles ainda não me aceitariam.

Um sino agudo ecoa através das montanhas, silenciando toda a celebração de uma vez. A maioria dos maji parece saber o que significa, mas Zélie e eu trocamos olhares.

As pessoas se imobilizam quando um queimador corre pela ponte de pedra, sua armadura vermelha metalizada salpicada com sangue.

— O que aconteceu? — Ramaya levanta-se.

— É Lagos. — O queimador diminui a velocidade até parar. — Nossos soldados se foram.

As palavras do queimador tira o fôlego de todos. As sobrancelhas grossas de Ramaya franzem-se enquanto ela avança.

— O que você quer dizer com isso?

— O rei retaliou — arfa o queimador. — Ele e os tîtán dizimaram nosso acampamento. Ao final da noite, reabrirão as estradas. Já estão restabelecendo a comunicação militar.

A montanha irrompe em conversas enquanto todos reagem à perda. O que antes era uma cena de alegria sem limites muda sob as marés instáveis da guerra.

É culpa delas. Cerro o punho, pensando nas palavras que nunca poderei falar em voz alta. Onde estaríamos se tivessem aceitado a oferta de Inan? Se simplesmente tivessem me ouvido?

— Anciões — chama Ramaya, atraindo cada líder para o centro da pedra de sangue. Eu me levanto e me aproximo, tentando ouvir seu novo plano.

— O que faremos agora? — A perna de ferro de Kâmarūs range quando ele se aproxima. — Não vai demorar até que recebam reforços.

— Ainda temos a oportunidade de sobrepujá-los se conseguirmos atacar rapidamente. — Ramaya vira-se para Zélie quando ela se junta a eles. — O que acha? Está se sentindo suficientemente forte para enfrentar a rainha?

Forço passagem no círculo antes que Zélie possa responder, atraindo olhares raivosos de cada ancião.

— Apressar um ataque seria um erro. Se eu puder falar com meu irmão, posso ver se ele ainda está aberto à paz...

Ramaya me empurra com tanta força que caio sobre a pedra. A montanha fica em silêncio. Minhas bochechas queimam quando ela me confronta.

— Seu irmão acabou de abater nossos soldados. — Sua cicatriz se franze enquanto ela me encara, furiosa. — Se nos interromper de novo, vou mandar sua cabeça para ele.

Zélie me olha, alertando-me para recuar. Mas não posso ficar quieta. Se não puderam enfrentar minha mãe antes, não há maneira de a derrubarem agora. Estão planejando a própria morte.

Tzain se aproxima, me ajudando a levantar. Seus olhos castanhos calorosos brilham de preocupação enquanto me leva para longe do círculo dos anciões.

— Diga a Zélie o que você quer — diz ele. — Ela vai ouvir.

— Não, não vai. — Balanço a cabeça. — Nenhum deles ouvirá.

Observá-los faz com que o meu peito se aperte ainda mais. Os anciões estão lutando pelos maji. Eu tenho de lutar por todo o reino.

— Aonde vai? — pergunta Tzain quando me afasto de seu toque.

— Se eles não querem me ouvir, vou ter que obrigá-los.

Minhas pernas tremem quando volto ao círculo. Respiro fundo para fortalecer minha decisão.

É pelo bem deles. Mesmo que não o saibam.

Ramaya se afasta dos outros anciões quando me aproximo, mas minhas palavras a fazem parar.

— Estou cansada de brigar para ser ouvida — eu digo. — Ramaya, desafio você para assumir o posto de anciã dos conectores.

CAPÍTULO VINTE E NOVE

AMARI

Se antes a montanha estava zumbindo de agitação, agora está fervendo. As reações espalham-se como um incêndio, acalmando-se apenas quando Ramaya se aproxima de mim.

— Como ousa — ela rosna. — Você não tem o direito de estar neste santuário, muito menos de apresentar um desafio para se tornar uma anciã!

— Sou uma conectora também, não sou?

— Você não é maji! — grita ela. — Você não é nada!

Minha pele esquenta quando nuvens azuis de magia brotam da ponta dos meus dedos.

Sussurros correm pela multidão, um zumbido cada vez maior frente ao meu desafio. Observo o rosto dos doze conectores atrás de Ramaya. Nenhum deles parece que vai apoiar minha liderança. Mas já cedi às tradições deles antes.

Por causa deles, perdemos nossa vantagem nesta guerra.

— As decisões que tomamos hoje não afetarão apenas os maji — declaro. — Goste ou não, os titán também têm magia e, nesta luta, você precisará de todos os aliados possíveis. Não precisa me eleger. — Balanço a cabeça. — Nem sequer precisa ouvir. Mas eu tenho lutado por você e sua magia tanto quanto a Soldada da Morte. Mereço uma oportunidade de lutar por isso!

— Quer lutar? — Ramaya ergue o punho, mas Mama Agba entra no caminho. Ela franze a testa e solta um suspiro pesado, observando o restante da multidão.

— Amari, a magia de Orí corre nas suas veias — diz ela. — Você tem o direito de desafiar. Mas tem certeza de que quer fazer isso? — A expressão nos olhos de Mama Agba alerta-me para que eu ceda. Mas eu não posso retroceder agora. O povo de Orïsha precisa de mim.

— Tenho.

— Então, vamos começar. — Mama Agba vira-se para a multidão. — Esvaziem o círculo.

Muita gente passa esbarrando em mim enquanto os maji deixam o círculo. Eles se espalham pelos cumes das montanhas, as pernas balançando sobre os penhascos diante dos templos de seus clãs. Ergo os olhos e me lembro de quando estive na arena de Ibeji, presa em um barco, esperando para encarar minha morte.

Naquele momento, de alguma forma, parecia que eu tinha mais chances de vencer do que agora.

— Em nome de Oya, o que você pensa que está fazendo? — pergunta Zélie, abrindo caminho na multidão cada vez menor. Ela ainda parece uma visão em suas sedas douradas e vermelhas, a maji digna de usar a coroa de seu povo.

— Já perdemos o cerco de Lagos. Se ninguém me ouvir, perderemos esta guerra!

— Os maji não são definidos por esta guerra! — sibila Zélie. — Ser uma anciã significa ter que liderar seu clã. Como espera fazer isso quando você não nos conhece? Como pode lutar por isso quando não sabe nada sobre os maji?

As palavras dela me fazem hesitar. Não sei como convencê-la de que estou apenas fazendo o melhor. Estou lutando por ela tanto quanto por todos os outros.

—Talvez você não tenha que se preocupar com a guerra, mas como rainha, eu não tenho escolha. Tenho que pôr Orïsha em primeiro lugar, não importa o quanto custe.

Ignoro a mágoa no rosto de Zélie enquanto avanço. Do outro lado do círculo, Ramaya está de pé com o rosto contorcido pelo ódio.

Apenas golpeie primeiro, repito a mim mesma. *Ataque primeiro e vai estar um passo mais perto de acabar com esta guerra e assumir o trono.*

— As regras de *ìjà mímó* são simples. — A voz de Mama Agba ecoa através da montanha silenciosa. — A batalha termina com rendição ou morte, mas não estamos em posição de perder nossos melhores combatentes. — Ela pausa por um instante, fitando os olhos de Ramaya e os meus. — Sejam brutais, mas se contenham. Fui clara?

— Transparente. — Ramaya sorri. Seus cachinhos balançam ao vento noturno enquanto ela estala os dedos.

Ignoro o peso em meu estômago e mantenho o rosto rígido, forçando-me a menear a cabeça quando Mama Agba sai da pedra de sangue.

Golpeie, Amari, penso comigo mesma. *Prove que estão errados.*

— Comecem! — grita Mama Agba.

— *Ya èmí, ya ara!*

Minha pele arde quando uma luz azul-vibrante engole meu braço inteiro. Apesar de isso não eliminar a dor, sinto o fio de àṣẹ se movendo através da agulha.

As pessoas arfam quando avanço, meu braço reluzindo com magia. Luto como os maji, mas quando lanço o cometa de àṣẹ, Ramaya salta por cima dele. Não tenho a chance de lançar outro quando ela segura minha cabeça.

Grito quando minha visão estoura em branco. Ela me puxa pelos cachos, atirando-me ao chão.

Estendo a palma da mão e tento entoar o encantamento outra vez.

— *Ya èmí, ya...*

Ela acerta um soco no meu queixo antes que eu consiga terminar de falar.

— Odeio ouvir o som do iorubá saindo da sua boca — ela sibila, tocando minha cabeça com a outra mão e se ajoelhando. — Vou mostrar a você como um encantamento deve ser. *Iná a ti ara...*

Tento pegar minha espada, mas seu metal não impede o ataque. Uma nuvem cobalto ruge na mão de Ramaya, entrando em mim como fogo. A nuvem engole minha mente como um fósforo aceso em meu crânio. O grito que escapa dos meus lábios não parece meu.

— Está vendo? — Ramaya ri enquanto eu me debato, uma risadinha que ecoa através das montanhas. — Eu ataco com magia, e a tîtán tenta pegar a espada!

A dor se intensifica com suas palavras, cada uma parecendo uma bomba explodindo em minha cabeça. Parece levar uma eternidade até que eu não veja mais pontinhos brancos e consiga, finalmente, erguer a cabeça.

— Pronta para se render? — Ramaya me encara à distância, um sorriso zombeteiro nos lábios. Mal consigo terminar um pensamento. Ela não derramou uma gota de suor.

O olhar em seu rosto diz tudo. Para ela, não se trata de permanecer no posto de anciã do clã. Ela não quer que eu simplesmente me renda.

Ela quer me ver rastejando.

Golpeie, Amari.

Gotas de suor pingam de minhas têmporas quando fico de joelhos. Embora meus membros tremam, cerro os dentes e me levanto. Meu coração palpita como trovoadas em meu peito. Minha pele começa a se aquecer. Faíscas azuis fagulham da ponta dos meus dedos quando lanço outro ataque.

—*Ya èmí, ya ara!*

Avanço com o braço estendido. Meus dedos passam raspando pelo pescoço de Ramaya, e ela gira para fugir das minhas mãos.

— *Ya èmí, ya ara!* — Tento outra vez, mas ela desvia e acerta outro soco no meu rosto. Minha mandíbula estala quando caio no chão.

Ramaya ri antes de um novo encantamento jorrar de seus lábios.

— *Idá a ti okàn...*

Desta vez, o brilho cobalto me atinge em cheio no peito. Em segundos, estou me contorcendo com as pontadas dolorosas que irrompem pelas minhas costelas.

É como se o meu corpo estivesse sendo esmagado entre dois aríetes, como se minhas unhas estivessem sendo arrancadas dos dedos. Não consigo respirar com a agonia que ela me causa. Não consigo nem gritar.

— Levanta, Amari! — grita Tzain de longe, mas o som chega abafado a meus ouvidos. Mal consigo escutar nada além da dor ofuscante.

Enquanto isso, Ramaya fica só observando a tortura que me inflige. Não sente a necessidade de encerrar esta luta.

É uma leopanária-das-neves brincando com sua presa.

— Pelo meu pai. — A próxima explosão de Ramaya chega sem aviso prévio. — Pela minha mãe! — Outra nuvem atinge meus membros. — Pela minha irmã! — Desta vez, sua magia parece mil pregos perfurando meus ossos.

— *Ramaya! Nìsó!* — alguém comemora lá em cima, e outros se juntam ao coro. Este tormento não é o bastante para as pessoas. Não quando querem ver meu sangue derramado.

— Não me importa o que você fez. — Os ataques de Ramaya diminuem, um breve alívio enquanto ela recupera o fôlego. — Se quiser ajudar os maji, mate sua família maligna. Mate-se.

Ela se inclina até que seus cabelos brancos rocem minha bochecha.

— Os maji ficarão melhor sem você. Orïsha também.

De alguma forma, suas palavras ferem mais fundo que a magia. É a lâmina do meu pai rasgando minhas costas. Minha mãe usando meu discurso de paz para atacar.

— *Idá a ti okàn...*

Meu coração bate forte demais, fazendo minha a cabeça latejar e bloqueando o restante do seu encantamento. Sinto o ódio de Ramaya como a dor dentro de mim. Uma raiva que destruirá meu reino.

Invoco o poder em meu sangue, forçando-o, embora eu não entenda como. Os deuses me deram essa magia por algum motivo. Eu a usarei para salvar Orïsha, ainda que os maji me odeiem por isso.

Grito ao enterrar a mão nos cabelos de Ramaya e puxar, batendo com o cotovelo em sua têmpora. Ela cambaleia para trás com meu golpe. Aproveito a abertura e a derrubo.

Monto nela enquanto uma chama cobalto brilha em minhas mãos.

A agulha não está funcionando.

Então eu solto o martelo.

— *AAH!*

O grito agudo de Ramaya atravessa os cumes das montanhas. Minha magia atravessa sua mente como uma faca enquanto afundo por suas cicatrizes, abrindo-as como reabri as minhas no navio de guerra.

Sinto a mão áspera de um guarda ao redor de seu pescoço. Vejo o pai que morreu por tentar protegê-la. Eu me encolho com o estalo de um murro em seu olho esquerdo. Sinto o sangue quente que escorre do ferimento.

— Amari, pare! — grita Zélie de longe, mas não consigo me refrear.

Meus olhos vazam uma luz azul. Os ossos estalam em meu braço enquanto minha magia sai do controle. Uma inundação interminável da vida de Ramaya enche minha cabeça. Cada estilhaço da dor que rasga seu ser atravessa o meu.

Não sinto as mãos que me puxam para trás. Mal vejo Ramaya convulsionando antes de desmoronar. Gritos que não compreendo ecoam quando o rosto de Zélie irrompe através da loucura, sua voz abafada pela dor em minha cabeça.

Além dela, o corpo de Ramaya jaz inconsciente.

Não dá para saber se o peito dela ainda se move.

— Khani, rápido! — grita Mama Agba.

Khani, a anciã do clã dos curandeiros, corre até a pedra de sangue. Suas tranças brancas balançam quando ela pressiona a mão no pescoço de Ramaya, procurando a pulsação, embora os olhos de Ramaya estejam congelados em um olhar vazio.

Depois de um bom tempo, Khani exala. Seus lábios crispam-se.

— Ela está viva. — A curandeira balança a cabeça. — Mas por pouco.

Lágrimas brotam de meus olhos. Minhas mãos começam a tremer.

— Eu não... Não era para eu...

Zélie puxa-me para um abraço. Ela afaga minhas costas, e consigo ouvir o tremor em sua respiração.

— Não olhe. — Ela aperta meu ombro. — Não faça nada.

CAPÍTULO TRINTA

ZÉLIE

Meus pés se arrastam enquanto caminho até o alojamento dos anciões. Os dias desde a minha ascensão passaram como um borrão. Com todos os novos maji e divinais que inundaram o santuário desde que perdemos Lagos, chegar a qualquer lugar me faz sentir como um salmão nadando contra corrente. Agora temos mais de duzentas bocas para alimentar, e a maioria ainda é de divinais sem poderes. O suprimento de alimento diminui à medida que nossos dormitórios enchem.

Todos os dias chegam pessoas novas, compartilhando histórias dos ataques da monarquia contra os maji. Não sei como vamos contra-atacar. Parece que estamos o tempo todo perdendo terreno, pois a monarquia tem fome de conquista. A vitória que, certa vez, parecia a uma batalha de distância se afasta cada vez mais das nossas mãos.

— Zê, você vem? — Nâo passa raspando pelo meu ombro, distraindo-me das minhas preocupações. A armadura pintada de azul da mareadora reluz ao sol, o braço direito esculpido para mostrar as ondas tatuadas ao longo da pele escura.

Os outros anciões estão sob a arcada coberta de videiras fora do refeitório, esperando por mim para seguir para a sala do conselho. Parecem esperar mais por mim agora que Ramaya está na enfermaria.

— Encontro você lá — respondo.

O cheiro de inhame pilado e bolinhos de feijão fritos enche os cômodos enquanto subo as escadas em espiral da torre dos anciões. Onze andares de altura, cada novo piso me leva ao alojamento de um ancião diferente. A única estrutura nesta montanha construída pelos anciões originais, com as lajotas de vidro do mar que me dão a sensação de estar dormindo em um palácio. Corro os dedos pelas plantas suspensas que formam uma cobertura ao longo do teto até chegar ao novo quarto de Amari no quinto andar.

Um choro abafado vaza pela porta de obsidiana, e eu me obrigo a bater. O choro se cala de uma vez. E passos pesados se aproximam.

— Quem é? — pergunta Tzain.

— Sou eu — respondo. — Temos uma reunião de anciões.

A porta se abre e Tzain baixa a voz, inclinando-se para fora para que Amari não ouça.

— Onde você esteve? — sussurra ele. — Ela precisa de você.

— Meus ceifadores também precisam. — Passo por ele e entro nos novos aposentos de Amari. — Não se esqueça de que foi ela quem se enfiou nesta confusão.

Faço uma pausa para observar seu quarto. Como o meu, o ladrilho turquesa cobre o assoalho. Uma varanda curva se abre para o exterior, oferecendo uma vista da cascata próxima da porta do banheiro.

— Seja gentil — diz Tzain. — Ela se recusa a ver um curandeiro.

Amari está sentada diante do espelho rachado, a cara inchada e vermelha. Hematomas profundos descem pelas têmporas e maxilar. Seu braço direito pende de uma tipoia improvisada cruzada no peito. Ela está brigando com um potinho de pigmento marrom-claro, cobrindo as escoriações para escondê-las.

— Você sabe que um curandeiro pode dar um jeito isso — digo.

— Já pedi. — Ela mantém a voz controlada. — Depois de o quinto se recusar, desisti.

Meus olhos se arregalam, mas viro o rosto, fingindo examinar sua banheira de latão. Os curandeiros devem ajudar a todos que precisem, independentemente de seus sentimentos pela pessoa.

Amari continua a fazer o que pode para cobrir as contusões, mas é desajeitada com a mão esquerda. Minha raiva ainda está fervilhando, mas me sento e me forço a ajudá-la.

— Obrigada — diz ela.

Fico em silêncio, mas respondo com um movimento de cabeça. Amari olha fixo para a parede, mas várias vezes a carapaça se rompe.

Vejo a tristeza que ela guarda dentro de si. A solidão que deve estar sentindo.

Pode ter vencido Ramaya, mas, no processo, ela se isolou.

— Tentei visitá-la. — A voz de Amari vacila. — Ramaya. Queria pedir desculpa, mas ela ainda não acordou.

Sinto um gosto amargo na língua, mas não falo nada. Ramaya está inconsciente desde a luta. Nem mesmo a cura de Khani foi capaz de reanimá-la.

— Você também me odeia? — pergunta Amari, e meus dedos param sobre suas bochechas. Quase a odeio por me fazer essa pergunta. Mas eu a treinei naquela noite. Eu lhe ensinei um encantamento. De certa forma, também me sinto responsável pelo coma de Ramaya.

— Você me prometeu que não usaria o que eu lhe ensinei contra um maji.

— Eu sei, mas não tive escolha...

— Sempre temos uma escolha — respondo, ríspida. — Você simplesmente escolheu errado. — Balanço a cabeça, deixando de lado o recipiente de pigmento. — Você escolheu ganhar a qualquer custo. Como seu pai. Como Inan.

A raiva crepita no ar entre nós. Faço uma força tremenda para não ir embora. Preciso bloquear a visão de sua mecha branca, um lembrete do povo dela e de tudo que continuam fazendo para machucar os meus.

Mas Amari abaixa a cabeça antes que eu possa sair. Novas lágrimas fluem livremente, riscando todo o pigmento em seu rosto.

— Sinto muito, está bem? Sinto mesmo. — Ela limpa o nariz. — Sei que fiz besteira. Sei que perdi o controle. O que não sei é como corrigir isso.

Sua angústia acalma minha raiva. Respiro fundo e a viro para que ela me encare. Claro que não consegue.

Ela é uma tîtán.

Uma monarca.

— Se vai ser uma anciã, precisa entender que a verdadeira magia não tem a ver com poder. É algo que faz parte de nós, algo que está literalmente no nosso sangue. Nosso povo sofreu por ela. Morreu por ela. Não é uma coisa que você simplesmente aprende. Pode ter nos ajudado a recuperá-la, mas ainda estamos sendo caçados e mortos pela mesma magia que tîtán como você usam contra nós.

Amari concorda com a cabeça, limpando as lágrimas enquanto digere minhas palavras.

— Vou encontrar uma maneira de me desculpar com os anciões e os conectores.

— Ótimo. — Pego o pigmento outra vez, dando batidinhas sobre as listras em suas bochechas. — As coisas estão feias. Precisamos de você.

CAPÍTULO TRINTA E UM

AMARI

Uma muralha de silêncio me recebe quando paro diante do arco dourado da sala do conselho. Há dias não dou as caras. Apenas imagino o que vão dizer. Mas, em vez de me concentrar nos anciões que me olham com raiva em torno da mesa de madeira de teca, observo o espaço sagrado. As janelas com vitrais banham o recinto com uma luz multicolorida. Cristais formam padrões em espiral ao longo da parede.

— Uau... — suspiro, levando a mão ao peito.

Um arrepio corre minha pele feito um relâmpago quando entro. Segundo Zélie, a entrada é encantada, permitindo apenas que os anciões atuais e passados atravessem.

Dez estátuas de bronze circundam a sala, monumentos dos líderes originais dos clãs maji. Começo a entender a seriedade dessas posições quando me sento diante da figura enferrujada com túnica azul de um conector.

Se vai ser uma anciã, precisa entender que a verdadeira magia não tem a ver com poder. Rumino as palavras de Zélie enquanto esperamos que o último ancião se junte a nós, examinando os maji ao redor da mesa. Alguns me observam com um olhar penetrante. Outros recusam-se a fitar meus olhos.

Nâo puxa conversa com Zélie. Kâmarū inclina-se para a frente, descansando um cotovelo em sua perna protética. Ao lado dele, Na'imah brinca com as borboletas cor-de-rosa em seus cachos. Elas se revezam para pousar em suas unhas pintadas.

À sua esquerda, Dakarai, o ancião dos videntes, pega uma. É um garoto roliço com uma cabeleira de cachos grandes, e mantém o torso nu, com exceção de duas correntes finas ao redor do pescoço.

— Passe no meu quarto depois da reunião. — Khani atrai minha atenção, examinando-me com o rosto sardento franzido. Embora eu não possa chamar a antiga companheira de agbön de Tzain de amiga, é bom me sentar com ela de novo. — Meus curandeiros podem não aprová-la, mas não deveriam ter te negado tratamento.

— Dá para culpá-los? — murmura Kenyon. — Seu povo é a razão pela qual o nosso está morrendo.

O queimador de ombros largos está sentado de braços cruzados, olhando para as paredes pintadas. Ouvi dizer que não falou muito desde que descobriu que a monarquia matou um quarto de seus queimadores diante das muralhas da cidade.

— Lamento sobre o que aconteceu em Lagos — digo.

Kenyon solta um grunhido como resposta.

— Desculpa o atraso — diz Folake ao entrar na sala. A anciã dos acendedores reluz em seu cafetã amarelo esvoaçante.

Ela sorri para Zélie enquanto se senta na cadeira ao lado dela. Seus cachos espessos e os olhos de gato despertam lembranças de nosso primeiro encontro no acampamento dos divinais de Zulaikha. Com sua chegada, todos os dez anciões estão presentes.

— Por onde começamos? — Zélie pergunta à mesa.

— Que tal começarmos com os anciões que realmente são maji?

Fico tensa com o sarcasmo do garoto na minha frente. Embora não nos conheçamos, sei que é Jahi, o mais velho dos ventaneiros. Uma pequena faixa de vento assobia entre seus dedos. Pelo que soube, ele estava namorando Ramaya. Não é de se admirar que não me queira aqui.

— Àgbààyà, deixe ela em paz. — Nâo solta um muxoxo. — Ela venceu, é justo.

— A magia dela não é como a nossa — retruca Jahi. — Não houve nada de justo.

— Eu gostaria de falar sobre isso. — Eu me levanto, forçando-me a manter a postura ereta. Imagino como minha mãe reagiria a esta situação. Mesmo quando não era bem-vinda, ela sempre tinha um jeito de se portar que fazia os outros se sentirem pequenos. — Quero pedir desculpas. Não tinha intenção de perder o controle da minha magia daquela forma. Só consigo imaginar o quanto foi difícil ver aquilo. Mas...

— Claro que tem um *mas*. — Na'imah bufa.

Minhas narinas inflam, mas eu continuo.

— Acho que o que aconteceu é uma demonstração perfeita do motivo pelo qual é do interesse de vocês fazer as pazes com a monarquia.

Já esperava a agitação da raiva que irrompe com a minha afirmação. Alguns anciões me xingam em iorubá. Outros apenas reviram os olhos.

— O que você está fazendo? — sibila Zélie baixinho.

— Eu disse que pediria desculpas — sussurro em resposta. — Mas estamos perdendo esta guerra. Este ainda é o melhor plano.

— Vocês sabem que isso é uma armadilha, certo? — Jahi olha ao redor. — Aposto que ela está enviando informações ao irmão. Provavelmente foi por causa dela que perdemos nosso cerco em Lagos.

— Foi por sua causa que perdemos o cerco em Lagos — retruco. — A oferta de paz do meu irmão era sincera. Você forçou uma ação dele quando destruiu seus alimentos. Se tivessem me escutado, não estaríamos aqui agora.

— Pode esquecer — responde Kenyon. A pele do queimador começa a soltar fumaça à medida que a raiva aumenta. — Eles *injetaram* majacita no meu povo. Vamos revidar. Somos suficientemente fortes para vencer os tîtán.

— Não, não são — enfatizo. — Pelo menos, não todos eles. Ramaya era sua soldada mais feroz e, mesmo sabendo tão pouco da minha magia, eu a deixei em coma. Como espera enfrentar mais títán com esse tipo de poder?

— Zê, você concorda? — pergunta Nâo, fazendo todos os olhos se voltarem para Zélie.

Fico incomodada com o jeito que todos se calam, ansiosos para ouvir a perspectiva dela.

— Não quero admitir, mas há muita verdade no que Amari diz. — Zélie meneia a cabeça. — Os títán usam a magia do sangue. São imprudentes, mas quando atacam, são implacáveis. Se fôssemos enfrentar apenas isso, poderíamos ter uma chance. Mas Nehanda é outra coisa. — Os olhos prateados de Zélie ficam distantes por um momento, e ela solta um suspiro trêmulo. — Na reunião em Zaria, Nehanda sugou magia dos títán ao redor dela e usou para partir o chão ao meio.

— Ela fez o mesmo em Lagos — acrescenta Kâmarū. — Quando atacou, seus olhos brilharam em verde. A magia era tão forte que vazava luz do peito dela. Não sei como enfrentar aquilo.

Encaro as cicatrizes que cobrem minhas mãos enquanto um manto de medo recai sobre a sala. Esta é minha oportunidade. Se os anciões forem me ouvir, será agora.

— Vocês tiveram uma vantagem grande quando Lagos estava sob seu controle, mas arriscaram demais. Agora, as estradas de lá foram reabertas. Suas defesas estão sendo reconstruídas. Os militares estão derrubando suas forças, enquanto novos títán inundam Lagos para se juntarem às fileiras deles. — Balanço a cabeça. — Quem sabe quantos vocês terão que enfrentar agora? Quantos têm poderes como os da minha mãe?

— O que você sugere? — Na'imah ergue as sobrancelhas bem-desenhadas. — Porque não vamos ceder tão fácil.

— Tudo o que quero é que os maji vivam em um reino seguro — respondo. — Pensei que eu precisasse subir ao trono para isso, mas há uma chance de que Inan agora concorde comigo. Meu irmão não é como meu pai. Ele não quer guerra para Orïsha. Apenas me deem uma chance de entrar em contato com ele e descobrir se estou certa. Ele me deve a vida. Prometo que vai me ouvir.

Prendo a respiração enquanto eles ruminam minhas palavras. Quase consigo ouvir as engrenagens rondando em suas cabeças. No entanto, um por um eles voltam os olhos para Zélie. Tento sorrir para ela, mas Zélie não ergue o olhar da mesa.

— Mesmo se quiséssemos buscar a paz, seria tolice esperar que Inan fizesse a coisa certa — diz ela. — Os tîtán são fortes, mas a magia deles é imprudente. Basta olhar para Amari.

Zélie aponta para mim como se eu fosse um objeto e não um ser humano. O sangue sobe para minhas bochechas quando me sento.

— Amari superou Ramaya, mas porque Ramaya fez joguinhos — argumenta Zélie. — Se formos disciplinados e treinados, podemos derrotar todos os tîtán que encontrarmos. Podemos até derrubar a rainha.

— Você não tem como garantir! — Tento recuperar o controle da sala, mas todos os meus esforços são em vão. Os maji rapidamente me ignoram, energizados pela falsa promessa de vitória de Zélie.

— Como vamos treinar sem encantamentos? — questiona Nâo. — Antes da Ofensiva, os clãs tinham centenas. Agora, alguns de nossos clãs mal têm três.

Zélie pousa a palma das mãos na mesa, e seu olhar fica distante. Com um suspiro, ela pega sua bolsa de couro, puxando um dos rolos pretos que Lekan lhe deu em Candomblé.

— Onde conseguiu isso? — Kâmarū pega o pergaminho, as sobrancelhas grossas franzindo-se para o texto sagrado. — Todos foram queimados na Ofensiva.

— Não os que estavam em Candomblé.

— Você quer que a gente confie em uma lenda? — Na'imah inclina a cabeça.

— Não é uma lenda — responde Zélie. — Amari e eu vimos com nossos olhos. Tem uma sala cheia, com centenas de pergaminhos de cada clã.

A empolgação aumenta quando os anciões consideram o que a biblioteca de pergaminhos poderia significar para nós.

— Se conseguirmos pegá-los, teremos um arsenal. — Os olhos de Kenyon se iluminam.

— Imagine que remédios podem ter! — exclama Khani.

— Podemos partir hoje à noite. — Zélie ergue a mão, recuperando o controle da sala. — A monarquia ainda está concentrada na reconstrução de Lagos. Talvez seja o momento perfeito para nos esgueiramos debaixo do nariz deles.

Observo quando eles começam a montar uma estratégia, sabendo que nada que eu disser fará com que mudem de ideia. Pensei que ser uma anciã seria influência suficiente para eles, mas ainda me excluem.

— Não se preocupe — sussurra Zélie para mim. — Não estou dizendo que uma tentativa de paz esteja fora de cogitação. Mas vamos pegar os pergaminhos primeiro. Precisamos de uma nova vantagem contra a sua mãe caso a paz não funcione.

Faço que sim, mas quando ela se afasta eu cerro os dentes.

Imagino se está apenas tentando me acalmar ou se realmente acredita nas próprias mentiras.

CAPÍTULO TRINTA E DOIS

INAN

Enquanto caminho até a sala de guerra, sinto a mudança no ar. Com as operações dos *Iyika* desmanteladas em Lagos meia lua atrás, a fumaça que pairava no horizonte da minha cidade finalmente começou a se dissipar.

Mais uma vez, o sol brilha sobre nós. Os raios cintilantes iluminam nossos esforços de reconstrução. Comida chega nas carroças. Não há um aldeão com fome.

— Vossa Majestade! — Os soldados que estão de guarda fora da sala de guerra me saúdam quando me aproximo.

Eles avançam para abrir as portas de carvalho preto, mas eu os impeço quando vejo minha mãe na outra ponta do corredor. Ela dispensa seus guardas, descendo sozinha para os porões do palácio. Franzo a testa e vou atrás dela.

Ela se move de um jeito furtivo.

Tento impedir que meus passos ecoem enquanto desço as escadas de pedra. O porão do palácio, um extenso labirinto de tijolos com dezenas de salas, parece guardar todas as minhas lembranças mais sombrias.

Meu pai costumava nos trazer aqui quando Amari e eu éramos crianças. Ele nos forçava a lutar. Ainda me lembro de como os gritos dela ricochetearam nas paredes de pedra quando eu fui longe demais.

Cadê você? Olho para o alto, desejando poder me conectar com ela agora. Minha mãe está convencida de que Amari está trabalhando para os *Iyika*, mas minha irmã não é assim.

Zélie pode querer destruir Lagos inteira, mas esta ainda é a casa de Amari. Ela deveria estar aqui ao meu lado. Não sozinha no mundo.

— Onde está o restante?

Paro quando a voz rouca preenche os salões úmidos do porão. O rapaz fala orïshano com uma cadência estranha, como se não fosse daqui. Espio de um canto e vejo minha mãe junto a dois homens mascarados e vestidos de preto. Um tem um sorriso de serpente. O outro tem a pele cor de areia.

Eu já o vi antes…

Coço o queixo, tentando me lembrar de onde. Alguma coisa no estrangeiro é familiar. Sei que nossos caminhos já se cruzaram.

— Você terá o restante quando terminar o trabalho — retruca minha mãe, entregando uma bolsa de veludo que tilinta com moedas. — A majacita foi um bom início, mas é apenas o começo. E os *Iyika* ainda estão interferindo nos meus planos de…

— Temos companhia.

Congelo. Três pares de olhos recaem sobre mim. Os lábios de minha mãe se abrem de surpresa. Os mercenários sequer piscam.

— Seus canalhas — ela sibila para eles. — Curvem-se diante de seu rei.

O mercenário estrangeiro bufa em resposta, contando o ouro na bolsa de veludo.

— O que foi? — Eu avanço. — Você não se curva diante de reis de outras terras?

— Não me curvo diante de ninguém que eu possa matar.

Ele me olha de cima a baixo antes de se voltar para minha mãe.

— Por ora, isso basta. Manteremos contato.

Espero que sigam para subir as escadas, mas em vez disso eles desaparecem nos corredores escuros do porão. Movem-se com confiança, como se tivessem atravessado este labirinto antes.

— O que foi isso? — pergunto.

— Sua irmã trabalhou com eles — explica minha mãe. — Estava vendo se tinham alguma informação sobre ela e sobre os *Iyika*.

— Amari? Alguma pista?

— Esse seu olhar é a razão por que eu não queria que se envolvesse. — Minha mãe pega meu braço, levando-me para as escadas. — Sei que ela é sua irmã, mas também é inimiga deste reino.

— É também a única razão por que estou vivo.

Minha mãe não diz mais nada até chegarmos às portas da sala de guerra.

— Lembre, seu dever é para com o trono. Proteja-o acima de tudo.

· · · · · ◆ ◇ ◆ · · · · ·

— Vossa Majestade.

Todos os conselheiros se levantam quando minha mãe e eu entramos na sala de guerra. O gesto abrupto me pega de surpresa. Não se sentam até que eu dê o comando.

Sorrio para mim mesmo, tomando meu lugar na cabeceira da mesa de carvalho. Ojore levanta-se ao meu sinal, seguindo na direção do imenso mapa de Orïsha que cobre a parede ao fundo.

— Tenho o prazer de informar que, após os valorosos esforços de nosso rei, conseguimos virar as marés desta guerra — declara ele para os presentes. — Desde a libertação de Lagos das mãos dos *Iyika*, reestabelecemos a comunicação com nossas bases do norte. As tentativas de assassinato estão sob controle, e nenhuma fortaleza foi invadida.

— Não vamos apressar as celebrações — intervém a general Jokôye, a trança balançando quando se levanta. — Embora essas vitórias sejam impressionantes, os *Iyika* ainda representam uma ameaça significativa. Ainda estimamos algo entre duzentos e quinhentos soldados em suas forças.

— Como anda a localização de sua base? — pergunto.

— Próxima, mas não o bastante. — Jokôye aponta para as montanhas ao norte de Lagos. — De acordo com as fortalezas de Gusau e Gombe, todos os movimentos deles parecem ter origem na Cordilheira de Olasimbo. Enviamos batedores, mas nenhum deles regressou. Porém, existem sinais de que os *Iyika* começaram a se movimentar de novo.

Ojore volta à mesa, pegando dois pergaminhos.

— Tenho certeza de que todos conhecem a antiga princesa.

Ojore pendura um antigo cartaz de "Procurado" com um desenho do rosto de minha irmã. É estranho ver Amari dessa forma. As linhas suaves não captam como ela mudou.

— Sua principal cúmplice é uma maji chamada Zélie Adebola — continua Ojore. — Nativa de Ibadan, morava em Ilorin. Foi peça fundamental para o retorno da magia. Os maji em todo o reino a consideram a Soldada da Morte.

Tento desviar o olhar, mas não consigo deixar de encarar a ilustração. É como se Zélie me observasse de longe, uma ferocidade penetrante em seu olhar prateado. Se eu olhar por muito tempo, posso sentir seus cipós ao redor do meu pescoço. Seus lábios próximos do meu ouvido.

Se não consigo nem encarar sua ilustração, não sei o que farei quando estivermos frente a frente.

— Sabe para onde elas seguiram? — pergunto.

— Nossa melhor aposta é Lagos — responde Jokôye. — Elas escaparam de nossas forças depois de uma reunião de rebeldes em Zaria, mas hoje foram vistas ao sul.

— Estão vindo para cá? — A cor desaparece do rosto de minha mãe. — Ainda estamos a meia lua da conclusão da nova muralha.

— E o fosso? — O capitão Kunle limpa o suor das têmporas. — Demorará algumas semanas até que os mareadores possam enchê-lo!

Ponho os dedos nos ouvidos quando o pânico toma conta da sala. Alguma coisa não faz sentido.

— Almirante, elas já estão a sul de Lagos. O que ganhariam voltando atrás?

— Acreditamos que essa rota lhes dará acesso direto ao palácio. — Ojore ilustra o caminho sinuoso. — Tomei a liberdade de mover mais tropas para as fronteiras de Lagos, mas vamos precisar de recursos significativos para detê-las.

Torço o nariz, percorrendo o caminho delas na mente. A linha me leva direto à Selva de Funmilayo.

Passando por um antigo templo.

Bato as mãos contra a mesa de carvalho, levantando-me de repente.

— Sei aonde estão indo! — Corro até o mapa, tocando a lona antiga. — Há um antigo templo maji localizado aqui. Ele tem a capacidade de amplificar os poderes deles.

Minha mãe fica boquiaberta.

— Se conseguirem o que estão procurando, poderão ficar poderosos demais para serem derrotados.

— Não se as interceptarmos — digo. — Se estiverem saindo das montanhas, nós estamos mais próximos do templo. Se sairmos esta noite, podemos capturá-las.

— Você realmente consegue enfrentar sua irmã? — Ojore faz a pergunta que ninguém mais tem coragem de fazer. Os olhares passam de mim para minha mãe antes de se desviarem para qualquer lado.

Vou até os cartazes de "Procurado", olhando para o rosto de Amari. Penso em como ela desafiou meu pai por mim. Se não tivesse intervindo, eu provavelmente estaria morto.

— Seria mentira dizer que eu poderia ferir minha irmã. — Eu encaro todos na sala. — Mas posso enganá-la. Especialmente se ela e os *Iyika* representarem uma ameaça para o reino.

Os lábios da mãe apertam-se, mas, por respeito, ela assente.

— E os outros? — pergunta Ojore. — Nossa intenção é matá-los?

Olho de novo os cartazes, desta vez parando no rosto de Zélie.

—Vamos nos concentrar em pegá-los primeiro — decido. — Quando forem capturados, podemos encontrar uma punição adequada.

CAPÍTULO TRINTA E TRÊS

AMARI

O vento balança meus cachos enquanto avançamos a toda velocidade pela selva, montados em guepardanários. Cipós espessos fazem minha pele arder quando passo por eles, mas ainda preciso bater as rédeas para acompanhar o ritmo.

Os anciões cavalgam com ímpeto, Zélie seguindo mais rápido que todos os outros. Não consigo deixar de pensar que, quanto mais nos aproximarmos de Candomblé, mais perto estaremos do fim sangrento desta guerra.

Pense, Amari. Vasculho meu cérebro enquanto minha montaria aumenta a velocidade. Assim que os *Iyika* conseguirem esses pergaminhos, vão querer atacar. A batalha será levada diretamente para Lagos.

Se forem suficientemente fortes para derrotar minha mãe, duvido que me deixem assumir o trono. Nesse momento, é mais provável que Zélie seja entronada. Mas se não forem suficientemente fortes para derrubar minha mãe...

Meu estômago pesa como se eu tivesse engolido um tijolo.

Se não forem suficientemente fortes para enfrentar minha mãe e seus tîtán, ela vai destruí-los. Eles e, em seguida, cada maji em Orïsha.

Quanto mais penso nessas possibilidades, menos respostas tenho. Preciso me provar aos *Iyika*. Convencê-los a tentar a paz primeiro. Se me deixarem falar com Inan, haverá uma oportunidade de evitarmos este caminho de destruição...

— Amari!

Um silvo de pânico me traz de volta ao presente. Passo à toda pela horda de anciões parada a um canto enquanto minha montaria ainda corre pela selva.

— *Èdà Ọ̀ṣọ́ọ̀sì, dáhùn ípè mi!* — A voz melódica da Na'imah ressoa, fazendo com que uma neblina cor-de-rosa envolva a cabeça do meu guepardanário. A nuvem faz minha montaria sarapintada estacar. Preciso me segurar com força para me impedir de voar longe.

— Pelo amor de *Ọ̀ṣọ́ọ̀sì*, preste atenção! — diz ela, acenando para que o guepardanário volte ao grupo. Minhas bochechas estão quentes quando eu apeio, juntando-me ao seu círculo.

— O que está acontecendo?

Dakarai ergue a mão, os cachos grossos colados na testa com suor.

— Precisamos parar. Estou tendo uma visão.

· · · · · · ◆ ◇ ◆ · · · · · ·

Todos fazem silêncio, reunidos em torno de Dakarai. O rapaz parece estranho com a armadura pintada de prata, pois em geral anda de peito nu.

— Me deem um pouco de espaço. — Ele se remexe, isolando-se ao se virar para uma árvore. — Sou muito melhor em ver o passado que o presente. Não consigo me concentrar com todos vocês me olhando.

Todos os maji se afastam, parecendo entender a necessidade de espaço dele. Faço o mesmo, mas não consigo evitar uma olhada para trás enquanto ele entoa encantamentos.

O suor acumula-se na pele do vidente quando ele invoca sua magia. O brilho prateado de seu àṣẹ se espalha em torno das mãos. Uma janela mística de estrelas se forma entre as palmas.

Diferente da visão do futuro de Mama Agba, a de Dakarai não mostra um fragmento claro do tempo. Em vez disso, sua janela mostra imagens translúcidas em breves lampejos.

— Ní Sísèntèlé...

O vidente ajusta suas mãos como uma bússola encontrando o norte. O verde denso da Selva de Funmilayo desaparece através de seu cobertor de estrelas. Um nevoeiro espesso passa pelas árvores esmeralda. Mas quando a janela chega ao templo de Candomblé, as imagens são tão fracas que é difícil divisar a ponte recém-construída.

— Consegue deixar a visão mais nítida? — Eu me inclino, estreitando os olhos para identificar os soldados no campo de batalha.

— Posso tentar, mas quanto mais longe estou, mais fraca é a imagem. — Uma luz prateada reluz em torno das mãos de Dakarai enquanto ele aumenta a quantidade de àṣẹ na palma das mãos. Com o aumento da potência, a imagem começa a se cristalizar, permitindo-nos ver o que está à frente.

— Droga. — Zélie praguejа para a ponte de ferro no local da ponte antiga que desmoronou. Ela conecta a plataforma sul de nossa montanha àquela que abriga o templo sagrado de Candomblé.

Mais de duas dúzias de soldados estão de guarda na base da ponte, quase metade deles é de tîtán. Táticas de batalha surgem em minha mente, mas todas se desfazem quando reconheço a figura pequena da general que está diante da entrada de Candomblé.

— Zélie — alerto.

— Eu sei — responde ela.

Mesmo sob a máscara dourada, é impossível não reconhecer os ângulos acentuados do rosto da minha mãe. Sabia que nossos caminhos se cruzariam de novo. Não pensei que seria tão cedo.

Mas se ela está aqui, é possível que Inan também esteja por perto.

— Consegue ver mais alguém? — pergunto.

Dakarai tenta aumentar o alcance da visão, porém não aparece mais nada em seu campo celestial.

— Desculpe. — Ele balança a cabeça. — Mas se há tanta gente na ponte, podemos supor que há soldados em volta de todo o templo.

— Então, o que estamos esperando? — Kenyon passa por nós, recolocando o capacete vermelho. — Não me importo com o número de soldados. Vou queimar todos.

— Da última vez que enfrentamos Nehanda, ela derrubou uma cúpula inteira sobre nossa cabeça. — Eu corro atrás dele. — Talvez não sejamos fortes o suficiente para derrotá-los.

— Fale por si mesma. Não sou mais fraco do que um punhado de tîtán.

— Sem dúvida não é mais forte que minha mãe! — Seguro o ombro de Kenyon, forçando-o a esperar. — Além disso, eles sabiam que estávamos chegando. Não queremos alertá-los de que estamos aqui.

— Então, o que você propõe, princesa?

Todos os olhos se desviam para mim, e eu fico em silêncio por um instante. É a primeira vez que se voltam para mim em busca de uma resposta. Talvez seja minha chance. Se eu fizer direito, poderei provar meu valor aos *Iyika* ao impedir que tenhamos muitas baixas. E se Inan estiver lá dentro, entrar no templo pode ser a única maneira de falar com ele.

— Soldados na ponte — murmuro comigo mesma. — Muito provavelmente soldados em torno do perímetro...

Ajoelho-me no chão, desenhando diferentes cenários na terra.

— Tenho uma ideia — digo.

— Uma boa? — Kenyon espia.

— É uma ideia.

O queimador suspira, mas, sem outra opção, ele observa.

— Tudo bem, princesa. Vamos ouvi-la.

CAPÍTULO TRINTA E QUATRO

ZÉLIE

CORRO MEU POLEGAR pelas cicatrizes no meu pulso enquanto esperamos todos entrarem em posição. O plano de Amari exige uma equipe ágil. Menos da metade de nós consegue fazer a viagem. Mas enquanto todo mundo se prepara para partir, apenas um pensamento preenche minha mente. Há dúzias de soldados naquela montanha.

Um deles pode ser Inan.

Oya, me dê forças. Sussurro a oração, segurando com força o couro duro das novas rédeas de Nailah. Tento me lembrar de como foi lhe tirar o fôlego ao apertar sua garganta, mas tudo o que sinto é que não o sinto.

Com a proximidade do templo é impossível não relembrar o passado, esquecer os dias em que Inan me perseguia e eu fugia. Com a nossa ligação, eu costumava sentir sua presença como um cheiro no ar antes da chuva de verão.

Agora, não sinto nada.

— Anciã Zélie! — Tahir, nosso soldador mais forte, me chama de longe. Com olhos castanho-claros e a pele como uma pérola, seu albinismo faz com que se destaque na multidão.

Embora tenha apenas catorze anos, os prodigiosos talentos de Tahir fizeram dele o assistente de Kâmarū. É por causa dele e de Mama Agba que os *Iyika* têm suas armaduras inovadoras.

— Antes de você ir... — Ele estende meu bastão, revelando sua forma nova e melhorada. Em vez de ferro manchado, o metal polido agora tem os mesmos tons de púrpura profundo da minha armadura de ceifadora.

— É lindo. E você conseguiu fazer as mudanças?

Tahir faz que sim, apertando um novo botão no meio do bastão. Salto para trás quando lâminas serrilhadas se estendem de cada extremidade, perfurantes como adagas.

— Você é um gênio! — Giro o bastão, maravilhada com seu toque de soldador. Tahir fica radiante e ajusta os óculos enferrujados presos à sua testa.

— É uma honra para mim, anciã Zélie. De verdade!

Passo o polegar pela akofena gravada na lateral do bastão, tentando tirar forças das espadas de guerra. Cravo uma extremidade na terra, imaginando como será enterrar a lâmina no coração de Inan.

— Você é a Soldada da Morte. — Mâzeli aproxima-se por trás. — Por que, em nome de Oya, precisa disso?

— Porque alguém me apunhalou pelas costas. Se encontrar com ele, quero retribuir o presente.

O sorriso desaparece do rosto de Mâzeli, transformando sua boca em uma linha tensa. Ele mexe na orelha e abaixa a cabeça.

— Me desculpe. Eu nunca matei ninguém.

— Por que está se desculpando por isso?

Mâzeli suspira, coçando a nuca.

— Porque se eu tivesse matado, poderia ajudá-la. Não teria tanto medo.

— Não há problema em ter medo. — Fecho o bastão e o prendo ao meu cinto. — Todos têm medo. Eu estou apavorada.

Meu braço-direito me examina com seus grandes olhos castanhos, estreitando-os como se eu estivesse mentindo.

— Mas você é a Soldada da Morte.

— *Jagunjagun* é um mito. O que você e eu estamos prestes a fazer é real. — Ele é uma cabeça mais alto que eu, mas ponho as mãos em seus ombros. — Só fique do meu lado. Não vou deixar que nada aconteça com você, nem que tenha de invocar a própria Oya.

O sorriso de Mâzeli ilumina seu rosto redondo. Embora minhas palavras não tenham afastado todo o seu medo, seus ombros tensos finalmente relaxam.

Ele dá um suspiro profundo enquanto vamos nos juntar aos outros.

— Saiba que um dia eu que vou proteger você.

Sorrio por sua determinação e dou uma puxadinha em suas orelhas grandes.

— Não vejo a hora.

Nossa conversa é interrompida quando esperamos atrás de Nâo. Ela está movendo os pulsos e inclinando a cabeça raspada, exibindo a *lagbara* tatuada no pescoço.

— Precisa fazer essa cena? — Khani arqueia a sobrancelha. Nâo abre um sorrisinho e dá um beijo na bochecha sardenta da namorada.

— Não finja que não gosta de ver. — Ninguém fala nada quando Nâo fecha os olhos e estende os braços. — *Omi, tutù, omi mí. Omi wá bá mi...*

O frio vem de trás de nós, como o hálito do inverno beijando nossa nuca. Ele desliza por sobre os meus ombros e rasteja pelo meu peito enquanto a umidade no ar fica gélida e se expande.

Em segundos, a fina camada de nevoeiro ao nosso redor se condensa em uma espessa nuvem branca. Faz com que os pelos do meu pescoço se arrepiem, misturando-se à noite escura.

— Lenta e contínua — instrui Amari. — Precisa ter um aspecto natural.

Nâo ergue as mãos e move o manto de nevoeiro para o leste, espalhando a parede branca sobre a plataforma da montanha e além da ponte. Avanço e olho entre as árvores, observando a parede branca engolir nossos inimigos. Quando se espalha o suficiente, Amari aperta meu ombro.

—Vamos lá.

O tempo estende-se infinitamente. Minha respiração acelera enquanto tento permanecer em silêncio. Nesse momento, a neblina é tão espessa que não conseguimos ver além de alguns centímetros à frente do nariz.

Uma pequena chama na mão de Kenyon ilumina o caminho enquanto oito de nós seguimos até a beirada da montanha. Kâmarū e Tahir seguem à frente, enquanto Jahi, Dakarai e Amari vêm na retaguarda.

— Você está bem? — sussurro para Mâzeli.

Ele faz que sim, mas mantém punhos cerrados ao lado do corpo. Os olhos dele voejam para lá e para cá, como se um soldado fosse atacar a qualquer momento.

Para o bem dele, tento fingir que cada folha pisada e cada ramo que estala ao nosso redor não me apavoram. O encantamento sussurrado de Jahi ressoa enquanto ele manipula o vento em nossos pés, criando um vácuo que nos permite avançar em silêncio.

— Aqui? — sussurra Kâmarū.

Amari começa a responder, mas fecha a boca. Seguro a mão de Mâzeli com força quando pegadas rangem ao longo da ponte de ferro, poucos metros à nossa esquerda.

— Vai! — sibila Amari.

Kâmarū e Tahir juntam as mãos. Uma luz verde baça reluz do espaço entre suas palmas.

— *Se ìfé inú mi...*

O encantamento aquece o chão sob os nossos pés. Os passos se aproximam à medida que a terra começa a vibrar. Mâzeli aperta minha mão, e eu o seguro firme enquanto afundamos.

Nossa plataforma torta desliza pela montanha em silêncio, um elevador natural sob o comando de Kâmarū. Quanto mais descemos, mais a neblina se dissipa, deixando ver a luz verde brilhando pela terra.

— Pelos céus. — Amari lança um suspiro de alívio quando chegamos a uma parada no meio da encosta da montanha. Os passos do soldado desaparecem lá em cima, mas continuamos cobertos pela espessa camada de nevoeiro.

Os joelhos de Tahir cedem, e ele se esforça para se manter de pé. Kâmarū o segura, permitindo que seu braço-direito se apoie em sua prótese de ferro.

— Está tudo bem. — Kâmarū bate nas costas dele. — Eu consigo.

O terral dá um passo adiante, o suor brilhando sobre a pele escura. Ele entoa o encantamento em voz baixa, em um ritmo lento e constante.

Quando sua magia aumenta, a montanha atrás de nós erode, os grãos brilhantes flutuando ao nosso lado. Quase grito quando Kâmarū vai até a beirada de nossa encosta, mas os grãos se unem, criando um degrau embaixo de seus pés.

— Não acredito... — Amari fica boquiaberta quando o Kâmarū se move de novo.

Ele caminha pelo ar, os grãos de terra condensando-se sob seus pés cada vez que se move. A terra brilhante paira no ar como folhas de vitória-régia flutuando na água. Pouco a pouco, ele abre caminho através do fosso, os passos flutuantes levando-o até o outro lado.

— Você é a próxima — instrui Tahir, fazendo a cor sumir do rosto de Amari.

— Mas não sou uma terral — diz ela.

— Não precisa ser. Estamos usando o encantamento.

Tahir começa a entoar o encantamento atrás dela, e a mão de Amari treme. Ela testa a magia, balançando o pé sobre a borda, e ele atrai os grãos brilhantes.

— Céus, me ajudem — diz ela, baixinho.

Passo a passo, ela caminha sobre a fenda. Os grãos de terra se elevam para apoiá-la todas as vezes. Dakarai segue atrás com os braços colados ao corpo. Kenyon recusa-se a olhar para baixo. Quando Jahi termina de cruzar, cutuco Mâzeli para seguir.

— Vamos juntos — sugiro.

Avanço na direção da plataforma, mas os pés de Mâzeli permanecem imóveis.

— O que eu te disse? — Eu o puxo comigo. — Eu prometo, vai ficar tudo bem.

Mâzeli engole em seco e fecha os punhos, seguindo na ponta dos pés até a plataforma. Sigo de perto atrás dele, mantendo as mãos em seus ombros enquanto percorremos o trecho de terra flutuante.

— Quase lá... — Minha voz desaparece quando cometo o erro de olhar para baixo.

Ainda me lembro de cair neste mesmo fosso e ser salva apenas pela magia de Lekan. Um esqueleto gigante está preso entre as rochas pontiagudas. Mosquitos mordiscam a carcaça em decomposição.

Meu estômago se revira quando reconheço os chifres. A lembrança de Lekan lançando a montaria de Inan para fora da montanha passa diante de meus olhos.

Ergo a cabeça e continuo avançando, agarrada aos ombros da Mâzeli. Da última vez, eu estava impotente.

Não vou deixar que isso aconteça de novo.

— Graças a Oya! — Mâzeli se lança contra a outra plataforma da montanha, beijando um tufo de musgo. Atrás dele, Tahir cai de joelhos, lutando para segurar o tremor dos membros.

— Desculpem — arfa ele. — Sou melhor com metal.

— Você foi ótimo. — Kâmarū o ajuda a se levantar. — Não tem que se desculpar.

— Volte para o outro lado quando puder — diz Amari. — Se alguma coisa acontecer e as tropas tentarem atravessar essa ponte, você vai ter que destruí-la.

Tahir fica boquiaberto e me encara, examinando a ponte de ferro como um arquiteto.

— E se vocês não tiverem voltado?

— Não importa — diz Amari. — Se pegarem os outros, podem encontrar o santuário. Precisamos protegê-lo a qualquer custo.

Embora hesitante, Tahir assente, curvando-se para demonstrar seu respeito. Kâmarū o cumprimenta antes de se virar para a montanha com uma nova cantiga.

— *O ṣubú lulẹ. O ṣubú lulẹ...*

Um brilho esmeralda se acende na ponta de seus dedos, e ele os pressiona contra a rocha irregular. Respiro fundo quando a pedra começa a desmoronar. A magia de Kâmarū atravessa a montanha, corroendo-a.

O terral continua até que um túnel comece a surgir, grande o bastante para ele entrar. Amari me cutuca, e eu sigo depois dele, desaparecendo na escuridão.

· · · · · ◆ ⟐ ◆ · · · · ·

Mesmo com a magia de Kâmarū, abrir um túnel pela montanha é um trabalho lento e constante. Por fim, os outros ficam para trás, preferindo andar com passadas mais longas. Apesar da tentação de parar um pouco, me vejo impelida a ficar ao lado de Kâmarū. Tem algo de calmante na forma como ele trabalha. Quase consigo esquecer os guardas lá em cima enquanto o observo.

— Você realmente precisa entrar neste templo? — pergunto.

Kâmarū olha para trás, sobrancelhas grossas franzidas em confusão.

— Já dominou tantos encantamentos. — Aponto para suas mãos brilhantes, observando a montanha se desfazendo como areia.

— Meu pai era o ancião do nosso clã — explica Kâmarū. — Ele queria que eu seguisse seus passos. Quando fiz doze anos, ele já estava me treinando há tempos.

Sorrio com o pensamento, imaginando o pequeno Kâmarū sem as espessas tranças brancas ou a argola de prata no nariz. É fácil imaginá-lo treinando por longos dias e noites frias, guiado por um pai que partilhava de seus olhos angulares.

— Você ainda se lembra do que ele te ensinou? Mesmo depois de todo esse tempo?

— Depois da Ofensiva, praticar esses encantamentos foi a única coisa que me restou dele.

Meu coração se aperta no eco de suas palavras. Imagino Kâmarū ainda sussurrando esses encantamentos, mas sem o pai que ele ama. Sem a magia que foi destinada a correr através das suas veias.

— Ele teria tanto orgulho de você. — Balanço a cabeça. — Ele *tem* orgulho de você.

Os olhos castanho-escuros de Kâmarū se suavizam.

— Também gosto de pensar que sim.

Enquanto caminhamos, penso nos outros anciões e maji, como suas vidas eram antes da Ofensiva. Mâzeli já me disse como a monarquia tirou seus pais. Como sua irmã, Arunima, pereceu de tristeza.

O terral me flagra com o olhar perdido e abre um sorriso tão brilhante que me tira o fôlego. Pela primeira vez, percebo que eu poderia perdê-lo também.

— Isso te assusta? — sussurro para Kâmarū. — Ser responsável por tanta gente?

— Todos os dias. — Ele confirma com a cabeça. — Mas o medo me impulsiona a ser mais forte.

Sorrio com sua determinação, desejando sentir o mesmo. Mas assim que tivermos esses pergaminhos, poderei ensinar meus ceifadores a se defender. Poderei lhes ensinar como atacar.

Aperto meu bastão, imaginando o rosto de Inan. Talvez quando ele e sua mãe miserável estiverem mortos, todos os maji possam se sentir livres.

— Chegamos — anuncia Kâmarū.

Amari abre caminho à medida que os pedaços finais de cascalho caem, revelando uma pedra de cor metálica que só pode ser das paredes do templo.

Meus dedos formigam de ansiedade enquanto esperamos para entrar. O plano de Amari pode ter nos trazido até aqui, mas não há como dizer o que acontecerá quando estivermos realmente dentro do templo.

— Todos prontos? — Amari se volta para os outros, e eles concordam com um balançar rápido de cabeça.

Ela fecha os olhos, e eu quase consigo sentir sua oração.

— Tudo bem — ela sussurra. — Vamos pegar esses pergaminhos.

CAPÍTULO TRINTA E CINCO

AMARI

Todo mundo solta o ar quando Kâmarū abre o túnel nas paredes do templo. Nossos passos ecoam contra a pedra fria ao entrarmos nas salas longas e estreitas de Candomblé. Da última vez que estivemos aqui, o templo parecia vivo. Quase dava para tocar a magia que vibrava pelo ar. Mas, desta vez, a montanha inteira se agita, como o novo poder que flui através das minhas veias.

— Incrível. — Mâzeli corre as mãos ao longo das tochas douradas presas às paredes.

Elas se acendem quando nos aproximamos, como se nos indicassem para avançar. Um gotejar constante ainda ecoa pelos salões. Quase consigo ouvir a batida rítmica do cajado de Lekan. *Obrigada*, penso para seu espírito.

Sem seu sacrifício, não teríamos magia.

— Para onde? — Viro-me para Dakarai enquanto ele prende seus cachos frisados.

— Relaxe as mãos — o vidente murmura a si mesmo. — Sinta o peso do tempo.

Quase consigo imaginar Mama Agba ao seu lado, sussurrando as instruções que ele repete agora.

— *Bàbá olójó* — ele inicia o encantamento. — *Se àfihàn àsìkò...*

Ao contrário de antes, sua magia surge como faíscas prateadas de uma pederneira raspando em um palito de fósforo. Os pelos da minha nuca arrepiam-se à medida que o ar à nossa volta arrefece, um frio seguindo até o espaço entre as mãos dele.

As faíscas prateadas sobem como fumaça, criando uma faixa de noite que cresce além das palmas de Dakarai. Suspiro quando centenas de estrelas suspensas enchem o longo corredor.

— É tão grande — sussurro para Zélie. — Muito mais forte que antes.

— É o templo — explica ela. — Nossa magia fica mais forte entre estas paredes.

Uma a uma, cada mancha de luz se expande, criando uma janela para o passado. Observamos, com olhos arregalados e corações aquecidos, quando a primeira estrela começa a crescer, mostrando dois sêntaros de mãos dadas.

— *Bàbá olójó, se àfihàn àsìkò...*

A magia de Dakarai tira lembranças do nada, criando um mosaico das almas que andaram neste local. Como fantasmas, os sêntaros passam por nós, os símbolos brancos desenhados pelos braços nus. Dakarai permite que as outras imagens desapareçam até que haja apenas uma.

Ficamos maravilhados com a mamaláwo destacada por seu intrincado adereço de cabeça. Ao contrário de seus irmãos e irmãs, suas vestes são de um tecido elegante que flui como prata líquida por sua pele escura. Chego mais perto para examinar a imagem, mas ela se desfaz. Dakarai continua a cantar, invocando a mamaláwo alguns metros adiante.

— Ela vai nos mostrar o caminho até a sala dos pergaminhos — explica Zélie quando começamos a seguir nosso vidente.

Avançamos enquanto a magia de Dakarai espalha as migalhas do passado, criando um rastro que nos conduz através dos corredores sinuosos de Candomblé.

— Estou reconhecendo este lugar. — Zélie pousa a mão em um entalhe em forma de coração na pedra cinza quando viramos em um novo corredor.

— Estamos perto. — Dakarai aponta para a escada. — Se estiver tudo certo, deve estar logo virando a esquina...

O som de solas metálicas nos faz estacar. Olhamos para a escada e encontramos três novas sombras, silhuetas que crescem à medida que se aproximam.

— Recuem — sussurro, voltando para as escadas tão rápido quanto consigo. Os outros apressam-se para me seguir, mas tropeçam uns nos outros. Meu estômago pesa quando Mâzeli começa a tombar.

— Segura ele! — sussurro.

Zélie estende a mão, mas é tarde demais. Mâzeli cai no chão com um baque baixo.

Os passos param de repente.

— General Jokôye? — chama um soldado. — É a senhora?

Ele desce os degraus, carregando uma tocha que ilumina o rosto de todos.

Por um momento, ficamos paralisados, congelados, em choque. Então o soldado agarra sua trombeta.

— Corram! — grito. Disparo para o lado oposto, e os maji me seguem.

— Aonde vamos? — grita Zélie.

— Não sei! Para longe deles!

Meu coração palpita enquanto corro na frente. A trombeta do soldado ecoa pelo corredor de pedra. Não demora muito para que mais sons penetrantes ricocheteiem contra as paredes curvas.

Cada passo que damos nos afasta ainda mais dos pergaminhos. Se minha mãe e Inan sabiam que estávamos vindo, talvez também saibam o que estamos procurando. Nosso erro pode levá-los à porta da biblioteca...

Foco, Amari.

Descemos outra escadaria enquanto os sons de passos crescem atrás de nós. Corro adiante quando viramos uma esquina, mas paro escorregando quando uma tropa avança na nossa direção.

Alguns soldados usam a armadura dourada dos tîtán, e vejo um lampejo azul de àṣẹ. Minha pele formiga quando entendo a situação. Os soldados são conectores tîtán, como eu.

— Voltem! — ordeno aos *Iyika,* e os maji abrem caminho bem enquanto a luz azul irradia da minha mão. Tento invocar apenas um golpe, mas uma onda poderosa varre o corredor.

Minha pele arde enquanto os soldados gritam, agarrando a cabeça quando a dor os deixa de joelhos. Minha magia parece mais forte na presença de outros tîtán, mas mal consigo compreender o que acontece enquanto fugimos.

Subimos correndo por outra escadaria, embora eu não saiba aonde vamos, e Dakarai nos guia por mais um lance de escadas, seu peito largo ofegando quando entramos em um corredor especialmente longo.

— Por aqui! — instrui o vidente. Estamos virando uma esquina angulosa quando vejo... um beco sem saída com uma parede comum.

— Esperem! — Volto e ponho as mãos contra a pedra metálica. Não preciso da magia de Dakarai para me lembrar de Lekan parado naquele mesmo lugar, luas atrás. — É aqui! Os pergaminhos ficam atrás desta parede!

— Não temos tempo... — Zélie estende a mão para pegar meu braço, mas me desvio do seu toque.

— Estamos perto demais para desperdiçar a chance!

Os berros dos soldados estão mais próximos quando Kâmarū chega à parede. Ele pousa as mãos trêmulas contra a pedra, mas, apesar do brilho em seus dedos, não consegue quebrá-la. Não sei se é porque ele não tem a habilidade ou se toda a magia que canalizou até agora o exauriu.

— Precisamos ganhar tempo para ele! — Eu me viro quando os soldados se aproximam.

Você consegue, penso comigo mesma. *Você derrubou Ramaya. São apenas homens.*

A magia desperta no meu peito, zumbindo enquanto se expande até minhas mãos. Penso na agulha e no martelo, sem saber o que precisarei usar.

— *Ya èmí, ya ara!* — O encantamento desliza da minha língua, mas meu coração para quando o primeiro soldado vira a esquina.

Pelos céus...

— Inan?

CAPÍTULO TRINTA E SEIS

ZÉLIE

Parece que todo o ar abandona o templo de uma vez.

O som vaza dos meus ouvidos.

Tudo o que resta é ele.

Luto para sentir a raiva que invoquei na terra do sonho. Para usar as novas lâminas do meu bastão. Mas olhar o principezinho é como respirar lama.

— Inan? — A pergunta de Amari ecoa pelo vácuo em minha mente. Seu grito atrai os olhos do irmão.

Então o olhar dele recai sobre mim.

Corra, relembro minha ameaça. *Reze*.

Estendo a mão para meu bastão, mas assim tão perto de Inan quase consigo sentir o arrepio de quando suas unhas correram minha pele nua.

Nós nos encaramos e o tempo escorre, forçando-nos a voltar ao presente. Os gritos dos exércitos ao nosso redor invadem o momento. As espadas dos soldados libertando-se das bainhas.

— Não ataquem! — grita Inan, mas atrás dele a escuridão aumenta. Uma general com uma mecha branca na trança segura uma esfera de gás de majacita.

Os soldados param, mas, em seguida, Nehanda entra no corredor. Ela aponta para nós e grita.

— Eliminem os *Iyika*!

— Mãe, não! — berra Inan, mas não consegue impedir o ataque.

Sua general estende as mãos, criando uma muralha de ar escuro que sopra a majacita pelo corredor como uma bala de canhão, a nuvem preta voando em nossa direção.

— *Atégùn Òrìṣà!* — Jahi avança, luz azul-celeste envolvendo seus braços. Com um grunhido, ele estende as mãos e um ciclone sai girando de suas palmas.

O vento uiva, afastando o gás e soprando os soldados para trás. Os pés de Inan se debatem no ar. Ele se agarra a uma tocha na parede com todas as forças. Até mesmo a general sai deslizando, incapaz de aguentar a força dos ventos de Jahi.

— Zélie, precisamos de você! — Amari agarra minhas mãos, seus cabelos revoando.

Ela pousa minhas palmas contra a parede, e a lembrança nebulosa de Lekan fazendo aquele movimento me volta.

Por favor. Tento me concentrar em meio ao caos. *Lekan, ràn mí lọ́wọ́. Temos que entrar!*

A parede começa a vibrar sob os meus dedos, mas não consigo fazer mais que isso. Ainda falta alguma coisa. Algo que não consigo desbloquear sozinha.

— Eles estão resistindo! — grita Jahi atrás de mim, meus cabelos esvoaçando em meio àquela ventania. Mais tîtán se juntam à sua general no corredor, jogando rajadas de ar.

Quando todos atacam, o ciclone de Jahi começa a morrer. Meus dedos tremem quando Inan põe um pé de volta ao chão. Os tîtán dourados de Nehanda viram a esquina, e a rainha ergue os braços.

Lekan, por favor! Sei que você ainda está comigo. Encosto a testa contra a pedra quente. *Mo nílò ìrànlọ́wọ́ rẹ. Wá bá mi báyìí...*

Um calor forte irrompe pelo meu pescoço. Arfo quando minhas tatuagens começam a brilhar. A luz dourada espalha-se pelos meus dedos, queimando na direção da parede até uma junção se abrir ao meio.

— Entrem! — Empurro Mâzeli para a sala dos pergaminhos. O restante dos maji segue enquanto a passagem se alarga. Jahi recua, por fim, quando seu ciclone morre de vez.

— Parem-nos! — grita Nehanda.

Os soldados avançam. Minha cabeça gira quando pouso as palmas na pedra. Ela vibra quando a parede começa a fechar. Um soldado se adianta, a espada esticada. Amari me puxa para trás quando ele ataca.

Com um estalo, a parede se fecha em seu braço, decepando-o como um toco de madeira.

Todos nós nos encolhemos quando o membro cortado bate contra o chão da sala dos pergaminhos. A mão ainda se agarra ao cabo da espada, pingos de sangue chovendo sobre ela.

Minhas pernas ficam dormentes, e eu caio de joelhos. O suor escorre de todos os poros. Conseguimos entrar.

Mas, pela Mãe Céu, como vamos sair?

CAPÍTULO TRINTA E SETE

INAN

É como se meu espírito pairasse sobre meu corpo, suspenso em um fragmento do espaço. Ver Zélie para o tempo.

Talvez sempre pare.

Corro a mão pela parede comum. Não há sequer uma rachadura que indique onde ela se abre. Mas mal consigo imaginar a magia envolvida nisso quando tudo dentro de mim ainda está desmoronando.

Ela está aqui...

Esse fato deveria me encher de medo. Mas, com apenas uma parede entre nós, todas as palavras que quero dizer se confundem em meu peito: frases incompletas em uma montanha de letras inacabadas.

Pensei que minha ligação com Zélie estivesse rompida. Quebrada, sem conserto. Mas o jeito como ela me olhou...

Pelos céus.

Fazia muito tempo que eu não sentia seu cheiro de maresia.

— Vossa Majestade! — A general Jokôye vem pelo corredor, minha mãe e Ojore logo atrás dela. A visão deles faz minha cicatriz queimar. Depois disso, não vão querer recuar.

Eu estava pronto para atacar, mas quando olhei Amari e Zélie, mal pude dar qualquer comando. Não sei o que fazer agora.

Quem preciso proteger.

— Vossa Majestade está bem? — arfa Jokôye.

— Estou. Mas os *Iyika* entraram.

— Cerquem a sala. — Jokôye vira-se para os soldados. — Se entraram abrindo um túnel, talvez tentem sair por outro. Chidi, cuide de Emeka. Leve-o até um médico.

Viro o rosto quando dois soldados se aproximam, erguendo o que perdeu o antebraço. Os gritos do pobre rapaz atingem meus ouvidos como facas. Aperto com força a moeda de bronze.

Com apenas sete combatentes, os *Iyika* deixaram dezenas de nossos melhores homens espalhados pelo chão. Só restam quarenta soldados. Não sei nem se podemos encará-los.

— Convoque todas as nossas forças — grita Jokôye. — Quero que todos os tîtán fiquem de guarda diante desta porta.

— Sem hesitação — berra minha mãe. — Ataquem para matar!

— General, espere. — Eu impeço as duas antes que suas ordens possam ser atendidas. — Ainda quero que os *Iyika* sejam capturados com vida.

— Com o devido respeito, Vossa Majestade, não podemos nos dar ao luxo de nos conter. — Jokôye aponta para o corredor, e sou forçado a ver o sangue de meus soldados.

No canto, um médico atende o soldado cujo braço foi decepado. Mesmo à distância e com sedação, os gemidos do rapaz ecoam pelos corredores sinuosos.

— Compreendo sua dificuldade — ela continua. — Mas os *Iyika* arriscaram a vida para recuperar o que há nessa sala.

— Ela tem razão, Inan. — Minha mãe segura meu ombro. — Não podemos permitir que consigam. Podem se tornar invencíveis.

Meu estômago lateja com uma dor tão forte que preciso me recostar à parede. No fundo, sei que as duas estão certas. Não posso permitir que os *Iyika* saiam deste templo com vida.

O dever acima do eu. A voz de meu pai ressoa na minha cabeça. *O dever acima de tudo.*

Mas da última vez, eu o escolhi. Escolhi a ele e a Orïsha, enquanto Amari e Zélie arriscaram tudo para me escolher.

— Se eles morrerem aqui, esta guerra só aumentará e nunca localizaremos sua base. Capturem-nos *vivos*. — Eu me viro para Jokôye. — Esta é uma ordem, general. Não é uma sugestão.

Jokôye fecha os olhos. Quase consigo ouvi-la mordendo a língua.

— Soldados, levem o rei para os fundos do corredor. Não o quero aqui quando a parede se abrir. — Ela corre os dedos pela mecha branca em sua trança antes de encostar a cabeça contra a parede irregular. — Estejam prontos para deter os rebeldes de imediato. Esta é a única entrada, ou seja, é a única saída deles.

CAPÍTULO TRINTA E OITO

ZÉLIE

Kenyon bate os punhos contra a parede da sala de pergaminhos, um baque que reverbera através das prateleiras de metal. O queimador bate repetidamente até que Kâmarū agarra seus pulsos e o força a parar.

— Se controle — grita o terral. — Nunca sairemos daqui se nos desesperarmos.

Kenyon se solta das mãos do outro e volta a bater na parede.

— Não deveríamos nem estar aqui!

A ira do queimador não basta para esconder o terror que sei que todos estamos sentindo. Quero dizer alguma coisa, mas é difícil me concentrar com meus ouvidos zumbindo. Não sei se o ruído é por ter visto Inan ou pelo caos para entrar nesta sala. Estendo a mão para tocar as tatuagens no meu pescoço. Os desenhos intrincados ainda estão quentes.

— Jahi! — grita Dakarai. Eu me viro quando o ventaneiro cai no chão, trêmulo pelo esforço com o ciclone. Dakarai se ajoelha para ver como ele está.

— Aquela tîtán — arfa Jahi. — O jeito como ela se movia...

Pelos deuses, balanço a cabeça.

Estamos condenados.

— Mâzeli, você está bem? — Eu me viro e o vejo ainda parado diante do ponto onde a parede se abriu. O antebraço ensanguentado do soldado está no chão. — Não se preocupe. — Eu enxugo o sangue que respingou em sua bochecha e o forço a se virar. — Vou nos tirar daqui. Prometo.

Passo os dedos pelo metal frio da parede, a temperatura caindo à medida que a minha magia diminui. Um formigar irrompe quando estendo a palma da mão. A mesma sensação que costumava formigar pela minha pele ao toque de Inan.

— Você ouviu Inan? — A voz de Amari está trêmula. — Ele disse para que não atacassem...

— Aquele desgraçado veio para cá com metade de seu exército imundo! — explode Kenyon. — Ele não está aqui para pedir paz!

— Calem-se todos vocês! — A voz aguda de Mâzeli ecoa sobre todos. Suas mãos ainda tremem, mas ele fica firme, silenciando-nos. — Chegamos aqui, apesar das chances mínimas. Podemos descobrir uma saída. Mas precisamos nos manter unidos e pegar estes pergaminhos!

Ele observa a biblioteca sagrada, levando-nos a fazer o mesmo. A última vez que estive aqui, fui carregada por Tzain, as sensações da magia recém-despertada mascarando meus outros sentidos. O que eu pensei serem paredes de ouro são na verdade uma substância reflexiva que nunca vi antes. Ela ilumina o salão com um brilho laranja suave, como a cor do pôr do sol derretido em uma pedra vítrea.

— Se meu pai visse isso... — Kâmarū solta um assobio baixo, sentando-se no chão.

Estantes que se estendem até o teto abobadado nos rodeiam, cada uma repleta de rolos finos e coloridos. Mâzeli inspeciona a parte com os *baajis* dos ceifadores, correndo as mãos pelas lacunas que abrigavam os rolos que Lekan me deu de presente. Mas mesmo sem esses, dúzias de encantamentos preenchem as prateleiras.

Com esses pergaminhos, os *Iyika* podem se tornar uma força imbatível.

— Kâmarū. — Amari se ajoelha ao lado do terral, a testa franzida de preocupação. Os olhos entram e saem de foco enquanto ela toca seu peito ofegante. — Se esperássemos você se recuperar, poderíamos romper este material e abrir um túnel?

— Não é terra ou metal. — Ele balança a cabeça. — Nunca senti nada como isto.

Amari corre a mão por seu cabelo desgrenhado antes de se virar para Dakarai.

— Consegue usar o mesmo encantamento para encontrar um caminho até a entrada principal?

— Acho que sim. — diz Dakarai, hesitante. — Mas seria difícil chegar lá com os soldados...

— Não se preocupe com eles — ela o interrompe. —Todo mundo: encham as bolsas com o máximo de pergaminhos que puderem. Kenyon, queime o restante.

— Amari, você não pode fazer isso!

Eu me viro bruscamente, tonta enquanto o zumbido em meus ouvidos aumenta ainda mais. Minhas tatuagens zunem quando eu a vejo. Balanço a cabeça quando minha visão se desfoca.

— São encantamentos sagrados. Histórias de nosso povo que se perderão no tempo!

— Estamos em guerra. — Ela recebe minhas palavras apaixonadas com um olhar frio. — Estas são *armas*. Realmente quer deixar estes encantamentos sagrados nas mãos da monarquia?

Suas palavras ferem, embora eu saiba que ela tem razão. Um ar solene preenche a sala enquanto olhamos para as centenas de pergaminhos, calculando silenciosamente quantos terão de ser queimados.

— Como vamos escolher? — pergunta Mâzeli.

— Só peguem a mesma quantidade de rolos para todos os clãs — diz Amari. — Não importa quem está aqui, todos os maji precisam destas armas.

Ela larga sua bolsa de couro e caminha até a prateleira dos conectores, mas para quando ninguém se mexe.

— O que estão esperando? — Amari gesticula um círculo com a mão. — Vamos pegar os rolos e sair daqui!

Embora alguns se irritem com suas ordens, a convicção de Amari traz calma ao caos. Um a um, todos nós a imitamos, enchendo as bolsas como se as tropas não estivessem esperando do outro lado da parede.

— Não importa o que você sente por Inan, não faça nada hoje. — Amari para do meu lado. — Se não por mim, então por Mâzeli. Sair daqui vai exigir toda a sua atenção.

Cerro os dentes e passo por ela, caminhando até o centro da sala. Como ela se atreve a me dizer o que posso ou não fazer?

Não importa se a proximidade de Inan faz meu coração palpitar como um beija-flor engaiolado. Quando estas paredes se abrirem, tenho que atravessar minha nova lança em seu peito. Não tenho escolha.

— Zélie, prometa! — Amari agarra meu braço, e seu toque faz a sala girar. Estendo a mão para agarrar a prateleira mais próxima quando cambaleio. O suor escorre pela minha pele. — Você está bem?

Tento assentir, mas minha cabeça está latejando. A dor enfraquece meus joelhos. Caio no chão quando minhas tatuagens cintilam com luz dourada.

— Zélie! — grita Amari.

Eles se amontoam ao meu redor, mas não consigo enxergá-los através da dor ofuscante. Cerro os dentes de novo quando as tatuagens esquentam, queimando como ferros em brasa contra minha pele.

O vapor sobe da minha pele, e começo a tremer. Agarro minha garganta quando as tatuagens reluzem. Em um clarão, as paredes de pôr do sol da sala ficam pretas.

Ninguém se move quando uma explosão de luz escapa da minha boca.

O feixe sai dos meus lábios como uma cobra se libertando de uma gaiola e envolve minha cabeça, tão poderoso que não consigo respirar.

Uma lufada de ar se desprende do meu corpo e empurra a todos, que voam contra as paredes. Amari bate em uma caixa de pergaminhos com tanta força que ela vai ao chão.

— *Jagunjagun!* — grita Mâzeli quando o feixe dourado muda a sala ao nosso redor.

Azuis e púrpuras profundos rodopiam como a noite vazando por paredes de vidro. Estrelas brilhantes enchem o ar.

Ofego quando o brilho dourado se acende em meu peito, tão forte que mostra as silhuetas pretas das minhas costelas. Minhas costas se arqueiam na direção do teto e meus pés saem do chão.

— Aguente firme! — Amari se levanta aos tropeços, correndo pela sala.

Ela sobe em uma estante caída enquanto eu levito. A luz dourada se derrama dos meus olhos. Amari estende a mão para me segurar, mas no momento em que nossos dedos se tocam, uma luz de cobalto se acende no peito dela.

— Zélie, o que é isto? — grita ela, perdendo o controle quando seus pés se erguem no ar. Embora ela lute, flutua ao meu lado como se puxada por uma mão invisível.

Energia cósmica surge no espaço entre nós, arco-íris de fumaça que rodopiam pelo ar. Com o toque de Amari, centenas de vozes enchem minha cabeça, vozes que não ouvia desde o ritual sagrado.

Àwa ni ọmọ rẹ nínú èjè àti egungun!
A ti dé! Ìkan ni wá...

Enquanto o encantamento retumba na minha cabeça, dezenas de corações pulsantes ecoam em meus ouvidos. Pulsam cada vez mais rápido à medida que minhas tatuagens se espalham pelo corpo. Então vejo a faixa de luz cobalto girando no peito de Amari.

Meus olhos se arregalam quando me lembro da minha *isípayá* e de todos os fios coloridos de poder que se entrelaçavam. A mesma visão aparece agora diante dos meus olhos, mas, em vez de um arco-íris de cor, o àṣẹ de Amari é todo azul-marinho.

As faixas cobalto entrelaçam-se diante do corpo dela, criando uma esfera de energia tão poderosa que sua luz lampeja pela sala. O àṣẹ azul crepita em volta de Amari como um relâmpago. Seu brilho cintila nos olhos âmbar dela...

Em um suspiro, tudo desaparece.

A dor me percorre quando caio no chão com um baque forte. Amari desaba ao meu lado, lampejos azuis faiscando durante a queda.

Gemo e seguro meu ombro, rolando de lado quando a luz laranja suave da sala reaparece.

— *Jagunjagun!* — Mâzeli corre até nós. — Você está bem?

Em segundos, a biblioteca volta ao normal. Não há sinal do caos que acabei de liberar.

— O que foi *isso*? — pergunta Dakarai.

— Não sei. — Balanço a cabeça.

Olho para as tatuagens douradas que ainda brilham na minha pele; os símbolos intrincados não estão mais restritos ao meu pescoço e agora se espalham pelos meus ombros e braços. Sinto seu calor descendo e queimando minhas costas.

Enquanto brilham, os corações de todos batem como tambores retumbando na minha cabeça. Quanto mais alto eles pulsam, mais consigo ver o àṣẹ brilhando sob a pele de cada maji.

— Pelos deuses...

Pisco, perplexa com a visão. O àṣẹ percorre as veias de todos como sangue, traçando um caminho entrelaçado com seus esqueletos. A luz esmeralda tremeluz sob o coração de Kâmarū como uma chama. O brilho púrpura profundo de Mâzeli cintila através de sua pele escura. Mas quando olho para Amari, não consigo acreditar nos meus olhos.

Sua luz azul-marinho brota de todos os membros como uma tocha.

— O que foi? — pergunta ela.

Não consigo encontrar as palavras. O àṣẹ irradia de seu coração como uma estrela. É tão escuro de poder que é quase preto. Com tanto àṣẹ nas veias, Amari não deveria ser capaz de sobreviver dois minutos, que dirá

duas luas. Estendo a mão para segurar a dela, reavivando o brilho azul-
-marinho em seu peito.

— O que você está fazendo comigo? — Amari arfa quando a luz azul-marinho sobe aos seus olhos. Ondas cobalto atravessam as paredes de vidro à medida que a sua magia aumenta.

Quando a sala muda de novo, penso nas faixas azuis de luz que saíram dela em espirais. A visão que Oya me mostrou na minha *ìsípayá*. Naquele dia, eu não sabia o que estava vendo, mas entendi o poder gigantesco que tinham aqueles fios de luz entremeados.

Solto a mão de Amari, virando-me para os outros anciões quando as coisas se encaixam. De repente, tudo faz sentido. A fonte da grande força de Nehanda.

— Foi isso que Oya me mostrou durante a minha ascensão. — Eu suspiro. — Acho que sei como vencer a rainha.

CAPÍTULO TRINTA E NOVE

AMARI

— Não entendo. — Mâzeli estende a mão para segurar a de Zélie, mas nada acontece. As tatuagens dela escurecem quando Kenyon, Jahi e Kâmarū se revezam, tentando causar alguma reação.

Mas quando ela toca minha mão de novo, o brilho cobalto se inflama em meu peito. Toco meu colo e consigo sentir a vibração enquanto minha magia cresce.

— Eu consigo ver — diz Zélie. — O seu àṣẹ. Tem muito dele rodeando seu corpo, mais do que qualquer pessoa consegue formar sozinha. — Ela me examina, enxergando algo que o restante de nós não pode ver. — Acho que você consegue absorver magia tîtán como sua mãe!

— O quê?

Estreito os olhos. Não faz sentido. A forma como minha mãe se move, a forma como ela emite... mesmo nos meus melhores momentos, nunca cheguei perto daquele tipo de força.

— Zélie, você estava comigo na colina — digo. — Minha magia não funciona assim.

— Como sabemos? Você mal chegou perto de outros tîtán! — Ela me arrasta até a parede por onde entramos, forçando minhas mãos a se abrirem. — Quando Nehanda atacou, na reunião, os outros tîtán terrais estavam em volta dela. Ela sugou a magia deles para as palmas de suas mãos.

Começo a recuar, mas paro quando sinto algo além da parede. Minha magia rodopia no peito, causando estremecimentos em meus ossos.

— Consegue sentir? — pergunta Zélie, mas não tenho certeza de que posso dizer que sim.

Batimentos cardíacos distantes chegam a meus ouvidos quando pressiono as mãos contra a parede. *Três... quatro... cinco...* Conto ritmos diferentes em minha cabeça. Eles ficam mais altos quanto mais eu me concentro.

— Apenas tente — Zélie me orienta, pousando as mãos nas minhas costas.

A luz azul-marinho brilha em meu peito antes de sair cintilando de meus olhos. Ela aumenta em força, colorindo o mundo diante de mim em tons de azul. Respiro profundamente e me concentro em cada pulsação que sinto do outro lado da parede.

— Isso. — Zélie baixa a voz. — Posso ver a magia crescendo dentro de você.

Minha pele começa a queimar enquanto meus dedos irradiam luz azul-escura. Cerro os dentes quando a magia rodopia.

— Só mais um pouco — ela me incentiva. — Abra as mãos.

Estico os dedos e arfo.

Fios do àṣẹ azul atravessam as paredes espelhadas.

— Pelos céus... — Dou um passo atrás, olhando para a magia que vem para as minhas mãos. Ela alfineta minha pele, mas a dor é quente. Quase *boa*.

— Isso deveria ser impossível — ofega Kâmarū. — Para qualquer maji ou tîtán!

— Elas não são tîtán — diz Zélie. — Oya tentou me mostrar isso na minha *ìsípayá*. Elas conseguem absorver os poderes dos tîtán que partilham do seu tipo de magia. Estão mais para cênteras. — Ela cria o termo.

— Pelos céus — praguejo, percebendo a implicação por trás de suas palavras. — Se sou como a minha mãe...

— Exatamente. — Zélie meneia a cabeça. — Se você tiver conectores tîtán o suficiente, pode dominá-la, assim como superou Ramaya!

Encaro a magia em minha mão, tremeluzindo em torno de minha pele como uma chama. Não sabia como derrotaria minha mãe. Que vantagem eu poderia usar para acabar com esta guerra. Mas com essa habilidade, enxergo o caminho para a vitória. O caminho para o trono. Nunca precisei de um exército ou dos maji.

Só precisava do meu dom.

Fecho o punho e olho de novo para a parede, imaginando o exército do outro lado. Tento visualizar seu próximo movimento, imaginar como contra-atacar.

— Consegue abrir a parede de novo? — pergunto a Zélie, e ela assente. — Então, todo mundo, continuem a recolher os pergaminhos. Tenho um novo plano.

· · · · · ◆ ◇ ◆ · · · · ·

— TODOS PRONTOS? — pergunto, e os outros respondem com acenos tensos de cabeça.

Zélie toma seu lugar na parede enquanto fazemos os arranjos finais. Kenyon posiciona-se do outro lado dela.

Você vai sair daqui. Exalo, abrindo e fechando os punhos. *Você não tem escolha. Finalmente tem o poder de acabar com esta guerra.*

Jahi grunhe enquanto empurra a última prateleira contra a parede dos fundos, criando nossa barricada. Junto-me a ele no espaço estreito, segurando a respiração enquanto espero Zélie abrir a parede.

— Talvez eu tenha te julgado mal — diz Jahi. — Você não é tão ruim.

— Vamos ver o que você vai achar quando sairmos daqui.

Avanço encolhida e espreito pelo espaço triangular até enxergar o rosto de Zélie. Ela encosta a palma das mãos na parede de pedra, quase congelada, enquanto espera pelo encantamento de Kenyon.

— Assim que essa parede se abrir, você corre — diz ele. — Se não correr, vai se queimar.

Quando Zélie assente, Kenyon estende a mão. Meus músculos ficam tensos quando o encantamento ecoa de seus lábios.

— Ìlànà iná, hun ara rẹ pèlú mi báàyí...

Protejo meus olhos quando dois fluxos de fogo escaldante jorram da palma das mãos dele. Eles entrelaçam-se como faixas, entremeando-se até formar uma esfera atrás de Zélie.

O ar arde à medida que a chama cresce, a bola de fogo pendendo no ar como um sol. Quando manchas pretas se formam ao longo da sua superfície, eu grito.

— Abra a parede!

Zélie fecha os olhos. As tatuagens em seu pescoço cintilam à medida que se acendem. Prendo o fôlego enquanto o brilho dourado se espalha da ponta de seus dedos antes de separar a pedra metálica.

Ela mergulha na direção de uma caixa de ferro quando a costura invisível se abre no centro da parede. Com um estalo, a entrada irrompe. Os gritos dos soldados penetram a sala, vindos do corredor.

— Peguem-nos!

Os gritos da general são abafados pela explosão de um vento uivante. Meus cabelos revoam quando a rajada aumenta sua potência, dois ciclones de ar disparando pelo corredor.

O tempo reduz de velocidade quando os canhões de ar se aceleram na direção da chama crescente de Kenyon.

Corro para cobrir os ouvidos quando os ciclones encontram as chamas.

CAPÍTULO QUARENTA

INAN

Mesmo do final do corredor, a explosão me sacode até o âmago.

Um calor insuportável queima minha pele.

Fumaça preta preenche o ar.

— Jokôye! — grito, tossindo através da fumaça e dos pedaços de pergaminho que voam pelo ar. Mas Ojore me puxa para trás. Meus olhos ardem enquanto ele me afasta da luta.

— Não deixem que escapem! — Minha mãe aponta para as sete figuras que avançam através das nuvens pretas. Quando a fumaça se dissipa, vejo a camada de corpos no chão. Jokôye jaz inconsciente, a perna retorcida ao meio.

Minha mãe avança, acendendo o brilho esmeralda no peito. Mas Amari não recua. Meus olhos se arregalam quando uma luz azul-marinho tremeluz atrás de suas costelas.

A magia gira em torno do corpo de Amari como um tufão, espalhando-se por todos os membros.

— *Ya èmí, ya ara!* — grita ela.

A luz azul irradia em ondas de suas mãos, abrindo caminho entre os soldados na sua frente.

Minha mãe berra, arqueando-se com a dor. Ela agarra a cabeça e vai ao chão, sua máscara dourada escorrega pelo assoalho de pedra.

Meu peito se aperta quando Amari ergue a mão para mim, mas quando nossos olhos se encontram, ela não ataca. Mesmo com nossos exércitos em colisão, vejo minha irmã. Vejo meu sangue.

— Amari! — Meus passos vacilam enquanto tento reduzir a velocidade, mas Ojore me puxa para a esquina.

Mal consigo ficar de pé enquanto ele me empurra por um lance de escada acima. Avançamos a toda velocidade por um longo corredor, meu pulso acelerando enquanto o retumbar dos *Iyika* se aproxima.

— Aqui! — Ojore me empurra para um cômodo apertado, cobrindo minha boca com uma das mãos.

O suor escorre de meu rosto enquanto as botas dos *Iyika* ecoam em nossa direção. Eu me encolho quando eles passam. Ojore não se move até que seus passos sumam. Espreito o lado de fora do cômodo e vejo os *Iyika* desaparecerem por outro lance de escadas.

— Pelos céus. — Ojore treme, recostando-se na parede de pedra.

Embora eu tente respirar, minha garganta se aperta com a ideia de Zélie se afastando. Seu espírito atrai o meu. É como se ainda estivesse ancorada na minha alma.

Tento puxá-la para minha terra de sonho, mas quando minha magia surge, uma dor lancinante explode em minha cabeça.

— Você está bem? — Ojore me segura quando eu me curvo, e eu faço que sim. Mas, mesmo neste templo, não consigo ir para a terra do sonho.

— Fique aqui — ordena Ojore. — Vou voltar para ver os outros.

Seguro a moeda de bronze com força enquanto ele volta à minha mãe e a Jokôye. Quando desaparece virando a esquina, olho para as escadas de novo.

Ignoro todas as vozes que gritam contra a ideia enquanto corro atrás da alma de maresia de Zélie.

CAPÍTULO QUARENTA E UM

ZÉLIE

— Zélie!

Meus músculos ficam tensos quando a voz de Inan ecoa pela escada. Olho para trás e o vejo parado no corredor. Um fio vermelho escorre pela linha de seus cabelos e desce até a mandíbula.

A explosão chamuscou seu peitoral. Ele está trêmulo ao desamarrar e jogar a armadura no chão. Sua voz ecoa em um ruído rouco.

— Só quero conversar.

Essas três palavras são tudo o que preciso para explodir. Agarro meu bastão. Minha visão lampeja em branco quando avanço contra ele.

O templo sai de foco por trás dos olhos âmbar de Inan. Os gritos morrem sob o rugido das suas mentiras. Se não fosse por ele, eu não teria as minhas cicatrizes.

Baba ainda estaria vivo.

— Não quero lutar — diz ele, erguendo as mãos em rendição.

Arreganho os dentes e me lanço contra ele com toda a força.

— Então, fique parado e morra!

O ar ressoa quando meu bastão colide com o metal duro da sua espada. A colisão familiar reverbera pela minha pele, impulsionando-me a bater de novo.

Meu corpo se move sem controle, a lembrança do sangue de Baba consumindo qualquer pensamento. No entanto, nos meus golpes, sinto o eco do toque de Inan. Sua respiração. Seu beijo.

— Zélie, por favor! — grita ele. — Ainda queremos as mesmas coisas! Podemos acabar com esta luta!

Quando meu bastão se choca com sua espada novamente, eu me lembro da fantasia da nossa Orïsha. O reino que construiríamos juntos.

Desfiro um golpe do bastão no seu pescoço, mas ele apenas ergue a espada para se defender. Não consigo dizer se está ferido demais para lutar ou se não consegue atacar porque sou eu.

Apesar de sua hesitação, me agarro à minha raiva, atiçando o fogo em meu íntimo. Ele precisa pagar pelo que fez. Se não fosse por ele, os tîtán e cênteros nem existiriam.

Eu ataco, arrancando a espada das mãos de Inan. Antes que ele reaja, estendo minhas lâminas. Minha lança rasga a lateral de seu corpo.

Inan grita, recostando-se na parede. O sangue carmesim vaza entre seus dedos, pingando no chão.

Agora é a minha chance!

Minhas narinas inflam quando dou uma joelhada em sua barriga. Ele solta todo o ar e vai ao chão. A pressão aumenta em meu peito quando monto nele.

— Zélie, por favor...

A magia alfineta minha pele, mas eu a ignoro para posicionar a lâmina do bastão sobre seu coração. Não quero usar meus poderes para isso. Quero vê-lo dar o último suspiro.

— Eu sinto muito — ele ofega.

Seu sangue morno escorre sobre a minha pele. Sinto um nó se formar na garganta. Luas atrás, era o sangue de Baba nas minhas mãos, e não o dele.

— Eu não — respondo. Preciso que seja verdade. Porque quando Inan tiver morrido, minhas cicatrizes não vão doer. A morte de Baba estará vingada.

Quando ele estiver morto, poderei respirar de novo. Finalmente, serei livre...

— *Jagunjagun!*

A voz de Mâzeli para o tempo.

Eu me viro, rezando para ele estar mais longe do que parece. Mâzeli corre pelas escadas, os lábios tremendo enquanto ergue as mãos.

Só então ouço os passos atrás de mim. Me volto e vejo um almirante partindo para o ataque, sua espada erguida para me derrubar.

— Ojore, não! — Inan me derruba de cima dele, pegando sua própria espada. Me preparo para a defesa, mas Inan usa sua espada para bloquear o ataque do almirante.

— O que você está fazendo? — grita Ojore.

Eu me pergunto a mesma coisa. Mas com Mâzeli em perigo, não tenho tempo para pensar.

— Vamos! — Eu o seguro pelo braço, puxando-o pelo corredor. Olho para trás e vejo Inan tombar, incapaz de ficar em pé com o ferimento no flanco.

— Preciso de um médico! — Os gritos do almirante ecoam enquanto corremos escada acima.

Aperto a mão de Mâzeli enquanto luto para esconder minhas lágrimas.

CAPÍTULO QUARENTA E DOIS

INAN

Eu me retraio quando Ojore prende a última atadura em torno de meu abdômen. Com a ajuda de outro soldado, ele me coloca em uma padiola de lona. Os dois grunhem ao me levantarem.

Finjo manter os olhos fechados de dor enquanto nos movemos pelos corredores sagrados. Sem a ameaça dos *Iyika*, os únicos sons ao redor são os gemidos dos feridos e a voz dos médicos que se movem para ajudá-los.

Em que você estava pensando?

Meu coração palpita enquanto olho de relance para Ojore. Ele não disse uma palavra desde que minha espada se chocou contra a sua, mas sei que é apenas uma questão de tempo. *Se ele contar à minha mãe o que eu fiz...*

Aperto a moeda de bronze, expulsando esse pensamento. Eu sou o rei. É a palavra dele contra a minha.

— Inan!

Minha mãe se levanta quando saímos do templo. Ela empurra o curandeiro que está cuidando de suas queimaduras semitratadas.

— O que aconteceu? — ela pergunta a Ojore, nervosa. — Você devia protegê-lo!

— Mãe, ele protegeu. — Corro em sua defesa. — Ojore impediu que uma lâmina varasse meu coração.

Minha mãe fica envergonhada e lança os braços ao redor do pescoço de Ojore.

— Pelos céus, menino. Quantas vezes teremos de lhe agradecer por salvar a vida dele?

Ojore fita meus olhos, cerrando os dentes com firmeza.

— Não precisa agradecer. Eu faria isso sempre.

Engulo em seco e evito o olhar dele. Não sei quanto tempo Ojore sustentará minha mentira, mas ao menos meu segredo está seguro por ora. Não consigo explicar o que aconteceu no templo, mal consigo entender. Zélie olhou para aquele garoto e, de alguma forma, aquilo foi maior que a minha dor.

Eu não consegui suportar a ideia de ser o motivo de ela perder mais alguém.

— Você precisa ser levado a um lugar seguro. — Minha mãe nos conduz. — Os outros estão à espera do outro lado da ponte.

— O que você está fazendo? — pergunto.

Minhas mãos ficam frias quando ela encaixa a máscara dourada sobre o nariz.

— Este lugar serve apenas a nossos inimigos.

— Não! — Eu me levanto, fazendo uma careta pela dor que sinto no flanco. — Este templo talvez seja o mais antigo Orïsha. Mantém as histórias de nosso passado!

Embora Candomblé não tenha sido criado para mim, sinto-o pulsar como o coração desta terra. Lembro-me de ter vagado por seus terrenos sagrados em busca de Zélie, luas atrás. De ajoelhar-me diante do retrato de Ori. Este templo era o único lugar que conseguia silenciar os ruídos na minha cabeça.

— Você não pode fazer isso — digo. — Eu proíbo.

Minha mãe aperta os lábios. Quase consigo vê-la engolir tudo que deseja gritar.

— É um covil de vermes rebeldes, não um lugar histórico.

Ojore encara-me, mas não recuo.

— Os *Iyika* vieram para cá pelo poder — digo. — Podemos usar o templo para pegar um pouco desse poder!

— Inan, olhe à sua volta. — Minha mãe balança a cabeça. — Veja o que fizeram.

Ela aponta atrás de mim, e eu vejo a trilha interminável de corpos sendo carregados para fora. Embora a maioria dos soldados siga sozinha até os curandeiros, há aqueles que já não respiram. A visão de cada novo cadáver empilhado diante da ponte é como um soco no estômago.

Jokôye passa por nós em uma padiola, ainda inconsciente. Alguém pôs a perna dela no lugar, mas o sangue vaza através das ataduras. Meu queixo treme com a visão.

Ela teria se ferido caso eu não tivesse ordenado que Zélie e Amari fossem capturadas com vida?

— Você não serve aos maji — continua minha mãe. — Nem sequer serve a estas terras. Seu dever como rei é proteger o trono. O trono e o povo que se curva diante dele.

Solto o ar, sabendo que não tenho outra escolha.

— Destrua-o — ordeno, embora me doa dizer isso.

Meu peito pesa quando minha mãe avança com seus tîtán sobreviventes. Quando ela passa pela carnificina em seu caminho, sei que tem razão. Nossos inimigos estão ganhando terreno. Precisamos eliminar cada recurso que possuam. Mas quanto tempo os dois lados poderão continuar assim até destruirmos Orïsha?

Os tîtán de minha mãe formam um círculo ao redor dela quando o último dos soldados é levado para fora do templo. Ela abre as mãos, acendendo o brilho esmeralda em seu peito. As veias saltam no pescoço e a terra começa a tremer.

Seus tîtán convulsionam enquanto ela suga o poder de suas veias.

— Mais! — grita minha mãe.

A vibração da terra faz meus dentes baterem quando seus tîtán caem de joelhos. Uma luz verde vaza de seus olhos, e ela esmurra a terra, que racha com o impacto. A fissura corre através da selva, rasgando o chão em seu caminho. O som fica mais alto quando a rachadura se aproxima do templo.

Quando chega aos terrenos sagrados, é como se uma dezena de bombas estourassem de uma vez. O templo despenca quando o solo embaixo dele afunda.

— Pelos céus — pragueja Ojore ao ver o poder de minha mãe, protegendo o nariz.

Cubro os olhos quando o rochedo explode, os escombros cobrindo o céu. Lá adiante, um tîtán berra antes que seu corpo despenque. Está morto antes de chegar ao chão.

A magia de minha mãe o esvaziou.

Tenho que acabar com esta guerra. O pensamento ecoa pela minha mente enquanto toco a ferida no meu flanco. As batalhas estão saindo do controle. Se continuarmos nesse ritmo, todo o reino será destruído no processo.

Aperto a moeda de bronze com firmeza, buscando outra maneira de sair dessa luta.

Se Zélie não quer me ouvir, encontrarei alguém que ouça.

CAPÍTULO QUARENTA E TRÊS

AMARI

Quatro longos dias se passam antes de retornarmos ao santuário. Ali no alto, sobre as nuvens, o paraíso está em paz, ignorando o caos que varre as terras no sopé da montanha.

Quando pisamos na primeira montanha, minhas pernas estão se arrastando como se feitas de mármore. O santuário jaz em um silêncio calmo, as torres majestosas pintadas em silhuetas escuras pelo céu índigo.

— *Yemoja, ẹ ṣé o.* — Nâo cai de joelhos e beija a grama com gratidão. Quase me junto a ela, mas se eu cair agora não conseguirei me levantar.

Parece pecado entrar neste terreno sagrado com tanto sangue, terra e sujeira cobrindo nossos corpos cansados. Minhas pernas cedem e cambaleio, descansando contra a parede de obsidiana da torre principal.

— Precisa de ajuda?

Ergo os olhos e encontro o sorriso de Tzain, que me aquece por dentro.

— Você estava esperando por mim? — pergunto, e ele dá de ombros.

— Morri de saudade.

Descanso a cabeça contra seu peito largo, encontrando refúgio em seus braços.

— Também senti saudade — sussurro. — Foi estranho sair sem você.

Não sei qual foi a última vez que estive em uma batalha sem Tzain ao meu lado. Antes, nós dois não tínhamos magia à disposição, mas sempre confiei nele mais do que em qualquer outra pessoa. Eu o aperto com força, tentando diminuir o espaço que cresceu entre nós desde que me tornei uma tîtán. Não quero que ele aumente agora que sei que sou uma cêntera.

Atrás de mim, Tzain observa Zélie desmontando de Nailah. Ela acena para ele e sorri antes de se voltar para Mâzeli.

— Conseguiram o que queriam? — pergunta Tzain.

— De certa forma, sim. — Olho para trás enquanto os anciões começam a descarregar seus rolos, levando-os para a sala do conselho. — Depois do que aprendemos em Candomblé, temos uma chance. Talvez eu até tenha poder suficiente para enfrentar minha mãe e forçar a monarquia a se render.

Os músculos de Tzain relaxam com as notícias, e ele me aperta mais contra seu peito.

— Então você vai assumir o trono?

Sorrio.

— Sim, então vou assumir o trono.

Mas enquanto estamos ali abraçados, seu toque apaga todos os pensamentos da guerra, dos cênteros, do trono. Respirando seu aroma de sândalo, percebo o quanto o quero. O quanto quero mais.

— O que foi? — Tzain se afasta, sentindo a minha mudança. Passo os braços pelo seu pescoço.

— Quanto vai custar para você me carregar até a banheira?

Tzain aperta os lábios, fingindo pensar, coçando o queixo. Então, sem aviso, ele me pega no colo. Eu rio enquanto ele me carrega pela ponte de pedra.

— Fácil assim? — pergunto.

— Claro. — Tzain abre um sorrisinho. — Estou a seu serviço, minha rainha.

Embora ele esteja brincando, suas palavras aquecem minha pele. Tzain é o único que me olha como se eu merecesse esse título. A única pessoa que acredita que posso liderar.

Ergo a mão até sua bochecha com barba por fazer, e meu olhar se fixa nos lábios dele. Imagino como seria passar algumas horas sozinha com ele. Como seria sentir seus beijos.

— Há mais alguma coisa com que eu possa ajudá-la, minha rainha?

Meu sorriso aumenta quando ele se inclina. Meu coração acelera no peito quando enterro as unhas em seu pescoço.

Nossos lábios se encontram e a sensação é tão forte que se espalha por todo o meu corpo. Uma vibração irrompe entre as minhas pernas enquanto me movo, apertando-me contra ele...

— Aonde acham que estão indo?

Nos separamos para encarar Jahi. Minhas bochechas coram sob o olhar raivoso do ventaneiro. Forço Tzain a me colocar no chão.

— Temos trabalho a fazer. — Jahi aponta para os anciões seguindo em fila para a sala do conselho, e eu suspiro.

— Não podemos dormir?

— Não reclame agora — diz ele. — Foi você quem quis esse trabalho.

Meus ombros murcham e eu me volto para Tzain, abraçando-o novamente. Sinto seu peito exalando enquanto ele desliza as mãos pelas minhas costas.

— Outra hora? — pergunto.

— Faça o que precisa fazer. — Seus lábios tocam os meus mais uma vez, e eu me afundo na segurança de seu beijo. Ele aperta minha cintura, fazendo minha pele se arrepiar.

Enquanto me afasto, desejo não ter que abandonar seu abraço. Mas Orïsha não espera por ninguém. Nem mesmo por ele.

Jahi me encara quando passo, mas eu ignoro seu olhar furioso.

— Acorde Mama Agba — ordeno. — Se alguém é capaz de nos dar respostas, é ela.

Ninguém fala enquanto Mama Agba estuda os escritos dourados ao longo da pele de Zélie. Meus ombros ardem de ficar segurando o cobertor que protege as cicatrizes de Zélie e suas costas nuas do olhar dos outros anciões. Mama Agba faz uma pausa para escrever mais traduções de sênbaría em um pergaminho castanho, o risco de sua pena de junco ecoando contra os vitrais da sala do conselho. Mama Agba larga a pena depois de uma hora, pronta para compartilhar o que descobriu.

— Não vejo marcas como estas desde que estudei com os sêntaros — diz ela. — As tatuagens são a marca da pedra da lua, irmã da pedra do sol que você recuperou de Ibeji.

— Mas a pedra do sol foi destruída no ritual. — Zélie inclina a cabeça. — Ela se despedaçou nas minhas mãos depois que eu a usei para trazer nossa magia de volta.

— Ao contrário de sua pedra irmã, ninguém pode segurar a pedra da lua — explica Mama Agba. — É um poder conferido pelos deuses. Eles devem ter lhe dado durante o solstício.

Mama Agba espera enquanto Zélie veste um cafetã sem mangas, o tecido de um púrpura profundo brilhando como vinho contra sua pele. Depois de vestir-se, Zélie toma seu lugar à mesa, sentada diante de uma estátua de bronze com cristais de ametista no lugar dos olhos.

— A pedra da lua se inflama sob comando — continua Mama Agba. — Poucos conseguem invocar seu poder. — Ela descansa seus dedos envelhecidos no ombro de Zélie antes de recitar as palavras sagradas. — *Ẹ tọnná ágbára yin.*

Zélie respira fundo à medida que as tatuagens se acendem ao longo da pele. As linhas delicadas cintilam com luz dourada tão forte que reluzem através do cafetã vinho. Embora não tão brilhante quanto na sala de pergaminhos, a visão ainda me deixa sem palavras. Zélie parece uma deusa, banhando-nos em seu luzir dourado.

— A pedra da lua tem a capacidade de unir as forças da vida dentro de todos nós — explica Mama Agba. — Se essa habilidade lhe foi concedida durante o ritual sagrado, isso explica a origem das habilidades de Amari e Nehanda. Talvez seja possível usar a pedra da lua para fazer mais cênteros como elas.

— Espere, o quê? — Eu inclino-me para a frente, boquiaberta. Mais cênteros nos daria mais poder. Teríamos mais vantagens para negociar o fim desta guerra. — Seriam tão fortes quanto minha mãe?

— O poder talvez não se mostre da mesma forma, mas qualquer maji que pudesse deter tanto àṣẹ no corpo seria capaz de realizar grandes feitos. — Mama Agba assente. — Um mareador poderia gerar um tsunami com apenas um aceno de mão. Uma vidente poderosa poderia enxergar através de qualquer ponto no tempo. Mas possuir um grande poder exige um grande sacrifício. — Mama Agba faz uma pausa, olhos pairando sobre mim. — Você e sua mãe são cênteras agora, mas não tiveram que sacrificar alguém que amavam?

Minha garganta seca e eu desvio o olhar, ardendo com as lembranças.

— De certa forma — digo. — Matei meu pai no terreno ritual.

Mama Agba respira fundo e aperta os lábios. Ela retira a mão do ombro de Zélie e, sem seu toque, o brilho dourado das tatuagens da pedra da lua morre.

— Se deseja criar outro cêntero, deve estar disposta a fazer um sacrifício assim — comenta Mama Agba. — Uma perda dessa magnitude é a única coisa que pode se aproximar da potência usada para criar os cênteros durante o solstício.

— E se eu encontrasse outra maneira? — pergunta Zélie. — Usar a pedra da lua para unir nossas forças de vida sem matar alguém que amamos?

— Mesmo que pudesse, a conexão não duraria. — Mama Agba balança a cabeça. — Um poder tão volátil consumiria qualquer um que o tocasse, e se ligar à força vital de alguém significa ligar-se à morte dessa pessoa. — Os olhos de Mama Agba fixam-se em Zélie enquanto ela agarra seu cajado e se ergue da cadeira. — Vocês são os anciões agora. Não cabe a mim dizer o que devem fazer. Mas saibam que existem armas grandes demais para serem usadas.

Um silêncio pesado paira sobre nós quando Mama Agba sai da sala do conselho. Ao redor da mesa, todos parecem sopesar suas palavras. O custo a ser pago para se tornar uma cêntera.

Mas, em sua explicação, enxergo nossa resposta, nossa vantagem, nossa paz. Temos o poder de vencer esta guerra sem perder mais nenhuma alma. Podemos criar a Orïsha que queremos.

— Fomos a Candomblé para ganhar poder sobre Nehanda, e agora o temos — dirijo-me a todos na sala. — Podemos construir um exército de cênteros tão fortes quanto minha mãe. Com uma ameaça dessas, a monarquia não teria alternativa senão ceder. — Eu me levanto da cadeira, imaginando o rosto de meu irmão quando eu lhe falar sobre o poder à nossa disposição. — Deixem que eu vá a Lagos me encontrar com meu irmão. Sei que posso negociar a paz nos nossos termos.

— Seus termos — escarnece Kenyon. — Não nossos. Nosso futuro não estará seguro até que tenhamos um maji no trono. Ninguém no palácio concordará com isso. — Kenyon se levanta, batendo as mãos contra a mesa. — Com a habilidade de Zélie, temos o poder de que precisamos. Agora é hora de utilizá-lo e tomar Lagos de uma vez por todas.

— Idiota. — Nâo solta um muxoxo. — Teríamos de sacrificar alguém que amamos.

— Vidas se perderão de qualquer jeito — insiste Kenyon. — Ao menos, dessa forma, os sacrifícios não serão em vão.

— Eu me recuso a derramar sangue maji. — A voz da Kâmarū treme com uma raiva silenciosa. — Se não pudermos vencer esta guerra como maji, então merecemos perder.

Uma a uma, as cabeças se viram para Zélie, esperando sua palavra final. Eu encaro seus olhos enquanto esperamos, mas ela evita meu olhar.

— Só estou pedindo uma oportunidade para descobrir se a paz é uma opção viável. — Levanto-me da cadeira e me ajoelho diante de Zélie. — Sei que você ouviu quando Inan disse aos soldados para não atacar. Pelos céus, ele arriscou a *vida* para que você e Mâzeli pudessem escapar!

Os músculos dela ficam tensos quando pego sua mão, mas não recuo.

— Ele ainda gosta de você — sussurro. — Sei que você também gosta...

— Não. — Ela afasta a mão bruscamente, fechando os dedos em um punho. — Não podemos confiar nele. Não podemos confiar em nenhum deles.

— Zélie...

— Só pedi uma coisa quando me juntei a esta luta — ela me interrompe. — Tudo o que queria era acabar com Inan.

— Ele é sangue do meu sangue. — Eu estreito os olhos. — Você sabe que eu nunca poderia concordar com isso.

— Bem, o sangue do meu sangue está aqui. — Zélie aponta para as pessoas ao redor da mesa de pedra. — Os maji não estarão em segurança até que seu irmão desapareça.

Suas palavras ferem mais fundo do que ela pode imaginar. Apenas algumas luas atrás, ela pegou minha mão e disse que eu era sua família. Que eu era sangue do seu sangue.

— Se não pouparem a vida dele, não lutarei por vocês. — Eu cruzo os braços. — Vocês precisam de mim. Sou a única cêntera que têm.

— Podemos fazer outra. — Na'imah me encara, enfurecida.

— Não, não podemos. — Zélie balança a cabeça. — Mama Agba tem razão. É perigoso demais. É mais fácil morrermos ao tentar estabelecer a ligação do que nos equipararmos ao poder deles, e não vale a pena sacrificar alguém que amamos.

Ela me encara, e sinto que algo se rompeu entre nós. Já não há como esconder.

Não temos o mesmo plano para vencer esta guerra.

— Não precisamos de Amari. — Zélie volta-se para os anciões. — Nem sequer precisamos nos tornar cênteros. Fomos a Candomblé recuperar nossos pergaminhos, e agora estamos com eles. — Zélie aponta para os encantamentos empilhados na parede ao fundo. — Vamos treinar nossos maji até que estejam fortes o bastante para enfrentar Nehanda e seus tîtán. E quando esse dia chegar, vamos acabar com esta guerra da única forma que a monarquia respeitará. Da maneira que deixaria nossos ancestrais orgulhosos.

— É isso aí! — Nâo bate palmas, levantando-se. — Vamos acabar com isso do nosso jeito, liderados pela Soldada da Morte!

Meu peito se aperta quando os outros anciões se erguem, entusiasmados com a futura batalha. Encaro Zélie e sei que ela consegue sentir o calor do meu olhar, mas não fita meus olhos.

Estou arrasada ao sair da sala, incapaz de aguentar aquela visão. Saio praticamente correndo da primeira torre, sem parar até chegar ao ar fresco da noite.

Orïsha não espera por ninguém, o sussurro de meu pai faz cócegas em meu ouvido, lembrando-me do que devo fazer. Não posso continuar esperando que Zélie e os *Iyika* tenham bom senso. Não importa o que aconteça, eles só lutam pelos maji. Eu preciso lutar pelo reino.

— Orïsha não espera por ninguém — sussurro para mim mesma, fechando os punhos.

Se os anciões não apoiam meu plano para vencer esta guerra, eu terei que vencê-la sozinha.

CAPÍTULO QUARENTA E QUATRO

ZÉLIE

Sinos agudos invadem meus ouvidos, me acordando com um susto. Embora eu tenha passado pouco tempo dentro das muralhas das montanhas que cobrem o santuário, já sei o que cada tom significa. Os sinos baixos comemoram a chegada de novos maji. Uma melodia tilintante sinaliza a hora das refeições. Mas este timbre penetrante é algo recente. Badaladas de sinos nos chamando para treinar.

Levanto a cabeça do travesseiro com estampa ankara. Uma faixa amarela espreita da minha sacada. Solto um grunhido e me enterro nas cobertas. Somente Mama Agba nos faria acordar antes de o sol nascer.

À medida que os sinos ressoam, o poço de culpa que me atormenta desde Candomblé afunda como um tijolo no meu estômago. Como vou encarar meus ceifadores sabendo que não estou pronta para liderar meu clã?

Dias já se passaram, mas minha mente não para de reproduzir a lembrança de Mâzeli descendo as escadas do templo. Prometi mantê-lo em segurança. Protegê-lo com a minha vida. Mas assim que vi Inan, abandonei meu voto para me vingar. Eu estava comandando apenas um ceifador no momento. O que teria acontecido se eu estivesse liderando o clã inteiro?

Para começar, existem pouquíssimos ceifadores. Oya não abençoa muitos com nosso dom. Se vamos vencer esta guerra e reconstruir o que a monarquia tomou, não podemos nos dar ao luxo de perder nenhum deles. Eles precisam de um ancião em quem possam realmente confiar.

Uma batida suave à porta me força a erguer a cabeça. Meio que espero encontrar as orelhas grandes de Mâzeli quando a porta púrpura se abre, mas em vez disso vejo um lampejo prateado pela fresta.

— Mama Agba?

Sorrio com a visão da túnica prateada sobre a pele escura. A vestimenta ondulada esvoaça atrás dela quando anda. É como se levasse uma brisa dentro das dobras de seda.

Antes da Ofensiva, os anciões dos clãs usavam mantos como esse, vestimentas que marcavam sua posição de poder. Usar esse manto era tão especial quanto usar o adorno de cabeça de ancião do clã.

— *E kàárò ìyáawa.*

Eu me arrasto para fora da cama, ajoelhando-me diante dela apesar das minhas coxas arderem. Quando meu nariz toca o chão, penso em quantas vezes eu deveria ter feito isso. Quantas vezes todos nós deveríamos fazer reverências na presença dela.

Como antiga anciã, Mama Agba deveria ser celebrada. Reverenciada por todos. Em vez disso, passou anos escondendo quem era, vestindo nada mais do que cafetãs comuns, enquanto costurava roupas bonitas para nobres até os dedos sangrarem.

— Levante-se, minha filha.

Mama Agba solta um muxoxo, mas os olhos de mogno se apertam com emoção. Ela me envolve em um abraço quente, e pelo cheiro de cravos e de tempero de *súyà* impregnados na seda, sei que ela já estava há horas na cozinha.

— Queria encontrar você antes do primeiro treino. — Ela enfia a mão na bolsa e retira um imponente colar de metal. A peça majestosa envolve meu pescoço inteiro, com uma base que cobre meu colo.

— É lindo — digo, suspirando, tocando essa peça espetacular.

Dezenas de placas triangulares foram unidas para formá-lo, uma mistura única das capacidades de costureira de Mama Agba e da metalurgia de Tahir.

— Pensei em fazer adereços de cabeça, mas com todas as batalhas que você vai enfrentar, isso aqui parece mais apropriado. — Mama Agba acena para que eu me vire, mas continuo parada. — Não gosta? — pergunta ela.

Faço que não, correndo os dedos do pé pelo piso de mosaico no chão.

— Sinto que não mereço usá-lo. Acho que não é meu destino ser a anciã deles.

— É por causa do que aconteceu no templo? — Mama Agba pousa a mão no meu ombro, acenando para eu me aproximar. — Ser anciã não significa que não vá cometer erros. Significa que precisa continuar lutando apesar deles.

— A senhora ouviu o que aconteceu com Mâzeli? — pergunto.

— Minha filha, as fofocas aqui correm mais rápido do que um guepardanário. Sei muito mais do que gostaria sobre todos vocês. — Mama Agba balança a cabeça enquanto me vira para o espelho. — Pelo visto, Kenyon está de olho em Na'imah, mas Na'imah está de olho em Dakarai.

— Mas Dakarai gosta de Imani!

— Eu *sei*. — Mama Agba suspira. — E aquela câncer vai comê-lo vivo. É uma confusão!

Sorrio quando ela pega o colar. Espero que não tenha ouvido boatos sobre Inan. Ou os boatos sobre Roën.

Uma agitação se espalha pelo meu peito ao pensar no mercenário; algo que desejo poder apagar. Sem a ameaça constante de batalha, eu me flagro pensando em seu sorrisinho rosado. Me lembro do seu toque calejado. Às vezes, me pego olhando para a entrada do santuário, esperando que ele volte tranquilamente para minha vida em alguma missão inventada.

Mas até ele desaparece da minha mente quando Mama Agba pousa o colar sobre as marcas douradas na minha garganta. Quando corro os dedos pelas finas ranhuras entre cada placa triangular, uma sensação inesperada preenche meu peito.

Me lembro de estar sentada na ahéré de Mama Agba depois de concluir meu treinamento, bebericando chá antes de ela colocar o bastão de graduação nas minhas mãos. De certa forma, este momento parece exatamente igual. Exceto que tudo e todos no nosso mundo mudaram.

— Zélie, se não fosse seu destino ser uma anciã, sua ascensão teria sido rejeitada — diz Mama Agba. — Oya lhe deu uma *ìsípayá* para marcar você como digna. Você não teria visto nada se ela não a achasse a melhor pessoa para liderar este clã.

Rumino suas palavras, pensando no que Oya me mostrou. Se eu fechar os olhos, ainda consigo ver a faixa de luz púrpura saindo rodopiando de meu peito, entrelaçando-se com uma faixa de ouro. O poder que as duas criaram parecia com aquele que senti em Amari.

Lá no templo, tive certeza de que era um símbolo dos cênteros. Mas todos os fios de Amari eram azul-cobalto. Se olhasse para Nehanda, tenho certeza de que só veria verde-esmeralda. Onde estavam os púrpuras? Os dourados? Os cor de tangerina?

— Mama Agba. — Eu me viro para encará-la. Mesmo em minha cabeça, a pergunta que espera em meus lábios parece ridícula. Mas não sei como explicar as cores de luzes que não vi. — É possível combinar magias diferentes?

— Bem, a natureza dos cênteros...

— Não dessa forma — interrompo. — É possível combinar diferentes *tipos* de magia? A magia de pessoas que não estão no mesmo clã?

Os olhos de Mama Agba arregalam-se, e ela recua, o pensamento fazendo-a franzir a testa.

— Por que está me perguntando isso?

— Na minha *ìsípayá*, vi cores diferentes. Vi púrpura misturando-se com dourado. Era um arco-íris. Um arco-íris de poder.

— Entendi. — Mama Agba aperta os lábios. — Combinar a mesma magia já é bem raro, e misturar magias diferentes... pelo que eu saiba, isso só foi feito uma vez. E foi o que deu origem à majacita.

Fico boquiaberta quando Mama Agba me conta a história do terral e do câncer que combinaram suas magias, uma conexão tão poderosa e explosiva que criou depósitos de majacita em todo o país.

— Os dois maji morreram no impacto — explica Mama Agba. — Mas ainda sentimos o efeito da sua conexão. Os depósitos que eles criaram vêm sendo minados pela monarquia há mais de um século.

— É possível acontecer de novo? — pergunto.

— Em teoria. — Mama Agba balança a cabeça. — Se uma conexão desse tipo pudesse ser sustentada, se seus portadores pudessem sobreviver, não há como dizer o que poderia acontecer. Um terral e um queimador poderiam levantar vulcões da terra. Um ceifador e um curandeiro podem ser até capazes de levantar os mortos.

Faço que sim, pensando no potencial que está à mão. Um poder como esse é difícil de compreender. Parece ainda mais forte que os deuses.

— Mas Zélie, seguir por esse caminho...

— Eu sei — eu a tranquilizo. — Ainda não é o plano.

Uma conversa sussurrada ecoa lá debaixo enquanto os maji saem dos dormitórios, e Mama Agba e eu vamos até a varanda. Vejo grupos atravessando a ponte de pedra em direção à terceira montanha, cruzando as piscinas naturais para se encontrar nos templos de seus clãs.

Mâzeli lidera Bimpe e Mári, suas grandes orelhas fáceis de identificar na multidão. Mama Agba sorri enquanto os olhamos ali de cima. Ela acaricia meu braço.

— Você ainda se lembra da sua *isípayá*? — pergunto, e Mama Agba suspira. Um sorriso suave se abre em seu rosto, tão brilhante que ilumina o quarto.

— Eu espiei o além — sussurra Mama Agba. — Me ajoelhei no topo da montanha. A Mãe Céu me acolheu de braços abertos.

— Parece lindo — murmuro.

— E foi. — Mama Agba faz que sim. — Já se passaram décadas, mas ainda me lembro daquele calor especial. Daquele amor.

Mama Agba endireita meu colar e remove minha touca, agitando meus cachos antes de me guiar para fora.

— Você é a pessoa de que seus ceifadores precisam, anciã Zélie. A única pessoa para quem precisa provar isso é você mesma.

· · · · · ◆ ◈ ◆ · · · · ·

Quando sigo para a terceira montanha, a maioria dos clãs já está trabalhando duro. Com exceção dos ceifadores, todos os outros clãs têm pelo menos uns dez maji capazes de lutar.

Os maji reúnem-se diante dos templos de seus clãs, treinando enquanto os divinais observam. Ao passar por eles no caminho até a torre dos ceifadores, no topo da montanha, a pouca confiança que Mama Agba instilou em mim começa a derreter.

— Não é assim — instrui Na'imah, agitando a cabeça tão forte que uma chuva de pétalas de flor-de-laranjeira cai de seus cachos. Libélulas orbitam sua cabeça enquanto ela reposiciona as mãos do maji ao redor das têmporas de seu guepardanário. — Sinta a conexão antes de começar o encantamento.

O domador assente e fecha os olhos, o rosto ficando sério de concentração. Macaquinhos deslizam por suas costas enquanto ele entoa o encantamento, alguns pendurados em seu pescoço e orelhas.

— *Èdá inú egàn, yá mi ní ojú rẹ...*

Uma luz cor-de-rosa suave acende-se atrás das pálpebras do domador, ficando cada vez mais forte. Quando ele abre os olhos, o guepardanário também abre. A mesma luz cor-de-rosa enche as íris finas da montaria.

O domador fica boquiaberto ao olhar o mundo pelos olhos do guepardanário. É como se as duas mentes fossem controladas pela mesma fonte. Os dois até mesmo piscam juntos.

Na plataforma acima deles, Folake conduz uma demonstração para os acendedores, seus longos cachos brancos amarrados para trás. Ela estende os dedos finos, pegando algo que não consigo enxergar.

— O truque é sentir a luz como algo que você consegue segurar na palma das mãos. Assim que conseguirem senti-la, o encantamento será fácil. *Ìbòrí òkùnkùn!*

Folake bate palmas e, em um piscar de olhos, a escuridão desce sobre o Templo dos Acendedores. Ela invoca a escuridão mais profunda que já vi, como se todas as estrelas tivessem sido arrancadas de uma noite sem luar.

O breu dura apenas um instante, mas quando a luz reaparece, os olhos de todos os maji estão arregalados.

Isso foi incrível, balanço a cabeça. Espero poder ter metade do talento dela.

— Os ceifadores estão prontos! — A voz alta da Mâzeli ecoa de trás da pedra entalhada do Templo dos Ceifadores.

Ele está diante de nosso clã, no terreno gramado ao fundo, fazendo Bimpe e Mári entoarem em harmonia.

— *Ẹ̀mi àwọn tí ó ti sùn...*
— *Ẹ̀mi àwọn tí ó ti sùn!*
— *Mo ké pè yin ní òní...*
— *Mo ké pè yin ní òní!*

Meu peito infla de admiração enquanto meus ceifadores conjuram reanimados em uníssono. Embora cada espírito tenha uma forma única, os reanimados se erguem como um só, brotando da grama como um jardim de copos-de-leite.

— Mantenham-nos firmes — grita Mâzeli. — Mantenham o tamanho!

O reanimado de Mári se desintegra enquanto o de Bimpe cresce, mas a forma como trabalham juntas me lembra dos ceifadores que conheci antes da Ofensiva.

— *Jagunjagun!* — O rosto de Mâzeli se ilumina quando me vê recostada no templo. Ele cai de joelhos, curvando-se como se eu fosse uma rainha. — O que vamos aprender hoje? — pergunta ele. — Extração de alma? Aprisionamento de espírito? E que tal... *ai*! — Mâzeli grita quando Mári dá um murro em seu braço.

— Feche a boca e deixe que ela responda!

— Mári, eu sou o segundo em comando! Você não pode me bater aqui!

Bimpe dá uma risadinha, e eu sorrio, lembrando das risadas que ecoavam na ahéré de Mama Agba. Embora problemas reais nos esperassem fora de suas paredes de junco trançado, ela ainda deixava que nos divertíssemos.

Ouvindo meus ceifadores agora, percebo que este treinamento não precisa ter a ver com a guerra. Para variar, podemos celebrar a nossa magia praticando os encantamentos que foram passados por gerações. Podemos nos alegrar com a volta dos ceifadores.

— Hoje vamos aprender uma técnica antiga e poderosa. — Entrego a Mâzeli o pergaminho que escolhi.

— *Òjìjí ikú?* — Mâzeli arqueia as sobrancelhas ao ler. — Sombras da morte?

— Vocês já conseguem conjurar reanimados. Esta técnica vai permitir que fortaleçam essa habilidade enquanto aprendem outra.

Dou um passo à frente e lanço um encantamento mental, trazendo um reanimado à vida apenas com um aceno de mão. Quando o espírito se ergue da terra, me lembro de treinar sozinha no deserto, tentando criar um reanimado pela primeira vez. Algumas luas atrás, eu mal conseguia mover um grão de areia.

— Criar sombras é como criar reanimados. Mas, em vez de canalizar um espírito para o elemento mais próximo, você o cria em sua forma bruta. As sombras podem assumir qualquer forma, mas, quanto mais complicado for o recipiente, mais difícil será moldá-lo.

— Diz a lenda que suas sombras são tão poderosas que podem fazer picadinho de exércitos inteiros. — As palavras de Mári fazem com que todos os ceifadores se animem, mas a lembrança de ter usado o espírito de Baba faz com que um fosso se abra no meu peito. Quando ele zuniu pelo meu sangue, as sombras que explodiram da minha pele eram mais que poderosas. Eram a morte encarnada.

— O que fiz no ritual foi alimentado pela conexão que eu tinha com meu pai — explico. — Minha magia foi amplificada pelo território sagrado e pelo solstício do centenário. Seria difícil recriar esse tipo de força.

— Você pode tentar? — pergunta Mâzeli, um pedido que os outros ecoam. Todos me encaram com olhos famintos. Sei que vão precisar de uma demonstração.

Me preparo para as lembranças de Baba que vão surgir com este encantamento, mas quando estou prestes a entoá-lo o sol finalmente se ergue sobre o templo. À medida que os raios e as sombras se movimentam no topo da montanha, eu me lembro da última vez que Mama usou este encantamento. Anos atrás, quando eu ainda vivia em Ibadan.

Tzain me desafiou a subir até o topo de uma montanha, e Mama gritou quando saltei de um penhasco. Quem sabe o que teria acontecido se ela não tivesse conjurado as sombras da morte que me carregaram até um dos lagos gelados de Ibadan?

Um sorriso se abre no meu rosto enquanto caminho até a frente do nosso templo. Bem diante dele fica um penhasco perfeito. Estende-se sobre a cachoeira que se derrama metros abaixo.

— Prestem atenção! — eu grito antes de começar a correr para a borda.

Os outros gritam atrás de mim enquanto corro. Ergo a cabeça para o vento que chicoteia.

Uma liberdade que não sentia desde menina me envolve, me impulsionando. A magia cresce como uma onda que se prepara para quebrar. Com um passo final, salto do penhasco.

— *Èmí òkú, gba ààyé nínú mi...*

Meu encantamento se perde no ruído do ar, e eu estendo todos os membros. Por um momento, eu pairo.

—*Jáde nínú àwon òjìjí re...*

A água está cada vez mais perto, e é como se eu tivesse seis anos de novo. Baba e Mama ainda estão vivos.

Ninguém que amo tem que morrer.

—*Yí padà láti owó mi!*

As palavras finais do encantamento fazem com que o ar ondule ao meu redor. Os espíritos dos mortos explodem das minhas costas. As auras púrpura das sombras são muito escuras, quase pretas.

As sombras se revolvem pelo ar como faíscas, unindo-se quando meu molde se forma. Os espíritos frios espalham-se pelas minhas costas e envolvem meus braços, criando um planador que atravessa o céu.

Eu solto uma risada enquanto alço voo. Por um instante, pairo acima de toda a minha dor. Sinto a liberdade pela qual ansiava.

Subo até aterrissar bruscamente às margens da cachoeira. As sombras desaparecem em fiapos de fumaça. Me viro para encontrar os ceifadores comemorando do penhasco, acompanhados por outros maji que observaram o feito.

— Tudo bem. — Aponto para Mâzeli. — Vamos ver se você voa ou faz tchibum.

Seu rosto empalidece quando ele olha para a água.

— Mas eu não sei nadar!

Abro um sorriso malicioso e dou de ombros.

— Então, maior ceifador que já viveu, é melhor conseguir de primeira.

CAPÍTULO QUARENTA E CINCO

AMARI

Dou um suspiro de alívio quando o sino do jantar ressoa. Depois de uma semana de treinamento, esperava que o gelo entre mim e os outros conectores tivesse derretido, mas ele só ficou mais espesso. Ergo o queixo quando os maji param no meio do encantamento, reunindo suas coisas para descer a montanha.

— Começamos amanhã ao nascer do sol — falo para todos, que já estão de partida.

Ninguém sequer se vira.

Um gosto azedo vem à minha língua enquanto recolho os pergaminhos, revelando as lajotas de cerâmica que criam um *baaji* de conector no chão. Não importa o que eu faça: enquanto Ramaya estiver na enfermaria, ainda serei a inimiga. Se eu não fosse uma cêntera, talvez tentassem me atacar em nome dela. Cada vez que alguém domina outro encantamento, meio que espero que "se enganem" e o lancem em minha direção.

Foco, Amari.

Tento me livrar do fedor do desprezo ao fechar a porta do Templo dos Conectores. Desenrolo o pergaminho cobalto que tenho na mão, esforçando-me para compreender os escritos nele.

— Èmí ni mò nwá — sussurro em iorubá. — Jé kí èmí re ṣi sí mi.

Meus dedos brilham com uma luz azul quando fecho os olhos, tentando fazer o encantamento ganhar vida. Quando descobri o pergaminho que ensina a criar uma terra do sonho, alguns dias atrás, quase o deixei de lado. Não percebi o que tinha nas mãos.

Eu estava à procura de encantamentos que ajudassem os conectores em batalha. A capacidade de criar um plano especial e mesclá-lo com a mente de outra pessoa não era algo útil. Mas quando pensei sobre o encantamento, percebi que os deuses tinham me dado exatamente o que eu precisava.

Se eu puder criar minha terra do sonho, posso contactar Inan sem que ninguém descubra. Finalmente poderemos nos falar sem nossos exércitos às costas e avaliar as possibilidades de paz.

— Èmí ni mò nwá, jé kí èmí re și sí mi — repito. — Èmí ni mò nwá, jé kí èmí re și sí mi!

Tento imaginar o espaço em minha mente, impulsionar novamente minha magia pelas mãos. Mas, mesmo no silêncio do Templo dos Conectores, o encantamento não funciona. Deixo a cabeça pender para trás, frustrada. Não sei o que estou fazendo de errado. Os outros encantamentos têm sido difíceis de dominar, mas não importa quantas vezes eu tente lançar esse, ele nunca vem.

Cada dia que passa é outro dia em que a monarquia pode atacar. Um dia em que os *Iyika* podem decidir marchar para Lagos. Se quero descobrir uma solução a tempo de parar esta guerra, não posso fazer isso sozinha.

Preciso da ajuda de Zélie.

— Pelos céus.

Engulo em seco enquanto enrolo o pergaminho. Apesar das nossas diferenças, Zélie me ajudou a aprender o iorubá de que precisava para treinar os conectores. Já levei dezenas de pergaminhos para ela me ajudar.

Mas se ela descobrir por que quero aprender este aqui...

Balanço a cabeça e suspiro enquanto saio pela porta azul-marinho do templo. Só preciso de ajuda com um encantamento.

É tudo que ela precisa saber.

— Cuidado!

Me lanço para trás quando Mâzeli passa zunindo. Suas grandes orelhas praticamente batem ao vento. O fim de um encantamento sai de seus lábios enquanto ele se lança do penhasco mais próximo.

—*Yí padà láti owó mi!*

Uma nuvem lavanda irrompe de suas costas, engolindo-o enquanto cai. Ele grita com prazer quando a nuvem começa a se solidificar, formando asas ao redor de seus braços.

— Consegui! — Mâzeli estende as mãos em triunfo quando se aproxima da aterrissagem às margens da cachoeira.

Mas bem quando está prestes a pousar, a nuvem desaparece. Ele tenta agarrar o ar antes de bater na água com um estrondo alto.

— Droga! — Mâzeli submerge, olhando feio para todos os que estão rindo. Ele bate as mãos na água. — Não entendo. Minhas asas apareceram, eu vi!

— Pareciam mais penas que asas! — Mári grita enquanto voa do alto da plataforma usando sombras, um sorriso triunfante no rosto jovem. Ela mantém suas sombras com uma finesse especial, praticamente flutuando até ao chão.

— Mári, fique quieta. — Zélie caminha até a água, acenando para que os ceifadores a sigam. — Você está quase conseguindo, Mâzeli, mas seu *ojiji* ainda é muito suave. Suas sombras são leves porque os espíritos estão tendo dificuldade para manter a forma.

Observo do meu lugar na plataforma como os três ceifadores formam um círculo em torno de Zélie, apesar do sol poente. Nós duas usamos o mesmo colar, mas em Zélie ele parece encaixar-se como uma segunda pele. Com as tatuagens douradas tremeluzindo sob a água ondulante, estou longe de ser a única pessoa observando. O que eu não daria para ter apenas um maji olhando para mim dessa maneira?

— Amari! — Zélie flagra meu olhar, acenando para mim lá debaixo. Eu forço um sorriso quando ela manda seus ceifadores seguirem na frente. — Como foi o treinamento de hoje?

— Melhor — minto. — Mas preciso de sua ajuda. Estava pensando em ensinar este encantamento amanhã. Pode me ajudar com as palavras?

Caminho até a base do penhasco e entrego o pergaminho a Zélie quando ela sai da água, mas seu sorriso desaparece quando ela lê as sênbaría.

— Quer ensiná-los sobre terras do sonho?

— Você fala como se já tivesse ouvido falar disso antes.

— Ouvi. — Seu olhar fica distante. Fico surpresa ao ver como seu semblante se suaviza. — Seu irmão me levou para uma terra assim algumas vezes. Nunca soube se ela existia na mente dele ou na minha.

— Como ele fez isso? Você conseguia invocá-la também?

Zélie faz menção de responder à minha pergunta, mas para, abraçando o pergaminho.

— Por que este encantamento? Que serventia vai ter quando entrarmos em Lagos?

Minhas orelhas esquentam enquanto procuro uma mentira.

— Pelo amor dos deuses! — Zélie balança a cabeça. — Você não é idiota a esse ponto!

— O que tem de idiota em querer falar com meu irmão? Explorar a possibilidade de paz? Eu sei que você o odeia, mas Inan salvou sua vida...

— É o que ele *faz* — rosna Zélie. — Ele faz a coisa certa quando é fácil, mas quando mais importa, ele te apunhala pelas costas! Não pode confiar nele, Amari. Ele só vai nos deixar cicatrizes!

— Isso é porque você não confia nele ou porque não quer ser sincera consigo mesma?

Os olhos de Zélie cintilam, e ela se empertiga.

— Melhor você escolher suas palavras com cuidado.

— Você fica fingindo que tudo que quer é matar meu irmão, mas eu vi o jeito como vocês se olharam em Candomblé. Sei que existem mais coisas no seu coração do que ódio! — Aponto para o peito dela. — Se quiser mentir sobre como se sente, ótimo. Mas se você nos obrigar a ir à guerra, vai pôr vidas inocentes em risco!

Estendo a mão para pegar o encantamento, mas Zélie me empurra. Quando cambaleio, ela lança o pergaminho na piscina natural, pisoteando-o.

— *Pare!* — grito, correndo para a água.

Tento puxar o pergaminho debaixo de seu pé, mas só o rasgo pela metade. A tinta ancestral vaza nas águas quando tento recuperá-lo, em frangalhos. Minhas mãos tremem quando olho para ela.

— Qual é o seu problema? O encantamento poderia ter encerrado esta guerra!

— Você se convenceu disso — arfa Zélie, caminhando de volta para as margens. — Nas mãos de um inimigo, esses pergaminhos são uma arma. Não tente se comunicar com o seu irmão de novo.

Faíscas azuis de magia centelham na ponta dos meus dedos, queimando minha pele. Como ela se atreve a fazer isso comigo? Como *se atreve* a me dar ordens?

— Estou começando a pensar que você não quer paz porque está se acostumando com a ideia de assumir meu trono — respondo.

Zélie estaca. Os músculos de suas costas ficam tensos. Vejo como seus dedos se fecham, mas ela não dá meia-volta.

— Volte ao treino — diz ela entredentes. — Não quero ouvir falar disso de novo.

Ela caminha para a ponte de pedra, deixando-me na segunda montanha. Não entendo por que razão Zélie não consegue enxergar além de sua raiva. Por que nenhum dos *Iyika* consegue perceber que isso é o melhor?

Sinto um nó na garganta ao me abaixar, tentando salvar as partes encharcadas do pergaminho.

— Precisa de ajuda, anciã Amari?

Olho para a margem: Mama Agba me cumprimenta com um sorriso triste no rosto. As lágrimas que tento combater ameaçam se libertar, então encaro as águas ondulantes até elas desaparecerem.

— Por que todos lutam contra mim? — Balanço a cabeça.

— Venha, minha filha. — Mama Agba acena para eu me aproximar. — Acho que posso te ajudar a entender.

· · · · · ◆ ◇ ◆ · · · · ·

Ainda estou tremendo de raiva quando chegamos aos jardins da primeira montanha. Mama Agba acaricia meu braço, forçando-me a soltar o ar.

— Respire, minha filha.

Respiro fundo enquanto Mama Agba me guia pela entrada dos jardins. Localizados no alto da torre principal, eles brilham com uma beleza selvagem, as folhas de bananeira em perfeita harmonia com as flores-do-poente pendendo sobre nossas cabeças.

— Bem ali na frente. — Mama Agba aponta um banco com o espaldar desgastado coberto de vegetação. — Esse sempre foi o meu favorito. O musgo cria um ótimo acolchoado.

Ao andar pelo caminho iluminado por lanternas, penso em como a pedra rachada e as folhas verdes desalinhadas são diferentes dos gramados bem cuidados do palácio. Cipós imensos serpenteiam em torno dos adornos de pedra ao redor, criando tapeçarias naturais ao redor de bancos velhos e gazebos rachados. Não se parecem em nada com os jardins reais, onde apenas os cravos mais perfeitos podem crescer. Como todo o resto no palácio, eles foram sufocados. Controlados.

— Eu vinha me sentar aqui o tempo todo. — Mama Agba afunda no musgo como se fosse uma banheira luxuosa. — Os templos foram criados para meditação, mas, de alguma forma, sempre encontrei maior paz bem aqui.

Espero que ela me faça qualquer reprimenda que está segurando, mas Mama Agba deixa que nosso silêncio seja invadido pelo coro de cigarras. À medida que o cantar se alonga, percebo que ela não está esperando para falar. Está esperando para ouvir.

Abro a boca, mas é difícil encontrar as palavras certas. Parece que estou sempre lutando para ser ouvida. Não me lembro da última vez em que fui capaz de ter uma conversa simples sobre esta guerra.

— É errado lutar pela paz? — pergunto.

— Acho que a vida é mais complicada do que certo e errado — responde Mama Agba. — Acho que você nunca vai conseguir a paz tentando provar o que é um ou outro.

Eu me recosto e encaro os jardins. À nossa frente, duas mareadoras estão sentadas em um gazebo de pedra. Uma está de joelhos, enquanto a outra usa uma faca para raspar a cabeça da amiga. Enquanto os tufos grossos de cabelos brancos caem no chão do gazebo, percebo a motivação da garota. Está raspando a cabeça para combinar com a de Nâo. Ela respeita tanto sua anciã que deseja copiá-la.

— Sei que meu irmão cometeu erros — digo. — Mais erros do que a maioria. Mas ninguém entende como foi crescer com meu pai. Inan aguentou a pior parte de suas torturas.

— Você tem empatia por ele? — pergunta Mama Agba.

— Eu o entendo. Tudo o que ele sempre quis foi ser um grande rei. Mesmo quando está errado, acha que está lutando pela coisa certa. — Começo a arrancar pedacinhos de musgo debaixo do meu braço e suspiro. — Sei que, se conversarmos, podemos chegar a um acordo. Nós dois queremos o melhor para Orïsha. Zélie e os *Iyika* se recusam a ouvir.

Mama Agba aperta os lábios, e eu mordo a língua.

— Fui longe demais? — pergunto.

— Acho que não foi longe o bastante — responde ela. — Você fala desta guerra como se fosse o começo, mas os maji e a monarquia vêm lutando há décadas. Séculos. Os dois lados causaram grande dor um ao outro. Os dois lados estão cheios de desconfiança. — Mama Agba corre os dedos por seu cajado de madeira e fecha os olhos. — Você não pode culpar Zélie por suas ações mais do que pode culpar Inan por seus erros. Precisa olhar além da superfície, se realmente quiser alcançar a paz que procura.

Meneio a cabeça devagar, ruminando as palavras de Mama Agba. Embora minha raiva por Zélie diminua, meu desejo de entrar na terra do sonho só cresce. Se a monarquia e os maji estão em guerra há séculos, esta pode ser nossa única oportunidade de acabar com esta luta de uma vez por todas. Mas como posso mediar a paz entre os dois lados quando cada tentativa que faço é frustrada?

— Você sabe o significado do seu nome? — questiona Mama Agba.

— Meu nome não tem significado.

— Todo nome significa alguma coisa, criança. O seu significa "a que possui grande força". — Mama Agba sorri, a pele se enrugando nos cantos de seus olhos grandes. — Há algumas luas, você era uma princesa assustada em fuga. Agora, é uma anciã liderando os maji em uma guerra. Uma rainha determinada a assumir seu trono.

Suas palavras me forçam a pensar em tudo que fiz, até onde cheguei. Pensei que a vitória só seria alcançada quando eu me sentasse no trono de Orïsha, mas acho que minha transformação já é uma vitória.

— Tudo começou no momento em que você roubou aquele pergaminho. Foram suas ações corajosas que nos trouxeram até aqui. Sei que é difícil, mas espere. Se alguém puder trazer a paz, sei que será você.

Ela segura meu queixo e me olha com tanto carinho que não consigo evitar um sorriso. Não sei quando aconteceu ou por quê, mas sinto um amor genuíno em seus olhos.

— Obrigada — sussurro.

— Não precisa agradecer. — Ela me puxa para um abraço. — Sua coragem me trouxe tantas coisas de volta. Sou tão grata a você quanto sou a Zélie.

Mama Agba se levanta, e eu me movo para acompanhá-la, mas ela me senta de novo.

— Quando eu era mais jovem, este era o melhor lugar no santuário para explorar a extensão dos meus poderes. Talvez ele possa ajudá-la também.

— Mas eu não tenho um encantamento. — Franzo a testa. — Zélie o destruiu.

— Você é uma cêntera, Amari. Bem ou mal, você não precisa de encantamentos. Você compartilha uma conexão especial com seu irmão. Limpe a mente e se concentre nisso.

Sorrio quando ela sai. Seu conselho tira um peso de meus ombros que eu nunca deveria ter carregado. Não sou uma maji e nunca serei. Preciso parar de jogar pelas regras deles. Seus encantamentos, suas restrições, não se aplicam a mim.

Encaro minhas mãos, lembrando a emoção que me percorreu quando invoquei meus poderes de cêntera e derrubei minha mãe nos corredores de Candomblé. Foi o melhor momento que vivi em luas.

Quando mais me senti eu mesma.

Minha pele fervilha quando invoco meu poder, concentrando-me em meu íntimo. Embora nenhum tîtán esteja por perto para alimentar minha magia, consigo senti-la crescendo de uma fonte diferente.

Vamos lá, Inan. Penso nele quando uma luz azul fraca se acende em meu peito. *Preciso de você mais do que nunca. Somos os únicos que podem acabar com isso.*

Enquanto a noite cobre o pôr do sol, eu me acomodo no banco, tentando alcançar meu irmão na escuridão. Não sei se vai funcionar, mas não desistirei.

Se for para pôr um fim nesta guerra, ficarei aqui por uma eternidade.

CAPÍTULO QUARENTA E SEIS

INAN

Embora eu agarre a mesa polida da sala de guerra, o mundo continua a girar. O rosto dos conselheiros se desfoca à minha volta. Os sussurros de minha mãe desaparecem sob o tinido em meus ouvidos.

A realidade escorre de minhas mãos como um sonho chegando ao fim. Tento não expressar a confusão no meu rosto enquanto ouço a voz outra vez.

Inan...

— Preste atenção. — Minha mãe me cutuca, forçando-me a me sentar direito.

Pisco enquanto me concentro na apresentação de Jokôye, um relatório de todo o seu progresso. Embora ela nunca tenha sido uma pessoa de sorrisos, um ódio renovado permeia suas palavras desde nosso retorno de Candomblé. Ela ainda se esforça para percorrer a sala com uma armação de ferro ao redor da perna.

— Venho treinando meus tîtán — diz Jokôye. — Todo dia. Toda noite. Da próxima vez que enfrentarmos os *Iyika,* estaremos prontos para suas jogadas. Vamos aniquilar aqueles traidores imediatamente.

Ela fala o que preciso ouvir, mas ainda fico gelado. A cada dia, chegamos mais perto do banho de sangue que quero desesperadamente evitar.

— Você localizou a base deles? — pergunto.

— Estamos quase lá. — Jokôye marca uma nova forma oval no mapa, apontando a suposta localização dos *Iyika*. — Sempre perdemos contato com nossos batedores quando entram nesta zona. Mas, como falamos, meus soldados estão encontrando novas formas de buscar a localização. Nossas forças em Oron vêm treinando alguns tîtán videntes. Quando tiverem melhor controle de suas habilidades, poderão nos dar as respostas de que precisamos.

Assim que tiverem...

Esfrego meu polegar sobre o guepardanário gravado na moeda de bronze. Não haverá como segurar as forças de Jokôye. Vamos lançar tudo o que temos nesse ataque.

— Continue treinando seus tîtán e reforçando as defesas de Lagos — ordeno. — Notifique-me imediatamente se houver mais informações sobre a localização deles. No mais, vocês estão dispensados.

Todos se levantam, curvando-se antes de saírem. Minha mãe pousa a mão no meu ombro.

— Descanse um pouco — sussurra ela. — Você está com uma cara péssima.

Meneio a cabeça, pondo a mão sobre a dela. Enquanto conversamos, o mundo começa a ficar desfocado novamente. Aquela voz estranha faz cócegas na minha orelha.

Inan, preciso de você...

Meus olhos começam a se fechar quando minha mãe se afasta. Então sinto uma nova presença às minhas costas.

— Ela tem razão. Você está com uma cara de merda.

Meu corpo fica tenso com a provocação de Ojore. Não ficamos sozinhos desde que regressamos de Candomblé, desde que o impedi de atacar Zélie com minha espada.

Até o enviei para supervisionar um esforço especial de construção na costa de Ilorin, somente para evitar esta conversa. Pensei que teria mais alguns dias até seu retorno. Ainda não sei o que dizer.

— Você voltou. — Eu ergo as mãos.

— Voltei. — Ojore meneia a cabeça. — Seus soldados pegam firme no trabalho. A construção deve estar concluída até ao fim da lua.

— Bom ouvir isso. — Viro-me de novo para a mesa, vasculhando os infinitos pergaminhos. — Há outro esforço que precisa de sua atenção ao norte...

— Só vai criar coragem de conversar comigo depois que me mandar para todos os cantos de Orïsha?

Minhas bochechas queimam, e eu aperto o pergaminho na mão. Não sei como responder. Ojore fecha as portas da sala de guerra antes de afundar na poltrona ao meu lado.

— Você realmente acha que pode me evitar? — Ele inclina a cabeça. — Durante esse tempo todo pensei que estivesse hesitante por causa da sua irmã. Pela família, eu consigo entender. *Mas por uma maji?* Pela Soldada da Morte?

Envolvo os dedos em torno da moeda de bronze, desejando ter uma boa resposta. Como posso explicar algo que mal compreendo?

Mesmo com a menção ao terrível título de Zélie, anseio pelo cheiro de sua alma. Ela podia ter me matado naquele momento, mas não matou. Ela se conteve, apesar de tudo que fiz.

— Antes de a magia voltar, aquela garota estava no meu caminho — explico. — Eu quis matá-la. Tentei. Mas quando tive a chance... — Meu peito fica apertado quando me lembro daquele momento fatídico na floresta, depois que nossos irmãos foram capturados. Quando minha magia se rebelou e vi cada parte de Zélie. Ainda me lembro do gosto amargo de seu medo. O calor em sua alma. — Ela me ensinou que, em toda história, há vários lados. Ela me fez querer ser um rei melhor.

Ojore e eu nos olhamos, e sinto a distância cada vez maior entre nós. Encarando as cicatrizes em seu pescoço, sei que ele não entenderá. Não foi ensinado a temer os maji, como eu. Foi queimado por eles pessoalmente.

Ele pressiona o punho nos lábios enquanto encaramos o mapa da sala de guerra. Mas enquanto estamos ali sentados, o zumbido baixo aumenta em meus ouvidos. Me seguro na mesa quando o mundo ao meu redor começa a se desfocar.

— Sei que você não é seu pai. — Ojore suspira. — Respeito que você esteja tentando ser um homem melhor. Mas nem todo mundo pode ser salvo. Você precisa parar de olhar para esses maji como se fossem eles que precisam de proteção.

Enfio a mão no bolso e aperto a moeda de bronze.

— Você parece minha mãe.

— Bem, como sua mãe, me interessa manter você vivo — diz ele. — No campo de batalha, Amari não é sua irmã. E você não pode amar aquela garota. — Ojore se levanta da poltrona e dá tapinhas nas minhas costas. — Elas são suas inimigas, Inan. São as combatentes do outro lado desta guerra. Quando as enfrentarmos, sangue será derramado. Não deixe que seja o seu.

Ele sai e fecha a porta, e eu descanso a cabeça na mesa. Não quero que esteja correto, mas Ojore diz as palavras que eu tenho medo demais de falar.

Por um momento, sinto falta dos dias de príncipe. Antes da magia. Antes do trono. Talvez eu não tivesse poderes na época, mas as coisas eram simples. Agora, temo que esses dias nunca voltarão.

Inan...

A voz faz cócegas em minhas orelhas, mais alta agora que ninguém está aqui. A moeda de bronze cai da palma da minha mão quando meus dedos amolecem. O sono me envolve, puxando-me para dentro da escuridão.

Quando adormeço, uma brisa fria de magia percorre minha pele. O mundo gira ao meu redor quando nuvens brancas aparecem flutuando.

Eu me sinto suspenso no espaço, os pés buscando um chão que não existe. Mas quando finalmente o encontro, não acredito em meus olhos.

Um campo infinito de lírios azuis roça minha pele.

CAPÍTULO QUARENTA E SETE

AMARI

— Irmão?

Quero dizer mais, mas as palavras não saem. Passei tanto tempo tentando chegar a este momento. Não pensei no que aconteceria quando eu estivesse aqui de verdade.

Com a barba rala ao redor da mandíbula e bolsas sob os olhos, meu irmão parece ter muito mais que dezenove anos. Se não fosse pela mecha branca correndo seus cachos desgrenhados, talvez eu até o achasse parecido com meu pai.

— A sua é diferente. — Ele pisca para mim, um sorrisinho surgindo em seu rosto cansado. Fecha os olhos e respira fundo em minha terra do sonho, experimentando o ar com cheiro de canela.

Inan me força a observar o mundo ao redor, o espaço mágico criado por mim. Um mar de flores de um azul profundo está a nossos pés. Um céu cheio de estrelas pisca lá em cima.

Embora eu nunca tenha posto os pés neste espaço, de alguma forma sinto como se estivesse voltando a mim mesma. Aqui, o ar é doce. A luz brilha forte, embora não haja uma lua.

Inan se inclina, cheirando uma flor antes de o sorriso desaparecer.

— Você me trouxe aqui para me matar ou quer conversar?

Ele mantém um tom de piada, mas vejo como seus dedos tremem. Como espera que tudo e todos o ataquem. Ele carrega as mesmas cicatrizes que eu luto para superar.

Meus olhos ficam marejados quando dou um passo na direção dele. Começo a correr quando Inan abre os braços. Penso em como senti sua falta. Em quanto quis abraçá-lo forte.

Tudo o que passou entre nós lampeja na minha mente enquanto corro. Vejo cada maneira como nos ferimos. Cada rosto que perdemos. Binta. Almirante Kaea. Nosso pai. Mas, pior de tudo, um ao outro.

No momento em que pouso a cabeça contra seu peito, não sei quem está chorando mais. Se eu, ou ele.

・・・・・◆◇◆・・・・・

Quando nossas lágrimas secam, é difícil dizer quanto tempo passou. Até a dor é diferente neste espaço mágico. Não dói chorar.

Nós nos sentamos em montes macios de terra, pegando flores a nossos pés. Muita coisa se passa entre nós, mas nada precisa de palavras.

— Tem flores na sua? — pergunto. Inan faz que não.

— Só juncos. — Ele ergue um lírio diante do nariz, tirando suas pétalas. — Zélie encontrou uma maneira de criar florestas e quedas d'água, mas não sei como fazer mais que isso. Não consigo sequer voltar à minha. Toda vez que tento, sinto como se alguém estivesse enterrando um machado no meu cérebro.

Fico surpresa com o sorriso que surge em seus lábios. Mesmo depois de tudo que aconteceu, Zélie desperta um lado diferente dele.

— Como ela está?

Reviro os olhos e viro o rosto.

— Determinada a matar você. Totalmente cega pela raiva.

— Acredite, eu sei. — Inan ergue a barra da camisa, deixando que eu veja a nova cicatriz na lateral de seu corpo. — Mas quando não está querendo tirar meu sangue, como ela está? Como está se sentindo?

Torço o nariz, tentando ver Zélie por outro prisma. Faz tanto tempo que estamos brigando. Sinto falta de vê-la como minha amiga.

— Ela tem um clã agora — falo devagar. — Não há muitos ceifadores, mas o suficiente. Cuidar deles a deixa feliz. Eles até conseguem fazê-la rir.

— Que bom. — Inan baixa os olhos para as flores, uma suavidade preenchendo seus olhos âmbar. — Ela merece ser feliz.

— Você fala como se nós não merecêssemos.

— Somos da realeza — ele bufa. — Sofremos para que todo mundo possa sorrir.

Abraço os joelhos, odiando essas palavras. Estou cansada de sofrer porque as pessoas deste reino se recusam a viver em paz. Sei que existe um mundo onde isso pode funcionar. Uma Orïsha onde maji, tîtán e kosidán podem viver como um povo só.

Ainda vejo a Orïsha de meus sonhos, mesmo que a realidade só me cause pesadelos.

— Estão treinando para aniquilar você. — Respiro fundo. — Estou tentando convencer os *Iyika* de que podemos fazer as pazes, mas eles não confiam na monarquia. Querem levar Zélie ao trono.

— *Zélie?* — Inan levanta-se bruscamente, franzindo a testa.

— Eles a chamam de Soldada da Morte. Para eles, ela é uma lenda viva. Mas se isso acontecer... — Minha voz falha quando meu peito se aperta.

Quero acreditar que Zélie agiria bem, mas depois do que aconteceu desde que a magia voltou, pensar assim parece ingênuo. Ela não tem interesse na unificação. Apenas na aniquilação.

— Eles estão atrás de quê? — pergunta Inan. — De que precisam para encerrar a luta?

— De poder. — Imagino o rosto dos anciões. — De liberdade verdadeira. Querem um fim à tortura e à perseguição sem fundamento. Um lugar de verdade nesta monarquia e ter voz sobre o que acontece no reino.

Inan suspira, o peito parecendo se expandir a cada exigência. Ele esfrega os dedos enquanto pensa em minhas palavras.

— É só isso?

Dou de ombros.

— Mais ou menos.

— Tudo bem. — Ele meneia a cabeça. — Como posso dar isso a eles?

Agarro seu braço, meus olhos se arregalando quase a ponto de caírem da cabeça.

— Está falando sério?

— Se é isso que precisa para terminar esta guerra — responde ele. — Eu também quero tudo isso.

— Eu sabia! — Bato palmas. A empolgação flutua como um balão em meu peito. Mas tão logo ele sobe, a realidade aparece. Não será suficiente.

— O que foi? — pergunta Inan quando meus ombros murcham.

— Não importa que queiramos as mesmas coisas. Os *Iyika* nunca confiarão que sua declaração é real. — Balanço a cabeça. — Assim que souberem que falei com você contra as ordens deles, ficarão enfurecidos demais para ouvir o que eu tenho a dizer.

Inan esfrega os dedos, o cenho se franzindo enquanto pensa.

— E se eles não ouvirem isso de você? E se ouvirem de mim? Eu posso redigir um tratado. Apresentá-lo aos seus líderes.

Meu coração tem um sobressalto quando percebo a sinceridade de suas palavras. Se o próprio rei oferecer um tratado desses, até Zélie teria de ouvir.

— Você teria que ir sozinho... — falo com cuidado.

— Não tenho escolha. Depois do que aconteceu em Candomblé, o conselho real me executaria antes de concordar com isso.

— Mas como você sairia do palácio? — questiono.

— Ojore vai me ajudar, se souber que vou me encontrar com você.

Inan estende a mão, e a pressão aumenta em meu peito. É tudo o que eu queria, a paz que eu sabia que podíamos conseguir.

Mas quando encaro as linhas ao longo da palma da mão dele, a voz de Zélie ecoa em minha mente.

Ele faz a coisa certa quando é fácil, mas quando mais importa, ele te apunhala pelas costas. Não pode confiar nele, Amari. Ele só vai nos deixar cicatrizes!

— O que vai acontecer comigo? — Ergo os olhos. — Quando você desapareceu, eu me preparei para ser rainha. O que vem depois da paz?

Inan abaixa a mão, pensando.

— Nossa mãe é uma aliada ferrenha, mas está traumatizada. Orïsha precisa de uma rainha que esteja disposta a fazer o necessário para reparar as coisas.

Meus dedos amolecem quando Inan abre os braços, ampliando o convite.

— Está falando sério? — pergunto.

— Vamos governar juntos — responde ele. — Como devíamos ter feito desde o início.

O peso do mundo sai dos meus ombros quando salto, envolvendo meu irmão em um abraço. Meu coração se expande ao vê-lo assim. Sempre soube que ele podia ser um rei magnífico.

Mas quando me abraça, um arrepio irrompe pelas minhas cicatrizes.

Rezo para que Zélie permita que ele fique vivo o suficiente para trazermos a Orïsha a paz que nós dois desejamos.

CAPÍTULO QUARENTA E OITO

ZÉLIE

Quando o sol se ergue no horizonte, nenhum dos meus ceifadores fala. Observamos de um penhasco quando ele incendeia o céu, os raios mornos espalhando-se sobre o terreno montanhoso além do santuário. Ele ilumina a cobertura de névoa que vaza entre as árvores gigantescas, revelando os babunemos balançando as folhas da selva. Estudo o caminho que quero tomar quando os raios de sol alcançarem nossa linha de chegada.

— Lá em cima. — Aponto a colina onde Amari e eu treinamos. — O primeiro a chegar ao topo vence.

— Vai ser eu. — Mári esfrega as mãos. — E, vocês, não fiquem no meu caminho.

Sorrio com sua determinação. A colina estende-se por quase três quilômetros além das muralhas da montanha do santuário. Será nossa maior distância até agora. Depois de meia lua treinando, é a maneira perfeita de testar o domínio deles dos novos encantamentos.

— Quando eu vencer, posso virar seu braço-direito? — pergunta Mári.

Atrás de mim, Mâzeli cruza os braços. Embora ele esteja ganhando controle sobre o encantamento, ainda precisa dominar as asas.

— O vencedor ganha o direito de se gabar até o fim dos tempos — sugiro em vez disso. — Essas são as primeiras corridas de ceifadores. A própria Oya cantará louvores ao vencedor.

O rosto dos três se ilumina, e sinto meu coração palpitar. Me lembro de olhar para Mama Agba do mesmo jeito quando ela nos contava histórias dos deuses.

Espero enquanto eles tomam posição, preparando-se para recitar o encantamento. Bimpe estala os dedos. Mâzeli sacode a perna.

— Tenham cuidado. — Ergo as mãos. — Três... dois...

— Um! — grita Mári. Ela sai em disparada, as tranças sacudindo enquanto corre. Os outros saem aos tropeços atrás dela, enquanto ela salta do penhasco.

— *Èmí òkú, gba àayé nínú mi...*

As sombras de Mári surgem de suas mãos, entremeando-se para formar um planador em suas costas. As sombras cor de vinho se movem com as correntes em constante mudança, permitindo que ela paire no vento.

Sua gargalhada ressoa quando ela sai na liderança, aproximando-se da relva da colina. Mas uma lufada forte de vento a tira do rumo. Até eu preciso tomar cuidado quando decolo.

— *... Jáde nínú àwon òjìjí re. Yí padà láti owó mi!*

Lá embaixo, Bimpe assume uma abordagem diferente. Suas sombras crescem enormemente atrás dela, capturando o vento como as velas de um barco quando ela flutua até o chão. Quando se aproxima do rio bravio ao longo da trilha, ela recita o encantamento. As sombras da morte se dissipam em explosões de fumaça, transformando-se em uma prancha sob seus pés.

— Toma essa, Mári! — Bimpe está radiante enquanto navega pelas correntes revoltosas. Suas tranças até a cintura balançam contra a pele escura à medida que as sombras a impulsionam pelas águas.

Incrível. Invoco minhas sombras, aproximando-me das árvores para seguir seu caminho. Não acho que ninguém vá vencê-la, até que ouço o grito de Mâzeli.

— *Yí padà láti owó mi!*

Ele passa lá embaixo, um borrão disparando sob as árvores. Suas sombras lavanda ainda são fracas demais para manter a forma, mas ele usa essa fraqueza a seu favor. Assim que as sombras se dissipam, ele as invoca de novo, moldando os espíritos em outra corda. Elas se enrolam no galho mais próximo, e Mâzeli puxa, impulsionando-se para frente.

— Continuem! — grito lá de cima, os olhos arregalados com a visão.

Mâzeli balança de sombra em sombra, como um gorilo se lançando dos cipós da selva. O jeito que ele se move me deixa sem palavras. Nunca pensei em usar as sombras da morte dessa forma.

Quando ele aterrissa no alto da colina, uma onda de orgulho me aquece por dentro.

— Consegui! — Ele dá um soco no ar. — Sou o maior ceifador vivo!

— Não é justo. — Mári aterrissa depois dele. — Pensei que tínhamos que voar!

Minhas sombras se dissipam quando toco a colina relvada.

— Eu nunca disse isso.

Mâzeli caminha ao redor da montanha com as mãos na cintura e o peito estufado.

— Sou o novo Soldado da Morte! Não... me chamem de mestre!

— Você não é mestre coisa nenhuma! — bufa Mári.

Dou risada enquanto eles se provocam, desejando poder compartilhar sua alegria. De início, penso em contar a Tzain, mas Roën se esgueira na minha mente. Só imagino em quantos problemas ele meteria Mâzeli quando visse como o rapaz consegue se locomover. Provavelmente tentaria induzi-lo a entrar para sua gangue mercenária.

Sorrio com o pensamento enquanto me viro para receber Bimpe, abraçando-a quando ela escala a colina. Mas quando me aproximo da encosta, vejo uma mecha branca se movendo lá embaixo.

A forma ágil de Amari passa entre duas grandes colinas à distância, aparentemente sem nos notar. Ela não se move como se estivesse dando uma caminhada, e sim de maneira furtiva.

— Leve as outras de volta. — Aperto o ombro de Mâzeli. — Quero verificar uma coisa.

— Está tudo bem? — pergunta ele, e eu faço que sim.

— Encontro vocês no templo.

Ele se curva antes de se virar para as outras, e eu salto da encosta. A esta altura, as sombras da morte já são parte de mim. Não preciso falar o encantamento para que se enrolem nos meus braços, permitindo que eu paire até o chão.

O que você está fazendo? Persigo Amari, erguendo uma teia grossa de cipós para segui-la. Não nos falamos desde que destruí seu pergaminho nas piscinas naturais. De acordo com Tzain, ela espera que eu peça desculpas.

Deve estar correndo para Lagos. Aperto os lábios, fechando o punho. Eu poderia arrancar seus dentes por isso. O que é preciso para ela perceber que a monarquia nunca vai aceitar sua oferta de paz?

— Amari, pare! — Eu avanço, seguindo-a até a clareira na selva. Ela fica imóvel ao som da minha voz. Agarro seu ombro e a viro bruscamente. — Aonde pensa que vai?

Ela fica pálida, mas não fala nada.

Somente então vejo a segunda mecha branca que espera entre as árvores.

CAPÍTULO QUARENTA E NOVE

ZÉLIE

Por um longo momento, o choque me deixa sem palavras. Não sei como processar o que vejo. O que significa para o meu clã. Para os *Iyika*.

Mas quando o choque passa, meu corpo treme com um ódio que chega a um novo nível. A magia agulha minha pele enquanto ergo a mão.

— Me dê um motivo para eu não matar vocês dois!

— Zélie, não! — Amari se joga na frente de Inan, as narinas infladas. Mas a visão dela somente faz minha magia borbulhar. Aponto minha outra mão para o peito dela.

— Como você pôde trair a gente dessa forma? — grito, buscando pelas árvores mais soldados com armadura dourada.

— Não precisa procurar. — Inan sai detrás da proteção da irmã. — Eu vim sozinho.

— Veio nada. — Estar tão perto dele faz com que eu me sinta feita de vidro. Meus dedos tremem enquanto tento manter as mãos firmes. Não sei qual encantamento devo lançar.

Ouvir sua voz, ver seu rosto, faz meu peito doer. Me relembra da terra do sonho, sentindo suas mãos nas minhas costas. Eu me lembro de cada promessa que ele fez. Cada mentira que contou.

Sinto cada vez que ele teve meu coração nas mãos apenas para esmagá-lo.

— Zélie, por favor — implora Amari. — Inan veio aqui para oferecer um tratado para o conselho. Ele está disposto a dar a você e aos *Iyika* tudo o que querem!

— As ofertas dele não significam *nada*. — Mostro os dentes. — Os maji não estarão livres até cada membro da família real estar debaixo da terra!

— Até eu? — grita Amari. — Eu sou filha do rei Saran. Filha da rainha Nehanda. Sou parte da mesma família e, ainda assim, vocês confiaram em mim para lutar pelo seu povo! Por que não consegue confiar no que estou fazendo agora?

— Depois disso, não confio mesmo em você!

Eu avanço, fazendo com que eles recuem. As sombras da morte começam a se formar ao meu redor, fiapos de fumaça esperando meu comando. Quero despedaçá-los. Quero ver seus corpos desmanchados em cinzas. Não consigo acreditar que, depois de tudo, Amari fez isso.

Que ela pôs todo o meu povo em risco.

— Você acha, sinceramente, que uma batalha nos portões de Lagos vai ser suficiente para derrubar a monarquia? — pergunta Amari. — Mesmo se vencerem, pense em seus ceifadores. Pense em quantos morrerão!

— Não meta meus ceifadores nisso! — Minha voz treme enquanto as sombras se condensam. Mas Amari ergue as mãos. A luz azul centelha na ponta dos dedos dela.

Sua ameaça silenciosa é uma flecha apontada para o meu peito. Uma corrente enrolada no meu pescoço. Eu a ensinei como usar sua magia.

Agora, ela a usa contra mim.

— Estou lutando por você — sussurra Amari. — Estou lutando por Mâzeli, Mári e Bimpe. Ainda que você não enxergue.

Cerro os dentes quando Inan dá um passo na minha direção, mesmo que Amari tente manter-se entre nós. Mas Inan não deixa que ela aja como sua guarda. Ele se aproxima, apesar de como as sombras fervilham e chiam às minhas costas.

— Você ainda age como se não me conhecesse — ele diz. — Como se não conhecesse meu coração. Mas eu sei que conhece. Zélie, sei porque eu ainda conheço *você*. Quanto mais alto você grita, quanto mais luta, mais eu vejo que não mudou. — Ele balança a cabeça. — Você ainda é aquela garotinha. Aterrorizada que o rei tome tudo o que você ama.

Esse mesmo terror borbulha à superfície, mas agora é muito pior. Naquela época, só tinham me restado Tzain e Baba. Não pensei que teria mais nada neste mundo. Mas agora eu tenho Mâzeli e meus ceifadores. Mama Agba e os clãs. Se eu os perder, não vou sobreviver.

Não vou ser capaz de juntar de novo os pedaços do meu coração.

— Você me conhece. — A voz de Inan vira um sussurro. — Você *sabe* que é real. Quero manter cada promessa que te fiz, Zél. Quero construir um reino onde você possa rir todos os dias. Uma terra onde se sentirá segura!

Seu queixo treme de leve enquanto ele diminui a distância entre nós, sem parar, até a palma da minha mão pousar em seu peito. Sua vida está na minha mão, e ainda assim ele me olha como se eu fosse a única garota em Orïsha. Como se eu fosse a única garota no mundo.

Lágrimas ardem nos meus olhos, mas não deixo que caiam. Não posso, quando sei do custo de amá-lo. Ceder só vai trazer mais cicatrizes.

— Já dançamos essa música antes — sussurro. — Você já me prometeu uma nova Orïsha.

— Antes eu não era rei. — Ele ergue a mão. — Dessa vez, eu tenho poder para honrar minha palavra.

Belas mentiras. Fecho os olhos. *Belas mentiras.*

Acreditei nelas antes.

E Baba pagou o preço.

— Ele fez um tratado. — Amari avança com as mãos erguidas. — Que dá a vocês tudo o que querem. Com ele, vocês podem ser livres. Com ele, podem proteger todo mundo que amam!

Olho de um para o outro, para os olhos âmbar deles. Odeio a parte de mim que quer baixar as mãos. A parte de mim desesperada para acreditar que pode haver um fim para essa luta infinita.

— Luas atrás, você e Amari me despertaram, quando eu estava cheio de ódio e dúvida. — Inan fecha os olhos. — Pense em todas as vidas que poderíamos ter poupado se eu tivesse sido o líder que precisava ser naquele momento. Pense em quantos maji você poderá salvar sendo essa líder agora.

Suas palavras me levam ao passado. Sei de qual momento ele fala.

Bem antes de Amari e Tzain serem levados. Antes de termos encontrado Zulaikha e o acampamento divinal.

— Não é justo pedir que você confie em mim — diz Inan. — Não depois de tudo que fiz. De tudo que você perdeu. Mas se realmente quiser proteger seu clã, por que não escolher a paz? Por que não escolher os únicos monarcas em Orïsha que lhe darão o que querem?

Fico ofegante no eco das suas palavras. Penso no sorriso triunfante de Mâzeli. Na fome nos olhos de Mári. Imagino todos os outros ceifadores que nem conheço fora das muralhas do santuário, só esperando para ser parte de um clã de novo.

— Por favor. — Amari abaixa as mãos. — Ao menos deixe que os anciões leiam o tratado dele. É tudo que peço.

Olho de novo para Inan, para minha mão em seu peito. As batidas do coração dele reverberam pelos meus ossos, e me lembro das vezes em que a mesma pulsação me remetia às ondas. À segurança. Ao meu lar.

Solto o ar e fecho os olhos, abaixando as mãos. As lágrimas que vinha segurando se libertam quando dou um passo atrás.

— Você está fazendo a coisa certa. — Amari se move para me abraçar, mas eu ergo a mão.

— Não vou deixar que nenhum de vocês passe por mim até que eu veja esse tratado.

Inan fica boquiaberto, mas assente, estendendo a mão para a bolsa de couro nas costas. Quando ele puxa o pergaminho, algo relaxa em meu peito.

Por muito tempo, eu quis lutar. Fazer com que ele pagasse por tudo que fez. Mas, de alguma forma, ceder parece correto. Cada corrente ao redor do meu coração começa a afrouxar.

Se essa paz for real... se ela permitir que eu e meus ceifadores sejamos livres...

Pelos deuses.

Seria tudo.

— Aqui. — Inan me entrega o pergaminho, e eu começo a ler. Sinto como ele e Amari prendem o fôlego enquanto eu repasso as palavras.

— Não será suficiente para convencer os outros — digo. — Mas será suficiente para levar você até a mes...

Uma trombeta ressoa, me pegando desprevenida. Viro bruscamente quando ela aumenta um tom, vindo do santuário.

— O que é isso? — Amari se vira, e a testa de Inan se franze.

— Não sei... — A voz dele some. — Juro, eu vim sozinho!

As sombras estendem-se do meu braço, enrolando-se em um galho acima de mim. Eu deixo que elas me ergam pelas árvores até as copas. Rezo para que o alarme não seja o que eu temo.

Mas quando subo, vejo: o selo preto e dourado de Nehanda. Mais de cem estandartes de veludo flutuam nos ventos da selva, marcando uma linha infinita de caravanas militares.

Um frio que não sentia desde a noite da Ofensiva me regela os ossos.

O inimigo está nos nossos portões.

A guerra veio até nós.

CAPÍTULO CINQUENTA

AMARI

— Seu monstro! — Zélie berra, desenrolando as sombras e descendo ao chão.

Ela avança com seu bastão contra Inan, mas para quando a sirene dos *Iyika* ressoa de novo. Ela baixa a cabeça ao se virar e correr pelas árvores. Quando desaparece, eu caio de joelhos.

Depois de salvar a vida dele.

Depois de lutar contra meu pai por ele.

Depois de todo o tempo que passei implorando para Zélie confiar nele.

As lágrimas queimam meus olhos enquanto me encolho. Não posso acreditar que ele fez isso comigo. Com Zélie!

— Amari, eu juro. — Inan estende a mão. — Não era parte do meu plano... — Sua voz falha. Não consigo ouvi-lo sob os sons da guerra.

Centenas de carroças barulhentas avançam na nossa direção. Um mar de brasões de veludo revoam ao vento. Trouxe Inan aqui para fazer as pazes com os maji.

Em vez disso, ele trouxe nossa morte.

— Você precisa acreditar em mim! — A voz de Inan está trêmula. — Só Ojore sabia! Ele prometeu que não contaria nada!

Ele faz a coisa certa quando é fácil, mas quando mais importa, ele te apunhala pelas costas. Não pode confiar nele, Amari. Ele só vai nos deixar cicatrizes!

As palavras de Zélie retornam, destruindo-me. Queria que ela estivesse errada. Pensei que Inan fosse a única pessoa no mundo em quem eu podia confiar, a única pessoa que compartilhava comigo a visão de uma Orïsha unida.

Mas não há como negar agora. Não há nenhuma mentira que ele possa contar.

Ele é mesmo filho do nosso pai.

Ele sempre foi um monstro.

— Eu... eu vou mandar baterem em retirada — Inan grita mais alto que a sirene. — Só me dê uma chance!

Mas encará-lo é como encarar o vazio. Sinto que estou sumindo, perdendo a pessoa que quero ser para a pessoa que minha família forçou que eu fosse.

Inan e minha mãe são iguais a meu pai.

Orïsha não ficará livre de sua tirania até os dois estarem debaixo da terra.

— Amari...

Os olhos de Inan arregalam-se quando abro a palma da mão. Seu coração pulsa nos meus ouvidos. Vibra pelos meus ossos.

Fiapos azuis de magia vazam de minha pele quando sugo o àṣẹ de suas veias. Seu pulso cada vez mais lento reverbera pelo meu peito. Não me custaria nada pará-lo de uma vez por todas. Drenar a essência de sua vida sem pestanejar.

Golpeie, Amari.

Minha respiração se acelera quando a voz de meu pai preenche minha cabeça. Lembro de estar diante de Inan na adega do palácio, tantos anos atrás. Eu me contive e me machuquei.

Sempre me machuco.

Soldados *tîtán* aparecem no topo da montanha, correndo pelas árvores da selva. Conto quase quarenta deles entre a primeira onda. Mais carroças puxadas por pantenários avançam atrás deles.

Mas quanto mais se aproximam, mais pulsações chegam aos meus ouvidos. Sinto o àṣẹ de outros tîtán conectores como o calor crescente de uma chama. Meu poder aumenta quando começo a puxar a força vital das veias deles também.

— Acabamos por aqui. — Eu avanço, pondo a mão sobre o peito do meu irmão. Mais magia sobe às minhas mãos, me preenchendo quando a primeira onda de tîtán desce pela colina.

— Você não é mais meu irmão — falo entredentes. — Você está morto para mim.

Lágrimas escorrem pelo meu rosto quando lanço seu corpo trêmulo no chão. O àṣẹ de outros tîtán retumba dentro de mim quando ergo as mãos.

Quando os primeiros soldados atacam, minha angústia os atinge em uma onda azul infinita.

CAPÍTULO CINQUENTA E UM

ZÉLIE

Como ele pôde?

Eu me odeio por sequer fazer essa pergunta. Galhos e cipós arranham minha pele enquanto corro até o santuário. Minha garganta queima com a respiração áspera.

Penso na expressão dos olhos de Inan. Na doçura de suas palavras. Ele é tão bom nisso.

É como se acreditasse nas próprias mentiras.

E Amari...

Não consigo lidar com sua traição agora. Enquanto corro, as caravanas barulhentas ganham terreno. Quase quarenta soldados cavalgam pantenários. Embora ainda estejam a um quilômetro da montanha que cerca o santuário, não posso deixar que os militares se aproximem. Se Nehanda estiver com eles, ela vai derrubar a montanha inteira. O santuário e os *Iyika* serão enterrados nos escombros.

— *Jagunjagun!* — Mâzeli grita para mim da fileira de ceifadores, que está a meio quilômetro do santuário.

Quando me aproximo, vejo o terror reluzindo em seus olhos castanhos. Por eles, tento parecer calma.

— O que faremos? — pergunta Bimpe. — Ninguém do santuário conseguiu sair ainda!

Quero dizer para eles correrem, mas não posso apenas proteger nosso grupo. Todos os anciões ainda estão atrás daquela montanha. Neste momento, somos tudo o que os *Iyika* têm.

— Mári, convoque os anciões — ordeno. — Precisamos de cada maji que puder lutar para montar nossa defesa. Bimpe e Mâzeli, fiquem por perto. — Aponto para meus ceifadores quando Mári desaparece pelas árvores. — Nós teremos que segurar a primeira onda.

Não sei de onde vem minha calma, mas não questiono sua fonte. Mári e Bimpe me seguem e nos viramos para encarar o impacto dos soldados agressores. Dezenas deles usam armadura dourada, o àṣẹ de seus diferentes poderes reluzindo ao redor das luvas. Vejo o vermelho dos queimadores, o laranja dos cânceres. Até vejo tîtán que brilham com o lavanda dos ceifadores.

— Foco — grito quando entramos no caminho da caravana. — Todos em círculo! Preparem-se para liberar as sombras da morte!

— *Oya, bò wọ́n* — rezo baixinho. — *Proteja-os.*

Cerro os dentes quando nos espalhamos pela trilha de terra, uma fileira de três ceifadores. Fecho os olhos e respiro fundo, sentindo quando meus ceifadores fazem o mesmo.

— *Èmí òkú, gba ààyé nínú mi. Jáde nínú àwon òjìjí re...*

Meu corpo se aquece quando as sombras me rodeiam, contorcendo-se como feixes de luz. Espíritos diversos circulam meus ceifadores quando eles me imitam, seu àṣẹ se fundindo ao meu.

— *Yí padà láti owó mi!*

Nossas sombras se mesclam como tintas se misturando, púrpura-escuro virando preto com puro poder. Nossa voz se ergue quando as sombras tomam forma, condensando-se até se afunilarem em uma ponta de flecha gigantesca. Com as palavras finais de nosso encantamento, lançamos o ataque. A ponta de flecha voa, uma lufada de vento soprando ao nosso redor enquanto ela gira pelo ar.

— Cuidado! — grita um tîtán.

O tempo parece desacelerar enquanto a caravana avança na nossa direção. O som fica abafado até virar um zumbido. A primeira carroça derrapa para evitar o ataque, deslizando para fora da trilha de terra quando nossas sombras fervilham. Mas os soldados dentro dela não têm chance. No momento em que encontram nossas sombras da morte, viram cinzas.

Ouço o início dos gritos, mas os berros de agonia logo silenciam. Nossas sombras atravessam o caminho deles, destruindo três carroças com um golpe.

— Zélie, olhe! — Mâzeli aponta atrás de nós quando mais maji entram na luta. A visão deles me impulsiona. Juntos, podemos defender o santuário.

Embora eu esteja ofegante, avanço para a guerra.

— Vamos! — grito para meus ceifadores. — Vamos repetir!

CAPÍTULO CINQUENTA E DOIS

INAN

— Parem o ataque!

Embora eu grite, minha voz é pouco mais que um sussurro rouco. Minha cabeça está girando com o ataque de Amari. Mal consigo ficar de pé.

Enquanto cambaleio pela selva, o mundo ao meu redor se transforma em um campo de batalha. Maji fogem de sua base aos montes, e minhas forças continuam seu ataque.

— Arrasem os rebeldes! — grita um tenente, mandando outra fileira de carroças descer a trilha de terra.

Um maji forte com perna de metal bate as mãos no chão. Outros maji com armadura verde combinando fazem a mesma coisa.

— *Odi àwon òrìṣà…*

A magia deles vaza para dentro do solo. Muralhas imensas de terra erguem-se no ar, virando pedra. As carroças tentam desviar o caminho, mas não são rápidas o bastante. Madeira e metal voam quando os veículos batem e explodem.

Pelos céus!

Eu me protejo, agarrando-me a uma árvore. O gás de majacita percorre o ar, mas um ciclone rodopiante dos maji *Iyika* sopra tudo de volta.

Embora meus soldados ataquem primeiro, os maji subjugam cada manobra. Não está funcionando.

Quem quer que tenha montado este ataque está perdendo.

— Inan!

A voz de Ojore é uma tábua de salvação e uma maldição. Ele corre na minha direção em meio à loucura, passando meu braço sobre seus ombros. As tropas cobrem nossos rastros, enquanto uma domadora corre à frente, uma garota grande com girassóis nos cabelos. Nuvens de magia rosa voam de suas mãos, deixando nossas montarias raivosas.

Soldados gritam ao saltar das costas dos pantenários. As montarias espumam. Viro o rosto quando um pantenário raivoso enterra as presas na garganta de seu soldado.

— Como pôde fazer isso? — grito. — Eu lhe dei uma ordem!

— Não tive escolha! — Ojore me puxa para avançar. — Não consegui mentir para sua mãe!

— Minha mãe ordenou isto aqui?

Minhas mãos caem ao lado do corpo quando entendo o que aconteceu.

— Ela disse que Amari mataria você no momento em que se encontrassem. Ela ordenou que nós o salvássemos desta armadi...

BUM!

Uma de nossas carroças colide com um jato ofuscante de fogo. A força da explosão nos lança no chão.

— Levem o rei para um lugar seguro! — ordena Ojore quando outra horda de soldados avança. Um tîtán me põe em uma montaria, levando-me para longe da batalha.

Enquanto cavalgamos para longe do front, quero gritar para baterem em retirada, mas sei que não conseguirei, agora que a batalha começou. Os *Iyika* nos atingem com todas as suas forças. Mesmo lutando com nossos mais fortes combatentes, nunca seremos capazes de romper suas defesas.

É o fim.

Aperto o peito enquanto fugimos. Neste ritmo, perderemos a guerra.

Toda Orïsha vai queimar.

A alguns quilômetros de distância, minha mãe sinaliza para pararmos. Ela me abraça quando apeio e me aperta forte.

— Graças aos deuses você está bem!

— Eu não estava em perigo até vocês atacarem! — Eu me afasto de seu abraço. — Precisamos recuar agora! Ou vamos perder esta guerra!

— Não se preocupe. — Minha mãe aponta outro veículo à distância. — As forças de Jokôye estão chegando. Hoje será o fim dos *Iyika*.

CAPÍTULO CINQUENTA E TRÊS

ZÉLIE

— *Èmí òkú, gba ààyé nínú mi...*

Minha garganta arranha enquanto a magia crepita no meu íntimo. As sombras saem das minhas mãos como cobras se retorcendo, avançando sobre dez soldados. Eles caem em uma onda, as sombras prendendo-os nas árvores gigantescas da selva. Mâzeli segue com um encantamento, erguendo um reanimado gigante que derruba uma dezena de outros títán, deixando-os inconscientes.

— Estamos conseguindo! — grita ele, o sorriso se alargando entre as orelhas grandes.

Do outro lado, Nâo e seus mareadores arrastam cinco títán para o rio turbulento ao lado da trilha do santuário. Eles criam um redemoinho que puxa os soldados para baixo d'água, afogando-os enquanto rodopiam.

Mâzeli e eu giramos, preparando-nos para lançar um novo encantamento. Então, a trombeta da monarquia soa.

Ha-woooooooo!

O alarme ecoa pelos vales ondulantes, um ruído que tem som de morte. Quando as tropas que se aproximam param, os soldados restantes recuam.

— Estão recuando! — Kenyon dá um soco no ar, lançando uma corrente de fogo para cima. O restante dos maji comemoram enquanto os soldados fogem, abandonando suas carroças e as bombas de majacita.

Agarro a raiz de uma árvore e a escalo, subindo para vê-los fugir. Olho para além dos maji e a destruição em meu caminho, buscando pela paisagem verdejante da selva. Estou dez metros acima do solo quando sinto a vibração aumentando no ar.

Meu estômago pesa quando me viro, espreitando à distância. Uma única carroça avança pela trilha de terra a uns quatro quilômetros, puxada por três leopanários-das-neves. Vinte e poucos soldados estão em pé em uma carroça de madeira, os braços atrás das costas. A general que enfrentamos nos corredores de Candomblé está à frente deles, a trança grossa caindo até a cintura.

Embora cada soldado use a armadura dourada dos tîtán, minhas tatuagens zumbem com a visão da general. Quando ela e seus tîtán passam pelos soldados da monarquia em retirada, tudo faz sentido.

O inimigo não está fugindo de nós.

Está fugindo deles.

— Recuem! — grito. — Voltem ao santuário!

Os *Iyika* me olham com expressões confusas quando os tîtán param a carroça a um quilômetro de distância. Os soldados montados apeiam em ondas.

— O que está acontecendo? — grita Mâzeli.

Perco a voz quando a general ergue as mãos. Ao seu comando, os tîtán formam um círculo ao seu redor. Os olhos dela brilham com uma luz cinza quando ela abre a palma das mãos.

— Ela é uma cêntera! — grito. — Está reunindo o vento!

A vibração no ar transforma-se em um balanço violento. O vento suga tudo para frente, puxando minhas roupas, a terra e as folhas.

O caos se instala quando todos correm aos tropeços na direção do santuário. Patas estrondam ao nosso redor enquanto montarias selvagens galopam, tentando escapar do ataque da general. Na'imah usa seu encantamento para congelar uma matilha de tigranários selvagens fugindo do norte, parando-os para que os anciões e os maji possam montar.

— Vai! — Empurro Bimpe para cima da pelagem rajada da fera.

Tento gritar mais instruções, mas as lufadas de ar engolem minha voz. Em segundos, nem consigo mais ouvir minha respiração. Um novo terror arrebata meu peito quando atiço o tigranário de Bimpe para avançar antes de acenar para Mâzeli ir buscar proteção. Não consigo acreditar nos meus olhos quando vejo a lâmina que a cêntera forma no céu.

O ataque é diferente de tudo que já vi, de tudo que pensei existir neste mundo.

A lâmina de ar voa na nossa direção, uma foice gigantesca que corta o céu.

É como se ela arremessasse um tornado revolto sobre nós como um bumerangue. A tempestade uivante sacode o ar enquanto gira na nossa direção.

A lâmina de ar levanta a terra ao passar voando. A selva densa se abre. O ar fica pesado na sua presença. Avanço para Mâzeli quando a lâmina se aproxima da floresta.

— Abaixe!

O som volta quando a lâmina atinge a primeira árvore gigantesca no caminho. O mundo estoura ao nosso redor, um vendaval de cascas de árvores e nuvens de detritos. Rastejamos por baixo da teia de raízes grossas enquanto árvores enormes chovem sobre nós. Não consigo ver além do ciclone de terra. Não consigo ouvir nada além dos ventos uivantes.

Como ela está fazendo isso? Meu corpo treme enquanto tento proteger Mâzeli. Sei que os cênteros podem absorver a magia dos tîtán ao redor deles, mas essa magnitude está além da compreensão.

Árvores gigantes jazem arrancadas de suas raízes. As carroças destruídas que cobriam a trilha de terra estão em pedaços. A selva está completamente irreconhecível. Um quilômetro inteiro de terra em ruínas.

Mâzeli treme em meus braços enquanto o vento diminui até um sibilar odioso. Somente uma brisa silenciosa sopra em meio à destruição, correndo a extensão fina de terra desolada entre nós e os tîtán. Não será suficiente para nos proteger se a cêntera puder atacar de novo. Mesmo com todos os nossos pergaminhos e treinamento, não podemos enfrentar esse tipo de poder. A cêntera não luta com a magia dos mortais.

Ela luta com o poder de um deus.

— Acabou? — pergunta ele.

— Não sei. — De longe, vejo dezenas de tîtán que ela drenou no primeiro ataque caídos no chão, com pele enrugada e bochechas encovadas. Todos deitados ao redor de sua general em um círculo de morte, esqueletos despontando das formas afundadas.

No entanto, apesar do destino que os aguarda, uma nova onda de tîtán circunda a general, que os usa como munição, preparando-se para absorver a magia deles.

— Mais um golpe e ela vai atravessar as muralhas do santuário! — Os olhos de Mâzeli se arregalam. — Temos que derrubá-la!

— Como? Não podemos nos aproximar!

Aperto os punhos contra a cabeça quando os olhos da cêntera se enchem de luz prateada de novo. O zumbido contínuo tremula pelo ar. Os ventos começam a uivar.

— Tem uma coisa que podemos fazer. — Mâzeli fecha o punho, enchendo o peito com uma confiança que eu sei que ele não tem. Recuo, olhando as tatuagens na minha pele.

Ninguém pode enfrentar o poder daquela cêntera. Mas se nós controlássemos esse poder...

— É arriscado demais. — Eu balanço a cabeça. — A conexão pode nos matar!

— Se não usarmos isso, aquela cêntera vai nos matar! Temos que proteger os maji, custe o que custar.

A convicção em seus grandes olhos castanhos traz uma calma ao caos. Ele tem razão. Não temos escolha. Nosso povo está atrás daquelas muralhas.

Meu corpo se aquece quando a magia da pedra da lua se movimenta no meu peito. As batidas do coração de Mâzeli soam nos meus ouvidos. A luz violeta do àşę sob sua pele aparece diante dos meus olhos.

— Pronto?

Ele faz que sim, entrelaçando os dedos aos meus. Minhas tatuagens reluzem com luz dourada quando sussurro o comando ancestral.

— Ẹ tọnná agbára yin.

É como se um raio caísse no espaço entre nossas mãos. Mâzeli grunhe quando flutuamos, os peitos arqueados na direção do céu. A luz violeta jorra de nossos olhos e boca. As mesmas partículas de luz se materializam à frente dos nossos corações.

Elas se estendem como faixas, nos entremeando quando nossas forças vitais se unem. O ar vai ficando rarefeito, mas sinto o poder de Oya na nossa respiração.

— Está vindo! — grita Mâzeli quando nossos pés voltam ao chão.

O vento da general engole todo o som em seu silêncio ensurdecedor. As árvores são partidas ao meio quando a lâmina de vento se forma de novo. Mas enquanto a cêntera se prepara para desferir seu ataque, a luz púrpura estala ao redor das nossas mãos.

— Ẹmí àwọn tí ó ti sùn...

Nosso encantamento ressoa na ausência de som.

CAPÍTULO CINQUENTA E QUATRO

ZÉLIE

Começa com um tremor.

Uma mudança sob a terra.

A primeira colina explode quando reanimados monstruosos saem rodopiando do solo.

Eles escavam o chão, cada um do tamanho de um gorílio. Mesmo na minha melhor forma, consigo invocar apenas uma dezena de reanimados. Em segundos, Mâzeli e eu criamos centenas.

— ... *mo ké pè yin ní òní!*

As veias saltam em nosso pescoço quando a onda de espíritos se ergue. A terra chove dos corpos quando eles atacam, um vagalhão de reanimados brotando da terra.

A cêntera lança a lâmina, destroçando nossos reanimados monstruosos, mas não é forte o bastante para derrubar a onda inteira. Seu vento morre na metade do caminho.

— Continue! — grito. Sinto o coração de Mâzeli batendo no meu peito. Meu corpo queima enquanto nosso àṣẹ se derrama.

A magia da pedra da lua une nossas almas, criando uma força diferente de tudo que já comandei. Os reanimados sobem nas carroças, despedaçando os soldados. Os gritos dos tîtán ressoam quando nossos guerreiros atacam. Mas quanto mais avançamos, maior o esforço. Mais sinto nossa dor.

— Zélie... — A voz de Mâzeli ecoa entre dentes cerrados. Seus gritos ficam agudos quando faixas de pele começam a se desprender dos braços.

O àṣẹ poderoso rompe nossas veias. Queima através de nós dois.

Mas, apesar do quanto quero largar tudo, a cêntera ventaneira ainda está de pé.

— Só mais uma vez! — grito. — *Ẹmí àwọn tí ó ti sùn...*

Cerro os dentes com a dor. Mais colinas explodem com reanimados enquanto cantamos. O poder de Oya corre pelas nossas veias.

Novos espíritos se erguem como montanhas, aproximando-se em segundos. A general uiva quando nossos reanimados pulam sobre ela. Uma explosão de luz prateada cintila sob os corpos de terra quando a general cai. Quando os reanimados se afastam, o cadáver dela jaz sobre os escombros como uma boneca de pano.

— Conseguimos!

Me viro para Mâzeli, mas ele não se mexe. Sangue pinga do canto da boca. Seus dedos estão amolecidos.

— Mâzeli?

O brilho púrpura profundo desaparece de seus olhos revirados, e ele cai para trás. Vejo o esforço de nossa magia combinada, o grande poder que devorou seu ser.

Ele leva as mãos ao peito, e sinto seu coração se apertar entre minhas próprias costelas.

— Mâzeli! — Estendo a mão para segurá-lo quando ele cai.

Mas no momento em que seu corpo despenca, minhas pernas também cedem.

CAPÍTULO CINQUENTA E CINCO

ZÉLIE

— Khani!

Minha voz é pouco mais que um gritinho enquanto Kâmarū nos carrega para a enfermaria. Os curandeiros limpam a área às pressas, abrindo espaço para nossos corpos nas redes. Embora eu mal consiga erguer os braços, aperto a mão de Mâzeli com toda a força que tenho.

A luz dourada de minhas tatuagens cintila enquanto as batidas do seu coração diminuem, e minhas batidas desaceleram com as dele. A pedra da lua ainda conecta nossos espíritos. Sem um sacrifício de sangue, não conseguimos sustentar a conexão.

— Ai, meus deuses... — O rosto de Khani empalidece quando ela corre até nós. Manchas de sangue cobrem sua túnica cor de tangerina e as tranças brancas. Ela ajusta os óculos antes de assumir a sala. —Yameenah, água. Chibudo, panos limpos. Obu, rápido... preciso de toda a ajuda possível!

— *Idán ti ẹjẹ, jí láti wo ọna rẹ láradá...*

— *Ogbé inú, dáhùn ìpè wa...*

Um enxame de curandeiros chega, seus cantos rítmicos reverberando nas colunas cobertas de heras. Khani e seus curandeiros canalizam o àṣẹ para nós, pousando as mãos sobre nossa cabeça, nosso coração, nossa barriga.

Mas apesar dos esforços de seus cânticos, nossa pele esfria a cada segundo. Nossa respiração fica lenta.

— A conexão — rouqueja Mâzeli. — Você precisa rompê-la.

Sua força vital minguante puxa a minha, uma âncora arrastando-me para o fundo. Mas, apesar da pressão crescente no meu peito, me recuso a desistir. Não me importo com o sangue que cuspo. Não me importo com o quanto dói.

A conexão que está me matando é o que o mantém vivo.

— Vamos ficar bem! — Luto para falar. — Só aguente...

Mâzeli começa a ter uma convulsão, o corpo todo estremecendo em um espasmo. A curandeira luta para me segurar deitada enquanto me debato na rede. Por mais que eu puxe ar, não consigo respirar.

— Mama Agba, preciso da senhora! — grita Khani.

A vidente entra correndo na enfermaria, em seu vestido prateado, enquanto minha visão sai de foco. Suas mãos enrugadas apertam meu peito. Um comando ancestral que apenas ela pode invocar ressoa.

— *E túu sílẹ̀!*

É como se o mesmo raio que me conectou a Mâzeli me atingisse o coração. Minhas costas se arqueiam quando minhas tatuagem brilham forte. Em seguida, a luz desaparece de uma vez.

Meus ouvidos zumbem pelo choque. Meu estômago queima. Mas quando consigo respirar de novo, meu sangue se regela.

Eu consigo respirar, mas não o sinto.

— Mâzeli! — Levo a mão ao coração, caindo no chão ao tombar para fora da rede. O corpo dele ainda estremece além do controle. A pele está muito fria.

— *Ẹ tọnná agbára yin!* — Agarro a mão dele. — *Acenda! Conecte-se!* — Mas, ainda que eu tente unir nossas forças vitais, minhas marcas apenas cintilam. Minha magia permanece morta.

— Você está fraca demais! — Mama Agba segura meu ombro, mas eu a empurro. Minha visão escurece de raiva. É tão forte que não consigo enxergar direito.

— O que você fez? — Minha voz ecoa pela enfermaria. Então Mâzeli para de convulsionar. Meu coração pesa quando ele geme.

— *Jagunjagun*...

Sua voz está tão fraca. Um fiapo de seus gritos habituais. Tenho que cobrir a boca com uma mão trêmula para segurar os soluços.

— Estou aqui. — Pego a mão dele, beijando a ponta de seus dedos gelados. — Estou aqui. Não vou a lugar nenhum.

Quando as marcas da pedra da lua cintilam na minha pele, vejo a força vital violeta ao redor de seu corpo inerte. Antes, ele brilhou tanto. Agora, esvanece diante dos meus olhos. Uma estrela que não pode mais queimar.

Atrás dele, Khani ergue as mãos e seu rosto diz tudo. Não há como salvá-lo.

O dano já está feito.

— Os outros. — As pálpebras de Mâzeli tremem. — Eu... eles...

— Estão em segurança. — Luto com o que parece uma faca em minha garganta. — Por sua causa, todos estão seguros.

Lágrimas brilhantes se acumulam nos olhos castanhos de Mâzeli. Não consigo segurar os soluços quando ele tenta não chorar.

— Não... Não quero...

Ele começa a tremer, e eu quase enxergo o terror chegando. Enxugo as lágrimas e tento fortalecer meu coração. Não posso chorar quando ele mais precisa de mim.

— Isso é só o começo. — Acaricio sua cabeça como Mama fazia quando eu era mais nova. — Você vai ver sua mãe do outro lado. Você e Arunima vão rir de novo.

— Oya também? — Ele aperta meu braço enquanto as lágrimas escorrem pelas bochechas. Pego o rosto dele nas mãos e abro meu sorriso mais brilhante.

— Ela vai receber seu soldado mais corajoso de braços abertos.

Ele tenta assentir, mas seu rosto se contorce de dor. Ele tosse sangue de novo.

— Não estou com medo.

— Ótimo. — Descanso a testa contra a dele. — Você é um soldado da morte. Não tem o que temer.

Cada palavra que falo é como uma lâmina me cortando por dentro. É a flecha que eles atiraram no peito de Baba. É ser forçada a arrancar meu coração e enterrá-lo de novo.

— Os ceifadores... — ele fala, ofegante. — Não deixe que fiquem tristes.

Seus olhos redondos começam a perder o foco, apesar do quanto ele luta para mantê-los abertos.

— Mâzeli! — Eu aperto as mãos dele com mais força quando ele solta minha mão.

— Não... — seus olhos fecham — fique triste.

CAPÍTULO CINQUENTA E SEIS

AMARI

Minhas coxas queimam quando subo os degraus para o santuário maji. Ao redor, vejo o dano que causei. As cicatrizes deixadas por confiar em Inan.

Embora o santuário permaneça intacto, corpos feridos jazem pelos caminhos de pedra da primeira montanha e pelo gramado. O segundo em comando de cada clã luta para impedir que as pessoas cruzem as pontes, enquanto os curandeiros cuidam de todos os feridos.

— Pelo amor de Yemoja! — Nâo pragueja quando uma curandeira arranca uma lasca grossa de casca de árvore de sua coxa.

O suor escorre de sua cabeça raspada. Manchas de sangue cobrem a tatuagem de *lagbara* em seu pescoço. Na frente dela, Kenyon jaz inconsciente, com respiração curta e lenta. O sangue empapa seus cachos brancos até a testa, enquanto Na'imah grita, lutando para reanimá-lo.

— Zélie? — Busco em meio ao caos, mas não a vejo em lugar nenhum. Também não vejo Mâzeli. Nenhum dos ceifadores está na multidão.

— Você. — Agarro o braço de um curandeiro. — Viu Zélie?

— Eles a levaram para a enfermaria... — Seus olhos arregalam-se. — Ela e Mâzeli não estavam respirando...

Parto em disparada para a torre principal. Corro, passando pelos corpos aos meus pés. Abro caminho entre todos os curandeiros. O sangue mancha os degraus de pedra da torre, deixando uma trilha sombria até a enfermaria. Rezo para que não seja o dela. Se ela não estiver bem, nunca me perdoarei...

— *Não!*

O uivo me faz estacar. Nem parece humano. Minha pele se arrepia quando a palavra ecoa pelo corredor, e eu fico paralisada diante das portas vai-e-vem da enfermaria.

Tudo em mim deseja ficar ali fora, mas eu me forço a entrar no salão coberto de hera.

— Zélie? — Minhas pernas enfraquecem quando vejo seu corpo. Em seguida, vejo a fonte de sua dor.

Pelos céus...

Cubro a boca com a mão. Zélie está curvada sobre o corpo arrasado de Mâzeli, os braços em volta de seu pescoço. O garoto, que estava sempre pulando pelas muralhas, jaz completamente parado. Sangue goteja dos cantos de seus lábios.

Seus braços magros pendem, inertes.

Ele faz a coisa certa quando é fácil, mas quando mais importa, ele te apunhala pelas costas. As palavras de Zélie ecoam na minha cabeça. *Não pode confiar nele, Amari. Ele só vai nos deixar cicatrizes!*

A culpa me devora por dentro quando encaro uma cicatriz que sei que nunca se curará. Ela tentou me fazer enxergar, mas eu escolhi confiar em Inan.

— Zélie, você precisa descansar. — Mama Agba se aproxima dela, os pés se arrastando com hesitação. A tristeza de Zélie forma um círculo ao seu redor. Ninguém mais ousa se aproximar enquanto ela urra.

Zélie não responde quando Mama Agba chama seu nome de novo. Mas quando nossa vidente pousa a mão em seu ombro, Zélie tem um sobressalto.

— *Não encoste em mim!* — Seu berro perfura meus ouvidos como vidro estilhaçado. Ela empurra Mama Agba com tanta força que a velha vidente cambaleia até bater em uma coluna.

— Não havia como salvá-lo! — Lágrimas escapam dos olhos de Mama Agba. — Você teria morrido...

— Então que eu morresse! — grita Zélie em resposta. — Eu deveria ter morrido! — Suas mãos vão ao peito enquanto seu rosto se contorce com a dor. Ela enterra as unhas na pele, arranhando como se pudesse chegar ao coração. — Eu deveria ter morrido! — Sua voz falha, e ela cai de joelhos. — Eu deveria ter *morrido*!

O mundo parece desabar sob os meus pés. Por minha causa, Mâzeli está morto. Por minha causa, talvez percamos esta guerra.

Podemos ter escorraçado os exércitos de Inan hoje, mas eles voltarão com forças mais potentes. Não há lugar para nos escondermos. Toda vantagem que tínhamos se foi.

Os soluços de Zélie ficam cada vez mais ferozes, forçando Khani a intervir.

— Vamos sedá-la! — ordena a curandeira. — O corpo dela não consegue lidar com esse estresse!

Zélie se debate como um animal selvagem quando os curandeiros se aproximam. Preciso sair correndo da sala quando os encantamentos começam. Não suporto ver o que causei.

Não suporto o som de seus gritos.

Seus berros escapam pelas portas vai-e-vem, e eu levo a mão à boca para abafar meus soluços.

Eu arruinei tudo.

E não sei se consigo consertar.

CAPÍTULO CINQUENTA E SETE

INAN

Nunca é o suficiente.

Essa verdade simples é uma espada que atravessa minha barriga. Uma lança no meu coração. Quando encaro a carnificina diante da base dos *Iyika*, minha mão treme ao redor da moeda de bronze. Era para ter sido o lugar onde negociaríamos a paz. Em vez disso, mal conseguimos contar nossos mortos.

— Pensei que os pegaríamos. — O queixo de Ojore treme, e ele vira o rosto.

Minha mãe o abraça, protegendo-o do massacre. Corpos jazem nos restos da selva. As colinas ondulantes são montes de terra revirada. Cada árvore colossal jaz arrancada de suas raízes. O corpo de Jokôye ainda não foi recolhido.

Venho treinando meus tîtán. Relembro as últimas palavras da general. *Da próxima vez que enfrentarmos os* Iyika, *estaremos prontos para suas jogadas. Vamos aniquilar aqueles traidores imediatamente.*

Abaixo a cabeça, cruzando um punho diante do peito em honra ao espírito de Jokôye. Ela deu tudo por este reino. Tudo para proteger o trono.

A general deveria ser nossa arma secreta. Uma força que nem mesmo Zélie poderia abater. Sua força era o único motivo de eu me sentir poderoso o bastante para estabelecer a paz, mas que tipo de paz poderia durar quando nosso inimigo é capaz disso?

— Não quero ser grosseira — diz minha mãe. — Mas não há tempo para luto. Não podemos dar aos *Iyika* a chance de se reagrupar. Se eles retaliarem em Lagos...

Sua voz desaparece, mas ela não precisa falar mais nada. Em apenas alguns momentos, a selva se transformou em terra desolada. Se tivesse sido em uma cidade, milhares de civis teriam morrido em nossa luta.

— O dever antes do eu — sussurro o voto.

Se meu pai estivesse aqui, ele gritaria essa frase agora. Esta guerra saiu do controle. Logo não haverá mais Orïsha para proteger.

Queria ser um rei melhor, mas, depois de tudo que aconteceu, não há mais opções. Não importa se eu não autorizei esse ataque. Qualquer esperança de paz jaz com meus mortos neste campo de batalha.

O dever antes do eu. Aperto a moeda de bronze. *O dever antes do eu.* Da próxima vez que nos encontrarmos, não haverá reconciliação. Apenas aniquilação completa.

Apenas um vitorioso sobreviverá a esta guerra. Um governante se sentará no meu trono. Não posso mais me conter. Tenho que derrubar os *Iyika,* não importa o que aconteça com Amari e Zélie.

Esta guerra termina comigo.

— Convoque o restante de nossos soldados. — Minha mãe vira-se para Ojore. — Lideraremos outro ataque enquanto eles estão de guarda baixa.

— Não. — Nego com a cabeça. — Enquanto estiverem unidos, eles nos derrotarão. Não importa quantos soldados tenhamos. — Fecho os olhos e tento visualizar nossos próximos movimentos como peças em um tabuleiro de sênet. — Precisamos enfraquecê-los para além de conserto. Dividir, conquistar e, em seguida, forçá-los a se render.

— Como faremos isso? — pergunta Ojore.

Olho para a moeda de bronze, imaginando o rosto de Zélie. Por um instante, pensei que tínhamos uma chance de superar toda essa dor. Agora sei que esse dia nunca chegará.

— Usando a única coisa que Amari e Zélie mais odeiam — respondo. — Eu.

CAPÍTULO CINQUENTA E OITO

ZÉLIE

Não fique triste.

A voz de Mâzeli ainda ecoa na minha cabeça. Lágrimas silenciosas correm pelo meu rosto, caindo nos ladrilhos do banheiro dos meus aposentos de anciã. Minhas costelas doem enquanto me abraço, lutando para respirar. Depois de três dias, o mundo ainda está sem cor. O sangue de Mâzeli ainda mancha minha pele.

— Zélie?

Congelo quando a voz de Tzain entra pela porta do quarto. Cubro a boca com a mão, tentando abafar minha respiração pesada.

— A assembleia do santuário está começando — diz ele com suavidade. — Os anciões estão perguntando por você.

— Não quero saber. — Desvio o olhar. — Saia.

Com a localização do santuário exposta, todos estão em alerta máximo. Mas não consigo ver ou fazer nada além de sentir esta dor. Tudo o que fazemos é lutar, lutar e lutar.

Qual o objetivo, se nosso povo só morre?

— Não fique triste — sussurro as últimas palavras de Mâzeli. — Não fique triste.

Minhas pernas tremem enquanto fico de pé e encaro a banheira de cobre que passou horas esperando por mim. Mergulho os dedos na água fria, mas o ar ao meu redor vai ficando mais escasso. Isso acontece todas as vezes que tento lavar os vestígios dele do meu corpo.

Droga.

Toco minha garganta quando a culpa me sufoca. O banheiro começa a rodar. É como se todo o ar fosse sugado para fora do cômodo.

Ele podia ter sobrevivido. Ele devia ter sobrevivido. Era minha obrigação mantê-lo a salvo. Mas eu fracassei.

Agora tenho que viver com o peso dos meus erros.

Ouço batidas leves na porta do meu quarto. Um espasmo de dor irrompe no meu peito quando uma fresta se abre.

— Vá embora — sibilo. Não quero que Tzain me veja assim.

Me arrasto pelo chão, tentando fechar a porta do banheiro. Mas antes que eu consiga, uma mão enfaixada a segura. Não acredito no que vejo quando ele entra.

— Roën? — sussurro.

Cabelos pretos ondulados escorrem da cabeça do mercenário, emoldurando a mandíbula quadrada. Ele se ajoelha no chão de ladrilhos e segura meu rosto com as mãos calosas.

— O que você está...

— Não fale — ele me interrompe. — Respire.

Meus olhos marejam quando luto para inspirar. Me curvo para frente quando outro espasmo irrompe no meu peito.

— Olhe para mim.

Roën aproxima nossos rostos com firmeza e suavidade ao mesmo tempo. Mas não quero olhá-lo. Não quero que ninguém veja o quanto estou arrasada.

— Apenas olhe para mim. — Sua voz diminui até virar um sussurro. —Tudo bem.

Eu me sinto empurrando duas montanhas com as mãos, mas ao fitar seus olhos consigo destravar minha garganta. O toque de Roën se suaviza quando inspiro, minha respiração fraca, embargada.

— Isso mesmo. — Ele move os polegares, acariciando atrás das minhas orelhas. Eu o encaro, arfando até todo o ar voltar ao cômodo.

— O que você está fazendo aqui? — pergunto. A dor no meu peito cresce quando Roën me ergue e me senta na beirada da banheira.

— Os anciões me convocaram. Reuniram todos os recursos que tinham para contratar minha ajuda.

Ele pega um pano e segura meu rosto, limpando gentilmente o sangue e a terra que cobrem minha pele. Fecho os olhos e me aconchego nele, inalando seu aroma de mel.

— Ele morreu.

Meus lábios tremem ao falar. É muito estranho dizer isso em voz alta. Conheci Mâzeli dois meses atrás. Não sei como ele se aninhou assim no meu coração.

— Nunca tive um braço-direito. — Roën torce o pano. — Mas tive uma parceira. O dia em que a perdi ainda é o pior da minha vida.

Ele mantém a voz tranquila, mas as palavras não escondem suas cicatrizes. É estranho ele compartilhar tanto. Espreitar dentro do coração que ele finge não ter.

— Como você a conheceu?

Um sorrisinho surge em seus lábios rosados, mas não dura muito.

— Ela me encontrou fuçando no lixo. Aquela garota praticamente me tirou das ruas. Provavelmente ainda estaria viva se tivesse me deixado morrer de fome.

Novas lágrimas marejam meus olhos, e eu preciso desviar o olhar. Imagino se Mâzeli estaria aqui se não tivéssemos nos conhecido. Se eu tivesse escapado para o outro lado do mar. Eu nunca quis esta guerra. Este clã. Depois que Baba morreu, não queria mais ninguém, nem mais nada.

Só queria ser livre.

— Tenho que sair daqui. — Eu balanço a cabeça, limpando as lágrimas.

— Do santuário?

— Do reino.

Parece uma traição dizer isso, mas não posso mentir para mim mesma. Fui tola ao pensar que a liberdade estava no fim desta guerra. A única coisa que se pode esperar é desastre e morte, que me seguem aonde quer que eu vá.

Encarando a água vermelha da banheira, sei que não posso continuar fazendo isso.

— Não posso continuar enterrando as pessoas que amo — sussurro.

A mão de Roën paira sobre minha bochecha enquanto ele digere minhas palavras. Ele evita meu olhar, mergulhando o pano na água antes de lavar o sangue das minhas mãos.

— É realmente o que você quer?

Faço que sim, e Roën olha para o chão.

— Se quiser mesmo ir, agora é o melhor momento.

Inclino a cabeça para sua mensagem cifrada.

— Como sabe disso?

— Não posso dizer mais nada.

Quando ele leva o pano ao meu braço, eu o impeço, agarrando sua mão.

— Fale — eu ordeno. — O que você sabe?

CAPÍTULO CINQUENTA E NOVE

AMARI

Tenho que consertar isso.

Meu peito dói enquanto o santuário inteiro se reúne na terceira montanha. Embora Mâzeli tenha sido o único maji morto no ataque, todo o espaço parece vazio sem suas gargalhadas. Sua morte paira como nuvens acinzentadas lá embaixo.

Os anciões se movem para o centro da pedra de sangue. Parece um pecado ficar entre eles. Cada dia desde o ataque esperei que a verdade viesse à tona. Para as pessoas me punirem pelo meu erro. Mas Zélie ainda não revelou como a monarquia descobriu nossa base. Não sei por que está me protegendo.

— Temos que fazer uma escolha! — Nâo ergue a voz acima do ruído da multidão inquieta. — O santuário está exposto. É perigoso demais ficar aqui.

— Aonde devemos ir? — Na'imah pergunta. — Nenhum lugar em Orïsha é seguro.

— Não vamos a lugar nenhum — grita Kenyon. — Vamos lutar!

Ergo os olhos quando Tzain se junta aos últimos maji que atravessam a ponte de pedra. Quando ele me vê, faz que não com a cabeça. Temo que Zélie nunca mais saia do quarto.

Preciso encontrar uma maneira de vencer esta guerra. Agora mais do que nunca. Se eu não conseguir, Mâzeli terá morrido à toa. Nossa dor e nosso sofrimento terão sido em vão.

— Isso começou em Lagos. — Kenyon incita a multidão. — Vai terminar lá também. Continuaremos a fingir que estamos indefesos, mas vamos combater as forças da realeza com a pedra da lua. Sabemos o que precisamos fazer!

— Zélie não vai usar esse poder de novo — digo a eles. — Não depois do que aconteceu com Mâzeli.

— Por que ela tem escolha? — pergunta Kenyon. — Alguém arraste a garota para fora daquele quarto!

As narinas de Tzain inflam-se quando ele irrompe do círculo ao redor da pedra de sangue e vai em direção ao centro. Corro para impedi-lo.

— Não. — Ponho as mãos no peito dele. — Só vai piorar as coisas.

— Tenha um pouco de compaixão — Tzain grita por cima de mim. — Ela perdeu seu segundo em comando.

— Eu já perdi um quarto do meu clã! — berra Kenyon. — E não fiquei por aí, choramingando!

Tantas discussões explodem de uma vez que é impossível acompanhar. Fecho os olhos, tentando bloquear o ruído. Não podemos ficar aqui, mas não podemos atacar cegamente. Da próxima vez que nossas forças enfrentarem Inan, temos de ser precisos.

Somente um de nós pode sobreviver.

— Em que você está pensando? — pergunta Tzain.

Ergo as mãos e encaro as cicatrizes deixadas pela minha magia. Quase consigo ouvir meu pai sussurrando as palavras que tentou incutir em mim quando criança.

Eu tive o poder para encerrar isso o tempo todo. Só não quis usar contra pessoas que amo. Mas agora não tenho para onde correr.

Orïsha não espera por ninguém.

— Se eu puder me rodear de tîtán conectores o suficiente, acho que posso derrubar minha mãe.

— Não. — Tzain toma minhas mãos. — É perigoso demais enfrentá-la sozinha.

— Quem mais pode desafiá-la? Quem mais pode sugar a vida das veias de Inan?

Fecho os olhos, revendo meus erros. Todos esses anos pensei que meu pai era um monstro, mas e se governar este reino o forçou a agir daquela maneira? A guerra é uma corrida até a morte, e, neste momento, minha mãe e Inan estão vencendo.

Passo por Tzain e vou até o centro do círculo. Não posso deixar que mais sangue seja derramado. Preciso terminar esta guerra a qualquer custo.

— Tenho uma ideia. — Ergo a mão, silenciando o círculo. Mas antes que eu possa falar, uma voz ressoa atrás de mim.

— Espere!

Todos os olhos se voltam para Zélie quando ela vem correndo da torre dos anciões. Seu cafetã púrpura flutua atrás dela enquanto corre. O sangue ainda mancha seus cachos brancos.

Meu rosto empalidece quando ela fita meus olhos, mas ela logo se desvia de mim para falar com a multidão.

— Não precisamos lutar. — Ela levanta as mãos. — Existe outra maneira para sairmos desta guerra.

CAPÍTULO SESSENTA

ZÉLIE

As palmas das minhas mãos ficam grudentas de suor enquanto me preparo para falar com os maji. Os anciões estão parados em um círculo aberto ao meu redor. Tzain se põe entre mim e Amari.

Minha garganta fica seca quando olho para ela, mas guardo para mim seu papel em nosso ataque. Não posso lidar com ela agora. Não tenho muito tempo.

Consigo sentir daqui o cheiro do desejo por sangue que os maji exalam. Seu desejo de correr para a batalha. Mas a informação que tirei de Roën abre uma opção que nunca tivemos. Para variar, não precisamos lutar. Podemos viver longe desta zona de guerra.

— O rei não está em Lagos — grito. — Ele está escondido em Ibadan. A monarquia está esperando que marchemos para o palácio e acabemos com nossas forças no lugar errado. Planejam nos aniquilar quando estivermos divididos.

— O que isso significa? — Nâo franze a testa. — Que vamos a Ibadan?

— Não deveríamos morder essa isca — respondo. — Deveríamos aproveitar a abertura.

Fecho os punhos, me preparando para a reação deles. Seria muito mais fácil fugir. Escapar no meio da noite. Mas pensar em Mâzeli me dá forças. Ele nunca deixaria os maji para trás.

Eu também não posso fazer isso.

— Se as forças da monarquia estão divididas entre Ibadan e Lagos, temos um caminho até um lugar seguro — falo com a multidão. — Podemos sair pela costa de Ilorin. Navegar para além das fronteiras de Orïsha.

— Você não pode estar falando sério. — Nâo cambaleia para trás. — Quer que a gente fuja?

— Não. — Eu balanço a cabeça. — Quero que a gente *viva*.

Não estou preparada para a onda de raiva que desaba sobre mim.

— *Você simplesmente vai deixar a monarquia vencer...*

— *Aqui é nosso lar! Aonde mais iríamos?*

— *E o restante dos maji?*

Como fazer com que eles enxerguem a verdade? Que há mais coisas além desta luta infinita? De que adianta ficar aqui se sabemos que não podemos vencer?

— Eu não vou embora. — Kenyon dá um passo à frente, assumindo a oposição. — Não me importa que você tenha perdido seu braço-direito. Queimadores não fogem.

— Então vocês vão morrer. — Marcho até ele, encarando seu rosto furioso. — Quem sabe quantos cênteros mais a monarquia tem? Depois desse último ataque, eles sabem exatamente onde nos encontrar!

— Então, que nos encontrem! — grita Kenyon, um grito de guerra que outros acompanham. — Que venham até nossas muralhas de novo! Que tentem nos capturar!

— Você sabe o que acontece quando eles te capturam?

A seda roça minha pele quando puxo meu cafetã sobre a cabeça, expondo minhas costas ao mundo. Um suspiro coletivo corre pela multidão no momento em que revelo minhas cicatrizes.

Minhas bochechas queimam de vergonha, mas eu me recuso a esconder minha dor. Eles precisam entender que não há vitória nesta luta. Somente um banho de sangue nos espera em um reino que sempre nos verá como vermes.

— Nossos inimigos não têm honra — digo. — Nem controle. Quando nos encontrarem, vão rasgar nossos corpos. Vão nos destruir de dentro para fora. — Quando puxo o cafetã de volta ao lugar, vejo Mári e Bimpe na multidão. A visão delas me impulsiona. — Fiz uma promessa de proteger meu clã. Essa é a melhor maneira de fazer isso. Não posso continuar lutando. — Ergo as mãos. — Não posso continuar perdendo pessoas que amo.

Cabeças se abaixam diante das minhas palavras. Por um momento, a montanha inteira fica em silêncio. Até Kenyon recua, voltando ao círculo dos anciões.

— Mas aqui é nosso lar. — Kâmarū se adianta, a voz profunda reduzida a um sussurro. Mais que confusão, mais que raiva, o que ele demonstra é angústia.

Sei que ele expressa a dor que nenhum de nós quer enfrentar.

— Quando os anciões construíram este lugar, eram apenas montanhas nuas. — Olho para a multidão. — Não se tornou um lar porque eles as encheram de torres. Se tornou um lar porque o construíram juntos. Esta terra, estes templos... não são o que importa. Enquanto tivermos uns aos outros, vamos carregar Orïsha em nossas veias. Ninguém poderá nos tirar isso.

Prendo a respiração enquanto espero a resposta dos anciões. Os sussurros começam a correr a multidão. Quase consigo ver a aceitação que anseio.

Mas quando Amari avança, seu rosto se ilumina quando uma nova ideia toma sua mente.

— Zélie tem razão. — Sua voz ecoa no silêncio. — Esta pode ser nossa única chance de escapar. Mas também pode ser nossa chance de vencer.

— O que você está fazendo? — Agarro o braço dela, virando-a para me encarar. Meu corpo ainda treme ao vê-la, mas não desvio o olhar. — Não faça isso. — Eu aperto mais. — *Por favor.*

Amari aperta os lábios em uma linha rígida. Seu olhar pousa na minha mão. Ela suspira e fecha os olhos.

— Sinto muito, mas não posso abandonar meu lar sem lutar.

— Amari, não! — Tento segurá-la. — Este derramamento de sangue precisa acabar!

Mas ela se desvencilha da minha mão. A montanha inteira fica em suspenso com seu silêncio quando ela se vira para a multidão.

— Para variar, temos uma vantagem — grita ela. — Podemos nos desviar dos truques deles. Não precisamos marchar até Lagos e derrubar o exército inteiro. Só precisamos derrubar o rei!

Suas palavras tomam força quando a empolgação cresce, e ela absorve cada olhar. Quase consigo ver o brilho de uma coroa sobre seus cachos.

— Por que fugir? — Ela lança as mãos para o alto. — Por que arriscar os perigos que existem no desconhecido se podemos vingar a morte de Mâzeli e lutar por nosso lar?

Meu corpo fica entorpecido quando Amari vira o jogo diante dos meus olhos. O estrondo ecoa de todos os lados. Até meus ceifadores se agarram ao grito de vingança dela.

— Vamos nos erguer! — Ela dá um soco no ar. — Vamos nos unir e acabar com esta guerra! Juntos podemos vencer! *Gba nkàn wa padà!*

O iorubá soa falso em seus lábios, mas funciona. O grito se espalha de maji em maji até que a montanha inteira estremece.

— *Gba nkàn wa padà! Gba nkàn wa padà!*

Despenco sobre a pedra de sangue enquanto meus ouvidos zumbem com os sons da guerra.

Gba nkàn wa padà!

Tomar o que é nosso de volta.

CAPÍTULO SESSENTA E UM

AMARI

As próximas horas passam como um borrão. Todos se unem com um novo objetivo, energizados pela chance de vencer esta guerra. Com Zélie contra nosso ataque, o comando dos *Iyika* cabe a mim. Minha cabeça está a mil quando nos sentamos na sala de jantar, usando cada maji a nosso dispor para fechar os últimos detalhes.

— Devíamos pegar todo mundo que pode lutar e invadir o vilarejo. — Kenyon bate o punho na mesa. — Provavelmente Nehanda está com o rei. Precisaremos de todos os maji que pudermos reunir.

— Você não pode *invadir* Ibadan — retruca Na'imah. — Ela fica isolada nas montanhas.

— E se invadirmos a cidade, perderemos nossa maior vantagem — eu o relembro. — Não queremos que Inan saiba que estamos lá até ser tarde demais para nos impedir.

Por instinto, espero que alguém retruque, mas eles aceitam cada ideia minha. Todos os anciões tiram um momento para pensar em alternativas de invasão furtiva.

— E se atacarmos apenas com os anciões? — pergunta Kâmarū. — A maioria dos soldados deles ainda está fora de Lagos. Não precisamos de uma força gigantesca.

Concordo com a cabeça.

— Infiltrar dez pessoas será muito mais fácil do que uma centena.

— Tem certeza de que seremos dez? — Na'imah aperta os lábios, e todos os olhos se voltam para a cadeira vazia. Não vejo Zélie desde que que ela saiu correndo da pedra de sangue. Não sei nem se ela planeja lutar.

Meu rosto cora, mas eu me forço a continuar. Os *Iyika* seguiriam meu comando se soubessem que o estado de Zélie é minha culpa?

— Se conseguíssemos levar os anciões até Ibadan, então nossos braços-direitos guiariam todo o restante para Lagos — decido. — Podemos mantê-los longe da luta enquanto fazemos Inan pensar que estamos mordendo sua isca.

— Eu cuido disso. — Kâmarū se levanta, e um pequeno peso sai das minhas costas. Depois do que aconteceu com Mâzeli, não quero nenhum outro maji ferido. Ao menos, dessa forma, eles estarão seguros.

— E os aldeões? — questiona Khani. — Eles ainda poderiam acabar no meio da luta.

— Ou pior. — Jahi encara a mesa. — O rei e a rainha podem usá-los como escudo.

Minha garganta fica seca quando um silêncio tenso recai sobre nós. Parte de mim quer argumentar que Inan não sacrificaria seu povo, mas não acredito mais nisso. Ele e minha mãe não se importam com quem vão ferir. Eles matariam qualquer um para vencer esta guerra.

— Vamos considerar planos alternativos. — Jahi fala cautelosamente. — As mesmas montanhas que mantêm o rei em segurança também o prendem em uma gaiola. Não precisamos de exatidão para vencer...

— Não somos como eles — interrompo Jahi. — Podemos derrubá-los *e* manter os aldeões seguros. Só precisamos entrar sem sermos detectados.

Meu olhar volta para o banco onde Zélie deveria estar sentada. Ela e Tzain cresceram em Ibadan, mas não posso imaginá-la ajudando se nem sequer deseja que a gente vá.

— Tzain! — Eu aceno para ele do outro lado da sala de jantar. Ele faz uma pausa de carregar suprimentos com Imani, a gêmea de Khani e nossa câncer mais forte.

— O que houve? — Ele olha ao redor da mesa, e eu faço um gesto para ele se sentar.

— Nenhum de nós conhece Ibadan, mas precisamos de um jeito de entrar lá sem sermos detectados — explico. — Você sabe de algo que possa nos ajudar?

Tzain abre a boca, mas uma sombra cai sobre seu rosto quando ele percebe quem está faltando. Um gosto amargo espalha-se na minha língua. Parece errado colocá-lo nesta posição.

— Se eu estiver pedindo demais...

— Você está tentando vencer uma guerra. — Ele ergue a mão. — Farei o que puder para ajudar.

Nós nos encaramos e minha pele se aquece com seu olhar. Tzain infla as bochechas enquanto encara os mapas rústicos, buscando um caminho de entrada.

— Aqui. — Ele aponta o lago a norte do vilarejo. — Zélie e eu nadávamos aqui o tempo todo quando éramos crianças. Se mergulharem fundo, vão chegar às cavernas submersas.

— Até onde elas vão? — pergunto.

— Se encontrar a caverna certa, dá para se infiltrar de fora da cordilheira. Posso mostrar o caminho.

Preciso me segurar muito para não me jogar nos braços de Tzain. O aperto em meu peito começa a se dissipar quando as peças finais do nosso plano se encaixam.

Kâmarū pode abrir um túnel através da montanha. Não pode nos levar através da água. Pela primeira vez desde que minha reunião em Ilorin deu errado, a vitória está a um passo. Tudo o que quero é avançar e agarrá-la.

Todos trabalhamos juntos até os detalhes estarem confirmados. No momento em que consolidamos nossos planos, o sol já se pôs em nossa última noite no santuário. Um ar solene paira sobre a sala de jantar enquanto as pessoas se preparam para dizer adeus.

— E agora? — pergunta Nâo.

— Chame Mama Agba. — Eu me levanto da mesa de pedra. — Tive uma ideia.

· · · · · ◆ ◇ ◆ · · · · ·

Leva apenas uma hora para preparar a sala de jantar. Kâmarū cria um palco de pedra, enquanto Dakarai organiza os tambores *bata*. Folake e seus acendedores fazem órbitas cintilantes flutuarem pela sala como estrelas, e os jovens divinais servem o restante da comida do santuário. O aroma doce de *súyà* e sopa de *egusi* chega ao meu nariz enquanto caminho pelo salão cheio. As conversas entusiasmadas param quando Mama Agba chega claudicante ao centro da sala.

— Este santuário está de pé quase pelo mesmo tanto de tempo que a magia existe em nossa terra — diz Mama Agba. — Ele viu cada ancião desde o início dos tempos. Serviu como coração pulsante dos maji. Quando a monarquia atacou, vocês defenderam estas muralhas sagradas. Vocês deixaram todos seus ancestrais orgulhosos.

Suas palavras provocam comemorações da multidão. Mama Agba sorri enquanto observa os rostos que enchem o salão. Embora eu saiba que não posso esperar por ela, meu coração pesa quando não vejo Zélie presente.

É maior que ela, eu me relembro. Não posso lutar por minha amiga e deixar de lado o destino de Orïsha.

— Essas últimas luas não foram fáceis. Vocês sofreram mais pressão do que nunca. Mas, por sua causa, temos uma chance. Por causa de sua atitude, ainda podemos vencer esta guerra. Traremos ao nosso povo a liberdade que ele merece.

Fecho os olhos e imagino essa visão, o gosto que terá nossa vitória. Quando minha família se for, Orïsha terá uma chance de paz. Talvez a primeira chance que jamais teve.

Provamos que podemos nos unir e, sob nossa liderança, haverá um lugar para cada maji, tîtán e kosidán. Só precisamos vencer.

Um ataque, e este reino será nosso.

— Amanhã nossos anciões partem em uma missão que garantirá que nenhuma vida foi perdida em vão. Honraremos cada valoroso sacrifício ao criar um reino onde aqueles que têm magia poderão reinar!

No fundo da sala, Nâo e sua segunda em comando cantam em uníssono. Usando a magia, elas erguem litros de vinho de palma dos grandes barris e despejam a bebida doce em canecas de lata. Tahir e os outros soldadores começam a cantar, distribuindo cada caneca entre a multidão.

Uma flutua até a minha mão bem quando Mama Agba ergue a dela. Quando as dezenas de canecas se levantam ao seu brinde, sinto tudo pelo que estamos lutando. Na minha Orïsha, vamos criar santuários em todo o país. Nós nos reuniremos e celebraremos como um só povo.

— Vocês fizeram tudo que podiam para se preparar. O restante está nas mãos dos deuses. Amanhã, vocês lutam. — Mama Agba inclina sua caneca. — Hoje, vocês vivem.

CAPÍTULO SESSENTA E DOIS

AMARI

Durante horas, música e risadas ecoam pelas paredes do santuário. O vinho de palma corre solto. As melodias lindas de Na'imah enchem a sala de jantar quando ela canta. Sorrio recostada à mesa, observando os corpos que enchem a pista de dança. Se eu respirar fundo, quase consigo sentir o cheiro doce da esperança que paira no ar.

— Vamos! — Nâo me cutuca, radiante em um longo vestido azul. — É sua festa, pelo amor dos deuses. Pegue uma caneca de vinho!

Ela estala os dedos, e um soldador faz uma caneca de lata flutuar até minhas mãos. Nâo bate nossas canecas, passando um braço pelo meu pescoço.

— À vitória! — grita ela.

— À vitória — repito. Dou um golinho, deliciando-me com o gosto da palavra nos meus lábios.

— Se eu decidir deixar você ser rainha, é melhor fazer mais celebrações como esta.

Embora ela esteja brincando, suas palavras me pegam de surpresa. Até agora, era Zélie quem eles queriam no meu trono.

— Na'imah!

A música para de repente quando um grito alto ressoa pelo corredor. Eu dou um pulo, pronta para lutar, quando Kenyon vem cambaleando pela multidão. Suas tranças caem sobre o peito nu. Ele se ajoelha diante do palco.

— Na'imah, eu te amo!

— Pelo amor dos deuses. — Na'imah esconde o rosto nas mãos quando risadinhas se espalham pela multidão. — Kenyon, você está bêbado!

— Eu sei! Mas é verdade!

— *Mofi àwon òrìṣà búra…* — Na'imah desce do palco pisando duro quando a música recomeça.

Ela começa a gritar, mas Kenyon puxa um buquê surrado de girassóis do cinto. Nem ela se aguenta e ri.

Nâo joga a cabeça para trás de tanto gargalhar da cena.

— Você fez um bom trabalho — ela diz, me encorajando. — Divirta-se.

Espero ela desaparecer antes de deixar minha caneca de lado. Meu pai não beberia antes de uma batalha. Nem eu posso. Mais lembranças dele preenchem minha mente enquanto caminho pela multidão. Imagino se ele ficaria orgulhoso do que fiz. Da soberana que me tornei.

— *Estou sentindo alguma coisa…*

Paro ao dar de cara com um grupo de pessoas reunido ao redor de Mama Agba. Ela está sentada em uma tenda colorida, enquanto Folake gera luzes cintilantes atrás da cabeça da anciã. As pessoas sorriem enquanto Mama Agba ergue o queixo, espreitando a multidão, sem conseguir esconder direito os olhos estreitados.

— Ora, estou sentindo que uma anciã grande e poderosa veio à minha presença!

Todos os olhos pousam em mim, e minhas bochechas esquentam. Tento continuar a andar, mas os outros me forçam a entrar na tenda de Mama Agba.

— Venha, anciã Amari. — Ela toma minha mão. — Deixe-me ver o que as estrelas têm em mente para você!

Não consigo esconder a risada quando Mama Agba treme e se sacode como os falsos profetas que enchem as ruas de Lagos. Suas mãos descrevem arcos em movimentos amplos, dançando ao redor das luzes arco-íris de Folake. Embora não possa mais lançar encantamentos de verdade sem pôr a saúde em risco, ela nos oferece a segunda melhor opção.

— Você tem grandes batalhas à frente. — Mama Agba assente. — Grandes vitórias também! E, olha só... estou vendo mais uma coisa!

— Conte, Mama Agba! — pede um divinal.

— O que é? — eu entro na brincadeira.

— E vejo... um grande amor.

Ela pisca para mim quando alguém se aproxima por trás. Olho para cima, e o sorriso de Tzain me rouba o fôlego. Risadinhas e gozações começam quando ele toma minha mão, me guiando para longe da multidão. A voz comovente de Na'imah cantarola suave acima de todos enquanto caminhamos até a pista de dança.

— *Òòrùn ìfé mi, èmí mi...*

Khani harmoniza com os tons belos da domadora. Juntas, elas soam como o canto dos pássaros. Tzain entrelaça os dedos nos meus e nós dançamos, nos perdendo na canção. Recosto a cabeça em seu peito, desaparecendo no calor de seus braços.

— Senti falta disso. — Tzain apoia o queixo nos meus cabelos e beija o topo da minha cabeça.

Ele segura minha cintura, fazendo-me formigar quando seus polegares roçam em um pedaço da minha pele nua.

— Eu também — sussurro, fechando os olhos.

Dançar com ele me relembra dos campos do festival divinal, quando parecia que o amanhã era nosso. Ergo os olhos para ele, que me encara com um carinho que não mereço. É quando percebo que não quero passar a noite com profecias e vinho de palma. Hoje à noite, eu o quero.

— O que foi?

Entrelaço meus dedos nos dele e o puxo na direção da porta.

— Venha. Vamos tomar um pouco de ar.

— Quando você disse *ar*... — Tzain ri quando eu abro a porta dos meus aposentos.

Sorrio e o tomo pela mão, sentindo a brisa fria que entra pela sacada. Passamos as pernas pelas grades, balançando os pés sobre a plataforma curva. Olhar para o santuário faz algo em meu peito murchar.

— Vou sentir falta deste lugar.

É estranho admitir, depois de tudo que aconteceu dentro dessas muralhas. Desde o dia em que chegamos, não sei se houve um momento em que não me senti excluída. Mas, mesmo com tudo que houve de errado, este lugar ainda foi um lar. Ele nos mantém seguros. É onde encontrei minha voz. Onde encontrei o caminho até meu trono.

— Tanta coisa aconteceu... — Tzain leva o punho à boca e tosse. — Só quero dizer que tenho orgulho de você. Acho que você não ouve isso o bastante.

Minhas mãos se movem antes que minha mente possa acompanhar. Seguro o rosto dele, puxando-o para o meu.

— *Ai!* — resmungo quando seu queixo bate no alto do meu nariz.

Tzain cobre a barriga com os braços e cai para trás, gargalhando.

— *Pelos céus*, minha rainha. Nunca pensei que você fosse violenta assim!

— Cala a boca! — Dou um tapa em seu braço quando minhas orelhas esquentam. — Como posso liderar uma batalha se me falta coordenação para um mísero beijo?

Tzain segura meus ombros e me puxa para seu peito.

— Vem cá — murmura ele. — Deixe que eu te ajudo.

Fecho os dedos quando os lábios dele encontram os meus. Mergulho em Tzain, sentindo o traço doce do vinho de palma. Mas quando ele corre as mãos pelas ondas dos meus cabelos, uma ponta de culpa pesa no meu estômago. Enquanto estamos aqui, Zélie provavelmente está andares acima, arrasada de tristeza e sozinha.

— Em que você está pensando? — pergunta Tzain. Pisco quando ele se afasta.

Remexo em um buraquinho em sua túnica, sem querer fitar seus olhos.

— Acha que Zélie vai me perdoar?

— Você pode tentar não pensar na minha irmã enquanto eu te beijo?

Sorrio quando Tzain toca minha bochecha.

— Desculpe. Só que detesto pensar no quanto a magoei.

— Ela precisa de tempo. — Tzain suspira. — Espaço. Mas você está fazendo a coisa certa. Não apenas para ela. Para Orïsha. O reino que você vai construir... é algo pelo que se precisa lutar, mesmo que Zélie não consiga mais.

Ele toma minha mão, e isso apaga o mundo todo. Quando nossos lábios se encontram, sinto um frio no estômago. Sua barba rala arranha meu queixo quando me aperto contra seu corpo. Penso em quantas vezes imaginei este momento. Imaginei estar aqui com ele. Meu pulso acelera quando deslizo as mãos pela barra de sua túnica, mas Tzain me para, pegando meus pulsos.

— Estou fazendo alguma coisa errada? — pergunto.

Tzain faz que não, encarando as linhas na palma da minha mão.

— Não quero que você faça isso só porque está com medo.

— Com medo de quê? — Abaixo as mãos.

— De morrer.

Ele desvia o olhar, e eu suspiro. Essas palavras viram o jogo, afastando todo o escape que ele me oferece. A batalha à nossa frente mancha o ar enquanto nos sentamos de novo.

— Desculpe. — Tzain aperta o alto do nariz com a ponta dos dedos. — Não quis estragar o momento. Mas não posso deixar que faça isso. Eu gosto muito de você.

— Não tem por que se desculpar. — Meu coração se aquece quando encosto o nariz em seu rosto. — Mas você está enganado. Não estou com medo. Ao menos, não agora.

Tzain inclina a cabeça quando pouso as mãos em seu rosto, encarando o porto seguro que são seus carinhosos olhos castanhos. Penso em cada momento que tivemos desde que nos conhecemos. O jeito como ele lutou por mim quando eu era apenas uma princesa.

— Tzain, não quero ficar com você porque tenho medo de morrer. Quero ficar com você porque eu te amo. — Sorrio. — Acho que sempre amei.

Com uma coragem que nem parece minha, eu me levanto. Meus dedos tremem um pouco quando tiro minha túnica e solto a faixa da minha saia. Ele me encara quando as duas peças vão ao chão.

— Fala de novo — ele ordena.

— O quê?

— Você disse que me ama. — Ele se levanta. — Fala de novo.

Meu sorriso aumenta tanto que minhas bochechas doem.

— Eu te amo.

— Mais uma vez.

— Eu te amo — repito.

— Acho que não entendi…

— Tzain, eu te *amo*! — falo, rindo, quando ele me ergue no ar.

Parece que estou flutuando quando ele me pega no colo e me deita na cama. Tzain me beija, e cada barreira derrete.

— Eu também te amo. — Os lábios dele roçam os meus a cada palavra.

No momento em que sinto seu toque, rezo para que nunca acabe.

CAPÍTULO SESSENTA E TRÊS

ZÉLIE

Parada diante das portas da sala de jantar, imagino por que me dei ao trabalho de aparecer. Lá dentro, os salões estão cheios de bebida e música. Diante da morte de Mâzeli, parece errado.

É difícil não ouvir sua risada na multidão. Imaginar o jeito como ele dançaria para lá e para cá. Ele sempre ficava radiante quando alguém cozinhava súyà para o jantar. Se Mâzeli estivesse aqui comigo, provavelmente comeria demais e vomitaria.

Não fique triste.

Fecho os olhos, desejando poder seguir seu conselho. Sei que ia querer que eu entrasse. Ele me entregaria uma caneca de vinho de palma. Riríamos e dançaríamos, e ele afirmaria seu futuro como maior ceifador de todos os tempos, sem ter ideia do quanto já era gigante.

— Você deveria se juntar a eles.

Congelo com o som da voz de Mama Agba. Quando seu cajado se aproxima, minha garganta se aperta. Não a vejo desde aquele dia na enfermaria. Não quero vê-la agora.

— Senão por você, vá por seus ceifadores. — Suas palavras assumem uma rouquidão diferente. — Eles ainda estão aqui, Zélie. Ainda precisam de você para lutar.

Quando não reajo, Mama Agba se põe entre mim e a porta. Tenho que virar a cabeça. Ainda não aguento olhá-la nos olhos.

— Podemos dar uma volta? — A voz dela é trêmula. — Tenho um banco especial nos jardins.

— Não quero saber de nada que a senhora tenha a dizer.

— Zélie, sinto *muito*. — Lágrimas escorrem pelas rugas em suas bochechas. Eu odeio como dói vê-la sofrendo. O quanto quero arrancar esse sofrimento. — Não havia como salvá-lo — suplica ela. — Sem um sacrifício para conectá-los, vocês dois teriam morrido. Preciso que entenda...

— Eu entendo — digo, e me afasto. — Sei por que a senhora fez o que fez. Mas sei que eu poderia tê-lo salvado. Não consigo te perdoar por me tirar essa chance.

— Zélie, por favor...

Ignoro o aperto no peito quando dou as costas para ela.

— Eu deveria ter morrido naquele dia — digo. — Só finja que morri mesmo.

Mama Agba soluça, e isso atinge meu coração. Nunca a ouvi chorar desse jeito.

Fujo correndo de suas lágrimas, subindo as escadas até meu quarto. Sair de lá foi um erro. Não há nada para mim ali fora.

— Você voltou.

Ergo os olhos e encontro Roën sentado diante da minha porta. Duas sacolas grandes pendem de seus ombros, tilintando quando ele se levanta. Ele aponta para eu pegar a menor.

— Vamos — diz ele.

Reviro os olhos e passo por ele.

— Estou indo para a cama.

— Não, não está. — Ele me segue quarto adentro. — Preciso de sua ajuda.

— Roën, por favor. Hoje, não.

— Você me pede ajuda sempre que quer, mas no momento em que eu preciso de algo em troca, você está cansada demais?

Olho para ele com raiva, e Roën sorri.

— Foi o que pensei.

Fecho a cara quando ele passa a bolsa menor para o meu ombro.

— Vai ao menos me dizer aonde vamos?

— Sabe o que significa *Zitsōl* na minha língua? — Ele amarra bem a faixa da bolsa antes de sairmos. — Garota bonita que faz perguntas demais.

• • • • • ◆ ◇ ◆ • • • • •

HORAS PASSAM EM silêncio enquanto cavalgamos nas costas do guepardanário de Roën. Passamos primeiro pela umidade da selva, depois pelas rochas das montanhas. Galopamos pelas Planícies de Opeoluwa, seguindo para norte do santuário. Encaixo o queixo no ombro de Roën, erguendo o rosto para o vento cortante.

— Por favor, você pode me dizer o que vamos fazer? — grito.

— Não tem por quê — grita ele em resposta.

— Pode ao menos me dizer se é lícito?

— *Zitsōl*, nunca faço essas perguntas bobas para você.

Reviro os olhos e enterro o rosto nas suas costas. Esquece. Não importa.

Quanto mais nos afastamos do santuário, melhor consigo respirar. A ausência de Mâzeli não me estrangula a cada inspiração. Além daquelas muralhas, consigo pensar em mais coisas além da morte.

Enquanto cavalgamos, saboreio o descanso, sem saber quando tudo vai voltar. Imagino se Roën se sente assim, liberto do peso do mundo. De tudo que ele perdeu.

— Lá vamos nós.

Ergo a cabeça quando Roën puxa as rédeas do seu guepardanário. Paramos em uma faixa fina da costa, metros antes de uma praia agitada. As ondas pretas batem contra as escarpas baixas, espumando sobre as rochas lisas como vidro. A lua prateada lança um caminho até a água ondulante, convidativa.

— O que está acontecendo?

Roën pega as duas bolsas e cruza a praia, guiado pelo luar. Um barco movido a vento está ancorado na costa, cheio de mais suprimentos.

—Vamos para longe?

— De novo essas perguntas. — Roën solta um muxoxo. — Não importa. Entre.

Embora não confie nele, a perspectiva do mar é boa demais para ignorar. Da última vez que vi a costa, estávamos correndo das areias de Zaria. Meu corpo anseia pelo balanço da água. Só leva alguns momentos até partirmos. O zumbido do barco se entremeia com as ondas quebrando enquanto navegamos. Fecho os olhos e inalo a maresia. Esqueci o quanto sentia falta do mar. O quanto ele me faz sentir próxima de Baba.

Roën guia o barco até que a costa seja apenas um pontinho no horizonte. A turbina eólica treme até parar. Ele iça a âncora, tira a camisa e chuta para longe as calças.

— Isso é um truque para me fazer tirar a roupa? — pergunto.

— *Zïtsōl*, nós dois sabemos que não preciso de truque para isso.

Ele abre a menor das duas bolsas e tira duas máscaras de aparência estranha. Enquanto Roën trabalha, tiro minha túnica, deixando apenas a faixa amarrada ao redor do peito.

— Ouça com atenção. — Roën prende a primeira máscara na minha cabeça. — Morda. Respire. Não solte da minha mão.

Fico parada enquanto ele amarra as faixas, correndo a língua sobre o guarda-boca encaixado. Preciso de algumas respirações para o oxigênio começar a fluir. O ar parado seca minha garganta.

— Faça tudo o que eu fizer — continua Roën antes de encaixar a segunda máscara no próprio rosto. — Não há tempo para hesitar.

Antes que eu possa fazer qualquer pergunta, ele puxa a máscara sobre o rosto. Com um grunhido, Roën joga uma bolsa do barco e estende a mão. Não tenho nem a chance de me preparar quando pulamos.

Cerro os dentes ao sentir o frio do oceano. Parece que atravessamos uma camada de gelo. Bolhas voam quando a água nos cerca. Aperto a mão de Roën, deixando o peso de sua bolsa nos afundar ainda mais.

Minha respiração se acelera quando reduzimos a velocidade até parar, e ficamos suspensos na escuridão total. Roën guia minha mão até a corrente enferrujada que nos liga ao barco acima. Do jeito que ele me aperta, quase consigo ouvi-lo dizer: *aguente firme*.

Aperto as correntes enquanto minha respiração desacelera. Há uma paz estranha em estar tão embaixo d'água. Percebo quando Roën passa do meu lado, as mãos movendo-se para a bolsa grande. Ele desamarra a fivela, e tenho que estreitar os olhos para o brilho. Bolas de luz saem da bolsa aberta, todas ligadas por uma teia de correntes.

O que é isso? Inclino a cabeça com a visão. As bolas enchem a água acima de nós, brilhando em meio à escuridão. A teia de luz dá vida ao oceano. Mal consigo acreditar nos meus olhos. O entusiasmo se espalha por mim como na primeira vez que vi Mama fazer magia.

Há peixes nadando em todo canto. Longas enguias com escamas prateadas passam pelos nossos pés. Caranguejos com cascos metálicos correm pelos recifes de coral ao redor. Uma tartaruga-marinha gigante passa sobre nós, tão próxima que nada pelas mechas soltas dos cabelos de Roën. Minha respiração falha quando corro os dedos pelo mosaico reflexivo do seu casco.

A tartaruga-marinha nada na direção da teia de luz, juntando-se aos milhares de peixes que agora circulam sobre nossa cabeça. A visão é tão majestosa que quase solto a corrente enferrujada. Não sabia que a água que eu amava podia ser tão bonita.

Tento encontrar o olhar de Roën, mas ele está fitando ao longe. Sem aviso algum, ele começa a se mover, tirando da bolsa uma besta carregada com um gancho achatado no lugar de uma flecha.

O que está acontecendo? Eu me aproximo dele, tentando imaginar o que está fazendo. Roën agarra meu pulso e mexe as pernas, nos levando ainda mais para dentro da escuridão.

Um pontinho de luz brilha à distância, ficando cada vez mais cintilante com o tempo. Mas enquanto os segundos passam, percebo que não está brilhando mais.

Está ficando cada vez maior ao passo que avança na nossa direção.

Tento me afastar, mas Roën me força a permanecer ali. É difícil ficar parada quando ele encaixa a besta no ombro e prepara a mira. A fera atravessa as águas como um canhão, tão grande que muda as correntes do oceano e ilumina o mar com sua aproximação. Meu coração palpita quando ele se aproxima.

Pelo amor de Oya.

Meu peito se aperta quando a baleia azul se agiganta sobre nós, tão grande que não consigo vê-la por inteiro. A visão é tão impressionante que me esqueço de respirar.

A baleia azul preenche boa parte do oceano, brilhando com os plânctons bioluminescentes da costa de Jimeta. A luz se espalha da ponta do nariz até a cauda. É como o manto da noite que brilha em sua pele lisa.

A fera abre a boca para se alimentar, consumindo o redemoinho de peixes que nada lá em cima. Ela devora milhares com uma mordida. Em seguida, começa a subir.

Aguenta firme!

Sinto as palavras pela pegada de Roën. Ele encaixa o braço na minha cintura, e eu o envolvo com os dois braços. Com um tranco, ele puxa o gatilho da besta, lançando o gancho achatado pela água, e o projétil se conecta sob a nadadeira imensa da baleia. Por um instante ficamos parados, até que a corda presa a nós nos arrasta pela água.

Cada osso do meu corpo estremece quando avançamos a toda velocidade. É como ser puxado por mil elefantários. A água bate contra nossa pele enquanto flutuamos pelo oceano a velocidades inimagináveis. O brilho da baleia acende o mar como o sol, iluminando mais que qualquer quantidade de lanternas poderia fazer.

Arraias imensas passam velozes. Escamas nas cores do arco-íris correm pela água como raios. Tudo parece um sonho, um que eu não quero que termine.

Suspiro quando irrompemos pela superfície. A baleia descreve um arco no ar, tão grande que bloqueia a lua.

Os braços de Roën me envolvem enquanto ele solta nossa corda. O monstro se revira em um círculo antes de cair de novo no mar.

— Se prepara! — grita Roën, mais alto que o estrondo.

As ondas avançam sobre nós como um vagalhão. Aperto firme Roën enquanto nos debatemos na água. Parece que vários minutos se passam até o oceano retomar sua corrente suave.

Quando as águas se acalmam, vejo nosso barco flutuando a meio quilômetro de distância.

Tiro a máscara com mãos trêmulas, buscando ar. Uma risada escapa da minha garganta, e eu agarro meu peito, movendo as pernas para permanecer na superfície. O mar brilha com a luz cada vez menor da baleia reluzente. Eu a encaro até que ela desapareça, deixando-nos nas águas escuras.

— Isso foi incrível! — eu grito. — A coisa mais incrível que já vi!

Roën sorri enquanto eu grito.

— É o que minhas amantes costumam dizer sobre mim.

Jogo água nele, e Roën gargalha, a alegria genuína fazendo seu nariz se franzir. Isso me pega de surpresa. Ele quase parece outra pessoa.

— Por que você fez isso? — pergunto.

Seu sorriso se suaviza, e ele nada para perto de mim, tocando meu rosto.

— Por causa disso. — Seus dedos descansam nos cantos dos meus lábios. — Fazia tempo demais que eu não via isso.

CAPÍTULO SESSENTA E QUATRO

INAN

Encaro os mapas e os planos de batalha espalhados sobre nossa mesa enquanto absorvo a realidade. São apenas pergaminhos e tinta preta, mas delineiam nosso caminho para a vitória. Nossas tropas estão estacionadas diante de Lagos. Minha mãe e eu estamos longe de perigo. Cada armadilha está armada.

É hora de vencermos.

— Todo mundo está sabendo das ordens de invasão? — Minha mãe assume o comando com meu silêncio.

Sua voz baixa ecoa pela ahéré piramidal no centro do vilarejo de Ibadan, o revestimento de argila isolando a pedra do ar frio da montanha. Encaro o fogo que queima nos fundos da cabana enquanto os oficiais assentem.

— Por enquanto, é só. — Aceno com a mão. — Enviem-me atualizações do progresso.

Depois que eles batem continência e saem da sala, caminho até a lareira. O calor das chamas aquece minha pele enquanto espero pela sensação de satisfação, uma centelha de alívio. Mas não importa quanto tempo passe, me sinto apenas entorpecido. É difícil acreditar que esse é realmente o fim.

— Eu não devia estar aqui. — Ojore se aproxima quando o último oficial sai pela porta. — Me envie de volta a Lagos. Deixe que eu seja seu representante lá.

— Eu já tenho meu representante lá. Preciso de você aqui.

— Inan, não é seu trabalho me manter em segurança!

— Depois do que aconteceu com Jokôye, é, sim! — Eu me viro bruscamente e olho para ele com as narinas infladas. — Orïsha precisará de você quando tudo isso acabar. Eu também.

Minha mãe pousa a mão no ombro de Ojore, rompendo a tensão entre nós.

— Ainda há trabalho a ser feito. Coordene os guardas do perímetro para garantir que tudo esteja em ordem.

Ojore solta o ar, mas consegue assentir antes de marchar noite adentro. Queria compartilhar de seu desejo ardente pela luta.

Não consigo nem olhar nossos planos de batalha sem imaginar Zélie e Amari do outro lado. Não quero derrotá-las assim. Quem sabe se irão sobreviver?

— Este garoto. — Minha mãe balança a cabeça e sorri. Ela me entrega uma caneca cheia de vinho tinto antes de erguer a dela em um brinde. — À proteção do trono.

Brindamos e minha mãe dá um longo gole. Ela solta o ar, levando a caneca ao peito.

— Você está fazendo a coisa certa — diz ela.

Suspiro e me viro de volta para as chamas crepitantes.

— Não é o que parece.

— Nenhum custo é grande demais, se for finalmente encerrar esta luta.

Eu bebo, saboreando o líquido delicioso.

— Parece que a guerra já dura anos.

— De certa forma, dura.

Minha mãe corre uma unha pintada pela borda da caneca e olha pela janela quadrada, observando as famílias que fazem fila diante do poço do vilarejo.

— Esta guerra não começou quando a magia voltou, Inan. Você só está vendo o fim de uma batalha que já tirou a vida de inúmeras pessoas. No final do inverno, teremos varrido o flagelo maji desta terra. Mesmo seu maldito pai não conseguiu isso.

— Mãe, do que você está falando? — Pego seu braço. — Estamos lutando contra os *Iyika*. Não contra os maji.

— Estamos lutando contra *todos* eles. Há décadas. Esta guerra começou muito antes da Ofensiva. Começou antes mesmo de você nascer.

Minha mãe deixa de lado sua caneca e segura minhas mãos. O tom de sua voz me deixa desconfiado. Não gosto de como seus olhos âmbar brilham.

— Seu pai alguma vez lhe contou o quanto a monarquia chegou perto de se unir aos clãs maji?

Faço que sim, relembrando nossa conversa no navio de guerra antes de chegarmos à ilha sagrada. Foi nosso momento mais íntimo. A única vez que o vi confuso sobre o custo de ser rei.

— Aquele referendo teria mudado tudo — sibila minha mãe. — Em um estalar de dedos, os vermes teriam usurpado o trono. Essa cruzada começou no momento em que percebi que eu era a única pessoa que podia impedir isso.

— Impedir o quê? — pergunto com cuidado. Pelos céus, do que ela está falando? — Os queimadores assassinaram o rei. Foram eles que acabaram com o referendo.

Espero que ela corrija seu erro, mas minha mãe apenas sustenta meu olhar.

— O trono precisava ser protegido, Inan. Não importava a que custo.

Solto minhas mãos das dela, arregalando os olhos quando compreendo.

— Você foi a causa daquele ataque? — sussurro. — Você matou todas aquelas pessoas apenas para acabar com o referendo?

— Eu não disse àqueles queimadores o que fazer. — Minha mãe estende a mão para mim. — Apenas mostrei ao nosso povo o que aconteceria quando permitíssemos que os vermes pusessem os pés no palácio...

Aperto as mãos nos ouvidos, tentando bloquear o veneno que goteja da boca da minha mãe. O cômodo começa a girar. Meus dedos ficam dormentes.

Aqueles rebeldes quase incendiaram o palácio inteiro. Meu pai foi o único membro da família real a sobreviver. Se não fosse por isso, ele nunca teria se tornado rei.

Ele não teria retaliado com a Ofensiva.

Poderia ter funcionado. Teria funcionado. Houve uma chance de um caminho melhor.

Mas minha mãe destruiu essa chance.

Ela é a razão por que estamos lutando agora.

— Aqueles queimadores começaram uma guerra! — Empurro a cadeira para trás ao me levantar bruscamente. — Uma guerra que ainda estamos lutando! Milhares pagaram o preço! Como você consegue viver em paz?

— Fale baixo! — Minha mãe tenta pegar meu braço de novo, mas eu me afasto do seu toque. Busco arrependimento em seus olhos. Um pingo de remorso.

Não encontro.

—Todo esse sangue em suas mãos... —Toco meu abdômen quando minha cicatriz lateja. — Pelos céus, Ojore estava lá naquele dia. Ele teve que ver seus pais *queimarem*!

— Aquelas pessoas deram a vida para que a verdadeira Orïsha pudesse *viver*. — Minha mãe balança o punho. — Quando este reino estiver livre dos maji, não haverá dor. Nem guerra. Você será o governante que garantirá que cada sacrifício não foi em vão!

Ela pousa a mão no meu rosto, os dedos tremendo quando sorri.

— Lembre-se do que eu disse. Nenhum custo é grande demais se for para derrotar os maji.

CAPÍTULO SESSENTA E CINCO

ZÉLIE

Quando Roën e eu chegamos de volta ao santuário, mal consigo manter os olhos abertos. As celebrações já terminaram, deixando os maji que não conseguiram chegar à cama desmaiados pelo caminho. Passamos na ponta dos pés pelos corpos adormecidos nos cantos dos longos corredores e encolhidos nas altas escadarias. À distância, Nâo e Khani ainda cambaleiam ao lado da queda d'água, em paz nos braços uma da outra.

— *Hökenärīnusaī*. — Roën aponta para a porta do meu quarto.

Ele se arrasta atrás de mim, seus olhos sempre vigilantes quase se fechando. A aventura da noite já cobrou mais que seu preço, mas, apesar das horas juntos, ainda não quero que ele vá.

— O que significa? — pergunto.

— Bem-vinda de volta.

— *Höke-närī-nusaī* — repito, fazendo os olhos dele se arregalarem. — Falei tudo errado?

Ele faz que não.

— Faz anos que não ouço alguém falando na língua do meu lar.

As palavras dele me tomam como uma brisa fresca quando recosto o ombro na porta. *Entre*, penso. *Deixe terminar assim*. Mas quando Roën se aninha contra a parede, me vejo parada. Ele estende a mão, os dedos roçando minha orelha enquanto brinca com um cacho molhado dos meus cabelos.

— Você vem conosco amanhã?

Assinto, embora deseje que não seja verdade.

— Não posso mandar Tzain sozinho. Amari vai engoli-lo vivo. E mesmo se Mári e Bimpe não quiserem me seguir, fiz uma promessa. Falhei em proteger Mâzeli desta guerra. Tenho que fazer o que puder para protegê-las.

Roën corre os dedos pela curva do meu pescoço e seu toque apaga os outros pensamentos. Sua carícia desencadeia um arrepio pelo meu peito. Enterro as unhas na palma da mão, lutando contra a parte de mim que quer se afundar nele. Ainda não consigo acreditar no que vi hoje à noite. Tudo que ele fez apenas para me ver sorrir.

Depois que Baba morreu, não pensei que mais alguém cuidaria de mim desse jeito.

— Sabe, você não é tão sem coração quanto finge ser.

— Queria que fosse verdade. — Roën passa os dedos pelo meu colo, subindo ao meu lábio inferior quando franzo a testa. — Estava esperando outra resposta?

Solto o ar e desvio os olhos.

— Me apaixonei por um monstro uma vez. Não posso fazer isso comigo de novo.

Meu estômago se aperta quando ele segura minha nuca, puxando-me para mais perto. Seu olhar desce para meus lábios, e eu me vejo segurando o fôlego.

— Seu erro não foi se apaixonar por um monstro, *Zitsōl*. Foi se apaixonar pelo monstro errado.

— Então você seria o certo?

Roën sorri, mas sem alegria.

— Nunca fui o certo em nada.

Algo em meu peito murcha quando ele dá um beijo suave na minha testa. Roën me solta e vira as costas, partindo pelo corredor.

Deixe que vá, digo a mim mesma. Já conheço a dor de entregar o coração a alguém em quem nunca poderei confiar. Mas a cada passo que ele dá, tudo dentro de mim quer impedi-lo.

— Roën, espere — falo, embora as palavras me façam tremer.

Caminho na direção dele, lutando com a parte de mim que quer fugir correndo.

— Fique comigo. — Estendo a mão para pegar a dele, acariciando seus dedos. — Fique comigo. Mesmo que seja errado.

Arfo quando as mãos frias de Roën seguram meu rosto. Seu corpo se aperta ao meu, sua boca encontra a minha quando minhas costas batem na porta de madeira. Ele não me beija como se eu tivesse perdido pedaços do meu coração. Ele não me beija como se estivéssemos marchando para uma batalha. Ele me beija como se nunca fosse partir.

Como se tivéssemos todo o tempo do mundo.

— *Zitsōl*. — Sua testa se apoia à minha, e seu aroma de mel preenche minha respiração. Inan cruza minha mente, mas não é suficiente para me deter.

Tudo que tínhamos eram mentiras e promessas quebradas. Sonhos que nunca poderíamos alcançar. Com Roën, não há fachada. Apenas realidade.

Minha porta se abre com tudo quando me rendo a seu toque. A sentir seus lábios contra minha orelha. Ele faz com que eu me perca em seus braços, roubando meu fôlego a cada carícia.

— Tudo bem? — sussurra ele.

Minha respiração acelera quando ele aperta minha cintura, as mãos pairando pela barra da minha túnica. Faço que sim e imito suas ações, meus dedos viajando pelos músculos esculpidos do seu abdômen.

— Continue — sussurro.

Minha pele queima com seu toque. Respiro fundo quando ele me puxa para perto, os dedos correndo pelas minhas costas... De repente, uma dor lancinante corre minha pele. Relembro meus próprios gritos. Minhas cicatrizes formigam sob as mãos de Roën.

Eu me encolho e o empurro, hiperventilando enquanto o mundo gira ao meu redor. Embora eu relute, vejo o rosto de Saran. Sinto sua faca se enterrando na minha carne.

— Fiz alguma coisa errada? — Roën tenta tocar minha mão, mas eu a empurro. Cambaleio até a parede ao fundo, abrindo o máximo de espaço possível entre nós.

Tudo contra o que luto faz força para escapar, fugindo do meu controle. Ouço a voz de Mâzeli. Sinto o toque de Inan. Sinto o cheiro do sangue de Baba vazando de seu peito.

— Desculpe. — Roën se afasta, o medo tomando o lugar da confusão em seu rosto.

Parte de mim quer explicar, mas me contenho. Da última vez que alguém chegou tão perto do meu coração, ele não só me apunhalou pelas costas. Ele levou as pessoas que amo. Me deixou feridas que nunca vão se curar.

— Melhor você ir — sussurro.

— O que está acontecendo? — Roën franze a testa. — Fale comigo. Não precisamos fazer nada. *Zitsōl*, não é por isso que gosto de você...

— Bem, eu não gosto de você! — Dói dizer isso. Mas sei que é tudo que tenho. A única arma que pode afastar Roën. — Você é apenas um mercenário. — Balanço a cabeça. — Só um monstro de aluguel. Ao menos Inan era um rei. Ao menos ele *acreditava* em alguma coisa!

O olhar de Roën corta mais fundo que qualquer outra lâmina. Para variar, não vejo sua armadura. Apenas o garoto que me abriu os braços.

— Não gosto de você. — Minha respiração treme a cada palavra. — Nunca poderia gostar. Vá logo.

Seu rosto vira pedra enquanto ele caminha até a porta. Quando ela se fecha, eu me abraço, caindo no chão. Cubro a boca com a mão, tentando abafar o som do meu choro.

O silêncio ao meu redor queima mais que a lembrança das cicatrizes nas minhas costas.

CAPÍTULO SESSENTA E SEIS

AMARI

Raios mornos aquecem minhas costas, despertando-me. Murmuro o nome de Tzain, estendendo a mão para tocá-lo enquanto esfrego os olhos. Franzo o nariz ao olhar ao redor, buscando as paredes azulejadas do meu quarto de anciã. É como se tivessem me sequestrado durante a noite.

Estou cercada apenas de juncos.

— Pelos céus...

Corro os dedos pelos talos, as folhas emplumadas fazendo cócegas na minha mão. Narcisos altos brotam entre os juncos, salpicando os campos infinitos de amarelo.

Nem imagino onde estou. Parece real demais para ser um sonho. Até que sinto outra presença.

Meu coração para quando ouço sua voz.

— Precisamos conversar.

A visão de Inan é como um punho enterrado na minha barriga. O ar some do meu peito quando ele ergue as mãos em rendição, os lábios marrons retorcidos em uma careta.

— É a nossa mãe. — Sua voz treme. — Amari, se você soubesse as coisas que ela fez...

— E as coisas que você fez? — Eu me levanto, cambaleante. — Pareço idiota para cair nos seus truques de novo? Como ousa me invocar aqui depois de atacar nossa base?

— Olhe para mim! — Inan avança. — Olhe nos meus olhos. Se eu tivesse ordenado aquele ataque, por que teria saído para me encontrar com você? Por que perderia tempo falando com Zélie se eu soubesse que nossa mãe estava prestes a transformar aquele lugar em uma zona de guerra?

Abro a boca, mas as palavras dele me forçam a pensar. Ele pareceu tão confuso quanto eu quando ouvimos as trombetas do santuário.

Pensei que fosse tudo parte do seu truque.

— Sei que você não pode confiar em mim. — Inan balança a cabeça. — Sei que "desculpe" nunca será suficiente. Mas ser rainha significa que você não pode se deixar levar pelas emoções.

Estreito os olhos.

— Por que você me trouxe aqui?

— Você venceu. — As mãos de Inan caem ao lado do corpo. — Eu *me rendo*. Não consigo continuar lutando sabendo o que sei. Não quero participar desta guerra.

O que está acontecendo? Fico boquiaberta enquanto minha mente gira. Não consigo acreditar em uma palavra que ele fala, mas uma dor verdadeira cintila em seus olhos.

— Você realmente está renunciando ao trono? — pergunto.

Ele se encolhe, como se cada palavra fosse uma maldição.

— Pelo bem de Orïsha, eu desistiria de tudo.

Cerro os dentes, as pernas trêmulas quando dou um passo atrás. Não sei o que aconteceu, mas sei que ele está falando a verdade. Sacrificar-se pelo bem de Orïsha é tudo o que meu irmão sabe fazer.

Mas quando ele estende a mão, penso no pai de Zélie. No corpo alquebrado dela soluçando sobre o cadáver de Mâzeli. É desse jeito que Inan se infiltra. Como ele sempre vence.

Ele ficou tão bom em mentir que nem sabe quando está mentindo para si mesmo.

— Me deixe ir...

— Amari, por favor! — Inan fala com voz embargada. — Tudo o que aconteceu... começou com nossa mãe. Mas pode terminar conosco.

— Este reino não tem nenhuma chance de sobrevivência até que você e nossa mãe sumam de uma vez por todas. — Cruzo os braços. — Não preciso de você para vencer a guerra.

— Precisa, sim. — Ele leva a mão à barriga, rangendo os dentes de dor. — Nunca vai derrotá-la. Não tem como. Para nossa mãe, nenhum sacrifício é grande demais.

— Eu vou *vencer* — rosno. — E quando isso acontecer, vou compensar tudo que nossa família fez de errado. Serei a maior rainha de Orïsha. Mudarei o reino inteiro!

Cerro os punhos, ofegando.

— É a última vez que peço. Deixe-me ir. Agora.

Inan baixa a cabeça, parecendo murchar diante dos meus olhos. Isso faz minha garganta se apertar. Desvio os olhos para não chorar.

— Nunca quis que fosse desse jeito.

Cerro os olhos enquanto a paisagem de sonho começa a desaparecer.

— Nem eu.

· · · · · ◆ ◇ ◆ · · · · ·

Eu me sento, ofegando, agarrando o agbádá de Tzain contra minha pele nua. Ele ronca ao meu lado. Estou de novo em meu quarto.

Meu coração se debate no peito enquanto as palavras de Inan correm pela minha mente.

Nunca vai derrotá-la. Para nossa mãe, nenhum sacrifício é grande demais.

— Você está enganado — sussurro.

Os dois estão. A vitória está ao alcance dos meus dedos. Tão perto que consigo sentir seu gosto. Só preciso insistir mais. Ser mais ousada. Antecipar cada ângulo.

Para derrotá-los, tenho que ser implacável.

Tenho que estar disposta a lutar como a minha mãe.

Saio da cama com cuidado, sem querer despertar Tzain. Passo uma túnica velha sobre a cabeça e entro no corredor, meus passos ecoando no silêncio enquanto subo as escadas correndo.

Minha mãe e Inan estavam corretos em usar aqueles aldeões como escudo. Mesmo que corra o boato sobre sua localização, a presença deles nos deixa de mãos atadas. Mas se os aldeões saíssem do caminho... se não fossem um fator a considerar...

O novo plano toma forma em minha mente quando bato na porta de Jahi. Um xingamento ecoa antes de uma fresta se abrir.

O ventaneiro estreita os olhos por conta da luz da lanterna no corredor.

— Melhor estarmos sob ataque.

— É sobre Ibadan. Precisamos ajustar nosso plano.

Jahi dá um passo atrás, abrindo a porta.

— Os outros anciões estão vindo?

— Não. — Entro em seu quarto, imaginando o rosto de Inan. — Eles têm os planos deles. Este aqui fica entre nós.

CAPÍTULO SESSENTA E SETE

AMARI

Depois de quatro dias abrindo o túnel pelas montanhas ao redor de Ibadan, nosso ponto de entrada finalmente se abre. Kâmarū se afasta da pedra erodida, revelando a água cintilante que enche as cavernas subterrâneas. Meu estômago pesa como rocha ao vê-la ondulando lá embaixo. Os outros anciões olham para mim, esperando meu comando.

— Eles estão lá? — Eu me viro para Dakarai.

Atrás de nós, ele sussurra seu encantamento, invocando uma faixa de estrelas entre as palmas das mãos. Imagens translúcidas de diversos aldeões em suas ahérés piramidais surgem e desaparecem.

As paredes da caverna se apertam a cada cena que ele foca: crianças nadando no lago, pai e filha preparando o jantar ao pôr do sol, uma fila de pessoas pegando baldes de água do poço da aldeia.

Cada aldeão inocente é como uma mina explosiva no campo de batalha.

— Estão.

Agarro o braço de Tzain quando uma imagem translúcida de minha mãe e Inan aparece entre as mãos de Dakarai. Embora a imagem esteja pouco nítida daqui, ainda fora da cordilheira de Ibadan, conheço suas silhuetas.

Estão sentados dentro de uma ahéré piramidal cercados por oficiais militares. Parece estranho observá-los de longe. Completamente ignorantes do que está por vir.

— Não temos muito tempo. — Minha voz ecoa contra as paredes apertadas da caverna. — Os soldados que patrulham a aldeia trocam a guarda ao nascer do sol. Assim que Nâo localizar o caminho até os lagos de Ibadan, teremos que nos mover rápido para atacar durante a troca de turno.

— Vamos lá. — Nâo encaixa o capacete azul sobre a cabeça raspada. — Estou pronta. Quem vai mergulhar comigo?

Roën se levanta ao fundo do grupo, com uma expressão neutra. Assim que entrarmos, ele será nossa melhor aposta para encontrar o esconderijo de Inan.

— Eu vou também — Tzain se oferece. — Conheço o vilarejo. Posso ajudar a encontrá-los.

— Quem for com Roën vai ficar preso em Ibadan até Nâo voltar para nos buscar. — Balanço a cabeça. — Precisamos de alguém com magia.

— Eu vou.

Mal acredito em meus olhos quando Zélie ergue a mão. Ela não falou nem duas palavras comigo a semana toda. Fico surpresa até que esteja aqui.

— Eu me lembro da aldeia — diz ela. — Vamos encontrar o rei e a rainha enquanto vocês entram.

— Ótimo. — Meneio a cabeça para ela, mas Zélie não me olha. — O restante do pessoal, descanse, mas estejam prontos para agir. Assim que Nâo voltar, sairemos para dar fim a esta guerra.

Os anciões se dispersam no pequeno espaço que temos. Apenas Jahi fica para trás.

— E nós? — Ele baixa a voz, indicando Imani com a cabeça.

— Espere até todo mundo dormir — sussurro. — Então partam para as montanhas.

Um gosto amargo toma minha boca quando Jahi se vira para dar minhas instruções a Imani. O rosto da câncer fica pálido quando ele sussurra, mas ela olha para mim e acena com a cabeça.

Relaxe, Amari, eu me acalmo. *Não chegará a esse ponto*. Podemos derrotar minha mãe e Inan. Só precisamos seguir o plano.

Vou até Zélie; seu rosto está tenso enquanto ela veste a armadura.

— Obrigada. — Eu sorrio. — Você não precisava se voluntariar.

— Não vou deixar meu irmão se matar só para você poder se sentar no seu precioso trono.

Ela passa por mim, esbarrando no meu ombro, nem ao menos percebendo o quanto seu ódio me fere. Zélie se junta a Nâo enquanto a mareadora dá um beijo em Khani. As duas se abraçam antes de Nâo dar um passo à frente.

A mareadora avança até o ponto de entrada e estende a palma das mãos na direção da água enquanto um encantamento sai de sua boca.

— *Èyà omi, omi sí fún mi...*

Luz azul cintila ao redor de seus dedos magros, fazendo a água espumar enquanto gira pelo ar. Nâo salta para dentro do caminho vazio que cria, acenando para os outros a seguirem.

Roën põe sua faca no bolso, sem olhar para Zélie quando avança. Mas Zélie hesita diante do ponto de entrada. Tzain pousa a mão no ombro dela.

— Tem certeza de que não quer que eu vá? — pergunta ele.

— Está tudo bem. — Ela segura a mão dele. — Sou forte o bastante para acabar com esta guerra.

Tzain a abraça, apertando forte antes de soltá-la. Paro ao lado dele quando Zélie salta, aterrissando junto a Nâo e Roën.

— *Èyà omi, omi sí fún mi...*

Nâo continua seu cântico, manipulando a água ao redor deles para cobri-los e envolvê-los em um bolsão de ar, permitindo que se movam livremente pelo lago subterrâneo. Tzain franze a testa ao observar a irmã se afastando. Seu corpo fica tenso a cada passo que ela dá.

— Você realmente acha que eles vão conseguir? — ele pergunta, e eu me forço a assentir.

— Eles têm que conseguir. São os mais fortes entre nós.

Mas minhas unhas se cravam na palma das mãos quando os perco de vista.

Sei o que preciso fazer se não conseguirem.

CAPÍTULO SESSENTA E OITO

INAN

Minha mão treme ao redor da moeda de bronze enquanto estamos sentados na ahéré piramidal. A cada segundo que passa, sinto o peso das vidas que estão na balança. Minha mãe está à minha frente, sem sinal de todo o sangue que cobre suas mãos. Não há vestígio de culpa no rosto. Na verdade, ela parece estar contendo um sorriso.

— Vossa Majestade, recebemos notícias do palácio. — O general Fa'izah me entrega um pergaminho enrolado. — Os *Iyika* estão se aproximando das fronteiras de Lagos.

— Nossos soldados estão em posição? — minha mãe pergunta.

— Todos eles.

— Ótimo.

Ela sorri para os oficiais ao redor da mesa. Quando os olhos pousam em Ojore, a dor irrompe em mim. Não consigo desviar o olhar das queimaduras em seu pescoço. Queimaduras que ela causou.

Não sei como consegue sorrir para ele. Falar com ele. *Respirar* perto dele. Não fui capaz de olhá-lo nos olhos desde que soube da verdade.

Não sei quando conseguirei.

— Preciso de ar. — Eu me levanto, evitando o olhar de Ojore quando vou até a porta.

— Inan, precisamos ficar aqui dentro — diz minha mãe. — Os *Iyika* podem atacar a qualquer momento...

— Vou ficar bem — eu a interrompo. Não lhe dou outra chance de retrucar.

No momento em que saio, começo a correr. A brisa da montanha resfria o suor na minha pele. Tento absorver todo o entorno, ofegando. Mas quando ouço o grito de minha mãe me chamando, me esgueiro para a ahéré de ferro da fortaleza militar de Ibadan, trancando a porta antes que ela possa ver aonde fui.

A distância não ajuda a aliviar o peso de seus crimes. A apagar o sangue que minha família derramou. Minhas botas arrastam-se pelo chão de metal enquanto penso na carnificina que está por vir. Quantas pessoas precisam morrer para proteger um trono roubado? Quantas delas precisam ser maji?

Tenho que impedir isso.

Balanço a cabeça, caminhando pela sala vazia. Não importa se Amari não aceita minha rendição. Tenho que encerrar esta luta do meu jeito.

Cerro o punho quando a fechadura estala, e a maçaneta geme atrás de mim.

— Mãe, acabou...

Minha voz para quando vejo Ojore no batente da porta. Ele me encara com uma expressão vazia.

— P-pensei que fosse minha mãe.

A porta se fecha com um rangido em meio ao nosso silêncio. Ele avança, e a luz da lanterna cobre as queimaduras em seu pescoço. Desvio o olhar quando a náusea sobe pela minha garganta.

— Precisamos cancelar o ataque. — Encaro o chão. — Eu estava errado. Esta guerra... estamos levando as coisas longe demais.

— Por que você não olha para mim?

O frio em sua voz me congela. Os pelos da minha nuca se arrepiam quando ele dá um passo na minha direção.

— Não precisa se sentir mal, sabe? — Sua voz vira um sussurro. — Sua mãe claramente não se sente, e ela sabe da verdade há anos.

Parece que tem uma pedra na minha garganta quando ergo os olhos. Os lábios de Ojore se crispam em uma risadinha sinistra. Não reconheço a pessoa diante de mim. É como se o Ojore que conheço não estivesse mais ali.

— Eu não podia ficar aqui, com a luta acontecendo em Lagos — diz ele. — Não podia deixar meus soldados terminarem esta guerra sozinhos. Eu tinha ido lhe dizer isso. Não esperava trombar com você e sua mãe celebrando a morte da minha família.

As lágrimas presas na garganta dele são mais dolorosas que a espada do meu pai cravada na barriga. Não sei o que dizer. A cor esvai-se do meu rosto.

— Foi errado. — Eu balanço a cabeça. — Ela estava *errada*. Por isso estou cancelando tudo. É-é por isso que quero encerrar esta guerra!

Mas quando Ojore desvia o olhar, sinto que minhas palavras encontram ouvidos moucos.

— Você sabe as coisas que fiz por sua família? — Lágrimas marejam seus olhos. — Os maji que matei?

— Eu sei... — Pouso a mão em seu ombro. — Acredite, eu *sei*.

O rosto de Zélie preenche minha cabeça, e imagino a vida que ela poderia ter tido. A vida que ela *deveria* ter tido. Se as coisas fossem diferentes, talvez ela ainda vivesse nessas montanhas com sua família. A Ofensiva nunca teria destruído seu lar. Ela não teria cometido o erro de confiar em mim. Não teria cicatrizes nas costas.

— Durante todos esses anos, pensei que os maji fossem o inimigo — diz Ojore. — Eu os culpava. Eu os *odiava*. E foi ela o tempo todo!

Sua voz fica sombria, e algo muda nos olhos dele. Ojore se empertiga, o ódio transformado em uma nova resolução. Meu sangue regela-se quando ele saca a espada.

— Vou matá-la — sussurra ele entredentes. — Vou matá-la antes que ela mate mais alguém.

— Ojore, espere. — Ergo as mãos, me pondo entre ele e a porta. — Minha mãe responderá por seus crimes, eu prometo. Mas, neste momento, há vidas em jogo.

— Saia da frente.

Minha garganta fica seca quando ele ergue a espada até meu pescoço.

— *Saia da frente* — rosna ele. — Ou eu faço você sair!

Encaro a espada em sua mão antes de olhar para ele. Não há hesitação em sua postura. Nenhum sinal de que me dará uma chance.

— Ojore, este não é o caminho.

— Não vou pedir de novo.

Assim que a luz azul cintila na minha mão, Ojore ataca.

Eu me abaixo para evitar sua lâmina, e minha magia se extingue como uma chama. Ojore não pensa duas vezes e ataca de novo. Avanço para frente quando sua espada colide com a parede de metal.

— Não quero ferir você! — grito, mas uma fúria cega preenche os olhos dele. Não consigo evitar.

Puxo uma adaga do cinto, lançando-a na sua coxa. Mas com um aceno de sua mão, a adaga para no meio do ar.

Àṣẹ verde-escuro rodeia os dedos de Ojore enquanto a adaga paira entre nós.

CAPÍTULO SESSENTA E NOVE

ZÉLIE

— Èyà omi, omi sí fún mi...

Nâo continua a cantar enquanto as horas passam. Sua voz melódica se entrelaça ao pulso constante da água corrente, criando com sua magia uma barreira protetora ao nosso redor. Eu respiro o ar com cheiro de algas enquanto nos movemos metro a metro, as lanternas na nossa cintura iluminando o caminho.

— Não parece real. — Nâo baixa as mãos quando a parede de água se solidifica. O túnel escurece quanto mais avançamos para perto das margens do lago de Ibadan. — Está acontecendo mesmo. Vamos dar um fim a esta guerra.

Tento retribuir seu sorriso, mas dói fingir. A vitória pela qual estamos lutando está a poucos momentos de distância, e ainda assim eu não sentia um vazio desses desde que Baba morreu.

Mais uma luta. Fecho os olhos. Mais uma luta e posso deixar tudo isso para trás. Ao menos quando a guerra for vencida, Tzain estará em segurança. Baba e Mâzeli não terão morrido em vão. *E eu...*

Não sei como terminar o pensamento. Estar tão perto de Roën deixa meu peito apertado. Mas, quando isso terminar, estarei livre dele. Estarei livre de cada gota de dor e culpa.

— Zê, você está bem? — Nâo me olha quando fico em silêncio. — Ninguém te culpa por querer fugir. Todos nós fomos atingidos quando Mâzeli morreu.

Não fique triste.

As orelhas grandes do garoto surgem em minha mente, outra estocada no meu coração. Se ele estivesse aqui, estaria correndo pelas cavernas subterrâneas. Estaria se coçando para chegar às praias de Ibadan e terminar esta guerra.

— Sei que te decepcionamos. — Nâo suspira. — Mas precisamos de você. Não importa o que aconteça, você ainda é nossa soldada.

— Você deveria saber que sua soldada é uma covarde — retruca Roën às nossas costas. — Tudo que a *Zitsōl* quer é fugir. Não espere que ela lute por vocês quando tudo isso acabar.

Cerro os dentes para o comentário de Roën ao me virar. Ele encara meu olhar raivoso com um sorrisinho apático e continua.

— O quê? — desafia ele. — Estou errado?

Estreito os olhos.

— Que foi? Feri seus sentimentos, e agora você quer fazer joguinhos?

— Só quero que ela saiba a verdade. — Roën dá de ombros. — Pareço ser o único a enxergar quem você é.

Nâo reduz a velocidade até parar, os olhos passando entre nós dois.

— Vocês precisam conversar...?

— Continue andando — falo, ríspida. — Roën só quer atenção.

Eu me viro de novo, levando as mãos aos ouvidos quando ele continua a gritar.

— Esses idiotas sangram por você. Morrem por *você*. E tudo o que você quer é fugir e lamber suas feridas...

— Que direito você tem de falar isso? — Viro bruscamente. — Você abandonou sua casa!

— Porque eu não tinha nada! Eu não tinha ninguém. Você vai *vencer* e ainda tem um monte das pessoas que ama! Não sinto pena de você. Pare de sentir pena de si mesma!

Minha garganta queima quando paro, a respiração trêmula. O ar parece estranho na minha língua. As paredes da caverna começam a se fechar.

— Você não pode me julgar — sussurro. — Eu não pedi nada disso!

— Ninguém pediu, mas você está aqui. Está aqui quando muitas pessoas não estão! — Roën segura a própria cabeça como se fosse arrancar os cabelos. — Você sobreviveu à Ofensiva. Aos guardas. Sobreviveu à ira de um *rei*. Você não é uma vítima, Zélie. Você é uma sobrevivente! Pare de fugir!

Não consigo me mexer depois de ouvir suas palavras. Elas me atingem fundo. Roën me encara antes de soltar um suspiro lento e apertar o punho contra a testa.

— Esqueça. — Ele baixa as mãos e passa por nós duas. — Sou apenas um mercenário. O que eu sei?

— Roën. — Levo a mão ao peito quando minha garganta se fecha. O ar parado da caverna começa a sumir. Minha cabeça começa a girar.

— Devagar! — Nâo estende a mão, aumentando o túnel de ar quando Roën avança. — Não sei o que está acontecendo entre vocês dois, mas precisamos ficar juntos!

Quando Roën não lhe dá ouvidos, Nâo solta um xingamento, abrindo outro túnel de ar. É quando eu vejo.

A centelha vermelha mínima sobre os cabelos pretos dele.

— Roën — eu o chamo, mas ele não se vira. Começo a correr quando o cheiro de óleo chega ao túnel. Meus pés batem contra a rocha dura. — Espere!

Eu reconheceria este cheiro de queimado em qualquer lugar.

— Roën, *pare!*

Empurro Nâo para trás.

O primeiro pavio estoura quando ele se vira.

CAPÍTULO SETENTA

ZÉLIE

Bum!

BUM!

BUM!

É como uma fileira de dominós caindo de uma vez.

O primeiro pavio é apenas o gatilho.

Dezenas de bombas estouram.

Os deuses tiram o chão sob nossos pés quando a caverna despenca em todas as direções. Meu corpo lateja violentamente enquanto giro pela água e pela escuridão.

— Roën! — Tento berrar, mas a água abafa meus gritos. Meus ouvidos zumbem pela série de explosões. Não consigo enxergar nada.

As rochas que desabam passam lacerando minha pele. A loucura só para quando minhas costas batem contra o chão duro. A colisão arranca preciosos segundos de ar dos meus pulmões. Agarro meu pescoço quando a água enche minha garganta.

Socorro!

Minha garganta queima enquanto engasgo. Antes que eu possa descobrir o caminho para a superfície, grandes rochas avançam na minha direção vindas do teto da caverna.

Cerro os dentes quando uma pousa sobre a minha perna. A pedra se crava na minha carne, cortando os músculos quando puxo. Abro os olhos para a escuridão quando a verdade me atinge.

Ninguém virá me salvar.

Acabou.

A percepção faz meu peito apertar. Chuto, arranho, bato, mas meus dedos só encontram cascalho.

Sempre pensei que minha vida terminaria em um lampejo. Agora sinto cada segundo que passa até meu fim. Empurro o pedregulho com a perna livre, para ter apoio, mas a pedra irregular corta como faca. Minha canela queima quando a pedra raspa o osso.

Desista...

O sussurro vem das minhas profundezas. Lágrimas enchem meus olhos enquanto meu corpo afunda no solo frio.

Não há guerra depois disso. Nem cicatrizes que nunca vão se curar. Conheço a paz do abraço da morte.

Já senti o gosto da liberdade que fica além da dor.

Desista, falo sem emitir som, agarrando-me às palavras enquanto meus pulmões clamam por ar. Quase consigo ouvir a canção da Mãe Céu quando a silhueta de Mama brilha na escuridão.

Ela cintila com a luz branca, ficando cada vez mais forte quando a figura de Baba aparece ao seu lado. Ergo a cabeça do chão.

Em seguida, ouço a voz de Mâzeli.

— *Jagunjagun!*

Quase dou risada para a terceira silhueta que aparece. Ele está ao lado de Baba, as orelhas ainda grandes demais para sua cabeça.

Estendo a mão na direção do brilho de Mâzeli, tudo em mim querendo agarrá-lo. Não consigo mais aguentar a dor.

Não há nada mais que eu possa oferecer a este mundo.

Sua luz estende-se na minha direção, uma mão me puxando para o além. Mas quando a luz me atinge, Mâzeli não me leva para o outro lado.

Ele me dá uma visão.

O tempo para quando os momentos antes da explosão irrompem pela névoa de minha mente. Vejo o brilho vermelho. Sinto o cheiro de gás que queimou minhas narinas.

O círculo de bombas explode atrás da cabeça de Roën, estourando as paredes do túnel e nos lançando neste abismo. Não consegui entender na hora, mas houve muitas explosões. Suficientes para exterminar um exército. Suficientes para exterminar *nosso* exército.

Não...

Minha cabeça gira quando compreendo. Não desencadeamos um ataque.

Entramos em uma armadilha.

A verdade é como outro pedregulho caindo sobre meu peito. Pensávamos que tínhamos uma vantagem, mas, de alguma forma, a monarquia sabia que estávamos chegando. Sabiam que tomaríamos este caminho.

Se eles armaram essa armadilha aqui embaixo, que outros perigos existem lá em cima? Que armadilhas criaram para nosso pessoal marchando para Lagos? Os maji e os divinais estão quase indefesos.

Todos os nossos anciões estão aqui!

— *Nana...*

Meu corpo fica entorpecido de medo enquanto a canção da Mãe Céu vibra pela minha pele. Embora a silhueta de Mâzeli recue, o abraço morno da morte se estende para mim quando meus pulmões falham. A água descendo pela minha garganta arde como fogo, me sufocando. Queima mais que qualquer dor que já senti. Mais do que meu corpo consegue aguentar.

Tudo dentro de mim berra para desistir. Para cair na escuridão. Encerrar o sofrimento.

Mas, além da dor, vejo o espaço entre os dentes da frente de Mári. A mancha clara ao redor dos lábios castanhos de Bimpe.

Vejo o rosto de cada ceifador que conheci. Vejo a risada do meu irmão. Vejo Amari e os outros anciões.

A monarquia que precisamos derrotar de algum jeito.

A dor é demais para suportar e, ainda assim, a agonia me impulsiona. A dor que tive tanto medo de sentir é minha maneira de saber que ainda estou viva.

É como sei que ainda há algo dentro de mim que pode lutar.

Ẹ tọnná agbára yin.

As tatuagens na minha pele se acendem com a luz dourada quando invoco o comando na minha cabeça. Enquanto elas me aquecem sob a água fria, deixo que amplifiquem a pouca força vital que sobrou em mim.

Um grito silencioso escapa em bolhas quando urro. Embora não tenha mais nada para dar, me impulsiono com todo o meu ser.

Minhas pernas queimam quando a pedra corta até o osso, esfolando a carne da minha canela. Com um suspiro, minha perna se liberta. Meus braços começam a se mover.

A água luta comigo quando dou impulso no fundo do lago, seguindo aquele comando. Tzain. Amari. Roën.

Se eu morrer agora, eles não terão chance.

Viva.

Cada músculo do meu corpo amolece, sem nenhum oxigênio. Mas eu ergo uma das mãos, trêmula, imaginando cada um dos meus ceifadores.

Um brilho púrpura atravessa a escuridão, estrondando quando as sombras saem girando dos meus dedos. Elas se prendem a algo lá em cima, puxando-me pelas águas.

Quando subo, tudo desaparece. Cada gota de dor. As palavras finais de Mâzeli. O sorriso de Baba. A corrente preta enrolada ao redor do pescoço de Mama.

Engasgo quando deixo para trás cada cicatriz no meu coração e irrompo pela superfície da água.

Viva.

Quero viver.

CAPÍTULO SETENTA E UM

INAN

Baixo as mãos quando a adaga paira no ar. Não acredito nos meus olhos. Ojore controla o metal com as mãos.

Ele solta a espada destinada à cabeça da minha mãe enquanto vira a adaga na minha direção.

— Você é um maji?

Um sorriso irônico surge nos lábios dele.

— Prefiro o termo tîtán.

Ele gira o dedo, e a adaga sai voando. Eu salto para fora do caminho, e a lâmina bate na parede de ferro atrás de mim. Bem onde minha cabeça estaria.

Nem tenho chance de me levantar quando as placas sob meus pés se transformam. O metal envolve meu tornozelo como mercúrio. Colunas cilíndricas sobem do chão.

Grito quando uma me acerta na barriga. Outra se choca contra meu queixo. Uma coluna achatada bate no meu peito com tanta força que viro de costas.

Ojore me observa do canto. Um soldado tremendo com as emoções. Seu domínio da magia é maior do que o de qualquer um que já vi. Muito além das capacidades de um soldador comum.

— Eu me odiei — sussurra ele. — Odiei o que me tornei. Achei que a magia era o problema, mas eram *você* e sua mãe o tempo todo!

Tiro outra adaga do cinto e a arremesso, mas Ojore parte o metal ao meio antes que possa atingi-lo. O ar tilinta quando a arma se estilhaça em agulhas grossas. Com um estalar dos dedos, as lascas perfuram minha coxa.

— Você não merece o trono.

A agonia é tão grande que só consigo arfar. Eu me debato quando o metal entra no meu sangue. Fechando o punho, Ojore arranca a armadura de sua pele.

Ela se molda ao redor de seu bíceps, transformando-se em uma lâmina serrilhada.

— Você não pode reclamar o direito de liderar depois de tudo que fez para partir esse reino ao meio.

O metal embaixo de mim se transforma, enrolando-se nos meus pulsos. Mal consigo enxergar quando Ojore me ergue, me deixando pendurado diante dele com amarras de metal.

— Você e sua mãe. — Ele balança a cabeça. — Vocês são um veneno.

Ojore derrete meu peitoral, erguendo minha camisa para alinhar sua lâmina com a cicatriz que meu pai deixou.

— Pretendo encerrar a epidemia que vocês...

Eu tomo impulso para frente, batendo meu joelho em seu queixo. Um estalo alto ecoa pela sala quando as pernas de Ojore cedem.

As amarras de metal dissolvem-se quando ele cambaleia, e eu vou ao chão. Mas quando Ojore avança, uma nuvem cobalto sai da minha mão. Os ossos no meu braço estalam quando minha magia o atinge no peito, paralisando-o momentaneamente.

Eu me arrasto na direção da porta quando Ojore arreganha os dentes, lutando contra meu controle. Seu corpo estremece enquanto eu tento escapar.

— Socorro! — grito, minha voz rouca.

Ojore urra como um animal, os punhos cerrados enquanto ele arranca as placas de metal das paredes. As chapas de ferro me cercam enquanto eu rastejo, virando lâminas.

Olho para trás, sem reconhecer o monstro que está usando o rosto de Ojore. Nós fizemos isso com ele. Nós o envenenamos com todo o nosso ódio.

Agora pagaremos o preço. Não consigo nem fingir que ele não tem razão. Ojore merece compensação por todo o sangue em nossas mãos. Toda Orïsha merece...

— Inan!

Um estouro arranca a porta da fortaleza.

Levanto a cabeça quando minha mãe avança na nossa direção e estende a mão, fazendo uma coluna de terra se erguer do chão.

Os olhos de Ojore arregalam-se quando a terra perfura sua barriga. As lâminas de metal que me cercam caem no chão, estalando com o impacto. Ojore inclina-se para frente enquanto o sangue vaza de suas entranhas, empoçando no chão prateado.

— Rápido! — grita minha mãe. —Traga os curandeiros! Precisamos recuar!

O baque surdo de botas vem na minha direção, mas não consigo ver além do ódio congelado no rosto de Ojore.

Ele está morto.

Ojore está morto.

Essa percepção dói mais que qualquer ferimento.

CAPÍTULO SETENTA E DOIS

ZÉLIE

Arfo ao chegar à superfície. Luto para respirar entre tosses. Montanhas nada familiares me cercam. Uma luz amarelo-pálida brilha acima.

Me arrasto até a faixa estreita de pedras ao longo da superfície da água, tremendo ao me agarrar a algo sólido. Minha garganta queima quando tusso, expelindo água dos pulmões sobre a pedra da montanha.

Respire, ordeno a mim mesma. O ar nunca teve um gosto tão doce. Tento inspirá-lo enquanto luto para pensar com a mente nebulosa.

Minha mente gira em ondas, mas um pensamento irrompe pelo ruído. Não era a que estava mais longe da explosão. Mas a caverna despencou bem acima da cabeça de Roën.

Se ele ainda estiver vivo, precisa da minha ajuda!

Embora eu ainda esteja engasgando, inalo todo o ar que posso. Só me dou mais um segundo antes de mergulhar na água.

Ẹ tọnná agbára yin.

As marcas da pedra da lua brilham na minha pele, iluminando meu caminho pela escuridão. Somente uma vida pulsa nas profundezas da água.

Uma vida que fica cada vez mais fraca a cada segundo.

Estou indo!

Minha perna lateja. O vermelho vaza na água a cada chute, mas a agonia é um presente. É como o ar para os meus pulmões, lembrando que a luta continua.

Meu coração se aperta quando vejo o corpo inconsciente de Roën. Sua força vital é fraca, a apenas centímetros da morte. Uma máscara rachada, como a que usamos para surfar com a baleia azul, pende de seu nariz, lhe dando as últimas respirações.

Eu me aproximo e vejo a imensa rocha que esmaga seu bíceps, prendendo-o ao chão rochoso. Apoio a perna boa contra a pedra, mas é muito pesada para rolar. Não importa o quanto eu o remexa, o corpo dele não se move. Nosso tempo está acabando.

Roën estende a mão e aperta meu pulso quando as últimas bolhas saem dos seus lábios. Embora não consiga falar, sinto sua ordem.

— *Vai.*

Não!, grito para mim mesma. Quantas vezes ele me salvou? Me puxou de volta à superfície quando eu me debatia na água? Não vou deixar que se afogue. É minha vez de resgatá-lo.

Èmí òkú, gba àáyé nínú mi...

As sombras roxas se espalham como tinta pela água quando os olhos de Roën se fecham. Minhas sombras empurram a pedra, mas estão fracas demais. Lentas demais.

Os membros de Roën começam a flutuar. Só tem uma maneira de libertá-lo.

Meu coração palpita quando minhas sombras se movem, enrolando-se no braço dele. Outra sombra se espalha pela água, criando uma lâmina serrilhada. Faço uma oração para Oya e fecho os olhos.

Minha sombra corta o braço quando uso meu último fôlego.

CAPÍTULO SETENTA E TRÊS

ZÉLIE

Fique comigo.

Nado com o pouco de energia que me resta, puxando o corpo de Roën. Seu braço decepado jaz lá embaixo do rochedo.

Minhas tatuagens brilhantes iluminam o rio vermelho que vaza do seu ombro aberto. Tento esquecer quanto tempo ele está sem ar quando finalmente irrompemos na superfície.

— Fique comigo! — grito, pressionando seu peito. A água jorra de sua boca, e ele engasga ao cuspi-la.

Seu corpo estremece enquanto o arrasto pela faixa de terra. Mas não vou deixá-lo morrer.

Não vou perder outra pessoa que amo.

— Zélie.

Roën se esforça para falar meu nome entre suspiros trêmulos. Seus olhos de tempestade viram em todas as direções, mas não conseguem apreender nada. Ele estende para mim a mão que lhe resta. Parece não compreender.

— Meu braço. Meu bra...

— Só fique comigo. — Aperto o ferimento, mas o sangue quente ainda vaza entre meus dedos. O coração de Roën bombeia com o dobro da velocidade, batendo forte contra a caixa torácica.

As sombras do torniquete esvanecem, pois minha força está se esvaindo. Os olhos de Roën finalmente param na lua lá em cima. Seus lábios se abrem enquanto ele se esforça para respirar.

— Minha mãe — ele ofega. — Ela cantava...

— O que ela cantava? — Com a mão ainda pressionada sobre o ferimento, eu arranco o cinto de Roën. O sangue flui livre enquanto eu o amarro forte um palmo abaixo do ombro ferido. — Roën, o que ela cantava? — grito, sem me importar se alguém vai ouvir.

A voz dele é pouco mais que um sussurro, mas ele cantarola em um tom estrangeiro que fica mais alto a cada nota.

— *Huh-mmm... huh-mmm...* — Ele luta para continuar. Sua voz falha como a de um filhote de passarinho, mas, ainda assim, consigo ouvir as reminiscências de sua terra natal.

— Continue. — Luto contra as lágrimas, enfiando uma pedra comprida no nó do torniquete. — Por favor, Roën. É linda.

— *Huh-mmm... huh-mmm...*

Uso a pedra como alavanca e giro. O cinto de Roën quase arrebenta ao se esticar, o sangue parando apenas quando o couro estala.

— Ela cantava assim. — Os olhos dele desfocam. — Quando chovia... sempre chovia...

— Ei! — Dou um tapa no seu rosto. — Continue. O que ela dizia?

Ele tenta falar, mas não sai nenhuma palavra. Seus lábios rosados ficam azulados. O sangramento pode ter parado, mas a pele continua empalidecendo.

Não basta.

— Roën, por favor! — Meu coração se parte enquanto aninho sua cabeça no colo. Seu corpo está frio. Minhas lágrimas escorrem em seu rosto. — Continue falando. O que ela dizia?

— O trovão — ele consegue rouquejar, mas a voz dele está vacilante. Embora pareça que vou me estilhaçar, eu me forço a cantar as notas.

— *Huh-mmm...*

Roën estende a mão trêmula para cima e agarra a minha.

— Só fique comigo. — Acaricio seus cabelos entre as notas. — Vou cantar o quanto você quiser, mas você precisa ficar aqui.

Ele acena com a cabeça, mas sua respiração escapa em jorros rápidos. As veias saltam no pescoço enquanto ele luta por ar. Pela vida.

— Roën, por favor. — Movo minha mão ensanguentada dos cabelos para o rosto dele. Sob a pele, sua força vital diminui, se esvaindo como grãos de areia caindo.

— *Zïtsōl*. — Ele força a palavra em seu último suspiro e me agarra com as forças finais. — *Lar*.

A confusão me atormenta enquanto seus dedos amolecem. Mas quando compreendo, meu corpo vira pedra.

Lar...

Era esse o significado.

— Roën! — grito, mas ele não se move.

Seus olhos não se abrem. O peito não se mexe.

— Roën! — Meu grito ecoa. — Roën, por favor — sussurro entre seus cabelos. Mas ele não está mais aqui.

Ele se foi.

A dor abre um buraco no meu coração. Minhas mãos ensanguentadas vão ao peito. Embora haja ar, não consigo respirar. Mas quando minhas tatuagens brilham com luz fraca, vejo uma centelha dourada no coração de Roën. Menor que uma semente.

Menor que uma lágrima.

Enquanto ela se esvai diante dos meus olhos, penso na minha *ìsípayá*: o fio de vida dourado que se entremeou com o púrpura. Pensei que Oya estivesse me mostrando a verdade por trás dos cênteros e da fonte de sua magia. Mas e se eu fosse a luz púrpura?

E se o dourado fosse Roën?

— Oya, por favor. — As tatuagens em minha pele cintilam de novo. Pela primeira vez, não brilham em dourado. Brilham com o púrpura dos ceifadores.

A semente brilhante é o único sinal de vida no corpo de Roën, mas é o bastante. Ainda mantém um restinho de vida.

— Ẹ tọnná agbára yin.

Partículas de luz púrpura se cristalizam diante do meu peito e se entremeiam como minhas sombras da morte, formando um fio quebradiço, retorcido.

Insisto, embora mal consiga me manter consciente. O fio se move como uma faca, perfurando o peito de Roën enquanto seu corpo se ergue sobre a pedra. Sinto o momento em que perfura o coração dele. Cerro os dentes quando meu coração sente o esforço.

— Ẹ tọnná agbára yin — eu arfo. — Ẹ tọnná agbára yin!

O fio leva tudo o que tenho, embora mal haja vida para dar. O mundo se esvanece quando a luz da pedra da lua diminui.

O corpo de Roën flutua de volta ao chão, e meu corpo cai com ele, desabando sobre seu cadáver. Pressiono o ouvido contra seu peito. A escuridão se aproxima.

Oya, por favor...

Minha visão desaparece primeiro. Então, meu corpo fica inerte. Começo a perder a audição, mas no último momento, eu escuto. Suave como as marés do oceano.

O bater frágil do coração dele.

Agora, ligado ao meu.

CAPÍTULO SETENTA E QUATRO

AMARI

Pela primeira vez desde a sua morte, desejo que meu pai estivesse vivo. Acorrentado nos porões do palácio. Em algum lugar onde eu pudesse falar com ele.

Quando o sol se ergue sobre a boca da caverna, a voz na minha cabeça não basta. Preciso de alguém que me dê respostas. Que me diga qual caminho é o correto.

— Precisamos ir atrás deles! — Tzain interrompe meus pensamentos.

A preocupação acentua todas as linhas firmes de seu rosto. Ele não está implorando para segui-los, como fez a cada hora. Dessa vez é uma ordem.

— Aconteceu alguma coisa.

— Não tire conclusões precipitadas! — eu ralho. Não posso deixar que Tzain me desestruture agora. Eu já estou me desestruturando.

O que vou fazer?

O que posso fazer?

O que devo fazer?

A cada segundo que passa, nossa vitória fica mais distante. O futuro de Orïsha está explodindo. Precisamos derrubar minha mãe e Inan agora, enquanto estão isolados e sozinhos. Se não pudermos fazer isso aqui, não venceremos esta guerra.

Nunca vai derrotá-la. Não tem como. Para nossa mãe, nenhum sacrifício é grande demais.

Inan tem razão. Não conseguirei vencer a menos que jogue como eles. Mas eu realmente consigo continuar com isso? Algum custo é grande demais, se for para essa loucura terminar?

Penso em todos os aldeões que vimos na busca de Dakarai, as crianças brincando no lago, os pais enfileirados no poço da aldeia. Penso no que vai resultar varrer minha mãe e Inan da face da Terra.

Penso no fato de que Zélie talvez esteja viva dentro daquelas paredes.

Como eu poderia sacrificá-la, depois de tudo que fez por mim? Com tudo que ela significa? Ela e Tzain são as pessoas que mais amo neste mundo.

Quem eu serei, se sacrificar esse amor apenas para vencer a guerra?

— Olhem!

Ergo a cabeça bruscamente quando Kâmarū corre até o ponto de entrada. Khani grita quando Nâo se ergue da caverna aberta, a água lançando-a para cima.

Ela desaba no chão de pedra, sangue e escoriações cobrindo sua pele. Meu estômago se aperta quando percebo que Zélie e Roën não estão com ela.

— O que aconteceu? — Tzain corre até eles. — Onde está minha irmã?

— Não sei — diz Nâo, entre tosses. — Houve explosões...

Antes de ouvir o restante, Tzain sai em disparada na direção da boca da caverna.

— Tzain, não! — Ele não pode entrar na aldeia. Não sabe o que está prestes a acontecer. — Tzain! — berro, mas ele corre como um homem possuído. Outros anciões o seguem. Há apenas uma maneira de pará-lo.

—*Ya èmí, ya ara!*

Usar minha magia contra o garoto que amo parte meu coração. Tzain grunhe quando a luz cobalto o acerta nas costas. Com um chacoalhão, ele tomba no solo da caverna. Suas pernas ficam congeladas. Ele nunca me perdoará por isso.

Eu nunca me perdoarei.

— O que você está fazendo? — grita ele, e minha decisão vacila.

— Você não pode ir. — Eu fecho o punho. — Nenhum de vocês pode.

Ele arreganha os dentes, mas a raiva cede quando entende.

— O que você fez? — sussurra ele. — Amari, o que você fez?

As perguntas de todos começam a ecoar de uma vez, afogando-me em caos. O primeiro a perceber a ausência de Jahi é Kâmarū. Khani grita o nome de sua irmã.

Minha mãe não pararia.

Aperto as mãos sobre as orelhas, tentando bloquear o barulho. Ela sacrificaria qualquer um para vencer esta guerra. Como posso encerrá-la, se eu não fizer o mesmo?

— Amari...

— Todo mundo, cale a boca! — grito enquanto os segundos passam. O sol se ergue cada vez mais no céu. Enterro as mãos nos meus cachos.

Golpeie, Amari. Penso no rosto do meu pai. Não preciso dele vivo para saber o que teria dito. Não teria importado se fosse sua primeira escolha ou último recurso. Não importaria se custasse todos que ele amasse.

Serei uma rainha melhor.

As últimas palavras que disse a ele ecoam em meus ouvidos. Se eu seguir o plano, não serei melhor que ele.

Mas se não seguir, nunca terei a chance de salvar Orïsha.

Então, o sol bate a marca em que os soldados que patrulham a aldeia trocam a guarda. Em alguns segundos, perderemos tudo.

Eles nos encontrarão a qualquer momento.

— Sinto muito — sussurro as palavras ao vento quando levo a trombeta aos lábios.

Minhas lágrimas caem quando o sinal ressoa.

CAPÍTULO SETENTA E CINCO

ZÉLIE

Não sei se é possível se sentir mais drenada do que me sinto agora.

Meu corpo pesa como chumbo.

Cada passo me empurra para além da morte.

Roën ainda está inconsciente, seu braço remanescente ao redor do meu pescoço. Eu o seguro pela cintura enquanto o arrasto adiante.

— Estamos quase lá — sussurro para ele e para mim.

Não sei quanto tempo ficamos caídos às margens do lago das montanhas, mas quando abri os olhos, a lua ainda brilhava lá em cima. Depois de caminhar pelas trilhas frias e rochosas, vejo minha antiga aldeia brilhando como uma estrela solitária na noite. As ahérés piramidais aparecem a um quilômetro de distância, criando sua própria cordilheira ao redor dos lagos onde Tzain e eu costumávamos brincar.

Pensei que voltar para casa depois de todo esse tempo apenas me traria mais dor. Que eu só lembraria a noite horrível da Ofensiva. Mas, nas montanhas, vejo as noites em que Baba e eu nos deitávamos na frente da nossa ahéré e contávamos estrelas. Lembro de ver Mama e os ceifadores cantando nos picos mais altos, limpando a aldeia dos espíritos sob a lua cheia.

Sinto tudo que pensei que havia perdido. Sinto o amor dos meus pais.

Apesar de toda a dor, é outro lembrete para continuar.

Eu insisto, me movendo apesar do tanto que minhas pernas tremem. Um pedaço de pano envolve minha canela, o único jeito de pôr pressão nas minhas feridas. Mal consigo aguentar meu peso, que dirá o de Roën. Sua respiração continua fraca, mas o coração ainda bate com o meu. Puxo força de nossa conexão mesmo que mantê-lo vivo me drene.

Não sei quanto tempo temos até que a conexão devore a nós dois, mas a vontade de viver ainda respira dentro de mim, um fogo queimando mais brilhante do que nunca.

Não quero correr. Não quero apenas sobreviver. Quero lutar.

Quero vencer...

Wa-ooooooooo!

Meu coração tem um sobressalto quando uma trombeta ressoa. Espero os tîtán de Nehanda surgirem. Mas essa trombeta não é a mesma que eles sempre usam. Na verdade, é estranhamente familiar.

Parece a nossa...

Deito Roën no chão quando os ventos mudam de direção. O ruído de asas enche o ar. Falcões de penas pretas voam sobre nós, invadindo o céu como uma tempestade quando a trombeta toca de novo.

Me agarro à rocha acima de mim, escalando em meio aos gritos e piados agudos das aves. Os falcões não estão voando na nossa direção. Estão fugindo de outra coisa.

Não sei o que me espera quando me ergo sobre o penhasco, mas quando vejo, minhas mãos perdem as forças. Lá em cima, os ventos se movem em um círculo violento, aumentando de velocidade enquanto se juntam, uma esfera de ar criando uma redoma.

— Pelos deuses, o que é isso?

O receptáculo toca o chão — um portal fechando-se ao redor das fronteiras de Ibadan. Não, não um portal.

Uma barreira que mantém todo mundo do vilarejo preso dentro dele...

Amari, o que é isso? Estreito os olhos, buscando o brilho de nossas armaduras coloridas. Mas todas as perguntas se desfazem quando percebo a verdadeira natureza desse ataque. Nuvens cor de ferrugem se formam à distância.

O gás de câncer sobe pelo céu, erguendo-se a um quilômetro no ar e criando um paredão dentro da redoma de vento. Apenas esperando ser liberado sobre minha aldeia indefesa.

— Amari, não faça isso — sussurro, implorando de longe.

Há um sopro quando a nuvem pende nas fronteiras de Ibadan, ficando mais alta e espessa a cada segundo. Mas quando a trombeta ressoa de novo, a nuvem avança.

O gás é liberado para ataque, lançando o paredão da morte.

— Não! — eu grito.

A nuvem se move como uma onda, tomando tudo no caminho. Pássaros grasnam ao tentar escapar e batem na esfera giratória de ar, sendo lançados em outra direção. As asas de um se dobram ao entrar na nuvem.

O segundo é atingido pelo gás e seu corpo murcha, despencando no chão.

— Corram! — grito a plenos pulmões, sem me importar quem vai me ouvir. À distância, alguns aldeões saem de casa, maravilhados com a fumaça laranja.

Tento descer do penhasco, mas só consigo me estatelar no chão. Não tem como minhas pernas serem rápidas o bastante. Tenho que usar minha magia. Tenho que me mover como Mâzeli.

— *Èmí òkú, gba ààyé nínú mi...*

Quatro sombras da morte saem girando dos meus quadris como faixas enquanto eu envolvo Roën nos meus braços. Penso no jeito que Mâzeli voou pela selva quando minhas sombras avançam.

As pedras racham quando as sombras se cravam no solo da montanha. Só tenho um instante antes que meu corpo voe pelos ares, impulsionado por minhas sombras como um estilingue.

Cerro os dentes, apertando o corpo de Roën enquanto o mundo passa voando. As montanhas ficam borradas frente ao paredão laranja-pálido, e eu luto para não inalar o gás. Enquanto sou jogada para frente, o céu vira o chão. Não tenho muito tempo para me orientar antes de descer. Embora minha magia esteja fraca, forço novamente.

— *Jáde nínú àwon òjìjí re. Yí padà láti owó mi!*

O paredão de gás se aproxima enquanto me balanço através dos picos das montanhas com minhas sombras. O centro da aldeia de Ibadan fica mais perto. O último lugar que o gás tóxico vai atingir. Aterrissar ali vai nos fazer ganhar tempo, mas aonde nos esconderemos? Se Nâo estivesse aqui, poderíamos mergulhar nos lagos, esperar na água até o gás se dissipar...

O poço!

Me concentro no círculo de granito quando a ideia se consolida. Baba costumava me levar ali toda manhã, montada sobre seus ombros fortes. Quando mais aldeões saem pelas ruas, sei que é nossa única chance. Temos que entrar. Fazer nossa barricada e rezar a nossos deuses.

— O poço! — grito quando a última sombra me abaixa até o chão. — Entrem no poço!

Pés estrondam quando os aldeões seguem minha ordem. Arrasto Roën até a borda e entrego seu corpo àqueles que já desceram.

— Venham! — Aceno com as mãos enquanto mais pessoas descem para o abrigo.

A histeria transforma-se em honra quando as pessoas passam mulheres e crianças na frente. O paredão de gás rodopia como uma tempestade, uma nuvem laranja infinita se aproximando em todas as direções.

Não há tempo o suficiente.

Não importa o que eu faça, nem todos vão entrar.

— Espere!

A súplica desesperada se ergue sobre os outros gritos. Eu me viro e vejo uma mulher aos prantos. Ela estende os braços, frenética para salvar o bebê em suas mãos.

O gás está apenas a segundos de distância. A mulher grita quando ele atinge sua nuca. O sangue vaza de sua boca com o impacto. Sua pele murcha e empretece.

Vejo o momento em que ela percebe que não vai conseguir. O bebê cai de suas mãos.

— *Èmí òkú, gba ààyé nínú mi...*

Nunca vi um espírito se transformar tão rápido. O cadáver da mãe nem chegou ao chão quando o encantamento permite que sua alma entre em mim, me dando novas sombras, novos braços. Elas se estendem, pegando o bebê antes que ele bata no chão.

As sombras se retraem, puxando a criança para o meu peito, e os espíritos se transformam.

Eles bloqueiam a boca do poço quando o gás passa uivando lá em cima.

CAPÍTULO SETENTA E SEIS

AMARI

Eu me lembro da manhã depois da Ofensiva como se fosse ontem.

Qualquer um pensaria que o sol não nasceria ou que a lua teria sombreado, mas tudo começou exatamente da mesma forma.

Despertei com um sobressalto, seis anos de idade, e buscando pelas pregas da touca de Binta. Meus sonhos haviam me presenteado com uma aventura nos mares. Precisava contar tudo a ela.

— *Binta, cadê você?* — Minha voz ecoou pela decoração dourada e rosa-pastel dos meus aposentos.

Mas quando a porta se abriu, uma camareira alta entrou, uma kosidán com lábios finos e queixo pontudo.

Sentei-me com os punhos cerrados enquanto ela esfregava minha pele com força demais. Ela puxou meus cabelos até ficarem muito apertados. Ousei perguntar onde estava Binta, e a camareira beliscou meu braço. Soltei-me de suas garras na primeira chance que tive.

— *Pai!* — Eu escorregava pelo chão de mármore enquanto corria. A camareira estava berrando de raiva atrás de mim. Ou talvez fosse de terror.

Irrompi pelas portas de carvalho da sala do trono, pronta para apresentar minha reclamação. Mas meu pai estava parado.

Parado de um jeito tão estranho.

— *Pai?* — Recuei para o corredor. Ele sempre observava o sol nascer sobre Lagos, mas naquele dia até o ar ao redor dele estava parado.

Naquele silêncio, eu soube que algo havia mudado. Nunca voltaríamos aos tempos de mais gentileza.

Todos esses anos, imaginei como ele deve ter se sentido.

Hoje, eu mesma tenho essa sensação.

— *Não!*

Tzain se debate como um animal selvagem, desesperado para se livrar do meu controle mental. Não consigo aguentar o jeito que ele se contorce. As lágrimas e o muco que escorrem de seu nariz.

— Como pôde?! — Seus gritos são como vidro estilhaçado ecoando no silêncio. — Como pôde?!

A nuvem tóxica de câncer começa a se dissipar. Nem mesmo uma única brisa se move entre as montanhas de Ibadan.

Tento ignorar o vazio no meu peito. Eu venci a guerra.

Mas a que custo?

Golpeie, Amari.

O mundo gira ao meu redor embora meus pés estejam enraizados no chão. Não há como voltar. É um ataque que Tzain e os anciões não perdoarão.

Mas não posso permitir que esse peso me curve agora. Temos nossa vitória.

Cabe a mim declará-la.

— Vamos.

Marcho até meu guepardanário, montando sua sela de couro. Este é o momento que se espalhará por todas as terras. A história que marcará o nascimento do futuro de Orïsha.

Um novo reino surgirá dessas cinzas. Um reino que fará esses sacrifícios valerem a pena. Mas nenhum dos anciões segue minha deixa. Todos estão parados, em choque. Choque que não me dou ao luxo de sentir.

Eles entenderão no devido tempo.

Agora preciso ir declarar o fim desta luta infinita.

Estalo as rédeas do meu guepardanário, afastando-me antes que eles possam me ver desabar. Não consigo suportar o som do choro de Tzain. A agonia de seus gemidos.

Minhas mãos tremem sem que eu possa controlá-las. Não consigo acreditar no tanto de vidas que ceifei.

Inan. Minha mãe.

Aqueles soldados. Aqueles aldeões.

Zélie…

Não.

Afasto o peso que nunca poderia carregar. Se Zélie estivesse viva, ela teria retornado com Nâo. A monarquia a matou com suas explosões.

O sacrifício de Zélie permitiu que vencêssemos a guerra.

Essa é a história que contaremos.

Mas quando me aproximo das fronteiras de Ibadan, histórias não são suficientes. Mesmo de longe, vejo os cadáveres enegrecidos que jazem nas ruas. Cadáveres que eu criei.

Imagino Inan e minha mãe entre os mortos.

Imagino minha melhor amiga.

Golpeie, Amari.

A voz de meu pai preenche minha cabeça enquanto as lágrimas enchem meus olhos. Embora eu respire, meu peito continua apertado. Sinto como se estivesse sendo enterrada viva.

— Orïsha não espera por ninguém — sussurro. — Orïsha não espera por ninguém.

Desejo que isso seja verdade quando passo pelos portões de Ibadan.

CAPÍTULO SETENTA E SETE

ZÉLIE

Quando abro os olhos, não sei onde estou. Parece que estou suspensa na escuridão. Uma luz circula minha cabeça.

Cordas grossas envolvem meu peito e sou puxada na direção da luz. A criança ainda grita, aninhada no meu pescoço.

— Puxem ela até a borda — instrui uma voz cansada.

Mãos firmes seguram meus braços, deitando-me ao lado do poço. Protejo os olhos quando alguém tira o bebê das minhas mãos, e outra pessoa se curva para desenrolar a atadura encharcada da minha canela ensanguentada.

— Com licença.

Olho a mulher mais velha que se ajoelha ao meu lado. Ela tira o gèle branco que envolve seus cachos grisalhos e o usa para fazer uma nova atadura na minha perna.

— Você nos salvou. — Ela balança a cabeça. — Não sei nem como agradecer.

Fecho os olhos, tentando pensar através da dor. Minha cabeça lateja com violência. Não consigo sentir minhas pernas. Mas as lembranças começam a se juntar, trazendo-me ao poço que usamos para escapar. As sombras que canalizei antes de tudo ficar preto.

— Roën. — Aperto o peito, tentando senti-lo. Seu coração ainda ecoa através de mim, mas fica mais fraco a cada segundo.

— Estão cuidando dele. Vão fazer o melhor que puderem. — Ela aponta, e eu acompanho sua mão até uma ahéré piramidal depois do poço.

Suas portas de pedra estão escancaradas, revelando os curandeiros da aldeia e os kosidán que se amontoam ao redor de sua forma ferida.

— Preciso ir. — Eu a afasto, lutando para me levantar.

Consigo sentir a vida dele dentro de mim, mas seu pulso ainda está fraco demais. A pressão já está aumentando no meu peito. O mesmo peso esmagador que me atingiu antes da morte de Mâzeli.

Não sei quanto tempo consigo sustentar a conexão até seu corpo moribundo matar nós dois.

— Zélie, por favor. — A mulher me segura deitada, me forçando a tomar água de uma caneca. Ela solta um muxoxo. — Tão teimosa quanto sua mãe.

— A senhora conhecia Jumoke?

— Nunca vi outro ceifador se mover daquele jeito. — Ela assente. — Pensei que ela havia se levantado dos mortos. — A mulher se recosta e olha para a carnificina. — Bem quando pensei que a guerra havia acabado...

Além dela, vejo o primeiro corpo caído na rua. A touca vermelha do homem está na terra. Manchas de sangue cobrem seus lábios e nariz. O branco dos olhos agora está amarelo. Sua pele escura está preta, murcha com o gás de câncer.

Uma menina sai do poço, pulando para o chão no momento em que tiram o arnês. Ela se levanta mais rápido que seus pés permitem, tropeçando enquanto seus olhos marejam.

— Baba!

Seu grito quase faz meus ouvidos sangrarem. Ela cai sobre o corpo ressequido, arranhando a túnica manchada. Preciso desviar os olhos quando um aldeão a agarra, afastando-a. Seus gritos são familiares demais.

Como os meus, depois da Ofensiva.

Por quê? Escondo minha cabeça entre as mãos, tentando entender. *O que aconteceu com nosso plano? Por que Amari lançaria este ataque?*

Embora corpo após corpo seja erguido do poço, estou cercada por aqueles que não conseguiram se salvar. A jovem mãe que salvou seu bebê. O divinal que não conseguiu correr rápido o bastante.

— Não...

Eu me viro quando Amari entra na praça. Ela leva a mão ao peito e cai de joelhos. A princípio, penso que é pelos cadáveres na rua, mas depois sigo seu olhar. Minhas sobrancelhas se franzem para a mensagem pintada na montanha voltada para o lago da aldeia.

A tinta vermelha se destaca contra a superfície rochosa, pingando como sangue. Outros anciões se aproximam vindos do norte, o terror surgindo quando entendem as palavras.

ESTAMOS COM SEU EXÉRCITO.
RENDAM-SE OU ENFRENTEM A EXECUÇÃO DELES.

Meu coração pesa quando leio, de repente compreendendo o verdadeiro alvo da monarquia. Essas pessoas foram sacrificadas em vão. Não os pegamos.

A monarquia nos enganou.

Perdemos esta guerra.

CAPÍTULO SETENTA E OITO

INAN

A primeira coisa que sinto é o balançar constante que atravessa a escuridão. Pisco até abrir os olhos, e dou de cara com uma placa de madeira. Um estalar constante ressoa pelos meus ouvidos, em harmonia com o bater de patas. Meu corpo parece em brasas quando as lembranças voltam aos poucos.

— Ojore...

Seu ódio queima no meu íntimo. Tudo aconteceu tão rápido. Tão rápido, como se não fosse real.

Em um momento, ele estava lá, com as lâminas afiadas apontadas para o meu pescoço. No momento seguinte...

Eu não sabia que minha mãe podia atacar daquela forma.

— Ai, graças aos céus. — Ela se levanta na frente da carroça.

Minha mãe deixa de lado os pergaminhos que segurava e se aproxima da minha cama. É estranho ver o sangue espirrado em seu rosto.

Ela toca minha testa.

— Como está se sentindo?

— O que aconteceu? — sussurro. Tento me sentar, mas a dor é forte demais. Minha mãe me segura na cama, inspecionando sua coleção de frascos para levar um sedativo aos meus lábios.

— Está tudo bem, Inan. — Ela acarinha meus cabelos encharcados de suor. — Pode descansar. Nós conseguimos.

Suas palavras abrem um fosso no pouco que restava do meu coração.

— Capturamos os *Iyika*?

— Seu plano funcionou. — Ela assente. — Os vermes partiram para a luta em Lagos, mas, sem seus líderes, não foram páreo para meus tîtán. Capturamos todos eles.

Tento sentir a vitória, o calor se espalhando pelo meu corpo todo. Acabou. Fim.

A guerra foi vencida.

Mas as lágrimas vêm enquanto aperto minha barriga. *Ojore*...

Pelos céus, era meu amigo mais antigo.

— Não chore por ele. — Minha mãe aperta minha mão. — Não deixe que esse traidor perturbe sua mente! Depois de tudo o que fizemos por aquele garoto, era de se pensar que ele demonstraria algum comedimento...

— Comedimento? — Solto minhas mãos, erguendo-me da cama apesar da agonia que isso me traz ao peito. — Você matou a família dele. Você *o* matou!

Minha mãe estreita os olhos, a frieza deixando suas feições rígidas.

— Ele atacou o rei. Aquele garoto tolo se matou.

É a última espada na minha barriga. Fico surpreso quando não sangro. Ojore me salvou mais vezes do que posso contar. Ele precisava de mim hoje.

Mas, em vez de apoiá-lo, eu o deixei na mão.

Deixei que minha mãe o sacrificasse pelo trono.

— Ele tinha razão — sussurro. — Nós somos um veneno.

— Somos regentes, Inan. Somos *vitoriosos*!

Ela fala com tanta convicção. Odeio o quanto quero acreditar em suas palavras. Purgar a mim mesmo dessa culpa. Remover o vazio no meu peito.

—Você fez o que lhe foi exigido. Permaneceu forte até o fim. Venceu esta guerra, e agora pode governar seu reino com compaixão. Poderá espalhar a paz a seu bel-prazer!

Ela sorri para mim, e em sua expressão finalmente vejo a minha verdade. Queria ser o rei que meu pai não pôde ser.

Tudo que fiz foi terminar seu trabalho.

CAPÍTULO SETENTA E NOVE

AMARI

Negação é tudo o que tenho.

Tudo o que sou.

Ela me leva de um cadáver enegrecido a outro até a mensagem escrita na montanha.

Não demora muito para encontrar o lugar onde Inan e minha mãe planejaram seu ataque. O túnel que ela cavou embaixo da ahéré e que usaram para escapar do vilarejo. Enquanto atraíam nossos guerreiros mais fortes para cá, aqueles que mais precisavam de proteção foram deixados indefesos.

Atrás de mim, os maji se reúnem ao redor de Dakarai, observando o quadro borrado que ele estende entre as mãos. Quase uma centena de nossos maji e divinais acorrentados, presos em uma cela dos porões do palácio.

Golpeie, Amari.

As palavras de meu pai me torturam enquanto encaro os corpos no chão. A vida deles deveria ter sido um sacrifício por Orïsha. Em vez disso, sua morte sem sentido não resultou em nada.

A gente se entregando ou não, Inan está com nosso exército. Estamos acabados.

Por minha causa, perdemos esta guerra.

— Zél?

Ergo os olhos quando Tzain chega ao centro da aldeia, coberto de terra por sua queda. Ele corre na direção dela, o único movimento na praça cheia com dezenas de corpos. Seu alívio rasga meu coração. Se não fosse pela bravura de Zélie, eu teria matado mais pessoas.

Eu teria matado *ela*.

— Pensei que tinha te perdido. — São as únicas palavras que Tzain consegue dizer antes de abraçá-la.

Ele treme enquanto chora no ombro dela, apertando-a com tanta força que deve machucar. Zélie fecha os olhos e o abraça com firmeza. Mas quando os olhos dela se abrem, eles se fixam nos meus.

Meu coração tem um sobressalto quando Zélie empurra Tzain. Meus dedos gelam quando ela vem mancando na minha direção.

— Pensei que você tivesse morrido. — Dou um passo para trás. — Quando Nâo voltou sozinha, tive certeza de que vocês tinham morrido...

Ela abre as mãos, e sombras escuras da morte brotam delas. A dor me toma quando elas se enrolam ao redor do meu corpo e da minha garganta.

No momento em que caio no chão, Zélie começa a avançar. Mas antes que possa atacar, seus olhos se reviram. Suas sombras dissipam-se quando ela despenca na terra.

— Zélie! — Tzain corre até ela.

Seu corpo se contorce em convulsões violentas. Seus olhos piscam enquanto as tatuagens cintilam na pele.

— Levem-na para a ahéré! — Um aldeão tîtán se adianta. Eu recuo quando Kâmarū ergue seu corpo trêmulo e a leva até uma cabana piramidal.

— Prendam-na! — grita Na'imah enquanto eles correm.

Tzain reduz a velocidade com a ordem da domadora. Seus olhos encontram os meus quando Kenyon me levanta. Sinto uma vontade instintiva de gritar por ajuda quando os queimadores amarram meus braços com um pedaço de metal, mas sei que perdi o direito.

O olhar de Tzain passa por mim e pela aldeia. Pelos corpos ceifados por ordem minha.

— Sinto muito — sussurro, mas ele se retrai com minhas palavras.

Nele vejo o que perdi. O calor que nunca sentirei de novo.

Observá-lo se afastar é a facada final no meu coração.

CAPÍTULO OITENTA

ZÉLIE

— *Não entendo...*

— *Ela está exaurida...*

— *Precisamos de mais sangue...*

Cada voz soa como se estivessem falando embaixo d'água enquanto o mundo se move em fragmentos. Em um momento, estou no chão. No próximo, o vento passa pelas minhas costas.

— O que está acontecendo? — Tzain entra no meu campo de visão enquanto ele e Kâmarū me deitam em uma superfície de pedra.

— Não sei. — Khani pousa a mão no meu peito. — O corpo dela está entrando em colapso!

— *Roën*. — Luto para falar o nome dele em voz alta.

Ele está tremendo do outro lado da ahéré, seu corpo convulsiona com o meu. Usei a pedra da lua para conectar nossas forças vitais. Usei nossa força para atravessar as montanhas. Mas sem um sacrifício de sangue para nos unir, nenhum de nós pode sobreviver.

— Rompa. — Tzain junta as peças. — Agora, antes que seja tarde demais!

Tremo quando uma dor atravessa meu peito. *Não posso!*, tento arfar.

Não tenho força o suficiente para romper nossa conexão. E mesmo se eu rompesse, o que aconteceria com Roën? Eu já perdi Mâzeli.

Não vou desistir dele.

— Ele está morrendo! — Os curandeiros trazem o corpo de Roën até o meu lado. Nosso tempo está acabando. Meu coração vai morrer com o dele.

Mas sei o que tenho de fazer. Oya me mostrou na minha *ìsípayá* naquele dia fatídico.

Se as primeiras faixas de luz eram Roën e eu, então a próxima está bem aqui. Ganharemos tempo nos conectando a mais forças vitais.

Sobreviveremos.

Agarro o pulso de Tzain, e seus lábios se apertaram enquanto ele lê meus olhos.

— O que está acontecendo? — O olhar de Khani vai de mim e para Tzain quando ele pousa a mão sobre a minha.

— Ela precisa se conectar a outro coração — diz Tzain. — É a única maneira de salvar os dois.

— Não! — grita Khani. — Esse esforço poderia matar vocês três!

— Então, me use também. — Kâmarū estende a palma da mão. — Nós quatro podemos aguentar.

— *Torí ifẹ Babalúayé.* — Khani leva a mão às têmporas, xingando entre dentes. Ela estende a mão também. — Pelos deuses, vamos logo!

Eles se reúnem ao meu redor, todos com as mãos sobre a minha. As batidas do coração deles começa a ecoar nos meus ouvidos quando suas forças vitais aparecem diante dos meus olhos. Vejo o brilho esmeralda do àṣẹ de Kâmarū. A luz tangerina da magia de Khani. Até a força vital de Tzain brota de seu sangue, poderosa em sua luz branca.

— *Ẹ tọnná agbára yin* — sussurro o comando sagrado, e minhas tatuagens se acendem com luz púrpura.

Ao meu redor, o pulso de Tzain, Kâmarū e Khani estrondam na minha cabeça. São como cinco tambores batendo em uníssono, buscando o mesmo ritmo.

Tzain solta um grunhido quando seu peito se arqueia. Seus pés saem do chão. Kâmarū sobe em seguida. Khani se ergue entre os dois, gritando enquanto flutua no ar. Os três pairam enquanto as partículas de luz se materializam diante de seus corações, as sementes de sua força vital. Eles se estendem como faixas, entremeando-se enquanto giram na direção do meu peito.

— Ẹ tọnná agbára yin!

Preciso me esforçar, entoando as palavras embora não consiga mais respirar. Tzain arfa enquanto agarra a própria garganta. Os olhos de Khani se reviram quando seu corpo estremece. A conexão vai matar a nós todos.

Oya, por favor. Fecho os olhos, insistindo enquanto a ligação de vida irrompe pelo meu peito. A faixa de luzes se enterra no meu coração. Meu corpo queima como se minhas entranhas se incendiassem.

Tzain cerra os dentes. As veias saltam sob a pele escura de Kâmarū. Temo não conseguir sustentar tudo isso sem um sacrifício...

A força que explode lança todos para trás.

Tzain arfa ao voar até a parede dos fundos. Kâmarū despenca sobre as mesas e cadeiras de pedra. Khani cai no chão.

O mundo gira ao meu redor quando me ergo da mesa. Uma força estranha pulsa em meu peito. Em vez de dois corações, cinco batem em uníssono.

— Funcionou? — sussurro quando Khani se põe de joelhos e engatinha até mim.

Suas mãos ainda tremem, mas ela deita as palmas trêmulas sobre a minha pele.

— *Cure.*

Ela nem sequer invoca um encantamento. Com uma palavra, sua magia se espalha por mim como uma teia de aranha, a luz laranja profunda me curando de dentro para fora. Os músculos e tendões estalam enquanto a pele se regenera ao redor da minha canela ferida. O calor de sua magia apaga toda a minha dor.

— Está funcionando. — Khani solta uma risada sem fôlego. Ela olha para as próprias mãos antes de correr até Roën. Com um toque, a respiração dele se estabiliza.

— Pelo amor de Ògún... — Os olhos de Kâmarū se arregalam quando ele levanta todas as mesas de metal da sala movendo apenas um dedo.

Não o vi trabalhando com metal antes, mas agora ele fecha a mão e o ferro se parte, desintegrando-se em uma nuvem de poeira que se condensa no ar diante dele. Kâmarū olha para sua perna de ferro antes de pousar as mãos no ombro de Roën envolto em ataduras. Ele esculpe o metal como se fosse argila. Khani vai se juntar a ele.

Fico boquiaberta quando a magia dos dois se entrelaça, trabalhando em conjunção perfeita. Tendões de metal se ligam ao ombro exposto de Roën enquanto Kâmarū cria um braço de ferro com placas móveis. Embora Roën permaneça inconsciente, seus dedos metálicos se movem. Não consigo acreditar nos meus olhos.

Nunca vi magia como essa.

Pouso os dedos nas têmporas de Roën, lutando com o nó na garganta. *Era isso...*

A visão de Oya.

Tudo começou com ele.

— Vamos! — Khani pega minha mão, levando-me para fora da cabana.

Ela para diante de um cadáver: o pai cuja touca vermelha está caída na terra. Entendo sua intenção quando ela se ajoelha ao lado do corpo, pousando as mãos no coração dele. Quando ela canta, eu me junto a ela, entremeando nossas magias.

— *Ara m'ókun, emí mí...*

O cadáver brilha quando invocamos a magia da cura e a magia da vida. A pele enrugada fica lisa. Seus membros rígidos relaxam.

Nuvens laranja saem da boca e da pele empretecida, flutuando no ar. Seu corpo parece vibrar com nosso toque, cintilando com uma luz dourada...

— *Ah!* — O homem se senta subitamente, arfando e agarrando o próprio peito.

— Baba! — grita a garota. Ela o derruba de volta no chão antes que o homem possa se erguer.

Todos os olhares se voltam para nós quando Khani e eu nos encaramos.

Com esse tipo de magia, podemos levantar os mortos.

Podemos resgatar nosso povo.

CAPÍTULO OITENTA E UM

ZÉLIE

Toda vez que pousamos as mãos sobre um peito encarquilhado, espero que nossa magia falhe. Mas, um após o outro, cada cadáver desperta, erguendo-se dos mortos. Sinto o dom mais sagrado de Oya sob minhas mãos, a magia sagrada de vida e morte. Quando o último corpo respira de novo, encaro as tatuagens brilhantes nas minhas mãos.

Nenhum ceifador ou curandeiro na história jamais conseguiu fazer isso.

Em nossa magia, vejo a resposta. O que Oya sempre quis que eu entendesse. Se usarmos a pedra da lua para unir nossas forças vitais, podemos salvar os maji das mãos da monarquia.

Ainda podemos vencer esta guerra.

Eu me levanto do chão, seguindo até o poço.

— É ela — sussurra um garotinho. — *Jagunjagun Ikú*.

Pela primeira vez, o título parece correto. Quando subo na borda do poço, todo mundo me encara como se eu fosse a própria Oya. Os raios de sol dançam como fogo pela minha pele enquanto olho para a multidão.

— Sinto muito. — Encaro os olhos de todos os anciões. — Vocês todos precisavam de mim, e eu estava abatida demais para fazer alguma coisa.

— Nós que sentimos muito. — Na'imah avança, os ventos da montanha balançando seus cachos. — Você nos disse para deixar Orïsha para trás. Se tivéssemos ouvido, nosso povo estaria bem.

Murmúrios de concordância a acompanham, mas eu balanço a cabeça.

— Somos os filhos dos deuses. — Ergo o queixo. — Se alguém tiver que fugir, não seremos nós.

Penso em toda a dor que nossos governantes causaram. Os corpos que sacrificamos. A magia nunca foi o problema do reino.

A monarquia é o problema.

— Onze anos atrás, eu estava neste mesmo lugar quando a Ofensiva de Saran destruiu Ibadan. Perdi minha mãe e meu lar. Perdemos nossa magia! — Ergo as mãos. — Hoje, Saran está morto. E recuperamos a magia que é nosso direito de nascimento. Mas, em poucas luas, os monarcas voltaram a trazer morte e destruição a nossas ruas!

— *Mowà pẹlu olú ọba!* — grita um aldeão, erguendo o punho bronzeado.

Seu grito ecoa pelos meus ouvidos: *Abaixo a monarquia!*

— Eles tomaram nossa magia. Nossas casas. Aqueles que mais amamos. Chega! — Passo a mão sobre o peito. — Eles são o passado de Orïsha. Nós somos o futuro!

Os vivas espalham-se entre os anciões, uma chama que aninho em minhas mãos. Não quero que seu fogo morra. Quero atiçá-lo.

— *Mowà pẹlu olú ọba!* — grito, e nesse momento a palavra de ordem se espalha, ecoando pela multidão de aldeões. — Não haverá piedade. Nem paz. Nem termos da rendição. Vamos conectar nossas forças vitais e invocar o poder dos deuses! Marcharemos até Lagos e derrubaremos suas muralhas! — Pego meu bastão e o ergo sobre a cabeça, estendendo suas lâminas. — Vamos resgatar nosso povo e garantir que nenhum monarca toque esta terra de novo!

— *Mowà pẹlu olú ọba!*

Dessa vez, o canto escapa em um grito ensurdecedor, me fazendo sentir viva.

— *Mowà pẹlu olú ọba! Mowà pẹlu olú ọba!*

Meu coração fica pleno quando os aldeões se unem ao canto, mas uma percepção fria me ocorre quando encaro os anciões. A conexão com Roën quase me matou. A conexão com Tzain, Khani e Kâmarū quase matou a nós todos. Mesmo estando juntos agora, a pressão cresce no meu peito enquanto nossa ligação nos devora por dentro.

Minha garganta fica seca quando me lembro do que Mama Agba disse na sala do conselho, quando nos explicou o grande custo de criar nossos cênteros. Se formos nos unir, precisaremos de mais do que a magia da pedra da lua.

Precisarei sacrificar alguém que amo.

CAPÍTULO OITENTA E DOIS

ZÉLIE

As promessas do meu discurso me preocupam enquanto caminho pelas trilhas montanhesas às margens do centro da aldeia de Ibadan. Quando as fileiras de ahérés piramidais ficam para trás, penso em cada maji que se dedicou a esta luta. E na vida que precisaremos sacrificar.

Não posso abrir mão de Tzain e não posso abrir mão de Roën. Só há outra pessoa que eu amo, apesar da maneira que ela nos traiu.

O medo deixa minhas pernas pesadas, tornando lenta a minha jornada até a cela de Amari. Não sei o que dizer a ela. Como eu poderia perdoar o que ela fez?

Embora todos que ela matou estejam respirando de novo, ela os sacrificou. Ela *me* sacrificou. Não se importou com quem ferisse, contanto que conseguisse seu trono...

— Como assim, acabou?

Meus passos vacilam. Eu me pressiono à lateral da montanha antes de fazer a curva. A voz profunda chega aos meus ouvidos. Não esperava ouvi-la de novo.

Harun? Eu me agacho, espreitando por trás da rocha. O mercenário parrudo está com cinco outros membros da gangue de Roën, todos vestidos de preto.

— Você me ouviu.

Quando Roën fala, eu levo a mão ao peito. Ele está sentado em uma plataforma atrás deles, a exaustão deixando seu corpo curvado.

Vê-lo libera uma pressão que eu nem sabia que carregava no peito. Suas bochechas estão encovadas e sua voz é fraca. Mas, pelo menos, ele está vivo.

Está aqui.

— Não dá para fazer isso — rosna Harun, mostrando os dentes amarelos. — Já recebemos o pagamento. Não pode impedir o que já começou.

Embora os outros mercenários se aproximem, Roën não presta atenção. Ele pega uma pederneira do bolso de Harun, esforçando-se para acendê-la com a mão esquerda. Sua mão de metal pende inerte, a imobilidade interrompida apenas por uma mexida ocasional dos dedos.

— Parece que você esqueceu que não gosto de me repetir — diz Roën. — Não importa o que já começou. Encerre. Agora.

Roën estende a mão para puxar um cigarro do bolso de outro mercenário. Ele o encaixa entre os dentes, mas antes que possa acendê-lo, Harun dá um tapa no cigarro e o lança ao chão.

— Ela castrou você antes ou depois de cortar seu braço?

As palavras dele fazem minha pele esquentar, mas Roën só pisca. Seus músculos continuam tensos, como uma marionete cujas cordas foram esticadas demais.

— E foi bem feito. — Harun balança a cabeça. — Eu não devia ter que ficar mentindo para você conseguir fazer o serviço.

Roën pisca, uma onda de compreensão tomando seu rosto.

— Você sabia que Nehanda estava mentindo? — Ele baixa a voz. — Você me deu informações erradas de propósito?

— Você amoleceu — diz Harun. — Não pode mais comandar esta gangue. — Ele acende um charuto e enfia na boca de Roën. — Considere isso um presente de despedida. Você está fora.

Harun fica tenso quando Roën ergue a mão, mas ele não ataca. Roën dá um longo trago no charuto, os olhos se fechando enquanto exala. Depois de um longo silêncio, ele assente para Harun. A vitória brilha por trás do sorriso amarelo do seu capataz.

Então Roën golpeia.

Ele se move como o vento, uma víbora atacando sua presa. Em um movimento veloz, Harun está caído de cara no chão com a mão metálica de Roën apertando seu pescoço.

— Saia de cima de mim!

Enquanto Harun se contorce, Roën sorri, dando outro trago no charuto. Em seguida, ele o retira dos lábios.

Eu me encolho quando ele aperta a ponta incandescente no pescoço de Harun.

O homem se debate como um peixe fora d'água, mas quanto mais se mexe, maior a força no aperto de Roën. Os outros mercenários ficam congelados, inseguros sobre o que fazer. Em um instante, entendo o líder que Roën sempre foi. O motivo de ter demorado tanto para sua gangue se rebelar.

— Você ficou muito confiante na minha ausência, Harun. — Ele sorri com os gritos do seu capataz. — Gostei. Mais alguns anos e talvez eu até tivesse acreditado.

Ele retira o charuto e dá outro longo trago, inclinando a cabeça para trás, saboreando a fumaça. O corpo de Harun amolece de alívio.

Então Roën volta a apertar a ponta acesa contra a pele dele.

— Agora, eu não estou pedindo, porque eu nunca peço — Roën fala entredentes. — Eu disse para terminar tudo. Você me ouviu?

— Ouvi! — Harun arfa entre gritos.

— Desculpe, não entendi.

— Vamos terminar com tudo! — Harun se contorce. — Vamos terminar com tudo!

Roën lança o charuto ao chão e se levanta. Harun rola sobre o chão pedregoso, fumaça subindo do seu pescoço.

— Fique com a gangue — rosna Roën. — Estou de saco cheio de apodrecer naquela caverna. Mas se eu sequer desconfiar que você desobedeceu às minhas ordens, eu te enforco com suas tripas.

A frieza em sua voz faz meu estômago se apertar. Não há blefe em seus olhos tempestuosos. Nem sinal do homem gentil conectado ao meu coração.

Os mercenários arrastam seu líder ferido pela trilha da montanha. Quando recuam, Roën cerra os dentes de dor. A máscara de poder cai, e ele se curva, agarrando o ombro machucado.

— Você não precisa se esconder — diz ele.

— Como sabia? — pergunto, saindo detrás da pedra.

Ele põe dois dedos sobre o coração e dá uma batidinha.

— Sempre bateu mais rápido com você por perto. Agora está batendo mais forte também.

Sinto a pulsação de que ele fala. Perto assim dele, é como um beija-flor engaiolado no meu peito.

Ele se recosta na plataforma, e tudo que quero é abraçá-lo. Mas o charuto ainda solta fumaça no chão. O fedor de carne queimada sobe pelo ar.

— O que foi aquilo? — pergunto.

— Nada. — Roën pega o charuto do chão e inala. — Agora, nada.

— Você realmente vai desistir da sua gangue?

— Não poderia comandá-la nem se quisesse. — Ele fecha os olhos quando exala. — Comprometi a mim e a meus homens no momento em que me apaixonei por você.

Ele fala isso como se fosse um simples fato. Tão comum quanto as montanhas ao nosso redor.

— Não se preocupe — diz ele. — Não espero que sinta o mesmo, depois dessa cena.

— Eu sei que você é um mercenário — sussurro.

— Mas você nunca precisou ver o que isso significa.

Eu me aproximo, considerando suas palavras. Ficamos no navio de guerra dele. Durante o ritual, foi uma guerra de tudo ou nada. Em todo o tempo que ele me ajudou, fui protegida da verdade que nós dois conhecíamos. Não há mais o que esconder agora.

O monstro foi revelado.

— Lá nas montanhas, você me falou da sua mãe. Disse que ela costumava cantar. Você cantarolou a música para mim.

Roën abaixa a cabeça, mas estende a mão. Entrelaço meus dedos nos dele.

— Por quê? — pergunto.

— Valeu a pena lembrar. — Ele dá de ombros. — Valia a pena me lembrar dela.

Ele olha para mim, e vejo o coração que Roën finge não ter. Não consigo me segurar. Todas as objeções se calam quando nossos lábios se tocam.

Seu abraço me arrepia enquanto enterro as mãos nos seus cabelos. Os dedos metálicos são frios ao toque. Ele tem um jeito de me segurar que faz o tempo parar.

— *Zïtsōl*... — Ele se afasta, tocando a lágrima em seu rosto. Abaixo a cabeça e seco os olhos. Nem sei quando comecei a chorar.

Ele acaricia atrás da minha orelha, e eu encosto a testa na dele. Deslizo uma das mãos por seu pescoço, parando quando o ombro encontra o membro de metal.

— Dói? — pergunto.

— Só quando respiro.

— Sempre com as piadas. — Balanço a cabeça.

— Se não quisesse mais piadas, teria deixado eu me afogar.

Sorrio de novo, beijando seus lábios rosados.

— Da próxima vez vou pensar duas vezes antes de salvar sua vida.

— Já que você está aceitando comentários, devia saber que tenho meus limites. Se a escolha for entre a vida e certo apêndice, peço agora que me deixe morrer.

— Meus deuses! — Eu o empurro.

— Qual é o ditado que vocês têm por aqui? — Roën inclina a cabeça. — Não jogue fora até ter experimentado?

— Da próxima vez, deixo você se afogar.

Ele gargalha ao me puxar para perto, descansando a mão nas minhas costas. O sorriso some quando o fim desta guerra se agiganta entre nós.

— Ouvi falar do seu plano para salvar o mundo — comenta ele. — Quando você parte?

— Em algumas horas.

—Tudo bem. — Ele assente. —Vou estar pronto.

— Não. — Eu me afasto. — Você precisa se curar!

Roën cerra os dentes, segurando o ombro enquanto se levanta.

— Roën...

— Eu vou. — Seus dedos metálicos se mexem, ainda sem controle. — *Zitsōl*, você é meu lar. Não vai me deixar para trás.

CAPÍTULO OITENTA E TRÊS

AMARI

Serei uma rainha melhor.

Minhas últimas palavras ao meu pai. Um voto pela pessoa que fui. Uma zombaria de tudo que me tornei.

Não sei se ele ficaria horrorizado com as medidas que tomei ou se a baixeza profunda de minhas ações o deixariam orgulhoso. Não sou melhor que ele.

Se muito, somos uma única e mesma pessoa.

Golpeie, Amari.

Puxo meus cabelos, desejando poder arrancar suas garras de mim também. Seus sussurros são como as barras de pedra feitas por Kâmarū, uma prisão da qual não consigo escapar. Por muito tempo, ele foi a cicatriz nas minhas costas. O tirano que eu precisava derrotar.

Como, pelos céus, eu permiti que seu fantasma se tornasse a força que me orientava?

Cerro os dentes com a ardência de bile que sobe pela minha garganta. Embora nada pare no meu estômago, tudo vem à tona de uma vez. Sinto cada gota da dor. Cada cadáver ressequido. Apesar de tudo que desejo, sou apenas outra monarca aterrorizando este reino.

Sou o próprio monstro que caço.

— Ao menos, você finalmente parece arrependida.

Ergo a cabeça bruscamente. Zélie está do outro lado das barras de pedra.

Os penhascos da montanha lançam uma sombra em metade de seu rosto, mas uma luz parece brilhar de dentro para fora.

—Você está bem... — Eu ergo as mãos, mas Zélie está muito mais do que bem. É como se um novo fogo queimasse em seu coração. Minha pele quase arde com o calor de sua chama.

— Se você soubesse que eu estava viva, na aldeia, ainda teria lançado o ataque? — pergunta ela.

Eu me retraio. A verdade raspa os últimos vestígios de dignidade que tenho.

— Para vencer esta guerra? — Fecho os olhos. — Sim.

Levo a mão à boca, sem saber se vômito ou gritos irão sair.

— Não há desculpa para o que fiz. Sei que você nunca vai me perdoar.

Sinto um golpe de marreta no peito ao encará-la, pois sou forçada a encarar a realidade que lutei tanto para esconder.

Sou a filha do rei Saran. A filha da rainha Nehanda.

Fui criada para vencer a todo custo, não importa quem se machuque no processo.

— Nós os trouxemos de volta. — Zélie cruza os braços. — Você não merece saber, mas todas as pessoas que você matou estão respirando de novo.

— O quê? — Balanço a cabeça, sem saber se ouvi direito. — Eles estão vivos?

—Todos eles.

Cambaleio quando o mundo se abre sob meus pés de novo. O alívio atravessa as últimas partes de mim que ainda estão inteiras. Não consigo acreditar nos meus ouvidos. Não consigo impedir as lágrimas que caem.

— Como?

— Usamos a magia da pedra da lua para nos conectarmos. Com nosso poder combinado, Khani curou os corpos. Eu os trouxe de volta à vida. — Ela olha para as tatuagens douradas na pele, vendo algo que eu não vejo. — Vamos usar isso para atacar Lagos e derrubar a coroa.

Eu me levanto, embora minhas pernas estejam moles.

— Vocês serão massacrados.

— Não depois que todos nós nos conectarmos. Vamos dar um fim a esta guerra e destruir a monarquia de uma vez por todas. Nem mesmo Nehanda será capaz de nos impedir.

Golpeie, Amari.

As palavras de meu pai murcham em meu peito. Não sei o que dizer. O que deveria sentir. O trono é onde tudo isso começou. Talvez seja onde tudo isso vai terminar. Mas pensar na coroa virando nada...

— Vocês lançarão Orïsha ao caos. — Balanço a cabeça. — A agonia que vão causar...

— Angústia e anarquia são muito melhores do que a tirania que conhecemos — retruca Zélie. — O futuro de Orïsha não será mais corrompido por uma coroa.

Ela franze a testa, e eu vejo pena em seu olhar.

Ela acha que foi isso o que aconteceu comigo.

Serei uma rainha melhor...

Eu me liberto do voto que nunca conseguirei cumprir. Para mim, esta guerra já está mais que perdida.

Não tenho mais nenhum direito de liderar.

— Quando vocês partem? — pergunto.

— Hoje à noite.

— Depois de se conectarem?

Zélie abre a boca, mas nenhuma palavra sai. O objetivo de sua visita fica claro.

— Vocês precisam de um sacrifício.

Ela esfrega os braços e desvia o olhar, encarando os penhascos da montanha. O vento sopra, preenchendo seu silêncio, me dando a resposta que busco.

A montanha inteira parece desabar sobre mim de uma vez. O terror arrebata meu peito. Luto para respirar.

Mas há certo alívio em minha punição. Uma chance que pensei que não teria. Se eu fizer isso, posso consertar as coisas.

Posso dar a eles o poder que precisam para salvar o reino.

— Tudo bem.

Zélie se vira de repente, seu olhar prateado em choque.

— Eu não decidi ainda.

— Não precisa. Eu mesma faço.

Meu coração palpita quando falo. Minhas mãos começam a tremer. Mas de que outra forma eu poderia compensar toda dor que causei?

— Não. — Zélie balança a cabeça.

— Que outra escolha você tem? Vai ter que ser alguém. Alguém que você ame.

Embora mantenha o rosto sério, seus lábios se retorcem com a emoção que ela reprime. É quase insuportável saber que há uma parte dela que ainda se importa comigo, depois de tudo que fiz.

— Zélie, por favor. — Eu agarro as barras da cela. — Me deixe fazer uma coisa certa.

— Não posso fazer isso.

— E não deve fazer — fala uma segunda voz.

Erguemos a cabeça quando baques distantes vão se aproximado, o ritmo constante da madeira batendo na pedra. Fico boquiaberta quando a figura de manto emerge das sombras, descansando as mãos na bengala.

— Mama Agba?

A vidente olha para nós duas, a tristeza irradiando de seu coração.

— Não é sua hora, minha filha. Leve a mim.

CAPÍTULO OITENTA E QUATRO

ZÉLIE

O alívio por ver Mama Agba rapidamente se transforma em desespero.

— Não.

— Isso não está aberto para debate. — Mama Agba balança a cabeça. — Muitos filhos já pereceram nesta luta.

— Eu disse que não! — Eu me viro. — Vou encontrar um jeito. Só preciso de tempo.

— Você não tem tempo. — Mama Agba segura meu ombro, forçando-me a encará-la. — Nehanda já declarou o fim da guerra. Os maji que ela capturou têm poucos dias até a execução.

— Mama Agba...

— *Tí o ò bá pa enu ù rẹ mọ!* — Ela ergue a bengala acima da minha cabeça. — Cale a boca e ouça!

Eu me encolho por instinto, esperando o golpe. As narinas de Mama Agba inflam quando ela abaixa a bengala, usando-a para caminhar até mim. Mas quando ela se aproxima, não consigo fitar seus olhos. Minha garganta queima com tudo que desejava não ter dito.

— Olhe para mim. — Ela pousa a mão enrugada na minha bochecha. — Zélie, *olhe* para mim. Você é meu coração. Não há nada neste mundo que você pudesse fazer que eu não perdoaria.

Ela me abraça, me envolvendo no cheiro de chá adocicado. Mais lágrimas caem quando eu inspiro, saboreando o aroma do seu amor.

— Não vou deixar que faça isso.

— Você não tem escolha — diz ela. — Nosso povo precisa de você.

— Eles precisam mais de você.

Eu aperto as dobras de sua túnica, pensando em tudo que ela construiu. Tudo que salvou. Os maji teriam morrido dez vezes se não fosse pelos seus esforços. Minha família inteira teria perecido.

Mama Agba pega minha mão, silenciando minhas objeções com seu toque. Ela não fala enquanto me guia por um caminho sinuoso, longe da cela de Amari. Encara as nuvens que passam sobre os penhascos.

— Você se lembra de quando falei da minha *ìsípayá*? — pergunta ela. — Quando virei anciã, anos atrás, vi a mim mesma ajoelhada no topo de uma montanha. A Mãe Céu me recebia de braços abertos. — Ela se vira para mim, os olhos de mogno brilhando. — Na época, pensei que eu estava espiando o além. Agora sei que minha visão era você.

Ela beija minha testa, usando a túnica para limpar minhas lágrimas. Mama Agba me abraça enquanto eu choro, lutando contra o sacrifício que ela está tentando fazer.

— Não posso. — Minha voz falha. — Não posso fazer isso sozinha.

— E não precisa. Você carrega todos nós no coração. — Ela toma minha mão e a pousa sobre meu peito, entrelaçando nossos dedos. — Viveremos em cada respiração sua. Em cada encantamento que você proferir.

Um sorriso abre-se em sua face escura, fazendo a pele ao redor dos olhos se enrugar.

— Vocês são os filhos dos deuses. Nunca estarão sozinhos.

· · · · · ◆ ◇ ◆ · · · · ·

Quando chego ao topo da montanha, está tão silencioso que meus passos ecoam como trovões. Os dez maji formam um círculo. Amari observa detrás de Tzain, os braços ainda presos por amarras metálicas.

Os anciões se curvam ao dar um passo atrás, criando um caminho único. Os corpos se alinham para formar um círculo perfeito.

Tudo o que falta é seu centro.

Você consegue. Enterro as unhas na palma das mãos enquanto avanço. Pilares pontudos se fecham ao nosso redor como uma cerca, circulando o topo achatado da montanha. Além da pedra vermelha, o sol poente pinta o céu em vermelhos-vibrantes e laranja-incandescentes. O que me relembra dos dias em que Mama fez esse mesmo caminho, preparando-se para liderar os ceifadores de Ibadan.

Você carrega todos nós no coração. Viveremos em cada respiração sua. Em cada encantamento que você proferir.

A promessa de Mama Agba cresce em mim quando me lembro de como a luz do sol brilhava nos cachos da minha mãe. Hoje, o sol brilha sobre mim, banhando meus cabelos brancos com um tom dourado. Seguro a respiração ao parar no centro do círculo.

À minha frente, Dakarai se move para trazer Mama Agba para dentro, seu rosto redondo sério. A pressão aumenta no meu peito quando a bengala dela bate contra a pedra dura. Mas a muralha que ergo despenca no momento em que eu a encaro. É impossível lutar contra as lágrimas.

Mama Agba avança em uma armadura brilhante, o colarinho prateado cintilando ao redor do pescoço. Sua capa de seda se move como nuvens ao vento. Kâmarū até criou para ela uma bengala cintilante. Seus cachos brancos parecem uma coroa.

Ela nunca esteve tão bonita.

— Nana... — Na'imah canta baixinho, começando a canção da Mãe Céu.

Sua voz ressoa em nosso silêncio, uma melodia que acompanha nossa dor. Quando os outros se juntam a ela, Mama Agba fecha os olhos e pousa as mãos sobre o coração. Ela observa tudo ao redor antes de se virar para Dakarai.

— Meu ancião — fala Mama Agba, limpando as lágrimas que rolam pela pele castanho-avermelhada dele. — Você é o sonho do nosso povo. Nunca duvide do seu potencial. Confie nas coisas que vê.

Dakarai assente e limpa a coriza do nariz. Mama Agba beija sua testa e o abraça forte antes de soltá-lo. Espero que siga adiante, mas ela caminha até Kâmarū. Para na frente de cada pessoa no círculo, dizendo palavras sábias. Mesmo em seus momentos finais, ela nos impulsiona.

Uma vidente até o fim.

— Meu menino corajoso. — Mama Agba brinca com a orelha de Tzain. — Cresceu e virou um homem ainda mais corajoso.

Ela faz Tzain rir mesmo em sua dor, depois seca seus olhos e segura sua mão.

— Obrigado por tudo.

Ela o puxa para um abraço, acariciando-lhe as costas.

— Cuide deles. Mas não se esqueça de cuidar de si mesmo.

— Por favor, não faça isso. — A voz de Amari está embargada de lágrimas.

Ela abaixa a cabeça quando Mama Agba para na sua frente, as algemas metálicas ainda tilintando nos pulsos.

— Seus erros não te definem. — Mama Agba segura os ombros de Amari, fazendo-a chorar ainda mais. — Não deixe que um momento te defina ou te destrua. Os deuses operam de formas misteriosas. Tenha fé no plano maior deles.

Quando Amari assente, Mama Agba beija seu rosto. Tento me preparar, mas não aguento quando ela se vira para mim. Um sorriso ilumina sua pele escura, brilhante como o pôr do sol às suas costas. Ela caminha resoluta, pronta, embora eu nunca vá estar.

— Minha pequena guerreira. — Seus olhos marejam pela primeira vez. Ela ergue meu queixo e apruma meus ombros. — Não mais tão pequena assim.

— Mama Agba... —Tento falar, mas não encontro as palavras.

Não importa quantas vezes eu diga a mim mesma que consigo, não estou pronta para partir meu coração ao meio.

— Lembre-se do que eu disse. — Ela limpa minhas lágrimas e põe a mão no meu peito. — Cada respiração. Cada encantamento. Você luta com o coração do seu pai. O espírito da sua mãe. Quando isso terminar, eu também lutarei com você.

Ela me beija a testa, apertando com força minha mão. Eu a envolvo nos braços, tentando aproveitar seu abraço ao máximo. Tento memorizar cada ruga do seu rosto. Inalar o aroma de manteiga de karité nos seus cachos.

Quando não consigo mais segurá-la, ela curva a cabeça e se ajoelha. Minha mão treme quando eu seguro a dela e pego minha adaga.

— Vá em frente.

Passo a lâmina pela palma da sua mão, criando uma linha fina de sangue que pinga com um brilho branco. Ela suspira quando uso o polegar para desenhar a marca sagrada na sua testa. Ponho a mão no meu peito enquanto sussurro o comando.

— Ẹ tọnná agbára yin.

As tatuagens nas minhas costas brilham quando a magia do sangue começa. Mama Agba arfa quando a primeira gota de sangue cai no chão e cai na pedra, chiando e soltando fumaça.

A luz branca se espalha do nosso centro, atravessando a montanha como uma teia de aranha. Quando ela atinge os maji ao redor, dez corações em disparada enchem minha cabeça.

Tum-tum.

Tum-tum.

Cada batida como um trovão. A pulsação deles invoca a tempestade. Ventos uivantes rodopiam ao nosso redor quando as partículas brancas de luz se formam na frente de cada peito, cada força vital sendo impulsionada. Elas pairam como vagalumes à noite, cintilando cada vez mais brilhantes com meu encantamento. Fios se formam quando as luzes se misturam, estendendo-se até mim.

— Ẹ tọnná agbára yin.

Minhas tatuagens brilham mais forte do que nunca quando as partículas se condensam. A magia se entremeia como fios de uma tapeçaria. Meu corpo fica tenso quando elas atingem meu peito.

A força me ergue do chão, e Mama Agba me segue, pairando no ar. Suas mãos caem ao lado do corpo quando seu peito se empina. O vento sopra por sua capa de seda.

— Ẹ tọnná agbára yin!

Dói falar essas palavras. A magia do sangue se espalha dentro de Mama Agba, brilhando através de cada veia. Cintila mais forte quando chega ao coração. Meu peito dói quando o poder a despedaça.

Sua pele escurece, ficando mais escura que a noite. Partículas de luz cintilam através da armadura e das sedas, brilhando como estrelas em sua pele.

Com sua ascensão, o espaço entre os diferentes corações começa a se fechar. Batida a batida, cada pulsação desacelera. Entram em sintonia com o ritmo sagrado quando o comando ancestral sai da minha boca.

— Ẹ tọnná agbára yin.

Com o encantamento final, o brilho ao redor de Mama Agba fica forte demais. Ela ilumina a noite como um cometa passando pelo céu.

Não sinto o momento em que meus pés tocam de novo o chão. Meu peito estronda com a força de uma tempestade. Cada pulsação é como um raio no meu sangue.

O poder de dez corações batendo como um.

Levo a mão ao peito e olho para cima, de alguma forma sentindo o amor de Mama Agba pulsando. Embora lágrimas caiam dos meus olhos, a sensação me faz sorrir.

— *Títí di òdí kejì* — sussurro o sacramento baixinho. Pego sua bengala caída.

Não vou te decepcionar.

CAPÍTULO OITENTA E CINCO

INAN

Pensei que, quando chegasse a hora, eu estaria cheio de dúvidas. Incapacitado pela dor nas minhas entranhas. Mas enquanto olho meu reflexo no espelho, é como se todo o peso tivesse sido tirado dos meus ombros. Por muito tempo, lutei para fazer a coisa certa.

Hoje à noite deixo minha marca como rei.

Toc! Toc!

Minha mãe aparece à porta, uma visão em um vestido feito em ouro. O tecido refinado brilha com cristais cravejados e pérolas cintilantes. Um gèle gigante reflete a luz em sua cabeça. Por suas bochechas coradas, imagino que ela já tomou um bom tanto de vinho tinto.

— Você está linda, mãe.

Ela ergue o queixo, agitando a capa esvoaçante pendurada nos seus ombros.

— Você finalmente voltou à razão?

— Eu entendo. — Faço que sim. — Você só fez o que pensou ser correto.

A máscara de calma de minha mãe cai e seus ombros relaxam. Em seus olhos âmbar, vejo a mulher que amo. Quase dói mais quando ela me puxa para um abraço apertado.

— Sei que você não concorda com meus métodos, mas espero que um dia entenda que tudo que fiz foi por você. Ao raiar do sol, seus inimigos estarão exterminados. Nada mais atrapalhará seu governo deste grande reino.

Dou tapinhas em suas costas, inalando seu aroma de água de rosas. A convicção irradia de suas palavras.

Sempre irradia.

— Eu entendo, mãe.

Ela recua e limpa os olhos, secando as lágrimas antes de caírem. Minha mãe estende a mão para uma garrafa sobre a mesa de meu pai e serve vinho tinto em duas taças de cristal, entregando-me uma.

— O brinde que deveríamos ter feito. — Ela ergue a taça. — À segurança do reino.

— À segurança do reino.

Nossas taças tilintam, e minha mãe toma rapidamente um gole generoso e acaba com metade da taça antes de correr os olhos pelas minhas vestimentas.

— Você está lindo de azul-marinho, mas precisamos estar combinando hoje à noite. — Ela aponta o dedo. — O agbádá dourado deve estar no seu armário. A própria Efia costurou.

— Obrigado pela orientação, mãe, mas minhas roupas não importam. — Deixo de lado a taça e fito seus olhos. — Acabou. Vou dissolver a monarquia esta noite.

Minha mãe solta uma risada aguda, descansando os dedos de unhas pontudas sobre o coração.

— Você bebeu vinho demais?

Balanço a cabeça.

— Para mim, já chega.

Ela leva os dedos aos lábios, mas pouco adianta para suprimir sua risada rouca. Ela suspira e balança a cabeça.

— Logo quando pensei que você havia amadurecido.

— Eu amadureci. — Eu me aproximo. — Vejo a verdade agora. Fingimos que a magia é a raiz de nossa dor quando tudo de podre neste reino começa e termina conosco. Não tem jeito. — Cerro o punho. — Amari provou isso em Ibadan. Este trono corrompe até mesmo o mais puro dos corações. Enquanto ele existir, as pessoas continuarão arrasando o reino.

— Não tenho tempo para suas bobagens. — Minha mãe bebe o restante do vinho antes de deixar a taça de lado. — Você ainda está chateado por causa de Ojore. Fique aqui, emburrado, como a criança que é.

Ela se vira para a porta, mas seus joelhos cedem quando tenta caminhar. Cambaleia, atordoada, apoiando-se na parede.

— O que está acontecendo? — pergunta ela, a voz ficando amolecida. Caminho na direção dela, guiando-a para a cama do meu pai.

— Temi que você reconhecesse seus próprios sedativos — digo, erguendo um de seus frascos esmeralda. Minha mãe encara sua taça vazia. A minha está cheia até a borda.

Vejo o momento em que ela percebe seu erro.

— Seu desgraçad... — Suas palavras saem arrastadas, e seus músculos retesam enquanto ela luta contra a poção.

O chão balança, mas ela consegue invocar apenas pequenos tremores. Eles ficam cada vez mais fracos até ela não conseguir usar mais sua magia.

Endireito meu colarinho enquanto ela luta para permanecer consciente. Até seu rosto fica amolecido, os lábios retorcidos em uma careta.

— Espero que tenha aproveitado a noite de gala, mãe — digo ao sair pela porta. — Foi a última.

CAPÍTULO OITENTA E SEIS

ZÉLIE

Ninguém fala quando seguimos para a costa de Orïsha, navegando em um barco impulsionado pela magia de Nâo. Não há necessidade de conversa quando as batidas de cada coração pulsam na nossa garganta. Os borrifos do oceano cobrem nossa pele quando o vento salgado sopra, cortante. Uma nova magia ruge em nosso sangue, pronta para romper as muralhas impenetráveis de Lagos.

Cada respiração. Cada encantamento.

Me agarro às palavras de Mama Agba enquanto nos aproximamos das ondas do meu antigo lar. A melodia do mar me lembra do barco de Baba, de puxar a rede de pesca. Penso nele quando me viro para os outros, sem querer ver as ruínas de Ilorin. Depois de hoje à noite, nosso reino nunca mais será o mesmo.

— Estamos perto. Podemos nos esconder na costa até o sol se pôr.

Então, atacaremos, penso. *Salvaremos nosso povo e faremos a monarquia pagar por toda dor que causou.*

Imagino Mári e Bimpe presas com nosso exército nos porões do palácio. O restante dos *Iyika* esperando execução. Penso em todos que estão no nosso caminho. Cada tîtán que terá que morrer.

— Descansem um pouco — continuo. — Preparem-se. Não preciso dizer o que vai acontecer quando derrubarmos o palácio...

— Zél — diz Tzain, fazendo com que eu me vire para ele.

Seus braços estão inertes ao lado do corpo. Franzo a testa e sigo a linha do seu olhar.

Vou até a frente do barco, sem acreditar nos meus olhos.

À distância, uma única ahéré está acima da maré.

A confusão aumenta quando Nâo nos redireciona para o objeto que identificamos. As lembranças de Ilorin queimando, luas atrás, nublam minha mente. Ainda consigo me lembrar do jeito que o cheiro de cinzas me engasgava.

O vilarejo inteiro afundou no mar. Eu afundei com a minha casa. Ainda assim, de alguma forma, minha cabana está acima das ondas, intocada por tudo que aconteceu desde o dia em que fui forçada a deixá-la para trás.

Quando chegamos à ahéré de junco, os anciões esperam enquanto Tzain e eu descemos. É como um sonho.

Um sonho ou um pesadelo.

Meu antigo lar flutua sobre tábuas, um único porto seguro sobre o mar. Não há sinal do fogo que a queimou inteira. Nem sinal de tudo o mais que se perdeu. Mas encarar a casa que dividíamos com Baba é como encontrar uma parte perdida de mim.

Seguro o braço de Tzain enquanto caminhamos até a cabana, esperando a ilusão se despedaçar. Do lado de fora de nossa ahéré, é como se o incêndio nunca tivesse acontecido.

Tzain passa os dedos pelo batente da porta, e eu encontro as linhas que Baba riscava sobre nossas cabeças. A cada lua, uma nova linha torta marcava nosso crescimento. Eu sempre chorava quando minha linha não chegava à de Tzain.

— Não entendo.

Minha respiração falha quando passo pela porta. As paredes de junco se curvam ao meu redor; juncos como os que Baba e eu trançamos com amor. Está tudo aqui: os catres de algodão, a bola de agbön que ficava no canto. Até um copo-de-leite preto pende da janela. As pétalas parecem veludo contra os meus dedos, os talos recém-cortados.

A única interrupção das minhas lembranças é o pacote enrolado em pergaminho que está sobre meu catre. Um bilhete dobrado está em cima dele:

Desculpe.

É como se eu estivesse me afogando de novo. Um buraco enorme se abre no meu peito quando relembro as palavras que Inan me falou luas atrás.

"Quando tudo acabar, reconstruirei Ilorin", disse ele. "Será a primeira coisa que farei."

Inan prometeu me trazer de volta para casa. Nunca pensei que ele manteria a palavra. Minha garganta fica mais apertada quando solto os cordões do pacote. Não sei o que fazer com as dezenas de cartas que caem no chão.

Por quê? A questão ressoa pela minha mente quando elas se esparramam no assoalho. Pego uma delas, me preparando para as palavras escritas ali.

Há noites em que você visita meus sonhos. Noites que consigo esquecer. Quando acordo, fico louco pensando no que poderia ter sido...

Minha garganta se fecha, e eu jogo a carta no chão. *Vá embora*, ordeno a mim mesma. Mas outra carta me atrai.

Todo esse tempo pensei que eu estava escolhendo meu reino em vez do meu coração. Fui ingênuo. Cego demais para perceber que você era as duas coisas...

Lágrimas caem sobre o pergaminho, manchando a tinta. Como ele ousa tentar reconquistar meu coração depois de toda a dor que me causou?

Jogo as cartas longe, desejando que Kenyon estivesse aqui para queimá-las até virarem cinzas. Mas quando uma das cartas tilinta no chão, ergo a cabeça. Abro o pergaminho, e uma moeda de bronze cai nas minhas mãos. Inclino a cabeça ao erguê-la por sua corrente de prata.

Então me lembro da moeda que lhe dei...

— *O que é isso?* — ele perguntou.

— *Algo com que você pode brincar sem se envenenar.*

Eu pousei o metal barato nas mãos dele.

Inan guardou esse tempo todo?

Minhas lágrimas continuam a cair enquanto desdobro o pergaminho.

Sei que isso talvez acabe no fundo do oceano. Mas enquanto houver uma chance, eu preciso escrever.

Tenho que tentar consertar as coisas.

Poderia me desculpar até o fim dos tempos, e ainda assim não seria suficiente. Mas me desculpe por magoar você. Desculpe-me por toda a dor que causei.

Está claro para mim agora que a praga de Orïsha nunca foi a magia. Somos nós, meu pai, minha mãe e eu. Mesmo Amari foi corrompida por este trono. A monarquia envenena a nós todos.

Enquanto ela resistir, Orïsha não terá chance. Então, estou fazendo a única coisa que posso e dando fim a ela de uma vez por todas.

Agarro o pergaminho com tanta força que ele quase se parte ao meio. Nem sabia que um rei podia encerrar a monarquia.

Não sei o que virá a seguir, mas sei que é hora deste reinado terminar. Vou trabalhar até meu último suspiro para proteger este reino, para ser o homem que eu pensei que podia ser quando estava com você.

Mas se nossos caminhos se cruzarem de novo, não levantarei minha espada.

Estou pronto para minha vida terminar em suas mãos.

— O que é isso? — Tzain está em pé atrás de mim. Limpo as lágrimas, entregando a carta para ele. Seus olhos se arregalam quando ele lê.

— Ele fez tudo isso?

Faço que sim, e Tzain coça o queixo.

— Vocês dois. — Ele balança a cabeça. — Mesmo quando se enfrentam, vocês se entrelaçam.

Encaro a moeda de bronze na minha mão, querendo jogá-la no oceano. Odeio Inan por ter feito isso. Odeio a parte de mim que quer acreditar que ele está falando a verdade.

— O que você vai fazer?

— O que eu preciso fazer. — Dou de ombros. — Não importa o que ele diz, o que ele promete. Nosso povo ainda está atrás daquelas muralhas. Preciso fazer o que for necessário para tirá-los de lá.

Um silêncio pende no ar, e eu pego a mão dele, encarando todos os pergaminhos no chão.

— E você e Amari?

O rosto de Tzain se contorce quando ele se retrai. Ele segura as lágrimas, mas até eu sinto os olhos ardendo. Durante tudo o que sofremos, ela era a única que o fazia sorrir. Mesmo quando me ressenti dela do fundo do coração, amei Amari por isso.

— Não existe eu e Amari — diz ele por fim. — Não mais.

— Tzain, você não pode simplesmente ignorar o que sente por ela...

— Ela quase matou você — interrompe ele. — Isso não tem volta.

Ele afunda na réplica do seu antigo catre, e eu me sento ao lado dele. Aperto a moeda de bronze na mão enquanto encosto a cabeça em seu ombro, ouvindo o som do bater das ondas que entra pela janela.

— Da próxima vez, vamos nos apaixonar por um casal de irmãos que não venha com uma coroa.

CAPÍTULO OITENTA E SETE

ZÉLIE

O vento balança meus cabelos quando paramos no topo da colina que dá para Lagos. Nuvens tempestuosas trovejam lá em cima, soltando uma chuva torrencial.

Lanternas banham a capital com um brilho laranja. Pontinhos de luz piscam de porta em porta. O palácio brilha mais que tudo, seguro por trás das muralhas imensas da cidade.

— Está pronta? — Tzain me dá um empurrãozinho, e eu faço que sim enquanto observo a maior defesa de Lagos.

A barreira prateada ao redor da cidade se ergue por trinta metros, quase duas vezes a altura de qualquer árvore na floresta ao redor. Mas que se danem tîtán e cênteros. Não perderemos esta noite.

Carregamos a força dos deuses.

Sinto isso com cada batida do coração, cada encantamento que espera nos meus lábios. Ninguém nos impedirá.

Trouxemos a guerra para eles.

Viro para Amari, ainda presa nas amarras metálicas. Ela está de cabeça baixa a uma distância segura atrás de nós e não se mexe nem mesmo quando peço para Kâmarū soltar suas amarras. Roën está ao lado dela, e trocamos um balançar de cabeça. Olho de novo para as muralhas de Lagos, me preparando para o que está por vir.

— Por Mama Agba — falo. — Por Mâzeli.
— Por Baba e Mama — diz Tzain.
— Zulaikha e Kwame — sussurra Folake.

Citamos os caídos um por um, nomeando todos que a monarquia nos tirou.

— Lutem por todos eles.

Eu avanço, as tatuagens se acendendo na minha pele. Seu brilho púrpura crepita ao redor das minhas mãos como brasa, cobrindo meu corpo em um cintilar. Fecho os olhos quando ele se espalha por todos, me concentrando no som de doze corações batendo como um.

O tempo para quando nossa magia se derrama.

Então, sussurro o comando.

— *Ẹ tọnná agbára yin.*

O pulso de energia que explode faz o chão embaixo de nós rachar. Pedras e terra voam ao redor dos nossos pés. Árvores no entorno se partem.

O mundo se move devagar, iluminado pelo arco-íris que se derrama de nossos olhos e bocas. O poder dos deuses queima em nós enquanto marchamos colina abaixo.

Kâmarū e Kenyon caminham adiante, os àṣẹs poderosos reluzindo ao redor deles. Uma luz esmeralda brilha através da pele do terral, e uma vermelha ferve através da do queimador.

Juntos, eles enfiam as mãos no solo, e a terra vibra sob nossos pés.

Kâmarū fecha a mão, e o chão inteiro se ergue.

Kenyon o segue, criando uma onda de lava que se espalha pela terra.

As minas de majacita explodem uma atrás da outra, erguendo nuvens pretas como cogumelos. A lava que Kâmarū e Kenyon criam revira a terra. Fumaça preta se lança ao céu.

— Defesas a postos!

Os alarmes ressoam para avisar do nosso ataque. A primeira onda de tîtán avança enquanto a majacita voa. Mas antes que os soldados e o gás possam nos alcançar, Jahi e Imani erguem as mãos.

O ar uiva ao comando de nossa ventaneira, e a câncer transforma a majacita diante dos nossos olhos. As nuvens pretas ficam laranja.

O suor na minha pele esfria quando uma lufada violenta sopra atrás de nós, tão poderosa que as árvores se partem ao meio. Os soldados dourados voam de volta para a muralha quando o veneno sopra na direção deles. O sangue vaza de suas bocas, e a pele empretece como a dos aldeões em Ibadan.

— Não deixem que passem! — grita um tîtán.

O ferro range quando os canhões fazem mira, brilhando como fogos de artifício ao longo da muralha. Bombas explodem em nosso caminho.

Os soldados lançam tudo o que têm, mas não é suficiente para nos impedir. Kâmarū para cada bola de canhão com um aceno de mão. Para cada explosivo que Jahi sopra, Kenyon envia uma bomba de fogo atrás. Rompemos todas as defesas até sobrar apenas uma: os próprios soldados.

A legião de tîtán avança em hordas, todos reluzentes em armaduras douradas. Dezenas atacam de cada ponto da muralha, a magia chamejando nas mãos. Mas com o poder da pedra da lua, consigo sentir o espírito deles tão bem como sinto a chuva.

Estendo os dedos e fecho os olhos, alcançando a vida que corre por suas veias.

— *Gan síbẹ̀!*

Quando ergo a mão, todos os tîtán congelam. Eles se contorcem quando fecho o punho, arrancando o espírito de suas carnes. Um sorriso se abre em meus lábios quando eles caem na terra.

Não há nada no caminho quando ficamos frente a frente com a muralha.

CAPÍTULO OITENTA E OITO

INAN

Parado no palco da sala do trono, minhas mãos tremem com o peso do que estou prestes a fazer. Com minha mãe subjugada, a batalha mais difícil está vencida. Tudo o que resta são as pessoas neste salão.

Baixelas de prata com comida enchem as longas mesas, brilhando com galinha assada e tortas *moín-moín*. O vinho tinto corre como água entre a multidão alegre. Nobres e oficiais dançam pelos ladrilhos de mármore polido.

Acima, os selos do meu pai se foram, limpando o palácio do cruel leopanário-das-neves. Em seu lugar, flâmulas azul-marinho brilham com o brasão de um guepardanário que minha mãe desenhou para o meu reinado.

Encarando a montaria, penso na moeda de bronze que não tenho mais. Minha mãe desejava um animal que fosse menos comum.

Ela não sabia que logo essas flâmulas cairiam.

Observo o palácio uma última vez, sentindo o peso da história que pende neste momento. Depois de hoje, Orïsha nunca mais será a mesma.

Quando a monarquia cair, o caos varrerá essas terras.

Mas haverá uma chance. Fecho os olhos. Uma chance para algo surgir das cinzas. A versão de uma Orïsha que não é corrompida por nosso passado.

A música morre quando ergo a mão e paro diante do trono. Busco toda a força que tenho para falar com a multidão.

— Obrigado a todos por estarem aqui. Essa guerra roubou muito de nós. É uma alegria celebrar seu fim.

— Vivas para o rei Inan! — grita um tenente ao fundo.

As pessoas sorriem e erguem suas taças. A pressão aumenta no meu peito quando aceno para eles baixarem as bebidas.

— Esses tempos difíceis trouxeram lições igualmente difíceis. O fim desta guerra nos dá a chance de consertar nossos erros do passado. De confrontar a história obscura de Orïsha e fazer uma mudança final. Em busca do melhor caminho para prosseguir, voltei às lendas que muitos de nós crescemos sem ouvir. Gostaria de compartilhar uma dessas lendas com as senhoras e os senhores agora.

Engulo em seco, desejando ter pegado uma taça de vinho. Meus dedos tremem, mas não tenho mais nada para segurar. Nada atrás do que me esconder.

Você consegue. Imagino o rosto de Zélie na multidão. Imagino Ojore ao seu lado.

Por eles, por Orïsha, posso fazer qualquer coisa.

— No início, não havia nada. Até que a Mãe Céu fez alguma coisa. Deu à luz os deuses lá em cima. — Ergo as mãos. — Os humanos, embaixo. Com o dom da vida veio seu dom da magia, um poder que permitiu construirmos este grande reino. Mas, no início, as terras eram governadas pelos clãs. Os povos governavam uns aos outros. — Dou um passo atrás, correndo as mãos pelo trono esculpido. — Só tivemos nossos primeiros governantes quando um grupo de maji abusou de seus dons. Eles perderam a capacidade de fazer magia, mas seus atos estabeleceram a monarquia.

O clima no salão começa a mudar, uma tempestade se formando por trás da chuva gentil. Sussurros passam de boca em boca. Ouço perguntas sobre o paradeiro de minha mãe.

— Os senhores foram chamados aqui para celebrar uma nova era, e será uma nova era. A queda de Orïsha está ligada a este trono. Inúmeras pessoas pagaram seu preço em sangue. — Ergo a voz quando a multidão começa a se agitar. — Pretendo pôr os assuntos deste reino em ordem. Então, vou encerrar por completo esta instituição.

As pessoas correm na direção do palco. Guardas confusos os mantêm sob controle.

— Você não pode fazer isso! — grita um nobre.

— Os vermes bagunçaram a cabeça dele!

— Por favor! — Ergo as mãos. — Sei que os senhores estão assustados, mas, com o tempo, verão que é o melhor. Com o apoio adequado, poderemos construir algo melhor que a monarquia. Uma instituição que sirva a todo o grande povo desta terra...

BUM!

O estrondo nos imobiliza.

Não parece uma explosão.

É como o rugido de um leonário.

Alarmes ressoam quando jorros de uma luz nas cores do arco-íris cintilam à distância, aproximando-se mais a cada segundo. É quando vejo o buraco na muralha de Lagos. Meus olhos se arregalam quando percebo o que está acontecendo. Os anciões...

Eles vieram buscar o povo que pegamos.

— Corram! — grito. — Saiam do palácio agora!

O salão explode em histeria quando as pessoas se empurram para escapar. Taças batem nos ladrilhos de mármore. Mesas tombam quando eles passam correndo.

— Busquem refúgio! Os *Iyika* estão chegando...

Gritos ressoam quando as janelas da sala do trono se estilhaçam.

CAPÍTULO OITENTA E NOVE

AMARI

O vidro quebrado cintila como diamante enquanto voa pelos ares. Os ventos de Jahi carregam nossos combatentes por cima do caos, deixando-nos sobre o assoalho de mármore. Aterrissar na minha casa é como estar vivendo em um sonho. Não consigo enxergar nada além da massa de corpos fugindo da sala do trono.

— *Ataquem!*

O comando de Zélie libera a tempestade. Com um rugido, os maji avançam, desferindo sua fúria conectada. Imani derruba um pelotão com seu gás cor de ferrugem. Nâo transforma barris de vinho em aríetes. A chama de Kenyon atravessa o teto pintado, queimando as flâmulas com o selo de Inan.

A magia irrompe pela sala do trono, destruindo esta bela gaiola. Uma pressão aumenta no meu peito quando Kâmarū lança seu poder, partindo o trono de ouro ao meio.

— Eles estão presos nos porões! — grita Zélie, avançando para o salão principal.

Os nobres e os guardas saem do seu caminho. Os anciões a seguem enquanto ela corre para as escadas. Corro até ela para ajudar, mas sinto o chão tremer. Eu me viro e vejo minha mãe quase rolando pelas escadas abaixo, sem conseguir parar de pé. Sua capa cai do pescoço, espalhando-se pelos degraus de mármore.

— *Não!* — grita ela.

Seu berro é como uma cela de prisão se fechando ao meu redor. Olho para ela e me vejo. O caminho que ela definiu para mim. Penso em todo o sangue que ela pôs em minhas mãos. O olhar de Tzain que nunca mais verei.

Ela se apoia na parede, os músculos tremendo por baixo do vestido rasgado. Tem uma expressão horrorizada enquanto observa a cena, mas o horror se transforma em ódio no momento em que me vê.

— Você. — Ela arreganha os dentes, voltando a se empertigar sobre pernas trêmulas.

Ergo a mão para atacar, mas ela arranca um pedaço de mármore do chão e atira em mim. Minha barriga contrai com a pancada. O impacto me joga contra a parede, arrancando meu fôlego.

Mal tenho tempo de chegar ao chão antes que minha mãe avance, erguendo um punho trêmulo envolto em brilho verde. Um pilar de terra se ergue do piso de mármore e me atinge em cheio no peito. Arfo com o golpe em meus pulmões.

O impacto me faz voar pelo chão de mármore. Minha cabeça gira quando caio, rolando pelos ladrilhos rachados. Minha visão fica turva enquanto minha mãe se aproxima. Ergo a mão sem ter tempo de mirar.

— *Pare!* — grito.

O cometa azul rodopia ao sair da minha palma. O tempo parece desacelerar quando ele voa pelos ares.

Minha mãe ergue o braço para se defender, mas isso não a protege de nada. Um grunhido sufocado escapa de seus lábios no momento em que a magia a atinge. Seus olhos âmbar arregalam-se. Levanto-me do chão, tossindo sangue.

Golpeie, Amari.

Cambaleio na direção dela, o ódio cobrindo minha dor. A voz de meu pai ecoa na cabeça, guiando-me quando ergo a mão.

Lute, Amari.

A magia queima ao se acumular na palma da minha mão, mas outra voz preenche minha cabeça.

Não.

Essa simples palavra me prende. Sequestra minha magia, obrigando-me a ficar parada.

— O que está esperando? — Os pós e tintas escorrem pelo rosto de minha mãe enquanto ela me provoca. Mas eu abaixo a mão, piscando ao recuar.

— Acabou... — A percepção me pega de surpresa. Pensei que matar meu pai fosse a solução. Só me transformei em um monstro. — Você perdeu, mãe. Os maji estão assumindo tudo. A monarquia acabou.

— Sua traidora fraca! — As veias latejam no pescoço de minha mãe enquanto ela luta para se livrar do meu controle. Suas palavras ecoam quando ela grita. — Você não é nada. Você não é poderosa o bastante para destruir o trono...

— Você está errada! — Meu grito ecoa pelo salão deserto. Os retratos de velhos reis e rainhas me encaram lá de cima. Olho para eles, sentindo o poder em meu sangue. — Se aprendi alguma coisa nessas últimas luas, foi que sou capaz de coisas grandiosas. Sei que posso ser melhor. Escolho ser melhor!

Abro a mão, e o corpo de minha mãe cai no chão. Ela arfa ao bater no chão de ladrilhos.

— Você nunca foi grandiosa! — ruge ela. — Você *nunca* será grandiosa!

Mas enquanto ela grita caída no chão, eu avanço mancando para as escadas dos porões.

Cada passo parece mais leve que o anterior.

CAPÍTULO NOVENTA

ZÉLIE

— *Socorro!*

Os gritos abafados ecoam pelo porão. Fugimos pelos corredores de pedra, estrondando pelos arcos e pilares largos. Os gritos aumentam pelo labirinto subterrâneo, guiando-nos mais fundo pelos túneis serpenteantes.

Estou buscando os *Iyika* quando vejo Mári no fim do corredor.

— Anciã Zélie!

Meu coração tem um sobressalto quando ela pressiona seu rosto redondo entre as barras de ferro. Bimpe surge atrás dela, as duas trancadas na mesma cela.

Quase tropeço quando corro até elas. Os maji do nosso santuário estão acorrentados, pedindo ajuda aos berros. Centenas de corpos enchem a cela, tão apertados que mal consigo enxergar a parede dos fundos.

— Sejam rápidos! — grito. — Libertem-nos.

Avançamos, usando nossa magia para arrancar as correntes.

Kâmarū desintegra os elos com um toque, enquanto Imani e Khani libertam os maji.

No momento em que Bimpe e Mári são soltas, abraço as duas, apertando forte enquanto elas choram, segurando minhas próprias lágrimas de alívio.

— Está tudo bem — eu as tranquilizo. — Estão seguras agora. Sinto muito por ter deixado capturarem vocês...

Então pés passam voando por nossa cela, descendo pelo corredor, e eu perco o fôlego. O alívio de salvar minhas ceifadoras diminui quando me viro e vejo Inan.

Seu espírito me atrai como uma âncora, me arrastando de volta para ele. Inan corre até a parede oposta com dois soldados em seu encalço.

Se vou libertar Orïsha de sua tirania, preciso fazer isso agora.

— Sigam Imani — ordeno. — Eu vou atrás do rei!

Meu coração palpita contra minhas costelas quando corro atrás de Inan. A vitória está em nossas mãos. Mas não será garantida até ele morrer.

As palavras de suas cartas reverberam ao meu redor, soando mais alto quanto mais perto eu chego. Tento impedir que seu veneno entre pelos meus ouvidos.

Há noites em que você visita meus sonhos...

Quando mais importava, eu te decepcionei...

Todo esse tempo pensei que estava escolhendo meu reino em vez do meu coração. Fui cego demais para perceber que você era as duas coisas...

— Inan! — grito quando ele desce outro lance dos degraus de pedra. Ele para, fazendo os soldados que correm atrás dele tropeçarem.

— Vossa Majestade...

— Vão — ordena Inan a seus guardas.

Os homens olham para mim e para ele. Mas, apesar de sua hesitação, Inan pede que eles saiam.

— Isso é entre nós — diz ele quando se vira para me encarar. — Saiam enquanto ainda podem.

Sem outra escolha, os soldados fogem, desaparecendo nas sombras. Seus passos de retirada silenciam quando nos deixam a sós.

— Vá em frente. — O peito de Inan murcha, e ele ergue as mãos em rendição. — Não vou mais lutar com você. Já chega.

Relembro o voto nas cartas ao descer o último degrau:

Se nossos caminhos se cruzarem de novo, não levantarei minha espada.

Estou pronto para minha vida terminar em suas mãos.

Ele estava falando a verdade...

O pensamento deixa meus dedos dormentes. Tzain tinha razão.

Mesmo quando nos enfrentamos, nos entrelaçamos.

A moeda de bronze que ele deixou na minha ahéré queima no meu pescoço quando me forço a caminhar na sua direção.

— Os tesouros estão localizados nas catacumbas atrás dos jardins reais — diz ele. — Quando esta loucura terminar, leve Tzain e alguém de confiança. Distribua a riqueza de forma consciente. E os militares... — Inan hesita, fechando os olhos. — Você já sabe que terá de começar do zero. Mas não se esqueça de limpar cada fortaleza. Nossa majacita está armazenada lá. Soldados solitários tentarão usá-la contra vocês.

— O que você está fazendo? — eu o interrompo. — Por que está me dizendo isso?

— No fim desta noite, todos que sabem desses segredos estarão mortos. Você é a única chance de Orïsha.

Suas palavras pairam em nosso silêncio. Ele está tão calmo.

Como se não estivesse falando da própria morte.

Engulo em seco ao me aproximar, deixando de lado a dor no peito. Inan quase sorri quando ficamos cara a cara.

— Estou feliz... — A voz dele falha. — Estou feliz de te ver de novo.

— Não fale.

Meus dedos tremem quando apoio a mão no coração dele. Sua força vital crepita como uma fogueira, fazendo as pontas dos meus dedos arderem. Ele fica tenso quando começo a puxar, arrancando-a dele. Penso em tudo que passou entre nós enquanto a vida de Inan desaparece.

Vejo o momento em que nossos caminhos se cruzaram pela primeira vez, no mercado. Sinto o choque que passou pelas minhas veias.

A vibração da sua espada contra meu bastão. O rugido das cachoeiras.

A faca que rasgou minhas costas.

O frenesi dos lábios dele no meu pescoço.

Sinto tudo que não quero me permitir sentir. Todas as maneiras como ele entrou no meu coração.

— Sinto muito — diz ele com voz embargada.

— Eu sei — sussurro em resposta.

Embora eu tenha lutado por sua morte, parece que estou matando um pedaço de mim mesma. A respiração de Inan para quando fecho a mão. Fecho os olhos, incapaz de olhar quando as batidas do seu coração diminuem.

— Adeus — sussurro.

Ele se engasga na resposta...

— Zélie! — grita Roën.

Eu me viro de repente enquanto ele desce às pressas os degraus de pedra. Uma máscara pende de sua mão de metal. Roën corre na frente de uma parede branca que se move.

A confusão me assola quando Roën lança a máscara para mim, seu corpo caindo no segundo em que a nuvem o engole.

Não tenho chance de colocá-la antes de a nuvem branca me cobrir também.

EPÍLOGO

A DOR LANCINANTE força minha mente a acordar. Minha cabeça lateja quando abro os olhos, piscando, e encontro apenas a escuridão.

O fedor de vômito e urina invade meu nariz. Minha garganta queima quando tusso. Tento me levantar, mas no momento em que me movo, tropeço em correntes.

O que é isso, em nome de Oya?

Eu me encolho, tropeçando no assoalho de madeira. Um metal grosso, diferente de qualquer um que conheço, prende minhas canelas e meus pulsos. As correntes tilintam pelo silêncio quando luto para me libertar.

Leva alguns momentos até minha mente voltar à nuvem branca. O gás me deixou inconsciente antes mesmo de eu bater no chão. Meu coração para quando compreendo tudo.

Nós não os pegamos.

Não vencemos.

— Não! — grito, batendo os punhos contra a parede de madeira.

Minha respiração se acelera enquanto tento quebrar as correntes que me prendem, desesperada para me libertar. Nós os tínhamos nas mãos. *Eu* os tinha. Ainda assim, a monarquia nos roubou a vitória.

De algum jeito, eles nos capturaram, e não tenho ideia de para onde nos trouxeram.

— Inan! — grito, embora eu não saiba se ele está por perto.

Olho ao redor, tentando enxergar através da escuridão que me cerca. Dezenas de silhuetas enchem o espaço apertado, presas pelas mesmas correntes. Penso em Mári, Roën e Tzain. Quantos de nós escaparam? Quantos maji estão comigo, acorrentados?

O chão treme, e eu ergo a cabeça para os finos raios de luz que entram na cela. Tento libertar meu corpo de sua névoa. Tenho que descobrir quem está nos prendendo.

Amari se remexe quando piso na sua perna. Me aninho ao lado dela e uso seu corpo inconsciente para me erguer. Estico o pescoço e ergo o olhar para a janela, mas a visão faz meu mundo cair.

Não há estradas de terra para os patíbulos de Lagos.

Não há Orïsha.

Tudo ao nosso redor é mar aberto.

Enquanto encaro as ondas sem fim batendo em todas as direções, um frio como nunca senti me congela por dentro.

Alguém nos roubou de nossa terra.

E eu não tenho ideia de aonde estamos indo.

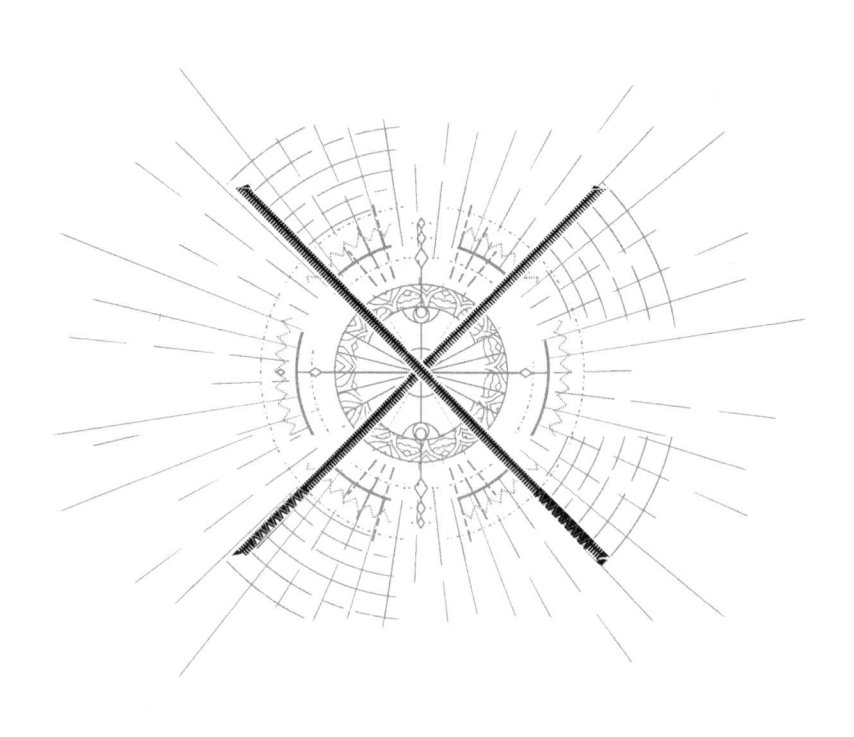

Impressão e Acabamento:
LIS GRÁFICA E EDITORA LTDA.